李致文存
Lizhi Wencun

第二卷
我的人生（上）

四川人民出版社

图书在版编目（CIP）数据

李致文存：共5卷6册/李致著.— 成都：四川人民出版社，2019.6
ISBN 978-7-220-11344-4

Ⅰ.①李… Ⅱ.①李… Ⅲ.①散文集—中国—当代 Ⅳ.①I267

中国版本图书馆CIP数据核字（2019）第062006号

LIZHI WENCUN
李致文存

出 品 人	黄立新
项目统筹	谢 雪
责任编辑	谢 雪　张 丹　江 澄　董 玲
封面设计	张 妮
版式设计	戴雨虹
特约校对	蓝 海　袁晓红
责任印制	李 剑

出版发行	四川人民出版社（成都槐树街2号）
网　　址	http://www.scpph.com
E-mail	scrmcbs@sina.com
新浪微博	@四川人民出版社
微信公众号	四川人民出版社
发行部业务电话	（028）86259624　86259453
防盗版举报电话	（028）86259624
照　　排	四川胜翔数码印务设计有限公司
印　　刷	成都东江印务有限公司
成品尺寸	160mm×238mm
印　　张	172.75
字　　数	2270千
版　　次	2019年6月第1版
印　　次	2019年6月第1次印刷
书　　号	ISBN 978-7-220-11344-4
定　　价	820.00元

■版权所有·侵权必究
本书若出现印装质量问题，请与我社发行部联系调换
电话：（028）86259453

李 | 致 | 文 | 存
我的人生（上）

1956年，李致在捷克斯洛伐克首都布拉格参加第四次世界学生大会

李 | 致 | 文 | 存

我 的 人 生 （ 上 ）

· 总序 ·

他用所有时光回答一个问题

廖全京

凝视着这五卷（六册）沉甸甸的文字，仿佛望见无数春花秋月在叠彩流光。面前这套《李致文存》，朴实而生动地记录了作者过往几十年生命中刻骨铭心的人和事。这是他灵魂的笔记。

这里面包含着他过去岁月的所有时光。

他用所有时光回答一个问题：如何做人？

中国古代的贤人或智者，无一不把如何做人视为人生第一要义甚至是唯一要义，由此而形成人文传统。钱穆关于读《论语》是学习"做人"的看法，则代表了近代以来的人文学者对这一传统的遵循。日积月累，潜移默化，这传统已经随同中国历代的主流思想意识即孔孟儒学浸入社会的每一个细胞，成为整个社会言行、公私生活以及精神领域的导向和规范。即使是经历了"五四"时期及其后几十年新思潮的反复冲击，中国传统的这种积淀仍旧保留着它的神髓，并有意识或无意识地通过人们的行为、思想、言语、活动不同程度地显露出来。自然，在漫长的传统浸润与新潮冲击的矛盾过程中，人们对于如何做人的理解和履践也不可避免地发生了变化，正所谓"曲翻古调填今事,义探新思改旧观",尤其是在主张冲破世俗的道德规范、抵御旧的社会道德戒律对个体的人的压制的一批政治家思想家陆续登上中国现代社会的政治舞台之后,这种变化尤其明显。在追求建构现代政治的民主体制和社会理想的强劲之风的推动下,对传统思想意识进行解构的呼声日益高涨,张扬现代革命伦理主义的具体行动日趋激烈。在相当长的一段历史时期内,通过对如何做人的各种回答呈现出来的新旧矛盾的冲撞和撕裂状况,一直是时代和民族的重要精神现象。

李致就是在这样一种大的精神背景下,踏上了自己的人生之路,开始了对如何做人的思考和探索。回头看去,这条路上重峦叠嶂,遍布荆棘。时或星汉灿烂、朝霞开曙;时或乱云飞渡、阴霾蔽日。但所有的历史波折,不仅没有从根本上改变李致自始至终对方向和道路的选择,反而更加激励了他一路之上的生命意志,坚定和饱满了他对于如何做人的信念和情绪。这些都可以从这几卷文字里窥见其大略。所以称大略者,是因为他一生的所有行为、行动,远远多于、大于他留在纸面上的这些文字。尽管如此,对于走近并理解李致来说,这些文字仍然有它不可取代的重要性。这重要性,首先的和根本的就在于这些有血有肉有情感的文字告诉我们,李致对于如何做人的认知与实践其精神趋向既是为传统道德观念所规范的,又是受现代革命伦理主义影响的,还是带有某些启蒙色彩与理想主义成分的。归根结底,李致的做人准则和为人行止,无论从个人修养还是从社会公德的角度来说,都符合一个由传统文化孕育出来的现代中国人的标准。

李致做人是从"爱人"出发,由"亲亲"做起的。十六岁那年,他将自己的生命交付给了进步学生运动,从此在"五四"新文学的影响下,学习做一个普通的、真正的中国人。在传统的氛围中高扬起反传统的旗帜,这是那一辈先知先觉者们的精神特质。这里面的深层原因,恐怕是在看似相互背反的传统与反传统之间,却有着对于人的相当接近的理解和尊重，虽然各自的理解和尊重的角度和程度不尽相同，马克思主义着眼于人的解放，人类的解放；孔子思想的核心是"仁"，而"仁"的核心是"爱人"。我们看到，二者在李致的一些言行中，奇妙而自然地结合乃至融合到了一起。当我们深入李致的心灵世界时，进一步发觉他的"爱人"是从对亲人的爱的基础上提升出来的。这又与所谓"仁者，人也，亲亲为大"（《礼记·中庸》）的精神暗合，而这种暗合，又被李致用行动赋予了新的含义。上述种种，都可以在这几卷文字中找到鲜活的例证。

我一直觉得，在李致的以《大妈，我的母亲》《终于理解父亲》《小屋的灯光》《我淋着雨，流着泪，离开上海》等为代表的一系列亲情散文中，能明晰地见到他的思想情感之流的源头及质地。更重要的是他对父亲、母亲、妻子、四爸巴金的思念和追怀已经不可以用简单的传统观念如孝道之类去把握，那是一种建立在理解基础之上的对传统道德中的愚、盲成分的批判和超越。我曾经这样写道："李致一直自觉地把理解别人，尤其是理解自己的亲人，作为通往人格理想的一条重要路径，努力想在理解别人的过程中获得内心的纯净、光明、温暖。"（《对李致散文的一种解读》）这种理解，源于在长期艰难曲折的社会实践活动中对人类现代文明思想和新的道德观念的吸纳和认知。

从对"爱人"的现代理解出发，李致在如何做人的漫漫长途上执着前行。从20世纪40年代中期至今，李致几乎将全部的精力和时间都献给了自己服膺的信仰、信念、事业。在那一辈先知先觉者心目中，一切为了他人，乃全部信仰、信念、事业的核心，他们甚至一度把"毫不利己、专门利人"这种燃烧着激情同时有些浪漫色彩的口号写满了江河大地。无论历史将如何评价，他们身上从内到外的那一个闪光的"诚"字已经为后人立下了精神的丰碑。李致作为那一辈先知先觉者们的追随者，他的言行，一直是符合"己所不欲，勿施于人"（《论语·卫灵公》）和"夫仁者，己欲立而立人，己欲达而达人"（《论语·雍也》）的传统伦理道德规范的。不同的是，他不是为立己而立人或达人，而是为了他心中神圣的信仰、事业而立人或达人，为了大多数人的利益而立人或达人。在某种程度上，这也是对传统伦理道德观念的一种批判和超越。

过去的半个多世纪里，李致先后在共青团部门、党政部门、新闻出版部门、文化艺术部门留下了精神足迹。他在所承担的每一项工作任务中，都特别注意把尊重人、理解人、关心人、支持人、爱护人放在重要以至首要的位置。无论对上级领导、下级同事，还是对编辑、记者、作家、艺术家，他都一视同仁，认真倾听他们的倾诉，尽力排解他们的烦难，畅快分享他们的喜悦，往往成为他们的朋友。在他看来，立人、达人的过程，其实是一个"亲亲"的过程。在与他人的交往中，他勉力地向古往今来那些"尊德性而道问学"的君子学习，待人接物一秉至诚：诚其心，诚其意，诚其言，诚其行，关键是一个"诚"——真实无妄。古人云："诚者，天之道也。诚之者，仁之道也。"（《礼记·中庸》）诚哉斯言！在四川文化界，李致有许多彼此知根知底相互推心置腹的朋友，比如马识途、王火、杨宇心、高缨、沈重，比如魏明伦、徐棻，又比如周企何、陈书舫、竞华、许倩云，等等。他们之间的友情，正是仁之道的生动体现。20世纪80年代，魏明伦在改革开放的春风中从自贡本土脱颖而出，以"一年一戏""一戏一招"轰动海内外，他的成长，得到过自贡、成都、北京的领导和朋友伯乐们的发现和扶持。魏明伦常常提起的浇灌他的五位园丁中，就有他尊称为"恩兄"的李致。时任中共四川省委宣传部副部长的李致，继承巴金遗风，爱才惜才，肝胆相照。在魏明伦遭受极左棍棒打压之时，是李致力排"左"议，抵制"左"风，支持和保护了魏明伦。我觉得，李致身上体现出来的这种诚，除了传统道德的影响之外，还含有现代文明中的人道主义思想的成分。这成分，表现为一种现代意味的爱。对此，我曾经写道："爱是一个漫长的过程，一个需要不断学习、耐心修炼的过程。李致用笔墨记录下的所有感情，都是在学习和修炼过程中的感悟。陀思妥耶夫斯基在他的《卡拉玛佐夫兄弟》里借佐西马长老的嘴说过：'用爱去获得世界。'李致也许并不接受作为基督徒的这位俄国作家思想中的宗教情绪和神秘主义成分，但是，我相信，他对这位反对沙皇专制暴政的死牢囚徒关于人类爱的认识是完全同意的。"（《对李致散文的一种解读》）

说到李致对如何做人这一问题的回答，就不能不说到他的精神导师巴金。巴金的思想和作品，巴金的为人和一生，为李致树立了一个做人的榜样。在李致的生活中，四爸巴金是鲜活的灵魂的精神支撑和性格、情感的源头。巴金远走了，李致的许多亲人都远走了，但巴金及巴金的亲人们给李致留下了一笔宝贵而丰富的精神遗产。其中，巴金留给李致的四句话成为他一生的座右铭："读书的时候用功读书，玩耍的时候放心玩耍，说话要说真话，做人得做好人。"这盏温暖心灵的灯火，至今仍是李致做人的标准。他在顺境中牢记这四句话，他在逆境中不忘这四句话。通过这四句话，他不仅为自己更为广大读者树起了一个清洁的精神的思想标杆。其实，归结起来，巴金留给李致的也是留给中国知识分子的遗产就是两句话：一句是"生命的意义在于奉献而不是索取"，还有一句是"人总得说真话"。关于巴金对李致的影响和李致对巴金的深情，那篇《我淋着雨，流着泪，离开上海》有极其感人的揭示。这里我只想说，巴金与李致之间深层的内在联系就是，巴金是一个中国的知识分子，在他的影响下，李致也努力使自己成为一个中国的知识分子。

追溯起来，李致心目中的精神导师还应当有鲁迅。他是读着鲁迅的作品在暗夜中走向破晓的，是鲁迅教他"横眉冷对千夫指，俯首甘为孺子牛"，他用这种精神指导自己去回答如何做人的问题。而巴金对鲁迅的崇敬和追随，无疑更加重了鲁迅在李致心目中的分量。曾经为巴金辩护从而保护了巴金的鲁迅说过:"巴金是一个有热情的有进步思想的作家,在屈指可数的好作家之列的作家。"(《答徐懋庸并关于抗日统一战线问题》)而在巴金那一代青年作家心目中,鲁迅是给他们温暖的太阳,也是为他们挡住风沙的大树。在所有进步作家的心目中,鲁迅先生的人格是比他的作品更伟大的。他的正义的呼声响彻了中国的暗夜,在荆棘遍地的荒野中,他执着思想的火把,引导着无数的青年向远远的一线光亮前进。这些青年中,应当也有李致,尽管当时他还只是一株幼嫩的秧苗。在"文革"被关"牛棚"的后期,李致靠"天天读"鲁迅的书获得精神支柱,度过他一生最困难的时候。

实践是检验真理的唯一标准,实践也是检验一个人的人生态度的唯一标准。无论是"俯首甘为孺子牛"的精神引领,还是"生命的意义在于奉献"的思想勉励,在李致身上都不同程度地默默化作了认真而坚实的实践。这些实践在他从事出版工作期间显得尤其突出。20世纪的最后二十年里,李致与出版结缘。他担任四川省出版工作的领导职务之初,中国正闹"书荒",读者求书若渴,彻夜排队买书,但在百废待兴的情况下,人们往往买不到需要的书籍。面对此情此景,李致难过、内疚、心急如焚。全身心投入出版工作的李致团结带领四川出版界同仁,在迅猛发展的改革开放形势推动下,解放思想,实事求是,首先从突破束缚地方出版社手脚的"三化"(地方化、群众化、通俗化)框框入手,实行"立足本省,面向全国"的方针,抓住机遇,深化改革,勇于实践,埋头实干,使四川出版在短时间内异军突起,以品种多、成系列、有重点的鲜明特色,在国内以至海外出版界产生很大影响,广大读者由此对四川出版赞誉有加,四川出版事业由此而出现了空前繁荣的局面。一时间,许多作家、诗人、翻译家大受鼓舞,一部部佳作纷纷投向四川的出版社,人们戏称"孔雀西南飞"。曾被鲁迅先生誉为"中国最为杰出的抒情诗人"的冯至对李致说:"你是出版家,不是出版商,也不是出版官。"李致将这些话理解为是对当时的四川人民出版社的整体评价,他向出版社全体职工传达说:"冯至同志说四川出版社是出版家,不是出版商,也不是出版官。"李致,这位四川出版事业的有功之臣,就是这样坚持把社会效益放在首位,同时注重经济效益,以改革的思路、开放的心态,将鲁迅、巴金关于如何做人的观念,落实到一步一个脚印的重大社会实践中。

李致的实践,往往渗透着感情。实践的过程,就是积累感情的过程,深化感情的过程。而这感情,则是他与事业的感情,与人的感情。从担任振兴川剧领导小组副组长到顾问,李致与川剧界结缘几十年,将自己的身心融入了川剧事业。当年他抓川剧抓得十分具体,从讨论规划、研究创作、筹措经费、安排会演到带队出国访问、亲临排练现场、关心演员生活、解决剧团困难,事无巨细、亲力亲为。更重要的是,他"踩深水"、边做边学;将演职人员视为知己,情同手足。川剧界对他的评价很高,他则甘心自始至终当川剧的"吼班儿"。由于他不仅懂川剧,而且懂演员,川剧界无不为他那颗热爱川剧、热爱川剧人的心所感动。"望着满头白发的李致,我感叹,川剧之幸!"川剧表演艺术家左清飞的这句话道出了川剧人的心声。

天地之间,做人不易,做知识分子更不易,做中国知识分子尤其不易。偶读陈寅恪先生著作,见他曾谈到古代文人的自律问题,那是他在研究唐史时因诗人李商隐在"牛李党争"中的遭遇而引发的感叹:"君子读史见玉溪生与其东川府主升沉荣悴之所由判,深有感于士之自处,虽外来之世变纵极纷歧,而内行之修谨益不可或缺也。"(《唐代政治制度史述论稿》中篇)字里行间,强调的是知识分子(士)的"自处"及"内行之修谨"。用今天的话说,知识分子首先要注重自我修养、自我提升、自我完善。只有自己有了良好的修养、坚定的信念,咬定青山不放松,才能不仅做到立人、达人,利国利民,而且做到宠辱不惊,进退从容,任尔东西南北风。这是如何做人的一条很重要的经验和原则。从这个角度看,《李致文存》透露出来的当代文人李致的所思所言所行,似可视为如何做人的一个鲜活个案;也可以说《李致文存》记载了作者对于如何做人问题的基本答案。

  读读《李致文存》,会给我们在如何做人、如何自处自律等方面带来一些启示,这也许是《李致文存》出版的重要意义吧!

2018年6月10日

目 录

李｜致｜文｜存
我 的 人 生（上）

2014年版总序 / 001

难忘关怀

我所知道的胡耀邦 / 003
"不要叫首长，叫同志"
　　——怀念贺龙 / 019
总司令慈祥地挥手 / 022
岚山周恩来诗碑 / 025
杨尚昆同志二三事
　　——纪念尚昆同志一百周年诞辰 / 028
我所知道的张爱萍 / 031
探又兰大姐 / 040

少年往事

大妈，我的母亲 / 047
终于理解父亲 / 068

外婆家的花园 / 078

哇——我只要小花 / 081

过　年 / 085

书，戏和故事 / 089

胖舅舅 / 094

八　舅 / 097

捐寒衣 / 101

冬娃儿 / 106

从科甲巷到祠堂街 / 109

看戏遇兵 / 114

黎明破晓

我的引路人
　　　——怀念贾唯英 / 119

有理、有利、有节
　　　——怀念洪德铭 / 128

永远的负疚
　　　——怀念国际友人云从龙 / 137

十二桥前的思念
　　　——怀念杨伯恺烈士 / 143

历经斧斤不老松
　　　——记马识途 / 148
　　　附　致公素描　马识途 / 165

大姐，我叫了你半个世纪 / 171

再见！三哥 / 180

坚持信念 / 187

花好月圆人长寿

　　——贺大哥九十华诞暨大哥大嫂结婚六十五周年 / 197

第一次出远门 / 201

失去自由的日子

　　——忆重庆"六一"大逮捕 / 206

新元伊始

荡秋千 / 217

我们戴上了红领巾 / 219

我因胡风受审查 / 223

胡征的《入党表》 / 231

缅怀曾德林 / 235

两位组织部长 / 245

列宁同志的小屋 / 250

不朽的精神 / 253

坎坷的一生，坚强的战士

　　——龙实《曲折的道路》序 / 256

鸡就是鸡，鸭就是鸭

　　——我"三下农村"的故事 / 259

风雨十年

世上没有一帆风顺的事

　　——怀念胡克实 / 271

"生前友好"

　　——怀念戴云 / 276

蹬三轮 / 282

"牛棚"散记（九则）/ 285

小萍的笑容 / 313

焦某"文革"轶事 / 317

许光的遭遇 / 326

世上还是好人多 / 330

"五七佬"的劳动和生活 / 335

干校三事 / 342

终于盼到这一天 / 351

改革春风

我心中的洪湖水 / 359

特殊的纪念日 / 362

草堂杂文（十三则）/ 365

"我会为你们说话！"

——怀念任白戈 / 379

迟献的一朵小花

——怀念杜心源 / 383

培根同志侧记 / 388

纯真的友谊

——我与钟恕 / 394

龙人俠先生记忆 / 400

写在读《战争和人》后

——记王火 / 404

老友高缨 / 407

祝福字心 / 413

不忘社会责任
　　——记卢子贵 / 420
缅怀沈绍初 / 423

情系文艺

文艺界的领导和朋友
　　——怀念李亚群 / 433
廉洁奉公的黄启璪 / 436
缅怀许川
　　——写在许川逝世二十周年 / 438
不出川也能看到高水平的演出 / 444
电影《焦裕禄》审片前后 / 447
一篇杂文的背景 / 450
崇高的"打杂工"
　　——周巍峙侧记 / 453
不惑之年的期望
　　——祝四川省文联成立四十周年 / 459
坚守文学阵地，工作到最后一息
　　——纪念沙汀、艾芜诞生一百周年 / 461
含着歉意告别
　　——怀念王永梭 / 464
愿终身做谐剧的"吹鼓手"
　　——纪念谐剧诞生六十五周年 / 466
歌《三套集成》 颂"无名英雄" / 468
艺术家的社会责任 / 470
外行谈音乐，不中就拉倒 / 474

以充实的内容吸引观众 / 477

三件在全国改革开放有影响的事

　　——纪念改革开放三十周年 / 479

千万别做文艺官 / 482

人间重晚晴

　　——我与"晚霞"报刊的情缘 / 484

辞旧迎春的祝福 / 489

国家兴，杂文兴 / 499

从崔桦的《人在网中》说起 / 502

徒具虚名非我所愿

　　——一封辞职信 / 504

　　附　清晰的记忆　邵建华 / 506

实话实说

　　——《当代四川散文大观》序 / 508

老骥伏枥　坚持到底 / 510

2014年版总序[①]

我是受"五四"新文学影响踏上人生旅途的。

在众多作家中，我最喜爱鲁迅、巴金、曹禺、艾青等人的著作。这些作品启发了我，自己也提笔学习写作。1943年冬，我的一篇作文入选校刊，铅字印出，时年十四岁。接下来的五年时间，我写了近百篇习作，揭露旧社会的黑暗，抒发对现实的不满，分别发表在成都、重庆和自贡等地的报刊上。1948年后，我全身心投入学生运动，迎接解放和新中国成立初期的工作，暂时停笔。

1955年，开展肃清"胡风反革命集团"运动，我因为与所谓的"胡风分子"有过接触而受到隔离审查达半年之久，导致早年的习作受到批判。"运动"结束后，我的思想被搞乱了。我认为自己长期在共青团从事学生工作，很少接触工农兵大众，不熟悉他们火热的斗争，写作难与时代同步。按所谓的阶级分析，我把自己定位为"小资产阶级"。既然小资产阶级一定要"用各种办法顽强地表现他们自己"，那么最安全的做法就是"夹起尾巴"做人，再也不动笔。只是在1959年，"奉命"与人合写过报告文学《刘文学》。

"文革"中，我发誓再也不写任何作品。

重新提笔是在党的十一届三中全会前后，思想得到解放。巴金

[①] 此系2014年天地出版社出版的李致"往事随笔"系列（三卷）总序。

老人建议我六十岁以后再写，因为身任公职，不便畅所欲言。1992年，我从领导岗位退下来。当时，老伴生病，我以照顾她的生活为主，不敢有什么"宏伟"计划，只能有时间就写，想到哪里写到哪里，可长可短。这些文章的总题目叫"往事随笔"。

回想自己人生几十年，时代几度变迁。许多难以忘怀的人和事，我曾为之喜悦或痛苦。这些人和事可以说是时代的某些缩影或折射，也许有一些史料价值；我有感情需要倾诉，也想借此回顾自己走过的道路，剖析自己。我没有按时间顺序写，作品独立成篇：好处是写作起来比较灵活，缺点是某些内容难免重复。

我写的都是自己的经历，于人于己于事，务求真实，不对事实做任何加工。这是我恪守的原则，不越雷池一步。如有误差，一经发现，尽快更正。

我喜欢真诚、朴实、动情、幽默的散文。不无病呻吟，不追求华丽，不故弄玄虚，不作秀，不煽情，不搞笑。我将继续这方面的探索。

向巴老学习，我力求讲真话，把心交给读者。

写于2001年春
修改于2010年、2014年

难忘关怀

李致文存·我的人生（上）

LI ZHI WEN CUN

我所知道的胡耀邦

我这一生在共青团系统工作的时间最长，共二十三年，从大学、区、市、省团委到团中央，可算是科班出身。胡耀邦同志从1953年到团中央任书记（后任第一书记），我与他当然有所接触，并从他那儿获得很多教益。

一

第一次看见耀邦同志是在1955年春。

当时我在青年团重庆市委任少年儿童部部长，到北京去参加全国第三次少年儿童工作会议。前两次会议确定了总的目标：把少年儿童培养成为共产主义事业接班人。但执行起来，普遍存在对少年儿童过多强调老实听话、循规蹈矩的情况；掌握入队条件既高又严，还要"长期考验"，以至引起逆反的效果。这次会议强调了要培养少年儿童勇敢活泼的性格，正确掌握加入少先队（当时叫少儿队）的条件。

耀邦同志为这次会议作了总结报告。

耀邦同志显然经过认真思考，但讲的时候又是很随意的。他没有讲话稿，像与到会的人谈心似的，声音洪亮，加之以手势，极受欢迎。

他说：

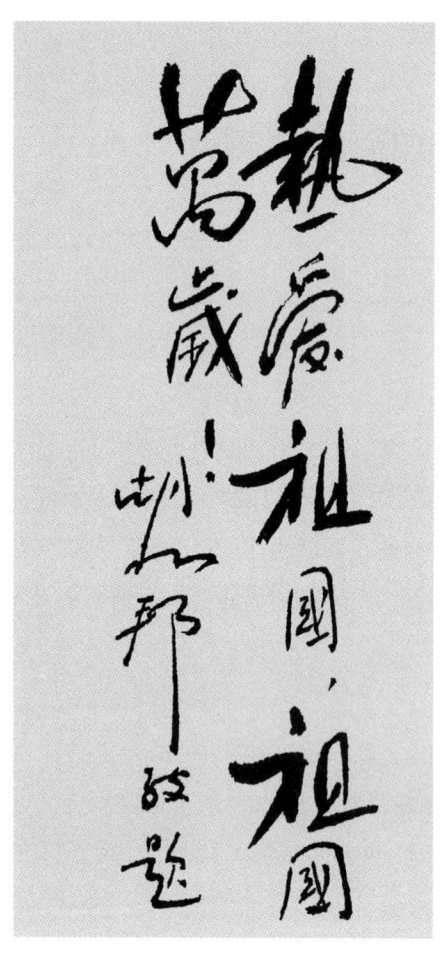

胡耀邦同志手迹

说少年儿童是祖国的花朵，表示我们对少年儿童的爱护。但他们长大了要担负建设新中国的任务，花朵经得起风吹雨打吗？光要少年儿童老实听话，当乖娃娃、小老头？当小绵羊、小兔子？不行！要把少年儿童培养成小狮子、小老虎。彭真同志、贺龙同志多次就这个问题提醒过我。

加入少先队的条件怎样掌握，听说大家讨论得热烈。有些地方，入队比入党还困难。我看这是对少先队这个组织的性质和目的是什么没有搞清楚。少先队是少年儿童的群众性组织，它的任务是把少年儿童组织起来进行教育。是组织小部分少年儿童还是组织大部分少年儿童？我看越多越好，把所有少年儿童组织起来最好。不要搞关门主义嘛！把入队条件掌握得那么严，一年发展几个人，将来要变成"零光蛋主义"。当然，入队过程就要进行教育，但更重要的是把少年儿童组织起来教育！

这次会议怎样传达？大张旗鼓，不要小手小脚。这几天气温下降，西伯利亚来了寒流，刮六级大风。我们传达，就刮它个五级、六级大风。做工作，只要看准了，就要给人留下深刻印象。像农村过年，杀大猪，过大年。

这次讲话距今已有四十二年，能回忆起这些要点，足见给我的印象之深。其中还有些生动的细节。例如讲到对少年儿童的要求，耀邦同志主张要搞得简单明了，让少年儿童能记住。如果太多，记不住就没有用了。他问："《小学生守则》有多少条？"下面回答二十一条。他笑着说："二十一条，这么多，记得住吗？不要说少年儿童记不住，恐怕教师、辅导员也记不住。这叫繁琐哲学。"他还风趣地说，"二十一条，袁世凯也有个二十一条。"可惜事后这句话引起了误会，听说有关部门的同志有意见，认为不该把《小学生守则》的二十一条与袁世凯的二十一条相提并论。其实，耀邦同志虽相提却没有"并论"。

耀邦同志如此熟悉少年儿童工作，简直是"行家里手"，令我佩服得五体投地。以后才知道，耀邦同志参加革命早，十六岁即担任苏区湘赣省委儿童局书记，以后还担任过苏区少共总书记。

二

1964年春，我调到共青团中央工作，在《辅导员》杂志任总编辑。有一次耀邦同志邀团中央所属报刊和出版社的总编辑座谈，他在会上即席讲了很多话，至今我还记得一些。

在谈到少年儿童工作时，耀邦同志鼓励从事少年儿童工作的同志，在实践中研究理论问题。他说，马、恩主要是剖析资本主义社会，顾不上研究少年儿童工作；列宁夺取政权以后，不久即逝世；毛主席一生搞革命，推翻三座大山，建立了新中国，也不可能有时间去研究少年儿童工作的理论。耀邦同志指着大家说，你们不要妄自菲薄,你们整天搞少年儿童工作,实践出真知,关键是你们不要只顾实际工作,要把实际工作上升为理论。

耀邦同志十分强调报纸、刊物和出版工作要抓重点。他说,每期报纸和刊物都要有一两篇重头文章。这些文章应该是青少年最关心的问题,写得要好,青少年才有兴趣。不要脱离实际,不要不抓重点,不要怕花大力气。一个季度,总要丢几个"石头"引起波澜。半年或一年,一定要丢几个"大石头",引起轩然大波,才会有影响。四平八稳,平均使用力量,隔靴搔痒,谁会注意你这张报纸、这个刊物、这家出版社?

无论报刊和书籍,都不要离开青少年的实际,这也是耀邦同志强调的。他笑眯眯地对一家报纸的总编辑说:"你们有一篇短文章,叫少年儿童不要喝生水。心是好的,注意卫生嘛!但办得到吗?绝大多数儿童在农村,有多少家庭烧开水给他们喝?农村的小孩,劳动累了,回家就用瓢从水缸盛满水,'咕咕咕'几下就喝了。"耀邦同志望着在座的同志说,对青少年提要求,一定要符合实际才办得到。

耀邦同志这一次讲话(特别是讲工作方法的部分),对我的影响很大。粉碎"四人帮"以后,无论我在哪儿工作都很注意这一点。

三

1964年举行了共青团全国第九次代表大会。耀邦同志再次当选为共青团中央第一书记。但不久他被任命为中共中央西北局第三书记兼陕西省委第一书记,以后又因病回北京疗养。

1966年,史无前例的"文化大革命"爆发了。

北京的大中学校首先乱起来。按照党中央的意图,团中央派了大批领导和干部以工作组的名义进驻北京市的中学。可是《炮打司令部》的大字报一出,全国开始批判"资产阶级反动路线",许多中学生冲向团中央机关,高呼"革命无罪,造反有理",四处揪斗工作组成员。团中央机关干部也建立了"红卫兵"和各种战斗组织,揪斗各类"牛鬼蛇神"。我期待着上面表态,没想到上面竟下令"改组团中央书记处"。

几个月时间内,团中央机关成了北京市的批斗重点之一。机关内外,贴满揭发"三胡一王"(即胡耀邦、胡克实、胡启立和王伟)的大字报。耀邦同志本来在生病,可以不管团中央的工作,但他看到团中央的领导遇到困难,便主动站出来,表示要与书记处同舟共济。江青趁机抓住耀邦同志不放,说:"这个'红小鬼'是自己跳出来的。"每天有数千人最多上万人(主要是"大串联"的学生)来参观,挤得大院水泄不通。只要大院站满人,就有人高呼:"把胡耀邦揪出来示众!"于是由看管"三胡一王"的人把他们从机关大楼二层会议室的窗户揪出来,让他们站在一个类似阳台

1964年,中国共产主义青年团第九次代表大会在北京召开,胡耀邦同志再次当选为团中央第一书记。图为团中央机关驻代表大会的工作人员合影

的地方，向"革命群众"认罪。从胡耀邦起，自报家门和交代"罪行"。最多的一天，被揪出来示众九次之多。可贵的是，耀邦同志承认自己学习不够，工作上有许多错误，执行了修正主义路线，但从没有承认过是"三反分子"。

我那时早被机关群众揪出。虽没有被看管，但行动已受限制。白天除劳动外，必须在办公室写检查。同在一栋大楼，对耀邦等同志被揪出的情景，听得见，看得到。当时，我已在共青团系统工作了十七年，耀邦同志在我心中有很高的威望。我和耀邦同志直接接触不多，但在干部中流传着的关于他的美谈深深地印在我心里。几乎所有的团干部都说他刻苦学习马克思主义原著，博览群书，知识面广；领会中央的精神快，深入实际，联系群众，经常有独到和精辟的见解；做报告生动活泼，很少套话，极受欢迎。特别是耀邦同志平等待人讲民主，能听取不同的意见，不少干部敢于和他讨论问题，甚至争得面红耳赤，不但不算"犯上"，还会得到他的赞扬。对某些政治运动中蒙受冤屈的同志，耀邦同志好打抱不平，他曾代表书记处向这些同志公开道歉，脱帽鞠躬。这样一个好的领导同志怎么会一下变成"三反分子"，受到这种侮辱？公道和天理到哪里去了！我想起国外的一些政变和反革命事件，既胆战心惊，又十分不平。

有一天中午我回家吃饭，刚下楼就看见耀邦同志被人从窗口揪出来，头被按得低低的。我不忍心看，匆忙走回家，坐在饭桌前，用手蒙住眼睛，眼泪一大串一大串地从指缝中流下来。

我爱人问我怎么了，我说："不该这样整耀邦！"

不用说，我没有任何勇气出来表示不同的意见。"文化大革命"是毛主席亲自发动的，改组团中央书记处是中央决定的，革命群众运动的"大方向是完全正确的"。我入党二十年，从要求"民主、自由"到信仰马列主义，再到迷信伟大领袖，愿做"驯服工具"，已经不敢独立思考了。"理解的要执行，不理解的也要执行,在执行中加深理解。"这个"指示"既搞乱了我的思想,又为自己找到某种"解脱"的借口。在相当长一段时间,只要当天不斗争我,我做完劳动(无论扫厕所或蹬三轮),就下班回家,尽量不去考虑第二天的事。

我相信有不少干部和群众尊重和同情耀邦同志,只是我处于被审查的地位,没有人和我交换意见。但有一件事能说明问题:有一天,"造反派"头头突然宣布要抓"叛徒"。原来耀邦同志在他的日记中记叙了一位群众对他的关心,问他每顿吃几两饭,身体好不好,令他感动。当时,我觉得耀邦同志太天真。已经被隔离审查,竟不知世事险恶,还写什么劳什子日记。

"大串联"停止后,对耀邦等同志的示众也取消了,改为大批判。大字报铺天盖地,批判大会不计其数。我不知听到多少揭发出来的耀邦同志的"罪行"。有人揭发他反对毛主席,证据是他说过"太阳也有黑点"。有人揭发他反对"林副主席",证据是他反对无论什么事都要突出政治,说"游泳时要突出鼻子,不然就要呛水"。有人揭发他反对中央文革小组,证据是他说过"康生这个人一贯'左'"。有人揭发他反对"又红又专",证据是他演讲时,讲"红"是假的,讲"专"才是真的。有人揭发他"生活特殊化",证据是他有一次回家乡,想起小时候抓黄鳝,居然夜间打起火把去抓鳝鱼……不过,我听来听去也听不出耀邦同志有多大的"罪行",大概我真是"修正主义的苗子",物以类聚、人以群分,嗅觉早不灵了。

在大批判的高潮中,我贴了一张大字报揭发耀邦同志"反对毛泽东思想"。依据是1964年耀邦同志给有关报刊总编辑的讲话,说毛主席既搞革命又搞建设,"不可能有时间研究少年儿童工作"。这种胡乱上纲的大字报,既是我"思想混乱"的表现,也是我人品污点的暴露。我没有顶住当时的压力,想借此划清界限,保自己。我对不起耀邦同志,尽管多次自责、忏悔,都无济于事。

四

造反派打内战的时候,两派都揪斗耀邦同志。1968年初,军代表进驻机关,美其名曰要把"牛鬼蛇神"集中起来学习,实际上是关押起来,实行所谓"群众专政"。

关押的地点是机关南院(后被称为"牛棚")的一栋西式平房。门前有两棵大洋槐树。进门的一间系"专政小组"的办公室,里面的三四间房子一共关押二十多个"牛鬼"。

我有幸和耀邦同志关在一间屋子。同室还有四人,一共六人。大家睡在靠南墙的地铺上。屋子中间,有三张小桌子和六把椅子,供学习和写交代材料用。

南院有一个《专政条例》,主要是限制人身自由,不许外出(上厕所都必须得到批准),被关押的人不能互相交谈,等等。耀邦同志是团中央"最大的走资派",几乎所有被关押的人都要和他划清界限,生怕和他沾边。

在南院的几个月里,找耀邦同志外调的人很多,似乎他绝大多数时间都在写材料。他一支接一支地抽烟。一天三顿饭,大家排队去食堂,饭后又排队回来。"专政小组"还故意找碴儿,在南院安排了两三次批斗耀邦同志的会。尽管人人都是"牛鬼",是批斗的对象,但斗起耀邦同志来,总有些人不甘落后。可能每一个人都有不同的动机,也可能迫于压力讲的是违心之言,但这不能不说是一种悲剧。

耀邦同志患有痔疮,每天早晚都要用药水洗。这样,早上他得先半小时起来,而且免不了有些声音。有人心理负担重,晚上睡不好觉,被耀邦同志惊醒后,多次指责他。有一天早上我先醒来,看到耀邦同志起身,轻手轻脚,十分小心。但可能他太紧张了,一不小心把铜盆摔在地上,所有的人都被惊醒。有人破口大骂:"胡耀邦,你这个人就是自私自利!你每晚上吃了安眠药倒床就打呼噜。

我们好不容易睡了一会儿,你起来就把大家闹醒。光这一点就该斗争你!"

耀邦同志站在那儿,既委屈又尴尬。

有一次要到西郊劳动。前一天下午做语录牌,每人一个,用来挂在背包上。因为在劳动,看管松动一些。耀邦站在旁边,看人做语录牌。他忍不住评论:"你这个做得太花哨了。"

"胡耀邦!你这话是什么意思?做语录牌是政治任务,什么花哨不花哨?你对毛主席是什么感情?你以为自己还是第一书记,仍在指手画脚?"

耀邦同志当然不是这个意思,但他解释不清。

一次我上厕所,亲耳听见有人向"造反派"头头告耀邦同志的状。

有一天我在看《北京日报》,第一版上横排着一篇社论,标题是:"打倒谭震林!"耀邦同志看见了,来向我借报纸。我当然不敢借给他,摆了摆手,又用手指了一指"专政小组"办公室。他显得很失望。

耀邦同志的个子比较矮,我只比他高一点儿。凡排队,我们总在最后面,吃饭也常在一桌。因为我过去和耀邦同志少有接触,无嫌疑可避。有一次分配我们两人一起劳动,是在机关浴室附近一间房屋的墙壁上端,打通一个缺口。我记不清站在什么地方,反正容不下两人同时劳动。工具是一把锤子、一根短钢钎。耀邦同志说:"我们一人打几锤,一人劳动时,另一人就喘口气。"尽管没有谈别的事,但我们靠得很近,有一种亲切感。

一天下午,"造反派"的一个头头和一位解放军到南院,叫耀邦同志跟他们走。我以为是又有人找他外调了。过去每遇这种情况,耀邦同志总是立即收拾一下桌子,拿着《毛主席语录》就往外走,一般在吃晚饭前回来。这次也一样,只是把衣服的扣子扣错了。解放军提醒他,他才把扣子扣好。与以往不同的是他没有回来吃晚饭,不知为什么。晚上洗脚的时候,一位担任过耀邦秘书的同志悄悄问我:"耀邦为什么没有回来?"

当晚我已睡着了,大约十二时,被两位解放军战士叫醒:"胡耀邦的被子在哪儿,把它卷起来。"

我听从命令,卷起耀邦同志的被子。他们抱起被子,把桌上耀邦同志的书籍和所写材料统统带走。我躺在地铺上,想不出耀邦同志被弄到什么地方去了。

耀邦同志从此离开了南院。看得出来,其他"牛鬼"也感到奇怪。不久,报纸刊登了中央召开八届十二中全会的消息。我恍然大悟,耀邦同志大概出席了这次会议。以后果然被证实了。据说因许多中央委员都被打倒,为凑足法定人数,耀邦同志被指定出席。既然出席了会议,当然也就"解放"了。

我在1969年3月才离开南院,还没"解放"。被关在南院的人大多数是团中央的部处级以上干部。回忆这个过程,深感在那个疯狂的年代,不仅思想被搞乱,人性也被扭曲了。

五

1969年4月,团中央干部被"一锅端"到河南省潢川县黄湖"五七干校"。耀邦同志参加了党的"九大",稍后也到干校来劳动。

许多人为耀邦同志参加九大感到高兴。"造反派"头头却大肆宣传,要大家不要以为参加了九大的人就没有问题,还指手画脚地传达九大的小组会上对朱德、陈毅等同志的围攻。我听了心里很难受。

"不要以为胡耀邦参加九大就没有问题了。他没有被选成中央委员。"为了进一步"消毒",这个头头广为宣传:"我们问胡耀邦看见毛主席有什么想法?他居然说过去开会离毛主席很近,这一次离毛主席很远,没有看清楚。大家看胡耀邦对伟大领袖毛主席是一种什么感情?"

我和耀邦同志不在一个连,基本上没有接触。按军代表的安排,耀邦同志到各连劳动和征求意见。我在二八连,曾看见耀邦同志,并向他问好。有天晚上他在我们连听取"走资派"对他的意见,我因临时被派工,没有参加。据参加了会议的"走资派"讲,耀邦同志一开始就说:"是我不好,我连累了你们,对不起你们。"我听了颇为感动。

有关耀邦同志的情况经常在干校中流传:耀邦同志在校部大会上做的检查很感人,好些同志当场就流了泪;耀邦同志劳动积极,插秧一天能插六分地,能扛很重的粮食麻袋往仓库送,还到几十里路以外去拉石头;耀邦同志的学习抓得紧,夏日高温,蚊子又多,晚上多数人在室外乘凉,他却在蚊帐里读《资本论》;耀邦同志与群众打成一片,一些小青年(印刷学校学生和干部子女)经常和他打打闹闹,叫他"老胡",要他拿钱买糖请客;耀邦同志被评为"五好战士";等等。这些正是耀邦同志的本色,是谁也抹不黑的。

以后,耀邦同志因健康状况不佳,回到北京。召开党的十大时,上面指定团中央只选一名年轻干部,没有耀邦同志。耀邦同志在北京闲居,读了大量的书。偶尔见报,也多是参加一些老同志的追悼会,而且排在最后:"还有生前友好胡耀邦。"

"文革"进行了四五年,许多人远不像初期那样狂热,不少人开始想问题。耀邦同志再次受到团中央干部的爱戴。1972年春他回北京探亲,不少人去看望他,我也是其中之一。耀邦同志的客厅很简单,一套旧沙发。客人来请喝茶,过年时有点水果糖和大花生,但很少有人动它们。倒是耀邦同志偶尔要剥花生吃。

一位同志重新分配工作,临行前去向耀邦同志告别,约我陪他去。耀邦同志得知他将回四川工作,显得高兴,讲了许多鼓励的话。他强调干部既然出来工作，群众就对你有期望，你就要敢于大胆工作。有的干部出来工作后，缩手缩脚，使群众失望。他问："有些干部很消沉。消沉有什么用？沉到嘉陵江，沉到长江，再沉到太平洋？……"

当我提到耀邦同志解放初在川北行署工作时，引起了他的回忆。他眼里闪着光辉，不断用手摸着自己的头，兴奋地说：

"那时刚解放，很多人没有工作，土匪闹得很凶，老百姓拥护共产党，又害怕共产党待不长。怎么办？当时我就在行署所在地南充，大修房子，修百货大楼，修新华书店，既稳定了人心，又解决了部分失业问题。"

耀邦同志身处逆境，仍然十分关心国家的命运，我们深受鼓舞。不过当时"文化大革命"还在进行，大形势没有变，耀邦同志的期望难以完全实现。

"耀邦是一个理想主义者！"

"耀邦的精神的确很可贵！"

这是我们跨出耀邦同志家门后的对话。

我开始考虑自己今后的工作问题。估计军代表不会让我留在北京工作，能争取回四川最好。何况调我到北京工作时，我就向省委组织部表示将来在共青团工作"毕业"后，要回四川。有一次去胡克实同志家，遇见他在晋绥工作时的老战友苗前明同志（原四川省委组织部副部长），当时他已出来工作。我一说出自己的愿望，苗前明同志立即表示支持。这样，我给军代表写了报告，较快地得到批准。1973年6月，我从干校回到北京，并到耀邦同志家里去向他告别。

"您过去说，要把在共青团工作当成'大学'来读。我在共青团工作了十七年，的确受到了很多教育。"那天我的心情很激动，几次哽咽得说不下去，"像朝气蓬勃，努力学习，深入实际，调查研究，联系群众……都是在共青团工作中学到的。"耀邦同志说："这都是我们党的好传统。"

这次谈话只有我们两人。耀邦同志主动对我说："经过林彪事件，我一直在考虑一个问题。党内的路线斗争很复杂，要独立思考，不要随风倒。没有认识清楚之前，可以思考，暂不表态。千万不要头脑发热、随风倒，更不能盲目地吹喇叭、抬轿子。"

中央文革曾指责团中央"修透了"，但我和许多同志并不这样看。我把耀邦同志这一次谈话当成在我共青团"大学"毕业"典礼"上校长的讲话。

我调回四川以后，没有机会和耀邦同志联系。我为他复出在中国科学院工作感到高兴，又为他再一次被打倒感到难受。担任过耀邦同志秘书的戴云同志，当时在四机部工作，多次到成都出差。我与他是"牛棚"中的患难之交，从他那儿能听到一些耀邦同志的消息。我曾经希望戴云劝劝耀邦同志，有些事少管、少表态。戴云不赞成我的意见，他说："这也不管，那也不表态，胡耀邦就不是胡耀邦了！"

我放弃了自己的建议，从心底愿意耀邦同志永远保持他的本色。

六

粉碎"四人帮"以后，耀邦同志先后在中共中央党校、中组部和中宣部工作。他组织和支持"实践是检验真理的唯一标准"的讨论，大力平反冤假错案，是人所皆知的事。

我当时在四川人民出版社工作。出版社的同志解放思想，采取"立足本省，面向全国"的方针，陆续出版了一些好书。我知道耀邦同志喜欢读书，不时选寄几本给他。不久得到他的秘书梁金泉同志给我写的回信：

你两次给耀邦同志寄的书都收到了。耀邦同志让我给你写一封信，向你表示感谢。如来京办事，欢迎来家说话。

既然欢迎"来家说话",以后我到北京总想去看望耀邦同志。有时约戴云一起去,有时单独去。不过我的心情很矛盾,既想去又怕打扰他。好在如果他有空,他就把我当成"送货上门"的调查研究对象。问工农业生产情况,了解某个人的表现,征询某些问题的意见。既接见了我,又不浪费时间。他的问题,有的我能够回答,有的无法回答(如工农业生产情况),因此我也不敢多去看他,怕"考不及格"。

有一次我去看望耀邦同志,他问到老团干部廖伯康的情况。我说:"政策没有完全落实,但他工作的干劲一直很大。"

"这就好嘛!"耀邦同志赞许地说,"干部就是要干,不好好干算什么干部?"接着又问我,"你认为现在干部中的主要问题是什么?"

我没有一点思想准备,仅按自己平常的感觉回答:"前一段主要在落实干部政策,使大批蒙受冤屈的干部出来工作,这是完全必要的。但有些干部出来工作以后,想自己的问题(如职务、住房、子女安排等)过多,缺少干劲和奉献精神。"

"你说得对,有这个问题!"耀邦同志说。

另一次,我和戴云、丁磐石(原《中国青年》杂志副总编)一起去看耀邦同志。那时他已到中组部工作,很忙。我们按时(大约在晚上八时半)到耀邦同志家,耀邦同志正在审批文件。稍等了一会儿,耀邦同志放下笔,兴致勃勃地和我们握手,并问:"今天谈点什么?"

谁也没有回答,耀邦同志自己讲起来。主要是说我们党成立以后面临两大任务:一是推翻三座大山,实行新民主主义革命;二是抓住经济建设这个中心,建设现代化的社会主义国家。第一个任务完成得很好,第二个任务却受到许多的干扰,特别是"十年浩劫"。这是很大的教训。现在思想明确了,得好好地干几十年。

"我是看不到那一天了。"耀邦同志说,不无遗憾。他望了望我们三人，对戴云和磐石说，"你们两人也可能看不见了。"然后对着我说，"李致，你年轻一点，有可能看得见。"其实我们三人的年纪差不多，不知哪一点使他产生了错觉。

"现在要抓紧时间好好干。"耀邦同志说，"我到中组部以后，连桥牌都没有打过了。"我们都知道耀邦同志过去爱打桥牌。

直到耀邦同志的秘书来提醒，我们才依依不舍地离去。写到这里，我不禁怀念起戴云，他不幸在1980年逝世，年仅五十三岁。

全国第四次"文代会"时，耀邦同志已到中宣部工作。闭幕式结束那天晚上，耀邦同志在中宣部、文化部联合举行的茶话会上，发表了热情洋溢的讲话。代表们纷纷去向他敬酒，我也是其中之一。当他发现我的时候，对我讲了一句话："你们不要搞'宫廷文学'。"

我完全不知道耀邦同志所说的意思，但当时人多，不便交谈。茶话会结束后，我立即赶到耀邦同志家里。他正坐在客厅里看电视。我说没有理解他刚才说的话。

"有关四川的古诗词，你们自己出版好了。"耀邦同志说，"何必一定要出毛主席圈阅的？"

原来是我们出版了《诗词若干首》，内容系1958年成都会议时毛主席所选出的咏四川的诗词，印发给参加会议的同志阅读。我向耀邦同志说明："出版这本书的时候，还不许出版古诗词。我们是打着毛主席的旗号冲破这个禁区的。"

"总理的诗是他年轻时写的，用得着出那么多吗？"耀邦同志又问。

我回答说："群众太尊敬和热爱总理了。有关总理的书都畅销，这是人心所向。"

耀邦同志没有坚持他的意见。经过交谈，互相理解。我免去了思想负担，但也受到提醒，更感激他对我们出版社的关怀。

四川出版了《在彭总身边》。这是彭总的警卫参谋景希珍口述，作家丁隆炎执笔的。这本书记叙了彭德怀在庐山会议前后的一些感人事迹，在国内引起很大反响。1979年9月，北京的几位朋友写信告诉我，耀邦同志最近在中宣部的一次会上说："昨晚我躺在床上，一口气读完《在彭总身边》，写得很好，很感人。"可能与耀邦同志的讲话有关，许多报纸转载、许多电台广播了《在彭总身边》。

丁隆炎接着写了《最后的年月》。这本书忠实地记叙了林彪、江青反革命集团对彭德怀的残酷迫害，展现了彭总的高贵品质，是否定"文化大革命"的铁证。编辑流着眼泪审稿，工人流着眼泪排字，九天印出了四十万册。刚一发行，即在北京、上海、成都等地引起轰动。可是却有人以莫须有的罪名指责作者，以致暂停发行。出版社一再向上申诉，均无效果。没有办法，我只得去找耀邦同志。

耀邦同志听了我的陈述，显得有些犹豫。这是因为有不同意见，他感到难处。但我知道耀邦同志的为人，便据理力争。我说："您叫我们出好书。现在好书出来了，又不许发行，而不准发行的理由又站不住脚。"

我望着耀邦同志。他终于表态了："你们可以——"同时两只手各向左右摆动。但我没有明白他的意思。"自己发嘛！"他说。

一股暖流传遍我的全身。我说不出任何感谢的话，尽管眼睛已经湿润。带着耀邦同志的意见回到成都，经过一年多的努力，主管部门最终准予内部发行。

不久，耀邦同志担任党中央总书记，从此我再没有去打扰他。

1997年8月6日

"不要叫首长，叫同志"
——怀念贺龙

成都解放四十周年了。

解放前，我只知道贺龙同志是一位身材魁伟的将军，被人称为中国的"夏伯阳"。我第一次看见贺龙同志，是在解放军与地下党会师的大会上。会师的地点在商业街国民党的励志社，即现在省委机关的东一楼。贺龙同志披着一件呢大衣走到台上，微笑着环顾到会的同志，他是那样的亲切随和，没有一点大首长的架子。他第一个讲话，欢庆成都的解放，肯定地下党同志为迎接解放所做的贡献，号召大家团结一致建设新中国。他说，南下的解放军不熟悉情况，要向当地人民学习。并举例说，行军到四川，有的战士不知道吃橘子要剥皮，连橘皮一口咬下。这时，会场的人都哈哈大笑。

几天后，解放军和"地下社"社员会师，我又一次看见贺龙同志。地点在东胜街沙利文礼堂，即现在成都市政协礼堂。"地下社"是解放前地下党直接领导的青年秘密组织，相当于现在的共青团。那一天，会议议程用纸写好，贴在后面的墙壁上。我担任"司仪"，一项一项地宣布议程。当我正要宣布"请首长讲话"的时候，贺龙同志突然说："不要叫首长，叫同志！"

我一下不知所措了，直望着青年团市工委的书记史立言，用眼光征询他怎么办。

"当然是请首长讲话！"

台下的同志听见台上的讲话，都用关注的眼光望着我们。

在这两难的情况下，我"兼而有之"地宣布：

"请首长同志讲话！"

贺龙同志笑着站起来讲话，把我从困境中"解脱"出来。没想到贺龙同志竟从"首长"的问题讲了下去："什么'手掌''脚掌'啊！"

我已经记不清楚贺龙同志的原话。大意是说，共产党和解放军是为人民服务的，无论担任什么职务，大家都是同志，一律平等。对人民群众，他只是同志，不是什么首长。所以一进城，他首先接见工人和农民代表。他还说，至于某些国民党将领要求见他，他倒要摆个"架势"出来，像个"首长"，表示劳动人民当家做主。

这真是令人耳目一新的讲话。我在旧社会生活了二十年，看见过许多国民党的军、警、宪横行霸道，欺压人民。至于那些达官贵人，更是威风凛凛，不可一世。我上初中的时候，有一次，国民党省教育厅厅长到学校训话，只因为学生没有记笔记，便把大家臭骂了一顿。在高中的最后一期，因为反对内战，我被学校变相开除。到了重庆，又因身份不明，被宪兵抓去关了几天。现在解放了，赫赫有名的贺龙将军，竟和我们这些普通的青年人推心置腹地讲这些既是最珍贵又是极普通的道理。这些话，像一股股热流温暖了我的心。

这两次会师都是我带领喊口号，我高声地、发自内心地喊出了自己的感情：

"中国人民解放军万岁！"

"中国共产党万岁！"

贺龙同志是我第一次见到的党的高级领导人，他的讲话是我在新中国成立后所接受的第一次党课。党和人民群众应该有血肉的联系，这是贺龙同志教给我的，这也是我几十年来喜欢称同志的原因。"文革"初期，江青一伙被人称为"首长"而不脸红，与群众保持血肉联系的贺龙同志却被诬蔑为"大土匪"。仅这一点就引起了我对"文革"的怀疑。我无论怎样也想不通。

经过四十年的沧桑，我也年近花甲。无论过去或现在，只要我一想起贺龙同志的讲话，都会不可遏制地激动。贺龙同志去世了，我再也不能聆听他讲话了。

我只有在心里对他说："贺龙同志，我会永远记住你的话！"

1989年11月6日

总司令慈祥地挥手

　　1963年春，共青团四川省第四次代表大会在成都召开。在安排全体代表合影那一天，我们得到通知：朱德同志要来接见所有代表，并与代表们合影。这真是一件令人兴奋的事。

　　朱德同志是大家敬仰的党和国家领导人，中国人民解放军总司令。我小时候就知道有"朱、毛"。1949年冬，我们组织群众欢迎解放军入城，部队高举着毛泽东和朱德的画像。新中国成立后，朱德同志的形象经常出现在新闻电影上，但我一直没有机会看见他。20世纪50年代，朱总司令视察重庆第二钢铁厂，我爱人在该厂工作，并有幸参加与总司令合影。我非常羡慕她有此幸运。

　　我是这次代表大会的副秘书长，并负责组织这一次合影活动。当时，全体代表都遵守规定，有秩序地站在半圆形的站台上。仅前排留下总司令与省委领导同志的座位。大家都精神抖擞地期待着。

　　我作为指挥，站在汽车必经之路上。

　　总司令按预定时间到达。他身材魁伟，面带慈祥的笑容，一下车就向大家挥手。机不可失，时不再来。我立即走过去迎接，一双巨大温暖的手紧握着我的手，我感到幸福极了。当然我没有忘记自己的职责，协助团省委书记李培根，把总司令及省委领导引向他们的座位。

　　所有代表长时间鼓掌向总司令致敬。

共青团四川省第四次代表大会全体代表合影。前排右一为李致

我立即回到自己的座位上,等待摄影。摄影机从左向右开始转动,全场鸦雀无声。本来几分钟即可完成,但摄影机转动了一半突然不动了。

只见几位摄影师忙着检查,但机子就是不动。我跑过去询问,果然是机子出问题了,我立即把这个情况向培根同志报告。培根与省委领导商量,决定请总司令先到会议室休息,所有代表则原地等候。

几位摄影师急得满头大汗,却没有找到问题所在。五分钟、十分钟、二十分钟过去了,没有结果。与秘书长易难、副秘书长彭宗萍商量,都认为不能无限期地等下去,我向培根同志请示怎么办。

培根同志如实向总司令和省委领导报告,我听他带着歉意检讨说:"没有查出原因,机子一下修不好!"

朱总司令笑着说:"过几天修好了再来照吧!"

省委领导和培根陪同总司令离开会场。所有代表仍站在原地,再一次热烈鼓掌欢送。总司令慈祥地向大家挥手告别。

谁也没有料到机子会临时出问题。培根同志和我们这个秘书班子都感到工作没有做好，让总司令白跑一趟。培根总结经验："为什么不准备两部摄影机呢？这样即使出了问题，还有后备。"是呀，这个意见太好了，以后一定要有两手准备。可是当时我们都很年轻，谁也没有这种经历。后来摄影师找到了问题所在，原来摄影机被一个螺丝钉卡住了。

当时，解放军宣传的几个先进人物，都有一条："甘当螺丝钉"。这一次，问题正好出在螺丝钉上。培根同志讲话一贯善于运用典型事例。从此，我经常听他在讲"螺丝钉精神"时，列举这次照相的事例。

几天后，总司令再次来和所有代表一起照相。我一直担心机子出问题，没有心思再去争取握手。这一次很顺利，几分钟即照好了。代表们因多一次机会见到总司令，不停地热烈鼓掌，总司令慈祥地挥手向大家致意。

与总司令合影的照片，我一直珍藏着。"文革"时我在团中央工作，造反派抄家把照片拿走，然后石沉大海。可是，总司令与我们合影的故事以及他慈祥地挥手的样子，却深深印在我脑海里，永不消失。

1998年8月16日

岚山周恩来诗碑

日本京都风景区岚山，有一座周恩来诗碑。

诗碑上刻着周恩来所写的《雨中岚山》。全文是：

> 雨中二次游岚山，
> 两岸苍松，夹着几株樱。
> 到尽处突见一山高，
> 流出泉水绿如许，绕石照人。
> 潇潇雨，雾蒙浓；
> 一线阳光穿云出，愈见姣妍。
> 人间的万象真理，愈求愈模糊；
> ——模糊中偶然见着一点光明，
> 真愈觉姣妍。

1917年9月至1919年4月，周恩来留学日本，最后半年时间在京都生活。周恩来原打算在京都大学学习河上肇教授的马克思主义经济学，已向学校提出了申请。但当他看到祖国正面临存亡的关头，在"五四运动"前夕毅然回国。回国前，他来到岚山，写下这首诗。后刊于《觉悟》创刊号。

周恩来战斗的一生和高尚的人品，受到世人的敬爱。1976年1月

8日，周恩来总理逝世，人民群众冲破"四人帮"的禁锢，自发地表达了各种哀悼。"京城处处皆白花/风吹热泪洒万家/从今岁岁断肠日/定是年年一月八。"《天安门诗抄》中的这首诗，表达了众多人的心情。我至今仍保存着总理逝世当天的日历，保存着哀悼总理的黑袖纱，保存着看总理逝世影片的入场券。我将入场券贴在一张稿子上，在下面盖上时间"一九七六年二月七日"，并写下如下几句话：

我一次再一次去看
与总理遗体告别的电影
然而，没有一次看清楚
没有一次看够
每一次都充满泪水
哪能看清，哪能看够

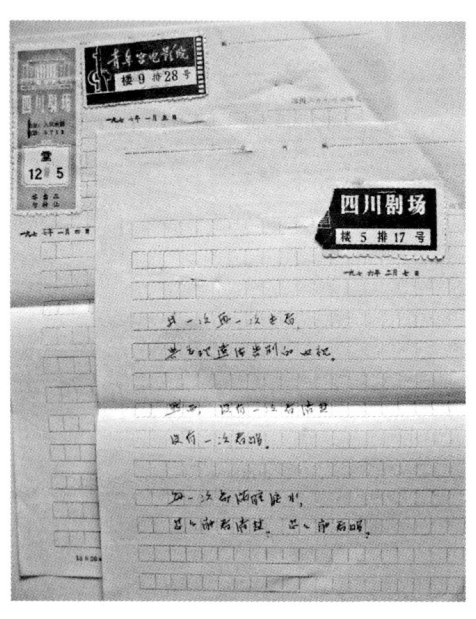

三张入场券

"四人帮"被粉碎后，四川人民出版社出版了《周总理诗十七首》（发行上百万册），其中收录了《雨中岚山》。1979年4月得知，刻有《雨中岚山》的诗碑在岚山举行了揭碑仪式。

1985年，我随四川出版代表团访问日本。行程中安排有京都。4月22日下午，我们到了岚山公园。这个公园很大，我们首先来到周恩来诗碑前。诗碑是一块深褐色的天然巨石，这是京都名石"鞍马石"。诗碑矗立在天然石块镶砌成的碑座上。碑身、碑座与周围的树木融为一体，仿若天成。读着周总理在年轻时代"为生民立命"的诗句，我想起当年举行的周总理追悼会，仿佛听见群众发自内心的哭声。也想起为出版《周总理诗十七首》，同事们所做的各种努力，以及读者购书的热情。碑前有一束鲜花，我后悔没带鲜花来。不过，我的心是赤诚的。

近来，翻看当天日记，有这样几句话："我真舍不得离开这里。我希望还有机会来，全家人来，至少待上一天。但不知这个愿望何年何月才能实现？……"

无论时间怎样流逝，都冲不淡人们热爱周总理的深情！

20世纪80年代后期，李致在重庆红岩村周总理和邓颖超合照下留影

2008年1月3日，周总理逝世32周年纪念日前五天

杨尚昆同志二三事

——纪念尚昆同志一百周年诞辰

我是通过张爱萍同志认识尚昆同志的。

尚昆同志和张爱萍同志都是老一辈革命家、党和国家领导人。但由于他们平易近人和我们这一代人的习惯,我长期称他们为同志,直到后期才改称张爱萍同志为张老。

我和尚昆同志接触的次数不多,但有几件事印象很深。

支持我们当出版家

20世纪70年代和80年代,川版书曾有过一段辉煌时期,在全国颇有影响。1986年,在参加全国书展期间,我们在北京举办了川版书书展。尚昆同志和张爱萍同志参观了书展并参加了座谈会。

在座谈会上,我代表四川出版总社做了汇报。其中谈到我们的指导思想:做出版家,不做出版商,也不做出版官。这是著名诗人冯至对四川人民出版社称赞的话,我们接过这个话,把它作为出版社的座右铭。当时,颇有一些非议,认为我们思想保守,不敢言"商",落后于时代。其实,我们并不忽视经济效益,而且还总结了几句话:君子爱财,取之有道,用之有方。该赚就赚,该赔就赔。赚,是薄利多销,不是越多越好。赔,是能不赔就不赔,能少赔就不多赔。统一核算，以盈补亏。按这个原则，我们不仅出了许多好书，修了职工宿舍，还盖了十二层高的办公大楼，这在当时的出版界是少有的。

尚昆同志在座谈会上讲了话。他充分肯定了我们要"做出版家，不做出版商，也不做出版官"的奋斗目标。他说，书籍不同于一般商品，它既有商品的属性在市场流通，又有意识形态的属性能影响人的思想，不能因单纯追求利润而出坏书。

听了尚昆同志的讲话，出版社的同志坚定了信心。当时，在全国出版界，有的主张"既当出版商又当出版家"，有的主张"先当出版商后当出版家"。为避免无谓的争论，不搞文字游戏，我们强调坚持把社会效益放在首位，力求做到社会效益和经济效益的统一。事实证明，这样做是正确的。

主张演川剧折子戏《滚灯》

尚昆同志和张爱萍同志都关心川剧的振兴。

无论是川剧团到北京演出，还是尚昆同志和张爱萍同志到成都、重庆视察，他们都爱看川剧。

1985年，川剧晋京演出，尚昆同志和张爱萍同志看了《巴山秀才》《绣襦记》及《丑公公见俏媳妇》《禹门关》三场（共四出戏）演出。在会见十三位川剧老艺人时，尚昆同志问川剧名丑陈全波："你还演《滚灯》吗？"

陈全波答："年纪大了，体力不行。"

尚昆同志说："可以教学生嘛！"

"文革"期间，所有戏曲的传统剧目被定性为"封"（即封建主义）遭禁演。粉碎"四人帮"以后，1978年，邓小平同志在成都看了川剧的传统折子戏，新华社向全国发了消息，这才解冻。但思想解放有个过程，有时心有余悸。文化部门有位同志趁机问："有人担心这个戏的内容……"

尚昆同志笑了，他说："旧社会的公子哥儿，吃喝嫖赌的不少。老婆反对，给予处罚，有什么不可以？"

这以后，《滚灯》上演，在国内外大受欢迎。

懂不懂"吃雷"

"三三一"惨案，是1927年地方军阀与国民党反动派勾结，镇压人民群众反对英帝国主义炮轰南京而制造的血案。1987年，重庆举行"三三一"惨案六十周年纪念会，我知道尚昆同志将出席这次会议。

我也去重庆出席这次会议。途经大足县，我们参观了著名的大足石刻。郭县长为我们做了解说，并托我把新出版的画册《大足石刻》送给尚昆同志。

在重庆，我陪尚昆同志看了川剧。

我对尚昆同志说："大足县的郭县长托我送一本《大足石刻》画册给您。"

尚昆同志说："我已经有了，你留着吧！"

"不行，"我赶紧说，"受人之托，忠人之事。我不交给您，人家会说我'吃雷'了。"

一听家乡土话"吃雷"，尚昆同志哈哈大笑。

"我很久没有听见'吃雷'这个话了。"尚昆同志说，并问他身边从北京来的同志，"你们知道什么叫'吃雷'吗？"

身边的同志没有人知道。

尚昆同志说："这是我们家乡的话，它是说这个人胆子大，大得连'雷'都敢吃！"他又爽朗地笑了。

我虽是四川人，过去只知道"吃雷"是把别人的东西占为己有，即四川话"打来吃起"。尚昆同志的解释，让我知道了它更准确、更风趣的含义。

2007年4月2日

我所知道的张爱萍[①]

张爱萍是老一辈革命家。无论在战争年代、建设时期和"文化大革命"中,张老都有许多传奇的故事。这几年先后出版的《张爱萍在1975年》和《张爱萍传》记录了张老光辉的一生。我与张老接触有二十年,对他的为人有所感受。

既是将军,又是诗人

粉碎"四人帮"以后,我常在报纸上读到张老的诗词。当时我是四川人民出版社的总编辑,正计划出老一辈革命家的诗集。在出版《罗瑞卿诗选》时,我们也准备出版张老的诗选。

第一次与张老接触,是在北京张老家。因为没有电话号码,无法事先约定时间。我只好凭共青团干部的那股劲儿,直接闯到张老家去了。这是一个普通独院,朴实清洁,毫不起眼,反映了主人人民公仆的本色。张老正要出门开会,汽车停在他身边。我立即自报家门,说明来意。

"你们要出我的诗集?"张老穿一身灰色的军便装,笑着用纯正的四川话说,"我那个算什么诗?豆豉、萝卜丝……"

[①] 本文收入李又兰等主编的《缅怀张爱萍》,解放军出版社2004年版。

我缠住张老不放，张老只得把我介绍给他的夫人李又兰大姐。又兰大姐既文雅又坚定，一口咬定说张老的诗大多即兴而作，还得修改，现在不能出集子。我当然毫不松口。最后达成"一年后再说"的协议。有这个协议就不错了：放长线钓"大鱼"嘛！

1983年夏，张老到成都，我去金牛宾馆看望他，一起在室外散步。张老拄一手杖——"文革"中长达五年多的"牛棚"生活，使张老备受摧残，摔在水泥地上，以致股骨颈骨折。当谈到诗集时，张老告诉我他的好些诗词是在"牛棚"即兴吟哦而成。或用撕下的报纸，或用抚平的香烟盒，很快地记下来，藏在床垫下，趁换季时塞进衣服，悄悄带给又兰大姐的。如此来之不易，使我更为珍惜，下决心一定要出版张老的诗集。

缠了几年，1986年，四川终于出版了张老的诗集《纪事篇》。张老和大姐一再说，这些谈不上是诗词，不过是纪事而已。集子共收诗词一百六十多首，为1928年夏至1986年8月间所作。出版前，张老要我写序，我不敢承担这个重任，只写了《出版前言》说明出书的一些过程。又兰大姐在《后记》里说："经原四川人民出版社李致同志再三鼓励、催促才得以问世。"后来张老的诗词、书法、摄影选集《神剑之歌》出版，还重刊了《纪事篇》的《后记》，这使我深感不安。

对川剧艺术的深厚之情

我在1982年底调省委宣传部，重点参与了振兴川剧的工作。

张老对川剧艺术有极其深厚的感情。他每次到四川视察工作，都要看川剧。不仅看省、市川剧团的演出，还要看区、县川剧团的演出。看了老艺人的表演，又看中青年演员的表演，还看娃娃班的表演。除了在正规剧场看，也爱听演员即兴清唱。不仅在四川看，川剧团上北京演出也每请必到。又兰大姐虽不是四川人，但因文化修养高，对川剧有同样浓厚的兴趣。

1983年第一次振兴川剧会演，正值张老来成都视察工作。他兴致勃勃地填词一首，送给大会：

乡音喜闻乐见
古曲今开新面
群星汇蓉城
百花齐放艺湛
堪羡堪羡
天府新秀千万

张老非常关心振兴川剧之举。他赞同"抢救、继承、改革、发展"的方针，强调这八个字是统一的整体。张老早在20世纪80年代初期，就强调戏曲要加快节奏，减少不必要的过场戏，不宜唱了又帮，帮了又唱。张老支持在创新上做探索。《芙蓉花仙》初演，非议不少。我们陪张老看后，张老基本肯定，并要他们在大胆改革时注意川剧特点，万变不离其宗。魏明伦笔下的潘金莲，曾受到一些指责。张老则认为魏明伦写出了潘金莲的变化过程，加以肯定。张老还十分关心现代戏的创作。

川剧界常出现一些矛盾。张老多次强调团结的重要性。他说，要改变旧的行会风气，变文人相轻为文人相亲。张老为省川剧院两位著名旦角张巧凤与左清飞书写了"双凤齐飞"四字，对她们起了很好的激励作用。张老广交朋友，无论剧作家、导演，还是老中青三代演员，都乐意与张老接触，为张老演出或清唱，听取张老的教诲，从张老的言行中汲取营养。张老对广大川剧工作者，既有言教，又有身教。

支持建立"文革"博物馆

1983年张老来成都,恰逢《巴金选集》(十卷本)在四川出版。我代表出版社送给张老和又兰大姐一套《巴金选集》。张老说他们年轻的时候就喜欢读巴金的书。

1986年,巴老通过他的《随想录》,提出建立"'文革'博物馆"的建议。巴老说:"我们谁都有责任让子子孙孙、世世代代牢记十年惨痛的历史教训。'不让历史重演',不应当只是一句空话。要使大家看得明明白白,记得清清楚楚,最好建立一座'文革'博物馆,用具体的、实在的东西,用惊心动魄的真实情景,说明二十年前在中国这块土地上,究竟发生了什么事情?!"还说,"只有牢记住'文革'的人才能制止历史的重演,阻止'文革'的再来。"

巴老的建议代表了人民的心愿,得到许多人的拥护。

当年我去北京时,张老特意对我说:"请你转告巴老,我非常赞成他的建议,成立'文革'博物馆。否则若干年后,年轻人对什么叫'文化大革命'都不知道了。"

张老是国务院副总理(后为国务委员),他的赞同有特殊的含义。它充分说明了张老与人民同呼吸共命运,我听了很感动。这件事加深了我对张老的理解,更增加了我对张老的敬意。

我很快把张老的意见转达给巴老。在我的记忆中,张老以后又有三次重申了赞成巴老关于成立"文革"博物馆的建议。

1987年金秋十月,巴老回到他阔别了十七年的故乡成都,住在金牛宾馆。几天后,张老来成都视察工作,也住在金牛宾馆。我去看望张老和又兰大姐,向他们报告巴老也住在这里。张老和又兰大姐听了很高兴,立即表示并坚持第二天上午要去看望巴老。

第二天上午九时半,张老和又兰大姐来到巴老住处。他们亲切地握手问好。在场的还有沙汀老人、巴老的女儿和女婿。张老再一

李致与张爱萍（右）在成都金牛宾馆

次表示年轻时就喜欢读巴老的小说，巴老则说自己当时是"乱写"的。张老还谈到20世纪50年代参观过巴老在正通顺街的旧居，对后来拆掉旧居表示遗憾。巴老则说拆掉就算了，不值得花国家的钱来重建。……这是一次难得的相会，我为他们的谈话录了音，可惜"觉悟"得晚了一点，刚开始的谈话没录下来。

张老是戏曲界的老朋友。他和又兰大姐每次来成都，川剧界和曲艺界的朋友总要来看望他们。我当时在省委宣传部分管文艺工作，趁此机会组织联欢。张老知道我们的安排后，邀请巴老参加，巴老欣然应邀。

几天内，张老和巴老连续三次看了川剧和曲艺。巴老喜爱乡音，认为是难得的机会，一直坚持看到底。张老怕巴老坐得太久，多次请巴老根据身体情况灵活自便。

以后，尽管张老和巴老没有机会再见面，但张老一直关心巴老的健康。有一次张老对我说:"巴老在国内外都有影响,现在年事已高,他说的每一句话,你们都要把它记录下来。"我深切地感到,这既是张老对巴老的尊重,也是张老对整个知识分子的关怀。

不要把人格变成商品

张老是长辈,在他面前我没有顾虑,想不明白的事情或问题,都可以提出来向张老和又兰大姐请教。

有段时间出现"经商热",似乎以"下海"为荣。一些党政机关和群众团体也办起公司,大做生意,甚至赔掉了一些国家拨款或基金。上班时也不乏有人三五成堆研究股市升降情况,心不在工作上面。电视上还出现过大学教授上街去卖袜子的节目,引起不少人的反感。20世纪80年代末,一次在北京见到张老,我忍不住谈到这些问题。

张老的态度十分鲜明,反对党政机关和部队经商。他说早在1985年,他就写信给国防科工委党委,提出过这个问题,反对部队经商,几年后又把这封信送到中顾委。张老一时没找到这封信,但我回成都不久就收到张老寄来的这封信的复印件。

张老在信里提出:"有些人要去搞企业、公司、经商,就让他们离开军队或政府去搞好了。这种官商或军商,实不是我们共产党领导的社会干的,只有军阀国民党可以。热衷于经商,必然导致腐败。"在谈到国防科工委机关时,张老说:"不去向科学技术高峰攀登,而热衷于赚钱,实在可悲!"还说,"尽管技术作为商品,从个人品德修养来说,也应培养一个人(一个真正的人)应有高尚的品德情操,不要把自己个人的人格也变成商品。我自己长期以来,有句警醒自己的话:'勿以名利自蒙耻',不知以为然否?"

在复印件上,张老还写了一句话:"李致同志:你要这份文件,现送上,请提意见。张"望着张老的字,我极为感动。张老要

李致父女与张爱萍（右一）、李又兰（左一）夫妇

我提意见，我还有什么意见？我举双手拥护张老的主张，并深受教育。"不要把自己个人的人格也变成商品""勿以名利自蒙耻"，这两句话成为我的座右铭。

关心人，平易近人

我今年七十有二，参加革命五十五年。在中央机关或省委部门，与大大小小的领导接触也不算少。有的人官大架子大。或是本来还不错，但"一阔脸就变"；或是区别对象，对上毕恭毕敬，对下净打官腔。而与张老接触二十年，深感到他老人家始终如一地关心人，平易近人。

张秀熟老人，曾经是张（爱萍）老的老师。张老对秀老的尊敬，始终如一。当秀老近百岁时，张老曾要我陪他去拜望秀老。两位老人坐在一起，张老问寒问暖，体贴入微。秀老行动不便，靠轮椅行动。张老去摸摸轮椅，发现靠背和坐垫比较硬，便向有关部门建议为秀老做一个沙发式的轮椅。张老怕没落实，离开成都时要我半月后去秀老家看看轮椅做好没有。直到半月后我去秀老家看见了新轮椅，打电话向张老报告，张老才放心。

张老是将军，却乐意与文化人交朋友。省诗书画院，是张老和启龙、杨超等老同志倡导建立的。张老凡来成都，总与画家交往，并帮助成都市画院解决一些困难。有一次帮市画院要了一些维修费，怕不落实，也要我到时去院长朱佩君那儿问问，并向他报告。川剧演员更不用说了。有一次名丑笑非得脑溢血，影响到腿发麻。笑非的两个儿子写信向张老反映情况，张老立即批给许川和我，要我们关心。幸好我们早去看过笑非，建议他做脑部CT，并帮助他转到省医院治疗。

我个人的感受更深。张老来成都会打电话找我，我到北京必向他和大姐报到。对我来说，张老既是党和国家领导人，还是长辈和朋友。我在张老和大姐面前能敞开心扉，敢于直言。张老和大姐对我的关心，延伸到我的家人。大姐曾邀我的老伴一起去德阳看划龙舟。我女儿多次随我去看望张老和李阿姨。我儿子去美国攻读博士学位时，张老把他女儿小艾的地址给我，以便我儿子和小艾联系，而且说："这样，我们以后就能成为世交了。"以后我的女儿、女婿和儿子，都先后去北京看望过张老和李阿姨。当张老和大姐知道我的外孙在北京读大学时，也叫我把外孙带去玩。大姐很喜爱我外孙，慈爱地摸摸他健壮的身体，让他带一大包橘子和花生回学校去吃。

我每次去看张老和大姐都有很多话要说，但又怕占用二老过多的时间，话总是没有说完。1999年4月我去北京开会时去看张老，因时间不长，临走时张老要我第二天下午再去，可我却安排不过来。张老在室外拉着我的手不放。天有一点冷，但一股股热流，通过张老的手温暖了我全身。又兰大姐来解了围，我才得以上车。坐在车上看见张老和大姐仍站在室外挥手，真令我终生难忘。

2001年1月15日

附 记

  张老逝世，我和家人极感悲痛。我儿子和女婿代表全家到张老灵堂悼念。不久收到又兰大姐的答谢卡，卡里的纸片上印着这样的话："在送别爱萍远行的日子里，感谢您对他的情谊和对我们全家的关爱。"封面是张老的遗像：绿竹丛中，张老像平日那样穿着浅灰色的军便装，没有系纽扣，拄着手杖，慈祥地微笑着。我真想伸出手去，紧紧地握住张老的手。这一次，是我不再松开了……

2004年2月24日晨

探又兰大姐

汽车在北京北五环路上向西山奔驰。

我们一行是去看望张爱萍将军的夫人李又兰大姐的。20世纪70年代，我在出版社工作，因向爱萍同志约稿而认识他们。二十多年来，张老和又兰大姐既是我的长辈，又是我的朋友。我从他们两位身上，获得不少教益。

几年前，为倾诉自己的感情，我写了一篇散文叫《我所知道的张爱萍》。文章结尾写到1999年4月的一天，与张老分别时他拉着我的手不放，要我答应第二天再去他家。室外天寒，我怕张老受凉，不知如何作答。又兰大姐来解围，说我第二年张老九十寿辰时一定会来，张老才松手。没想到这次分手，竟成了我和张老的诀别。

我早从北京的友人那里听到张老生病住院的消息。为避免干扰，我没有打电话去询问，感情上也不愿这个消息得到证实。直到去年巴老九十九岁华诞，又兰大姐代表张老打电话来祝贺，我才忍不住问了张老的情况，大姐说："也是靠药物和医疗器械维持生命。"

张老于2003年7月5日逝世。我很痛苦，也能想象又兰大姐的心情。除了通知当时在北京的儿子和女婿去灵堂吊唁，我给又兰大姐写了一封短信："张老逝世，我们全家悲痛。一下找不出适当的话来安慰您。请您和子女节哀，保重身体。人们不会忘记张老，将永

2003年10月19日，李致在北京探望又兰大姐（左）

远学习他高尚的人品。"尽管如此，我仍思念着大姐。

不久，我收到一封张爱萍治丧委员会的信。信封的字是又兰大姐写的。里面有一张纪念卡，印着张老的彩色相片：张老微笑着，穿着浅灰色的军便装，没有系纽扣，右手挂着手杖，身后是翠绿的竹叶。这正是向张老遗体告别时灵堂所悬挂的那张遗像。卡内一张纸印有："在送别爱萍远行的日子里，感谢您对他的情谊和对我们全家的关爱。"简短的两句话，深情和感激跃然纸上。

汽车到达西山又兰大姐的住处。

进入客厅，又兰大姐拥抱了我，又拥抱了我女儿，并与同去看望她的人——我女婿、女婿的母亲、我妻子的堂妹一一握手。大姐的精神不错，仍然是那样文雅谦和。

客厅墙壁上挂着张老的相片，就是我前面所描述的那一张。我既感到亲切，又感到难受。我想起张老历次热情地欢迎我，更忘不了最后一次他在室外拉着我的手不放……我的眼睛润湿了，喉咙也像哽着什么，说不出话。

好在又兰大姐询问我的妻子、儿子和外孙的情况，才打破僵局。又兰大姐又问到巴老的情况。过去我每一次来，她和张老都会问巴老的情况。

我概述了巴老的近况：靠药物和医疗器械维持生命，心脑血管没问题，病情相对稳定。并说我们即将去上海，庆贺巴老百岁生日。

大姐提到"文革"博物馆仍未建立。

巴老在1986年倡导建立"文革"博物馆。张老和又兰大姐极为支持。张老多次要我转告巴老：他支持建立"文革"博物馆，让子孙后代永不忘记这场历史灾难和教训。以后，征得张老同意，我把张老的支持，写入我的散文《我所知道的张爱萍》，公之于世。

"不应该忘却这段历史。忘记过去就意味着背叛。"

"巴老进入百岁。'文革'博物馆没建立，可能是他最大的遗憾。许多人不理解为什么不建立'文革'博物馆。"

"现在，很多年轻人都不知道'文化大革命了'。"

大家议论纷纷。这时，又兰大姐的二儿子和儿媳到来。他说起现在有个"文革"的网站，参与讨论的网民中，还有人认为只有"文革"这种"大民主"，才能反对腐败，克服官僚主义。这个现象表明了许多年轻人不了解"文革"。反腐倡廉，克服官僚主义，并没有错，但能用"文革"这种"大民主"来解决么？十年浩劫，"造反有理"，"和尚打伞，无法无天"。"四人帮"争权夺利，践踏人权，毁灭文化，生产停滞，经济濒于崩溃……还能让它重演吗？

又兰大姐说："还得建立'文革'博物馆，牢记这段历史。"

我们刚来的时候，又兰大姐的小儿媳一直在照顾她。后来二儿子夫妇回家，我们才意识到今天是休息日。又兰大姐说其他子女和孙辈也要回来。为了不影响大姐的家庭团聚，我提出让又兰大姐休息了。按照惯例，临别前合影留念。大家站在张老的照片前，就像过去围在张老的身边。由于我们都喜欢墙上这张张老的照片，又兰大姐请她的小儿媳妇拿出几张送给我们。这张相片是小艾设计的。小艾是张老和又兰大姐的女儿，搞艺术的，曾在美国留学。张老和又兰大姐都喜欢她，我还记得张老在一首《惜别》的词中写道："人未走，已盼归。"

又兰大姐把我们送到室外，一再嘱咐我争取机会再来北京。她再次拥抱了我女儿。我们则请她保重身体。我们上了车，大姐仍在挥手。

汽车在北五环路上向市区奔去。

我们仍在回忆又兰大姐，都为她精神好、身体健康而感到高兴。我女婿的母亲第一次与又兰大姐会面，对大姐的平易近人感受很深。会见时谈到她擅长国画，大姐特意为此与她交谈，并希望能得到她的一幅画。我说，尽管又兰大姐和我最熟，但若有他人在场，她都会与每一个人说上几句话，不让任何人感到冷落。过去，无论见面、写信或通电话，她会一一问到我家里的每一个成员。谈到川剧和绘画，她也会询问有关艺术家的情况。不过，无论当年请她同意出版张老的诗集，还是现在求大姐的墨宝，都非常困难。大姐非常尊重人，自己却很谦逊，这是她人格魅力的体现。言犹未尽，直到回到住处，我还沉浸在与大姐会面的气氛里。

这天，是2003年10月19日。

2004年初春

李致文存·我的人生（上）

少年往事

大妈，我的母亲

我叫我母亲为大妈，即大伯母的意思。

我的哥哥在他四岁多就去世了。接着大妈生了四个姐姐。我生在节气大雪那天。我父亲——我叫他为伯伯，高兴地掀开帐子，对躺在床上的大妈说："是个儿子，你这下满意了吧？"四个女儿，一个儿子，对儿子自然宝贝，怕带不活，便把我过继给我四爸。我从小叫四爸为爹，如此，便叫自己的母亲为大妈，自己的父亲为伯伯。不过，这种过继并没有实际意义。我的四爸是作家巴金。我十分尊重和热爱他，因为我是他忠实的读者，我信仰他的主张：生命的意义在于奉献不是索取。

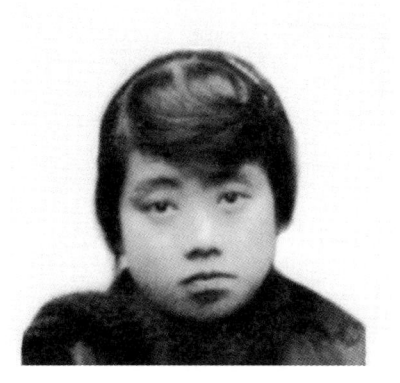

年轻时的大妈

一

我大妈姓张，名兰生，小名叫玉。
我的外公是云南昆明人，后到四川昭化县任知县。他有一儿两

李致的外婆

女,我大妈是次女。大妈自幼聪明,琴棋书画都会一点,舅舅最大,老实憨厚,但脑子不大灵活。有一次,外公要舅舅背"四书"中的一段,舅舅背不出,但大妈却一口气把它背完。外公极为高兴,顺手从口袋摸出四块银圆给她。外婆知书识礼,极为慈祥,但按旧例要给女儿缠脚。外公一听见女儿的呻吟或哭声,常常为她解开缠脚布。有一段时间,外公干脆要他的小女儿改扮男装;有时还让她骑着马,跟着自己的轿子走。这是我大妈的幸福童年,也是她的"光荣史"。

在我外公任昭化县知县的同时,我祖父任广元县知县。昭化和广元是两个邻近的县。我祖父和外公常有交往,以后两家都回到成都定居。当时李家处于兴旺时期,我父亲系长房长孙,相貌清秀,对人诚恳热情,中学毕业名列第一,有好几家来给他说媒。祖父认为可以考虑的有两家,一家姓张(即我外公家),一家姓毛。但这两家条件相当,难下决心。祖父采取求助祖宗的办法,把两家的姓写在两方小红纸上,揉成纸团,在祖宗的神位面前虔诚祷告,然后拈起了一个纸团,上面写着"张"字。这样,我大妈就嫁到李家(改名李张和卿)。我曾祖父和祖父十分高兴,并请人在家演戏庆祝。

李家是一个封建大家庭,很注重旧的礼教,这对年轻一代是很大的束缚。从表面上看,大妈作为长房的长孙媳妇,似乎很体面和幸福。曾祖父因为大妈能诗会画,而且很快生了一个儿子,实现了"四世同堂",的确喜欢她。但这同时引来嫉妒。有人看不起大妈不大不小的脚,挖苦她是"改组派"。也有人嘲笑大妈不会打扮自己——因为她在娘家常着男装。我哥哥李国嘉不到五岁害脑膜炎死去，大妈非常痛苦，有人却暗中幸灾乐祸。我大姐出世前，正遇曾祖父逝世，按"血光之灾"的迷信，让大妈到城外去生孩子。若干年后，一提到这些事，大妈还感慨地说："大家庭，一人吐一口口水，都可以把人淹死！"幸好伯伯理解大妈，不理会那些闲言碎语，尽可能安慰她、体贴她和爱护她。在各种节日和办喜事的日子，伯伯主动帮助大妈梳好发髻和穿好裙子。这种深厚的夫妻情，成了大妈在大家庭抵制旧礼教的"保护伞"。

"五四"运动发生了。伯伯经常买新书报回家。他和三爸、爹（四爸）贪婪地阅读新书报，接受新的思想。他还让大妈看妇女杂志。但伯伯的见解比较温和，他赞成刘半农的"作揖主义"和托尔斯泰的"无抵抗主义"。正如四爸巴金写的文章所说："他一方面信服新的理论，一方面顺应旧的环境生活下去。顺应环境的结果，就使他逐步变成一个有双重人格的人。"这就是伯伯人生悲剧的根源。

像所有的封建大家庭一样，李家也在不断衰败。曾祖父逝世后，因为祖父早已去世，伯伯成了承重孙。尽管他对人极好，仍成了"明枪暗箭"的目标。他内心非常痛苦，偶尔还出现过神经错乱的现象。后来，伯伯帮助三爸和四爸离开成都到南京读书，又支持四爸离开中国到法国留学——他盼望他们学成后回成都"兴家立业"。这时，大家庭早分了家，田产收入少。伯伯曾开过书店（启明书店），但因经办人选择不当而关门。后把田地产抵押出去，用贴现的办法在银行取得较高的利息，以补贴家里的收入。不料伯伯生了一场病，好几个银行倒了，他不知道。他病好出外一看，才知道全家的"养命根源已经化成水"。他感到对不起大家，打算自杀。但他"舍不得家里的人"，写了三次遗书，又三次把它们毁了。1931年旧历二月初四是伯伯的生日，他请了全家所有的人（包括请的佣人）去看戏，旧历三月初一他就离开了人世。伯伯自杀那天晚上，他和二姐睡在一间大床上。据我的奶妈讲，伯伯几次到大妈和我睡的床前打开帐子看我们，还多次去看我

大妈和五个子女，幼年的李致坐在大妈身上。摄于1931年，时住成都桂王桥西街

的三个姐姐。第二天早上发现伯伯时，他的嘴角沾了一点白粉，身体已经冰凉。

伯伯留下了遗书和一份账单，别人欠的债大多无法收回，欠别人的债却必须还清。家里的全部财产只有十六个银圆。债主纷纷来逼债，伯伯的继母、我的继祖母走投无路，卖尽一切，还清伯伯的债——有的债还是他代别人承担的。大妈哭得死去活来，外婆家和一些亲友守着她，怕再发生意外。

这真是晴天霹雳！家庭破产，丈夫自杀，子女年幼。天啊！这场灾难，大妈怎么承受得了，今后又怎么活下去？

二

"当时,我真想心一横,一头撞死!"大妈以后多次对我说,"但一看你们五个,你才一岁零三个月,我的心又软了。我死了,你们怎么办?"伟大的母爱支撑大妈活下来。

我们全家的生活面临极大的困难。三爸李尧林在天津南开中学做教员。他过着贫困的生活,每月按时汇款回家,维持一家十一口的基本生活。伯伯去世的时候,一些好心的亲友送了大妈一些钱,加起来可能有两百多元,把它放出去收利息,作为补贴我们的衣着、医药和其他费用。大妈让我们五姐弟穿得干干净净,先后上学读书。她母兼父职,忍受着各种困难,却从不在子女面前流露。但有一两次,我跟大妈出外办事,坐人力车回家,在途中她突然用手打自己的耳光。我吓得不知所措,只好按着她的手,把头埋在她的

大妈和五个子女的合影,从左到右为:大姐李国煜、三姐李国炯、四姐李国莹、大妈、李致和二姐李国炜

大妈和五个子女。摄于李致的四舅公陈砚农家

胸前。我经常听见大妈讲："宁可人负我，不可我负人。"这句话对我一生有很大的影响。大妈的苦，只有回娘家时，才可以向外婆倾诉；但她又不愿让外婆为她难受，更多的是打掉牙齿往肚里吞。

  大妈对我们五姐弟倾注了全部心血。无论有什么东西，她都要分成五份，让大家都能享受到。我最小，又是独儿，她免不了有点偏爱。不过我的四个姐姐完全理解，她们也爱自己的弟弟。我自幼身体瘦弱，大妈带我十分小心。她常说："我像手上捏了一只麻雀。捏紧了怕捏死，捏松了又怕飞掉。"她尽量节约，让我能吃一些"米锅蛋"，并说："伯伯说的，一个蛋顶三碗饭。"有一段时间，大妈给我订了牛奶。我不喜欢喝，把它当药吃，但对每天取牛奶的方式却很有兴趣。大清早，卖牛奶的人在大门口高喊一声："挤牛奶！"我拿着一个洋瓷杯飞快地跑出去。卖牛奶的人当着我的面，蹲下来从牛的奶头挤下奶，再倒进我的瓷杯里。用现在的话来说，这种牛奶"正宗""资格"，不存在"造假"问题。我上小学的时候，大妈怕我中午乱吃零食，每天给我送午饭。七八条街，来回走路，风雨无阻，两只脚各长了一个大茧。我经常生病，或是感冒，或是消化不良。伯伯的一个朋友叫张伯馨，是位西医。他很重友情。伯伯去世后，十多年间，我们几姐弟去看病，他基本上不收费，还要拿一些针药瓶给我们玩，我们至今感激他。

我们非常爱自己的母亲，听她的话，知道要为她争气。大姐早懂事，比我们体贴大妈。从二姐到我，充满孩子气。有几次，大妈出去办事，很久没有回家。我们等得着急，也非常担心，便胡乱猜疑：会不会在路上遇到坏人？人力车会不会突然翻车？于是我们伤伤心心地哭起来。我也有个别时候不满意大妈。她答应过年时给我买一匹可以骑的纸马，但买回来却是只能挂在身上的马头马尾，这算什么马？有一次我生病，大妈要出去办事，我不答应。她允诺给我订一份《儿童世界》杂志，我才放她走。可是她回家时却说："杂志要一个月才能到。"小孩要的东西，总是希望立即到手。一个月？这是多么漫长的时间！当然，不久我就忘了。但偶尔一想到这件事，我总觉得大妈"骗"了我。我那时太幼稚：大妈哪有钱给我买这些"奢侈品"呢？

全国性抗日战争爆发后，天津和成都的联系中断，家里收不到三爸的汇款。为了应变，我祖母和大妈各自搬回娘家，自谋生活。这是我们经济最困难的时候。物价暴涨，亲友原来送的钱大为贬值，本金和利息都收不回来。大妈挺起腰，想尽办法让我们几姐弟吃饱饭，有衣穿，能上学。大姐在省立女子职业学校读书，她的好朋友萧荀、刘玉琼、白炯等，经常在星期天或假日来我们家玩。大妈对大姐这些朋友很好，即使家里很困难，也要做些东西请她们吃。她们也很喜欢大妈，一直跟着大姐叫大妈为"妈妈"。大妈为别人画画挣钱，她的牡丹、梅花和菊花都画得很不错，不少人愿意请她画单条。她为别人绣帐檐子、绣枕头，也可以得些报酬。她还和舅妈、表嫂一起做豆腐乳、豆瓣酱，附近有不少人乐意来买。这些收入仍不敷出，大妈只得变卖伯伯留下来的各种遗物。稍微贵重的东西早卖光了，剩下的只有叫街上的收荒匠来买，价格很低。我一见卖伯伯的旧东西，心里就难受，常常大哭，抱着东西不放，惹得大妈伤心。当时，亲友中互相解决困难的一种形式"请会"，帮助大妈解决了不少的难题。大妈靠拿"头会"来给我们交学费、买衣服。劳累过度，使大妈的身体受到影响。有一次，大妈胃病大发，痛得从床上滚到床下。舅妈叫我跪在观音菩萨像的下面，不断念"南无阿弥陀佛"！我这个一向坐不下来的娃娃，竟在观音菩萨像前跪了很长的时间。

日本飞机轰炸最厉害的时候，我们随外婆一家疏散到外西文家场。大妈对我的学习一贯抓得很紧，到乡下也不放松，特别是教我写字。她经常在背后看我写字，如果我不用心，她便用手指节结敲打我的头。可惜我既无天分又不勤奋，至今没有把字写好。我那一段时间处在男娃娃最调皮的阶段，不听话，惹人讨厌，被称为"五横牛"。大妈耐心教育我，我每天晚上"悔过"，第二天又依然故我。胖舅舅挖苦说："我都听厌了。"有一次，我调皮过分（什么事我忘了），引起公愤，大姐和她的好友萧姐、二姐、三姐总动员：两个按着我的手，两个按着我的脚，让大妈打我的屁股。我大哭大闹，用当时流行语言骂："哪个再打我挨炸弹！"当然，到了晚上我又向大妈"忏悔"。大妈认为教小孩儿像栽树一样，"小树没栽好，长大了就扳不过来了"。她经常给我们摆老龙门阵，我百听不厌。特别是五叔祖父的故事，我的印象最深。五叔祖父长得清秀，人又聪明，还能诗文，曾祖父特别宠爱他。他得到放纵，乱交朋友，吃喝嫖赌，无一不精。还租了小公馆，包下一个叫"礼拜六"的私娼。钱花完了就偷，偷曾祖父的字画，偷五叔祖母的首饰。小说《家》里的克定就是他的写照。五叔祖母把他赶出家门，他成了"惯偷"，在一个冬天死在牢里。大妈讲得很细致，她说五叔祖父穿马褂十分讲究，团花图案一天三变：上午是花的蓓蕾，中午和下午是盛开的花，黄昏和晚上是即将凋谢的样子。"但是这有什么用？光有钱，不学好，就会变坏！"大妈有针对地说，"生活苦没有关系，只要上进，自古寒门出贵子！"

疏散回来，大妈在今日新闻社工作了一年多。今日新闻社是张履谦先生创办的，他是四爸的朋友，他的夫人任培伯和大妈很要好。大妈的工作主要是剪贴报纸、写信封和到邮局寄信。大妈会做菜，还帮助他们家做腊肉、香肠。虽然薪水少，但大妈这一段期间比较愉快，她认为自己有工作，可以自食其力。新闻社有一个圆形的社章，在那儿工作的人都要挂在胸前。我听见她说过很多次："我胸前也挂上牌牌了！"

亲戚朋友都称赞大妈待人宽厚。我的六孃（三爷爷的女儿），"五四"时期接受了一些新思想，与伯伯、三爸和四爸的感情都很好。伯伯曾称赞她"虽是女子，见解却甚高"。没想到伯伯去世的时候，六孃竟说"人在人情在，人死人情两丢开"，带头来逼债。六孃一直没有结婚，甚至连一个陌生的男人也没有见过。十几年后，成了一个性情怪僻的老处女，很少有人同情她。但大妈却常常去看六孃，六孃的委屈也愿意向大妈倾吐。现在想起来，这正是大妈不计恩怨，"宁可人负我，不可我负人"的体现。

20世纪40年代初期，四爸两次回到成都，和我们住在一起。四爸回来，引起两大变化。一是我小学毕业后，把我送到私立高琦初中读住读。这个学校费用较高，由四爸供给。集体生活对改变我的性格起了很大作用。二是四爸看见大家生活困难，便像三爸那样负担起全家的生活费用。为了节约开支，原来一分为二的家庭成员又合在一起。这时，小幺爸和我大姐先后工作，经济困难有所缓解。不久，二姐和三姐从师范学校毕业，担任了小学教员，每月交给家里一两个银圆或一斗平价米。当时，教师职位很不稳定，大妈每年都要参与"六腊之战"，四处求人帮忙。假期我在家，晚上八九点钟以后，大妈常要我去给她买二两干酒，一堆有壳的花生，独自消愁。这时大妈总爱对我说："一个人，要在有时想无时，不要在无时想有时。"这是她从长期生活重压下悟出的道理。

我上高琦初中的时候，语文教师杨邦杰指导我读鲁迅的小说。我似乎突然懂事了，知道体贴和安慰大妈，对几个姐姐也很好。大妈对我这点进步感到满意。上完初中二年级，我考上华西协合高级中学。我继续从进步书籍和报刊中汲取养料，学习写作，参加学生运动，与朋友合办刊物，上街游行反对内战。一个关心我的亲友把这些情况告诉大妈，大妈要我小心。我对大妈讲了一些看法，她似乎觉得有道理，没有干预我的活动。这时，大妈意识到她心爱的儿子已经有独立的意志了，她不愿再把儿子紧紧地"捏在手里"。

我因反对美军暴行发动罢考，在1947年初被学校勒令转学(变相开除)，去重庆读书。1948年夏天，祖母和十二姑离开成都，去重庆，后去上海。大妈和二姐、四姐在书院东街租了一个小独院——实际只有三间住房和一个天井。经地下党一位同志介绍，一个叫李维则的商人在我们家租了一间房子，作为他从雅安来成都时居住的地方。大妈感到李维则文质彬彬，有礼貌、关心人，不像一般商人，与他相处很好。1949年1月的一个晚上，突然来了几个便衣特务，要抓李维则。大妈和四姐（以后还加上二姐）被"软禁"在住房。大妈要四姐"以买烟招待"为借口，出外找机会通知李维则，叫他不要回来。但特务说"只准进，不准出"，拒不同意。李维则回来时，四姐抢先说了一句"双关话"："有人在等你！"李维则装着不知道，一下进了大妈的住房，丢了封信在地上，又退出去。特务立即逮捕了李维则。李维则也用"双关话"招呼大妈："帮我照顾一下东西！"第二天，四姐把李维则的信交给地下党同志，很长一段时间不能回家。以后才知道，李维则是地下党雅（安）乐（山）工委委员，原名吕英，被叛徒出卖，新中国成立前夕牺牲在重庆渣滓洞。当时，大妈多次说："这样好的人，居然会被抓走！"

三

1949年年底成都解放，给大妈的生活带来巨大变化。

大妈从几十年切身的体会中，认识到旧社会不合理，应该改变。当她知道我和四姐参加了党的地下组织，高兴地说："我早猜到了！"新社会是什么，大妈不清楚。但她的五个孩子都参加了工作，先后入党，她相信她的孩子不会去干坏事。现在，不愁吃、不愁穿、生活稳定，再不受有钱人的气，心情也舒畅了。社会风气良好，面目一新。这些情况，清朝没有，民国没有，大妈怎能不满意呢？

那时，外婆还健在。1952年成渝铁路通车，我和我爱人丁秀涓从重庆回成都探亲。大妈带我们去看望外婆。年过八十的外婆，听说"新娘子"（她没有见过我爱人）要来，请表嫂把屋子打扫干净，隆重接待我们。得知我们坐火车回来，她细声细语地给我们讲：清朝末年，修川汉铁路，强迫摊派"买"铁路的股票，以后铁路没修成，股票变成废纸。"才解放三年，共产党就把成渝铁路修好了。"外婆说了许多称赞共产党的话，最后笑眯眯地说："共产党啥都好，就是会太多了。"

大妈不感到会多，这是因为她耳朵聋了，街道上不找她去开会。大妈的耳朵是1948年的一天突然聋的。当时，我在重庆，知道这个消息，想起她为我们受的苦和她一生受的刺激，十分难受。四爸一直关心大妈（他的大嫂），两次为她买助听器。一次是1958年四爸去苏联，为大妈买了一个助听器，体积大，灵敏度不高。一次是1964年12月12日，四爸"搭公共汽车和无轨电车到上海市第一医药商店买国产助听器一副（准备送给大嫂）"。1965年1月21日，四爸又在日记上写："大嫂来信，说已收到耳机。"这个助听器体积小，灵敏度高。可惜大妈的耳神经不行，仍听不见。好在大妈爱读书报，每天读报纸，没有事就读小说，包括苏联小说（如高尔基

1963年，李致调团中央工作，大妈与李致一家

的《母亲》《远离莫斯科的地方》）。要交流思想感情，大妈自己讲话，别人就得写字。从小孩到大人，开始叫大妈为聋婆婆。她也自称为聋婆婆。

外婆去世，对大妈是一个沉重的打击。几十年来，特别是伯伯去世以后，大妈只能从外婆那儿得到爱抚。过去，外婆给大妈吃的东西，大妈总是带回来给我们几个吃。以后外婆一定要大妈当着她的面吃掉，而且说："玉，这一次你就自己吃吧！"就这样，大妈还要剩一点给我。真是天下慈母心！外婆去世后，我赶快接大妈到重庆来散心。大妈到了重庆，第一次看见她的孙女李芹，听见她叫"亲婆"，自然会减轻些痛苦。大妈说外婆是老死的，油干灯草尽，没有痛苦；遗憾的是她没有给外婆送终。

大妈来自旧社会，但她并不迷信。1962年，大妈跟二姐住在外东新桂村二楼。我那时在简阳参加"四清"。有一天，她爬到书桌上去开窗子，不留心竟摔到楼下，把几个姐姐和我爱人吓坏了。幸好没有出大问题，仅把腿部的韧带摔坏，不久即治愈。周围的邻居说:"聋婆婆人好,命大,摔不死。"大妈笑着对我们说:"我不信这些。万一我摔死了,我就不是好人呐?"大妈的内侄张汉臣常来看她,有一次谈到死,大妈说她怕火葬,怕被烧痛。事后大妈又对我们说:"其实,人死了,哪还晓得痛不痛啊!"过去大家庭里的规矩多,过春节时只能说吉利的话,很多忌讳。1972年我们从河南"五七"干校回来探亲,大年初一,我儿子李斧与亲婆开玩笑,竟用手比画表示他要"上吊"。我怕大妈不高兴,

李斧与亲婆

立即警告儿子,不许他做这些动作。没想到大妈不但没有责备孙子,自己也做了一个"上吊"的动作。

　　大妈真心实意地拥护共产党。新中国成立后我们几姐弟的工作经常调动:大姐调重庆,三姐调福建,四姐调北京和广西,我调重庆。大妈知道应该服从革命需要,从来没有阻拦。以后除三姐外,我们又调回成都。三年困难时期,大妈毫无怨言。她按照当时对干部的规定,不上饭馆吃东西,还在她住房楼下的空地上开了一小片地,种上蔬菜,以补不足。大妈那次从楼上摔下来,正跌在这片松土上,没有重伤。以后经济情况好转,日子过得好一些。1964年初组织通知我和我爱人调北京工作。大妈当时和我们住在一起,祖孙三代共享天伦之乐,这是我一生最愉快的时期之一。突然又要分离,我心里很不痛快。动员大妈和我们一起去北京,她又舍不得故土和几个姐姐。商量结果,大妈同意我们先去,以后她来北京玩。大妈努力控制自己的感情,仅在2月3日那天,指着日历对我说:

"我希望日历到今天就不动了。"我把大妈的话记在当天的日历上,这张日历到现在刚好保存了三十年。我们到北京以后,二姐和四姐为大妈准备了皮衣,大妈也打算来北京看我们,可是"文化大革命"发生了。

四

大妈当然无法理解所谓的"文化大革命"。

我三姐夫在福建一所劳改场当场长,犯人起来造反。他和三姐遭到残酷的报复,好在大妈不知道。我在北京靠边站、关"牛棚",被打翻在地,两年多没有给大妈写信。大妈意识到我在受"审查",但我患难与共的妻子定期给她写信和寄钱回家,多少给了她一些安慰。二姐和四姐是当权派,受审查、被斗争,不可能完全瞒过大妈。大妈凭报纸知道一些"革命"道理,她相信应该"维护毛主席革命路线",多次要二姐、四姐"好好检查自己",快一点"回到毛主席的革命路线上来"。1971年,我从"五七"干校回成都探亲,大妈知道我恢复了党组织生活,显得很高兴,问我的觉悟提高了多少。天知道我该怎样回答!我不敢讲真话,又不能拒绝回答,只好开玩笑地在纸上写:"提高了百分之八十。"大妈似乎理解我的难处,笑着说:"希望你继续提高。"属于她子女的问题,大妈并不太计较。使大妈困惑的,是老一辈革命家的遭遇。

新中国成立十七年,大妈对老一辈革命家十分尊敬。可是,十年浩劫,是非颠倒,什么都乱了,谁也给她解释不清楚。刘少奇是国家主席,邓小平是党的总书记,这两位革命领袖一下变成被打倒的对象。大妈能理解吗?林彪是"副统帅",天天要祝他"永远健康",又因谋害毛主席未成叛逃摔死。这是怎么一回事?"人才难得"的邓小平出来主持工作,人民群众拥护,但又是什么"右倾翻案风",被撤销一切职务。谁在故弄玄虚?周总理、朱总司令、毛主席先后逝世，大妈和人民群众一样，感到悲痛。"四人帮"被粉碎，万众欢腾，我们才敢向大妈说明真相。她非常高兴，但她悄悄问我："江青是毛主席的妻子，她为什么敢做坏事？"给贺龙、彭德怀、刘少奇平反，大妈都拥护，但必然要导致她对毛主席的不理解。有一次，我儿子大胆给大妈讲，毛主席也有缺点。大妈大吃一惊，要我告诫儿子"不要乱讲"。我趁机给大妈写了一段话："毛主席是伟大领袖，是人，不是神。他有很多功绩，但也有缺点和错误。'文化大革命'就搞错了。"大妈半信半疑，这个弯她不是一下子就能转过来的。

五

仅仅三四年，经济生活大有改善。大妈从几个儿女和周围的人身上，看到人们心情舒畅和新的工作热情。她的孙女、孙儿和外孙，大多参加工作。大妈和孙辈的关系极好，孙子辈可以叫她"老张"，可以和她开玩笑。外孙李舒帮外婆买点心，自己起码要吃一半。李舒拒不承认。实在没有办法，他就说："我要不去买，你们连那一半都吃不到。"剩下的点心，大妈真心实意地留给每一个孙子，而且要让他感到亲婆（或外婆）最爱他，是特意留给他的。这些孙子互通情报，发现每一个都是被"最爱"的，便和亲婆（或外婆）开玩笑，说她"一根骨头哄几条狗"。我儿子李夲强教亲婆说英语，她便用中文说"阿都那提罗"（I do not know）。大妈生性乐观，形势一好，幽默感就更加显示出来。有一次，大姐为一件小事不高兴。大妈当时没有说什么，隔了一会儿，大妈摸着大姐的脉对她说，要给她开副药方。大姐莫名其妙地问开什么药方，大妈说："平肝！"我1973年调回四川，在出版社工作，离大妈住地很近，几乎天天去看她。正因为经常去，每次去就不可能有很多新话题。我一去，总是先在纸上给大妈写："你好不好？我这几天很忙。李斧来看过你没有？"大妈对我简单的谈话很不满意。有一次，她对我说："你最好刻一个图章。"我不理解大妈的意思，申明我已有图章。她说："你每次来，只有这几句话，不如刻一个图章，来了一盖就行，省得每次都写。"我这才知道大妈在"挖苦"我。大妈还经常告诫我，要多去看她，否则将来她"没"了，我要后悔。又有一次，我听说大妈病了，淋着大雨去看她，她很高兴。我为了"报复"，写了四句话：

晚年的大妈没事就写字

　　大雨探母亲
　　其心何虔诚
　　还说儿不好
　　打起灯笼找

　　大妈看见纸条，哈哈大笑。然后悄悄告诉我，她知道我儿子李斧有"朋友"了。当时，李斧正在和方惠谈恋爱，常常一起去亲婆那儿玩。他们既是去看望亲婆，又是在那儿谈情话，因为亲婆听不见。我问大妈怎么知道的。大妈说："那天我对李斧说，我知道你有朋友了。李斧问是哪一个，我说总之不是圆的、不是扁的。"
　　一家人团聚吃饭是最愉快的时候——大妈往往在一个月前就开出菜单，征求国庆节或春节吃哪些菜肴——大小十五人，分坐两桌，说说笑笑。大妈把儿孙们孝敬她的钱大部分用来请儿孙们吃饭。我女儿李芹说："亲婆的方针是：取之于民，用之于民。"

采桑子

人生易老天難老 歲歲重陽 今又重陽 戰地黃花分外香 一年一度秋風勁 不似春光 勝似春光 寥廓江天萬里霜

憶秦娥

西風烈 長空雁叫霜晨月 霜晨月 馬蹄聲碎 喇叭聲咽 雄關漫道真如鐵 蒼山如海 殘陽如血

七絕

暮色蒼茫看勁松 亂雲飛渡仍從容 天生一个仙人洞 無限風光在險峯

蝶戀花

我失驕楊君失柳 楊柳輕颺直上重霄九 問訊吳剛何所有 吳剛捧出桂花酒 萬里長空且為忠魂舞 忽報人間曾伏虎 淚飛頓作傾盆雨

卜算子

風雨送春歸 飛雪迎春到 已是懸崖百丈冰 猶有花枝俏 俏也不爭春 只把春來報 待到山花爛熳時 她在叢中笑

十六字令三首

山 快馬加鞭未下鞍 驚回首 離天三尺三
山 倒海翻江捲巨瀾 奔騰急 萬馬戰猶酣
山 刺破青天鍔未殘 天欲墮 賴以拄其間

母亲在"文革"中抄写的毛泽东诗词

这一两年，大妈几次对我说："昨晚我又梦见你伯伯，大概他要我去了。"我则要她不要胡思乱想。李芹问过我亲婆的健康状况，我说至少两三年内不会有问题吧。

大妈，我们多么期望您多过几年幸福生活呵！

六

不幸的时刻突然到了！

1980年4月12日，我忙了一天，十分疲倦。十时前上床，打算提前睡觉。伴着"砰砰"的敲门声，我听见："舅舅，快到二姑家里去，亲婆婆出事了！"这是晓音的声音。她是二姐邻居、市文化局郝局长的女儿，与我们家的关系很好，跟着二姐的孩子叫我舅舅。我立即从床上跳起来，跟着晓音便走。路途并不长，但老走不到。我想知道更多的情况，晓音只知道大妈上床睡觉，突然偏倒，叫不答应。

赶到二姐家，大妈躺在大床上，已经深度昏迷。二姐说，他们发现大妈昏迷时曾不断叫她，大妈唯一的反应是手动了一下，把五根指头捏在一起，示意要叫我去。可是我去迟了，连叫："大妈！大妈！"再也听不到回答。对面医院的周院长、唐医生早在这里。我知道现在不是悲伤的时候，必须冷静，便和二姐、医生商量，立即把大妈送医院抢救。

四姐、秀涓等赶到医院。医生诊断大妈是脑溢血，安好输氧、输液的管子，由我守护。考虑到大姐身体不好，决定明早再通知她。我

大妈，摄于1968年金秋十月

又动员二姐、四姐和秀涓回家，第二天再来替换我。她们走后，天下大雨，代我流了眼泪。我坐在大妈身边，目不转睛地望着她老人家。她鼾声很大，像已熟睡，还看不出痛苦的表情。但我已预感到大事不好，凶多吉少。生死离别的感情开始笼罩着我。大妈的情况逐渐恶化。我用一张纸做了记录：

十二时四十五分情况

血压：八十至一百三十

呼吸：二十七至二十九（鼾声较大）

头部、身上出汗，两腮明显肿大。太阳穴附近也开始肿大，继续溢血

一时情况

血压：一百至一百六十八

皮下肿大，眼睛也肿起来

一时四十分情况

血压：一百一十至六十

"一百一十至六十"是个什么数字？我现在已经看不懂了。当时，我心乱如麻，两手发抖，无法再记录下去。是呀！一个儿子，怎么能冷静地记录下母亲衰亡的情况呢？

我默默地望着大妈……

我想起童年的时候，夏季炎热，大妈让我睡在室外的春凳上，不断地用扇子为我扇凉和驱蚊虫，直到我睡熟才把我抱进室内。

我想起上小学的时候，大妈每天给我送午饭。如果大妈迟到了，我就靠在校门上，从门缝望出去。直到大妈来了，才破涕为笑。

我想起上初中的时候，有一次回家拿钱，大妈不在。我从窗户翻进屋，打烂立柜，没有找到钱，留下一张胡言乱语的纸条。回

学校后,我知道做错事了,满以为回家要受责备。但后来大妈看见我,却带有歉意地说:"我不知道你要回来。"

我想起三十岁生日的时候,大妈知道我喜爱鲁迅的书,拿出自己的积蓄,买了一套精装的《鲁迅全集》送我。多么珍贵的礼物!

大妈的呼吸没有停止,心脏还在跳动。我站起来,内疚地、感激地、深情地亲吻了大妈的前额。大妈,这是你儿子的亲吻,也是您女儿、孙儿和孙女的亲吻!

以后的事,我糊涂了,记不清了。

第二天一早,三个姐姐和姐夫来了,秀涓来了,孙子辈来了。对大妈的抢救,只不过让她多活几小时罢了。我和四姐商量,如果确实抢救不过来,最好让大妈少受一点痛苦。我们把这个想法告诉了医生。如果大妈逝世,几个姐姐一定承受不了,我请几个姐夫和外甥照顾她们。晚上,我口授了讣告,请外甥李舒做了记录。

第二个晚上我又守护大妈。我平常对大妈照顾太少,这时我再也不能离开她了。这一夜,李舒与我一起守护。大妈的病情更加恶化,我们的主要任务是给大妈吸痰。我头昏脑涨,别的什么都记不住。

1980年4月14日下午七时,大妈告别人世,享年八十一岁。

我的三个姐姐,有的昏倒,有的心脏病发作。我强忍巨大的悲痛,和四姐的朋友刘桂文给大妈换了衣服,把她送进太平间。第二天上午,我们把大妈的遗体送到火葬场。正如我们在《讣告》上通知的"丧事从简","不举行追悼仪式,不接受花圈、祭幛和其他纪念物品",我们没有举行任何仪式。我们几姐弟躲在一个朋友家里,用无言的沉默来舐干内心出血的伤口。

办完丧事,我扑在床上放声大哭。

四爸给我们来信:"大妈去世,消息来得突然。我刚从日本回来,得到通知,也没有写信安慰你们,你们姐妹兄弟的悲痛是想得到的。我也难过,我本来以为我还会回成都,还可以再见她一面。

不过我对生死问题看得开，也看得透，我没有几年好活，因此要多做事情。但你们都得保重身体，你们年轻，你们还有许多事可做。要热爱生活，好好安排生活。有什么事需要我帮忙的，可以告诉我。我希望你们都过得好！"

七

大妈逝世十四年了。

这些年来，我们几姐弟谁也不敢轻易提起大妈。时间的流逝，冲不淡我们对母亲的深情。大妈患高血压，如果认真服降压药，可能不至于猝死。当时我为什么就没有想到呢？现在想到已无济于事。

悔之晚矣！悔之晚矣！悔之晚矣！

有一次我打算写一篇短文，只写了第一句"我已经没有母亲，只有在梦里寻觅"，便再也无法写下去。我的确多次梦见大妈，但最后总是又找不到她了，直到哭醒。这也是我为什么到现在才写这篇回忆的原因。不过，我无时不在内心呼唤：

大妈，我的母亲！

1994年3月22日

终于理解父亲

我父亲在1931年春自杀身亡。

那时我只有一岁零三个月,谈不上对他有什么了解,所以我说不清楚自己的父亲。我只能说说自己对父亲的认识和感情的转变。

一

从我有记忆的时候起,母亲卧室里就挂着一张颇大的照片,我天天看见它。照片上的人眉清目秀,身着西服。不管我站在什么地方,他的眼睛都望着我,使我既感到陌生,又感到亲切。母亲说他就是我的父亲。

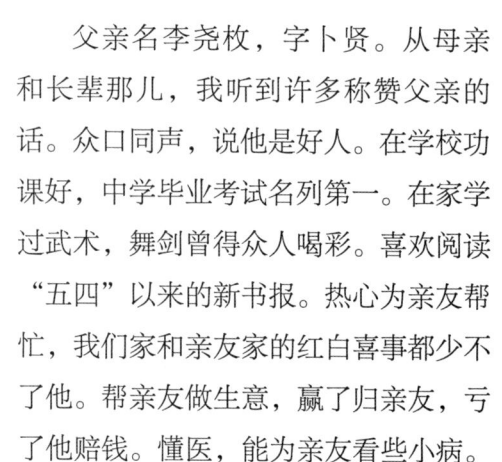

父亲名李尧枚,字卜贤。从母亲和长辈那儿,我听到许多称赞父亲的话。众口同声,说他是好人。在学校功课好,中学毕业考试名列第一。在家学过武术,舞剑曾得众人喝彩。喜欢阅读"五四"以来的新书报。热心为亲友帮忙,我们家和亲友家的红白喜事都少不了他。帮亲友做生意,赢了归亲友,亏了他赔钱。懂医,能为亲友看些小病。

李致的父亲李尧枚

脾气特别好，亲友中发生什么矛盾，他去劝解，甚至给双方作揖，说是他的不是。他死后，连邻居、小贩都感到惋惜。……所有的人都说他不该自杀。

二姐、三姐、四姐和我，因为年龄小，加上母亲身兼父职，似乎未感到缺少父亲的不幸。大姐对父亲感情特别深，一提到父亲她就流泪。半个世纪以后，她才告诉我，父亲很爱她。当年她和父亲同睡一张大床。父亲喜欢读新书报，每晚读到深夜，她至今还记得父亲读书时的背影。父亲给她订了《小朋友》和《儿童世界》，对她有很大影响。父亲爱带她出去玩，买糖果招待她的小朋友。1929年，父亲从上海回来正是中秋节，她在大门外玩，父亲一下轿子就摸她的头。父亲去世后，大姐十分痛苦，长期用写日记的方式倾诉她对父亲的感情。

我没有这些经历和感受。听母亲说，父亲去世前，我只会为他提拖鞋。我看见过一张旧照片，父亲抱着大约半岁的我，我含着自己的指头，父亲右手顶着

李致的父亲（左）和曾祖父

李致的父亲抱着未满一岁的李致。1930年夏摄于成都桂王桥西街

我的脚，左手抱着我的腰。老友刘多成会用计算机修复旧照片。他帮我把父亲抱着我照的那张照片修复一新。我在旁边加上"《父与子》（李尧枚与李致） 1930年夏"。望着照片，我享受到父爱，似乎能感到他身体的温暖。

我看见过父亲的很多遗物，包括我用来玩的父亲的打针用具。除此之外，再无其他。

二

母亲经历千辛万苦，把四个姐姐和我带大。

父亲自杀，家庭破产，亲友逼债。继祖母卖了自己的养赡田产还债。有些亲友甚至拿走家里的字画和别的实物。面对没有父亲的五个孩子怎么办？这无疑是母亲最困难的时候。我太小，根本不知母亲的痛苦。幸亏在天津当教员的三爸李尧林，担负起全家的生活费用。

日本鬼子侵略我国，交通中断，三爸无法寄钱回来。继祖母和母亲分别带孩子回娘家住。母亲靠变卖旧衣物、绘画刺绣、卖豆腐乳、"请会"拿"头会"等办法养活我们，供我们读书。

20世纪40年代初期，四爸两次回成都。他目睹家里的困难，主动担负起全家的生活费用。为节约开支，我们又和继祖母住在一起。这次住在一起，可能是因为生活困难，加上传统的婆媳关系，母亲经常受到继祖母的训斥。每当继祖母心情不好时，就在晚上训斥母亲，时间很长。我睡在隔壁房间，听得清清楚楚。我为母亲不平，长时间不能入眠，常高声喊叫母亲，但任我千呼万唤，母亲都不敢回自己的房间。这时，我内心深处常埋怨父亲，为什么扔下母亲而去？

抗日战争时期，学校搬到乡下踏水桥，离城五六里。每遇下雨，满地泥泞，我和四姐在风雨中戴着斗笠，举步维艰。有几次风大，斗笠被吹走，人跌在地上。许多同学有父亲来接，令我们羡慕不已。

如果有父亲多好！……

三

上中学的时候，读了四爸的小说《家》和散文《做大哥的人》，我才对父亲有所了解。《家》中的高觉新以我父亲做原型。父亲自小就很聪慧。他对化学很有兴趣，希望将来能去上海或北京上大学，以后再到德国留学，脑子里充满美丽的幻想。可是高中毕业后，祖父给他找了工作，二十四元的月薪断送了他的前程，他回到自己屋子伤心地大哭。不久，祖父又为他娶了妻子，而他本有心仪的人。他一切顺从祖父，毫不反抗。祖父逝世后，父亲又担负起我们这一房的生活重担。"五四"运动发生后，父亲和三爸、四爸都受到新思潮的洗礼，父亲"被遗忘了的青春也给唤醒了"。父亲经常买回新书报，贪婪地阅读这些书报，接受新思想。父亲的见解比较温和，他赞成刘半农的"作揖主义"和托尔斯泰的"不抵抗主义"。正如四爸所说，我父亲"他一方面信服新的理论，一方面依旧顺应旧的环境生活下去。顺应环境的结果，就使他逐渐变成了一个有双重人格的人"。这是他以后发生悲剧的根源。

祖父去世后，父亲做了承重孙，成了明枪暗箭的目标。他到处磕头作揖想讨好别人，也没用处。四爸说，他和三爸"带反抗性的言行"又给我父亲招来更多的麻烦。我的哥哥李国嘉四岁多时突患脑膜炎去世，对父亲是一个更大的打击：他的希望完全破灭了，精神抑郁，偶尔还出现过神经错乱的现象。后来，父亲帮助三爸和四爸到南京读书，又支持四爸去法国留学，希望他们学成后回来兴家立业。由于大家庭分家，田产收入减少，父亲曾另想办法增加收入。开过书店，但因经办人选择不当关门。继而把田产抵押出去，希望用贴现的办法取得较高的利息。不料他生了一场大病，等他病好才知道好几个银行倒闭，全家的"养命根源已经化成水"。他感到愧对全家，终于服大量的安眠药自杀！

知道这些情况，我对父亲有了一定的认识。他是好人，是旧社会的受害者。但在很长的一段时期内，我不满他采用自杀的办法。父亲离开人世，把母亲和五个子女留在人间，让母亲独自承担莫大的痛苦和灾难。

四

从20世纪50年代起，我发现四爸对我父亲有极为深厚的感情。他曾对我说，我父亲如果放下绅士的面子，过一般人的简单的生活，完全可以不自杀。他懂医，可以好好学医，成为一个好医生。新中国成立后说不定还可能当一个政协委员。

为我父亲，我和四爸有过辩论。

四爸曾答应我将来去上海时，他陪我玩。1964年9月我第一次去上海，我提出要去给三爸扫墓。我没见过三爸，但我非常尊重他。主要原因是父亲去世后，他牺牲了自己的爱情和婚姻，主动用教员的薪水供给我们全家生活费用，努力工作，省吃俭用，直至全面抗日战争开始后联系中断。抗日战争胜利时，三爸贫病交加，逝世于上海。四爸同意我的要求，在一个下午雇了一辆三轮车，我们冒着烈日，同去虹桥公墓。我在墓地向三爸鞠躬，感激和尊敬使我流了眼泪。

在去墓地的三轮车上谈到父亲，我第一次向四爸表示了对父亲的看法，说他丢下母亲和子女去自杀，太不负责任。我当时年轻气盛，用语相当激烈。我们谁也说不服对方。只记得四爸感慨地说："连你都不理解，小林他们就更难说了。"

对父亲的"谴责"，在我心中保留了几十年。特别是我有了孩子以后，我非常喜爱我的两个孩子。我用玩、讲故事等办法启发他们的智力，促进他们的全面成长。女儿两次生病，怕她抽筋，我守通夜，困了用冷水浇头。儿子小时候，为了引起他读书的兴趣，我花了几个月时间，连续在晚上给儿子讲完《水浒传》，以后他在八九岁竟自己读完《三国演义》。儿子跟我去"五七"干校，整个冬天我们睡在一间小床上，互相用身体温暖对方。联想到我自己没有得到父爱，实在遗憾。"文革"中不论遇到什么困难，当"牛鬼"，进"牛棚"，被批斗和殴打，我从没想到自杀。原因之一，是我不能让孩子没有父亲。

五

20世纪80年代初期，我有一次去上海。一天上午，四爸拿了一叠信纸给我，说这是我父亲给他的四封信。我知道三爸、四爸离开四川以后，父亲经常给他们写信。四爸很珍惜这些信，把一百多封信装订成三册，保存了四十多年。"文革"初期，为避免引起麻烦，四爸横下心烧掉这些信。以后，四爸回忆到这件事时曾说："毁掉它们，我感到心疼，仿佛毁掉我的过去，仿佛跟我的大哥永别。"

这是我第一次看见父亲的字迹，也是第一次读到他们兄弟间的信。1929年7月，在分别六年以后，父亲到上海，与四爸相聚了一个多月。三爸当时在天津，未到上海相聚。这四封信是我父亲回成都后写的。前三封写于1929年，后一封写于1930年。因为尚未装订，烧毁时漏掉，才被留下。"文革"时被抄走，落实政策时退回。我一下就被信的内容所吸引，几乎是流着泪把它看完的。看一次不够，征得四爸同意，我把父亲的信带回成都复印，再把原件寄还给他。原件他要捐给现代文学馆。

这四封信增进了我对父亲的理解。

最引起我注意的，是父亲谈到"对人类的爱"。由于四爸在小说《灭亡》的《序》中谈到过他和我父亲的差异，父亲在信中表示了他对当时社会的看法，说："现代社会所需要的是虚伪的心情，无价的黄金，这两项都是我俩所不要的，不喜的。"在谈到他俩的差异时，父亲说四爸"对现代社会失之过冷"，而他对"现代社会失之过热"，所以他俩"不是合于现代社会的"。接着父亲又强调"我俩对人类的爱是很坚的"，"我两个没爹没娘的孩子，各秉着他父母给他的一点良心，向前乱碰罢了"。

我父亲以极大的热情支持四爸写小说《家》。他在信上说："《春梦》（即以后的小说《家》）你要写，我很赞成；并且以我们家人物为主人翁，尤其赞成。实在的，我家的历史很可以代表一切家族的历史。我自从得到《新青年》书报，读过以后，我就想写一部书来，但是我实在写不出来。现在你想写，我简直欢喜得了不得。弟弟，我现在恭恭敬（敬）向（你）鞠躬致敬，希望你有暇把他（它）写成罢。"他还鼓励四爸不要怕，说："《块肉余生》过于害怕就写不出来了。"

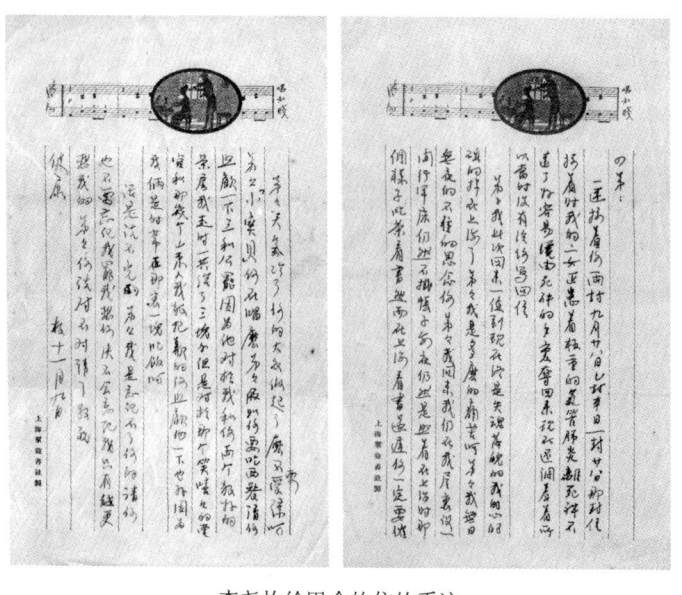

李尧枚给巴金的信的手迹

父亲与四爸的兄弟之情，充满字里行间。父亲在第一封信里说："你们走后，我就睡在舱里哭，一直到三点半钟船开始起锚，我才走出来，望着灯光闪闪的上海，嘴里不住地说：'别了，上海！别了，亲爱的弟弟们！'上海，我不大喜欢，但是我弟弟住在那里，我也爱他了。"另一封信上又说："弟弟，我此次回来，一直到现在，终是失魂落魄的。我的心的确的掉在上海了。……我无日无夜的不住思念你。弟弟，我回来，我仍在我屋里设一间（张）行军床，仍然不挂帐子，每夜仍然是照在上海时那个样子吃茶看书。然而在上海看书过迟，你一定要催促我……"还说，他是不再看电影了。因为没有他弟弟坐在他旁边替他解释剧情了。弟弟，他要他弟弟来了，他才得快乐呵！

关心和尊重人也在信中体现。父亲在上海时，常和四爸去一家叫三和公的饭馆吃饭，回成都后还念念不忘。他说："你要吃西餐，请人照顾一下三和公罢，因为他对你和我两个很好的。茶房我走时一共给了三块钱，但是对那个笑嘻嘻的堂官（倌）和那几个山东人，我是很抱歉的。你照顾他一下也好，因为我俩是时常在那里一块吃饭呵！"

父亲在信上已有自杀的念头。他说："我也是陷于矛盾而不能自拔之一人，奈何！……此时暂不自辩，将来弟总知道兄非虚语。恐到那时，弟都忘却兄了。唉！"正如四爸以后所说："他始终未说出原因来，所以我不曾重视他的话。"

我通过这四封信，接触到父亲的心灵。他不是不热爱和留恋生活，更不是回避矛盾抛弃亲人。他阅读《新青年》杂志，喜欢狄更斯的小说《大卫·科波菲尔》，爱听G.F.的唱片*Sonny Boy*。家庭破产，父亲觉得对不起全家，企图自杀，正因他舍不得家人，写了三次遗书又三次把它毁掉。最后一封遗书中写道："算了吧，如果活下去，才是骗人呢。……我死之后不用什么埋葬，随随便便分尸也可，或者听野兽吃也可。因为我应得之罪累及家人受此痛苦，望从重对我的尸体加以处罚……"（这是我以后读到的）。自杀前二十多天，父亲借自己的生日，请了全家人（包括佣人）看戏，以示惜别。父亲自杀当夜，他几次来看望母亲和我们几姐弟。第二天早上，全家乱成一团。我和二姐、三姐、四姐人小不懂事，唯大姐悲痛不已。她拼命地喊爹爹，多次用手扳开父亲的眼睛，希望把父亲叫醒，但这时已"呼天天不应，叫地地不灵"了。

此后我不再谴责父亲对母亲和子女不负责任。尽管我仍不赞成他自杀。对四爸在小说《秋》里没有让觉新自杀，我也有了新的理解。四爸本想通过《家》鼓励父亲，勇敢地面对生活。但小说的《序》刚在《上海时报》连载，父亲就在成都自杀了。四爸为此感到"终生遗憾"。写到《秋》的结尾，四爸既想给读者希望，更不忍心觉新在他笔下死去。

六

从此，对我父亲，我与四爸有了更多的话题。

20世纪80年代我常去上海。有天早上和四爸在花园散步，四爸说他发现自己不如写《家》时那样勇敢，身上有时还有觉新的东西。可惜谈话被打断，未继续下去。

1986年春，我就父亲的四封信，与四爸有一次较长的谈话。四爸为我父亲1929年7月来上海，他们未能与三爸相聚，感到十分遗憾。当时，四爸曾以他和我父亲两人的名义约三爸来上海，但三爸以暑期要为学生补课为由，没有成行。四爸说，其实还有一个问题，去信中没有解决路费问题，失去了三兄弟分别六年再聚的机会。以往在成都，大家都向往杭州，这在小说《家》和《春》中多有描写。四爸一连几次对我说，真不知道那一次为什么没与你父亲一起去杭州玩？感到十分遗憾。当然，最令四爸痛苦的事，是两个哥哥都是因没有钱而死去。四爸痛哭失声地说："我现在有钱，但钱有什么用？我又不想过好生活。"

1995年，我第一次去杭州看望四爸。四爸对我说："一个人做点好事，总不会被人忘记。我时常想起你父亲，他对我有很多帮助，你三爸对我的帮助也很大。我要帮助他们，结果没有机会了。我知道，我可能不会被人忘记，但我希望他两人也被人记住。"两年后，我第二次去杭州看望四爸。四爸再一次谈到我父亲和三爸，他说："我们三兄弟有一个共同点，就是愿意多为别人着想，做出自己的奉献。"这一点，我感到很重要，是理解他们三兄弟的关键。四爸希望他们三兄弟能在"慧园见面"，即在慧园设一个展览室。我回成都即向市主要领导做过建议，但这个愿望难以实现。

也是在杭州，有一天，我和四爸的儿子小棠在屋里与四爸聊天。四爸说："你们以后写文章，涉及婆婆（指继祖母）一定要公正。"我说："我在《大妈，我的母亲》一文中特别提到在我父亲逝世后，继祖母卖了她的养赡田来还账。这是大局。家里的一些小矛盾，难免，但大局是主要的。我和几个姐姐都理解这一点。"四爸还谈到他小时婆婆对他的关心。其中谈到有一次过年，四爸放火花，鞋烧燃了，脚被烧伤，躺在床上，婆婆给他找药治疗。小棠与四爸开玩笑，问四爸："你那么大了，还不知道自己把着火的鞋脱了？"

1997年父亲百年诞辰之际，我打电话给住在华东医院的四爸。四爸有语言障碍，没有多说，只说了："庆祝一下。"我和几个姐姐、儿子与女儿，想不出用什么办法庆祝。后来，儿子在计算机的互联网上设了一个李尧枚的资料库，有照片、文章和资料，除四爸和济生叔的文章，还先后组织了采臣叔的文章以及大姐和张表嫂对父亲的回忆。到一定时候，资料库即可公开，欢迎访问。

几十年了，经历了一个漫长的过程，我终于理解了父亲。只是这理解来得过迟了。请你原谅，我的父亲！

2002年春

外婆家的花园

外婆家的四合院，有一个相当大的天井，种了许多花草。外婆或是亲自动手，或是指挥家人劳动，一年四季都有花。这不就是花园吗？

面对正房的右边，有一棵玉兰花树，长得很高。春天一到，先看见它长了许多骨朵儿。这时，我、四姐和外侄女淑媛，心里就痒痒的了。等呀，等呀，好不容易花开了。几十朵白花像树枝上顶满白雪，使人感到纯洁。但是还得等，等什么？等它的花朵掉下来。如果花不掉下来去摇动树干，准会挨骂。不管哪个拾到花朵，一人分几瓣，用手把花瓣一摩擦，再把瓣头撕掉一小块，用嘴吹，花瓣便慢慢地鼓起来，像一个扁的小气球。拿着玩一会儿，比比谁吹得大，然后再用两手一拍，听听谁拍得响。这里面可有技术啦。摩擦得太重，花瓣就破了，吹不起来；吹也得轻轻地，不然就爆了。

左边，树可多了。

有一棵绿萼梅树。它的花开得早，虽然香味儿不浓，但素雅，像一个姑娘。还有垂丝海棠树。每逢开花，树上像吊着一根根的丝线，丝线上挂着一串串红色的小花朵。四姐最喜欢垂丝海棠，说它很美，经常摘些花朵送她的同学。

我兴趣最大的是紫荆花树。花是红的，只要用手去抓树干，树枝就要动。大人说是给它抓痒。我们一天总要给它抓几次痒。胖舅舅也爱叫我给他抓痒，胖舅舅的肉很软和。树干像瘦人的骨头，硬邦邦的。尽管如此，我们仍愿给紫荆花树抓痒。

几棵树的中间，有一个绿色的大水缸。里面全是绿色的浮萍和水草。据说有很多金鱼，我们找来找去，很难找到。胖舅舅说水草太多，金鱼被盖住了。我几次用棍子去拨开水草，只看见过一条红色的金鱼。太费时间了，没有兴趣再去看它。

有蟋蟀，我也捉到过几只。大人说蟋蟀会打架，特别是有一种叫"棺材头"的。可是我捉住的，从不打架。它们也许是朋友，也许是"和平爱好者"。大人叫我们不要打架，何必要蟋蟀去打呢？我把纸盒打开，让它们回家去。

树多，夏天有蝉叫。我很想抓一只，但或是看不见，或是太高，从没有抓住。只不时发现一些蝉壳，外婆说中药叫蝉蜕，可以明目。

经常看见的是蚂蚁。如果打死一只苍蝇，放在地上，不久被小蚂蚁发现，急急忙忙地跑回去报信，不一会儿，一长串小蚂蚁排着队来了。我和淑媛便高兴地唱："蚂蚁儿、蚂蚁儿来来，大哥不来小哥来，吹吹打打一路来。"等许多小蚂蚁来了，它们便齐心合力地把苍蝇拉走。可是看完这一过程，得花很长的时间，往往看到一半，大人就叫去吃饭；我们的腿也疼了，借此休息一会儿。可惜再来看的时候，蚂蚁已经不见了。但这种小动物的有组织的行动，给我们留下了深刻的印象。

夜晚，能听见"叫咕咕"清脆的声音，给夏天的黑夜增添一份欢乐的气氛。叫咕咕一般是胖舅舅买的，装在用麦草编的笼子里，吃南瓜花。吃完南瓜花，总不能让它饿死，便把它放到花园里去"自谋"生路。也不知道它吃什么，还能活多久。这是一个谜。

外婆亲自动手的：一是牡丹花，一是兰花。每到冬天，外婆要把牡丹树枝一些可能生骨朵儿的地方，用旧棉花缠住。像小孩戴了一顶棉帽，好暖和啊！不知等多久，春天到了，外婆把棉帽取掉，能看见骨朵儿了。又不知等多久，花盛开了。外婆请客人来赏花，客人对外婆说一些吉祥的话，外婆也很高兴。牡丹花显得雍容富贵，我母亲爱画牡丹，我也喜欢它。这时，天暖和，外婆几乎天天出来观花，还要加肥。不仅要把鸡关住，还不断给小孩打招呼，不许去碰它。至于兰花，外婆也很爱护，但我不会欣赏，只觉得清香。

唯一的果树是枇杷树。每年结果，外婆总要叫人摘下来，说是清热，要母亲剥了皮给我吃。

房后的小天井，也是花园。几株芭蕉树，叶子特别绿。它让我想起舅妈给我讲的《西游记》中铁扇公主的芭蕉扇。一下雨，很好听，外婆叫"雨打芭蕉"。若干棵蜡梅，它的花不特别漂亮，但味儿很香，是我最喜欢的香味儿。与它们挨近，有一棵柚子树，秋天柚子成熟，可惜味太酸。我只要一个柚子，用竿穿进去，在柚子上贴些花纸，做成龙脑壳，神气十足地拿着它到处飞舞，一边叫："龙来了，龙来了。"

厢房外的天井仅有一棵椿芽树，大人很爱吃它的叶子，但我闻不来它的气味。不论大人如何宣传，一听说吃椿芽，我便跑得远远的。

小时候，我们的天地很狭窄，幸好外婆家有这样一个花园，使我接触到一小角"大自然"。它让我和一些树木、花草与昆虫交了朋友。长大后，我到过许多地方和一些国家，无论那些地方的自然环境多么美好，但它不能代替外婆的花园。外婆的花园始终和我的童年连在一起，直到永远。

1998年8月24日

哇——我只要小花

我从小爱动物，特别爱小狗。

亲戚中有两家养狗：一是四舅公家，养的是猎狗。庞然大物，用铁链拴着，我们一去，虽有人挡住，它仍张牙舞爪，跳起来企图咬人。一是四伯伯家，养的是京狗，小巧玲珑，见人就摇尾巴，只要逗逗它就和你玩。我那时尚不知世界上有鲁迅，却用了他所说的比较是最好的鉴别方法：猎狗与京狗，我喜欢京狗。

四伯伯家，除他以外，只有四伯妈，没有小孩。我每跟母亲去他们家，大人摆龙门阵，我就和京狗玩。四伯妈见我喜欢京狗，主动对我说：

"以后它生了小狗，送你一个。"

我听了十分高兴，远超过大人买彩票中奖。当时我们住在外婆家，胖舅舅想发财，几乎每月都要买彩票。一到开奖前几天，舅妈还要给观音菩萨许愿。可惜观音菩萨不保佑，次次落空。仅有一次得了尾奖，胖舅舅高兴得买了猪耳朵下酒吃。我从没有想过彩票中奖，能有只京狗，就是最大的愿望。

"还要等多久？"我赶快问。

四伯妈说："再过一个多月，你就可以得到了。"

小孩子要的东西最好马上得到。但母狗还没有生，急也没办法。好在时间不算太长，而且不是做梦，只需要耐心。

幼年时期的李致

第二天上学，我立即发布新闻。大家都为我高兴，特别是与我最好的两个女同学。一个姓吴，一个姓彭——当时我们还不划分男女界限。她们仔细地询问了京狗的模样，我绘声绘色地作了回答。

这一个多月，对我来说可真是度日如年。到了预定的时候，我催着母亲带我去四伯伯家。果然京狗生了小狗。我选了一只白色又有少许黄色图块的，装在早准备好的小竹篮里把它带回家。我向四伯妈鞠躬致谢，心里特别敬佩她。有些大人常常开空头支票哄娃娃，说了不算。四伯妈说话算话，她瘦小的个子，在我眼里变得高大起来。

我把京狗抱给外婆、胖舅舅、舅妈、表嫂和家里所有的人参观。大家都说这只小京狗乖。外婆熟悉医书《验方新编》，说："狗就是小的乖。等它大一点，喂点丁香给它吃，它就不长了。"

京狗的身子不长，脚短，尾巴虽是卷的，摇起来很有劲。我和它玩了一天，它已经把我当成最亲密的人。我给它取了一个名字叫小花。它东跑西跳，用鼻子闻来闻去，只要我一叫"小花"，就摇着尾巴向我扑来。吃饭的时候，喂它米汤，它把一个小盘子舔得干干净净。

问题出在晚上：小花在哪儿睡？

我早在竹篮上铺了一些破棉絮和旧布，它躺着好像还舒服。我要把它带进屋里，没有一人赞成。最后只得把它放在我住的屋外。

开初，小花疲倦了，安静地睡了一会。但一到半夜，它却用一种凄凉的声音叫起来，把我和母亲都吵醒。

小花的叫声使我心疼。我要去把竹篮提进来，母亲又不允许。我问母亲是不是小花怕冷，母亲说不是。还说小狗刚离开母狗，一般都要叫，隔几天就好了。我联想到自己，凡母亲外出，一定"攮路"，不带我去我就哭。这样，我似乎理解了小花的感情，心里稍微平静一点。一直到小花叫累了，睡了，我才靠着母亲入睡。

第二天上学，我把昨晚的情况告诉两个好朋友吴和彭。她们都同情小花，认为它那么小就离开了妈妈，当然不习惯。可是放学回家，几乎受到全家人的声讨，说小花的叫声影响睡眠。我说不是只叫了一次吗？表嫂说："你睡着了不知道，把我们叫醒了几次。"

小花见了我很亲热。可能大家骂了它，它只能从我这儿得到爱抚。我抱着它说："小花，你晚上不要叫了，不然大家会讨厌的。"小花高兴地用舌头舔我的手，弄得我痒痒的。为了安慰小花，我一直和它玩到晚上——当时课程负担不重，放学后没有作业。

不幸，到了夜晚小花又凄凉地叫起来。这样一直连续叫了几个晚上。我既同情小花，又怕这样下去，大人更讨厌它。"小花，你懂事一点吧！"这是大人经常叮嘱我的一句话，我现在把它用来叮嘱小花。

记不清是在哪一天了。我上学的时候抱了抱小花，它一直跟我走，我只好把它攮回去。到了学校，又向两个好朋友吴和彭讲述小花的可爱和一些趣事。吴文静地笑了，彭的脸像苹果似的更红了。

放学回家，我满以为一叫小花，小花会立即跑来迎接，但毫无动静。我一边叫一边找，不见踪影。问大人，都说没看见。我认为表嫂是最大的"嫌疑犯"，追着问她，她支支吾吾地说："上午都在，下午有个和尚来化缘，它就跟着和尚走了，以后再没看见它。"

母亲来安慰我："以后我们再向四伯妈要一个。"

"我只要小花,哇——"

记不清是怎样收场的了。当晚,没有小花的叫声,特别安静。我很久没有睡着,担心小花刚离开它妈妈,现在又走掉了,不知会遇到多少困难。有人喂它吃的吗?今晚它睡在哪儿?明天会不会回来?我的头转来转去,泪水把枕头打湿一大片。

第二天,我没有把这个消息告诉我的两个好朋友,但我沮丧的表情使她们感到异样。课间,我不玩。她们主动来问我,我流着泪说:"小花不在了。"放学回家,再也不见小花,盼它归来只不过是痴心妄想。

小花的丢失,始终是个谜。我长大了分析,当时正是抗日战争,生活困难,大人心烦,不愿听小花尖叫,加上它不讲卫生,随地小便,他们故意把小花丢了或送人。然而,他们不知道这样处理,给我的心灵造成多大的创伤。在很长一段时期内,我闷闷不乐,老想着:"小花到哪儿去了?"

我再没有去四伯妈家,我觉得对不起她。

1998年8月2日

附 记

事隔几十年,有一次和表嫂通电话,她终于承认狗是她放走的。我的怀疑没有错。

过　年

过年，是孩子们最快乐的事。

腊月（阴历十二月）初六"打阳尘"，所有人家开始做大扫除。当时我人小，不给我分配任务。二十三日送灶，也就是送灶神，就与我有关了。灶神供在厨房里，用红纸写上"灶王帝君神位"几个字，贴在墙上。神位前钉上一个木板放香炉。当时的厨房光线不好，神位钉在角落里，居住条件最差。据说灶神是玉皇大帝在各家各户的"特派员"，让他"深入基层"掌握情况，以便年终上天汇报。

为什么要住在厨房里？大概是民以食为天，穷或富总得表现在吃上面，便于观察。平时是否烧香也很难说，但送灶那天却比较隆重。先得祭，祭品主要是麻糖——后来读鲁迅的书才知道，麻糖是用来粘灶神的嘴的——既为神，难道连这种"贿赂"都不知道？可能是一年只供一次，饥饿使得灶神不得不吃，忘了"饿死事小，失节事大"的古训。其实也不是"失节"，他并没有乱打"小报告"，只是嘴被粘住，无法说话，失职而已。年年如此，为什么不总结经验教训？不过，这些天上的事，一万亿年以后也不会公开"档案"，凡人是弄不清楚的，用不着去钻牛角尖。

我父亲早逝，几个叔父又不在家，按照"女不敬灶，男不敬月"的原则，送灶的重大任务只有我这个男丁来承担。我觉得好玩，每到这天的晚上，便把神位取（侯宝林相声里的老太婆说应用"请"）下来，送出大门，用火烧掉，请他老人家"上天言好事，下地保平安"；回到厨房立即"帮助"灶神把没有用完的麻糖吃光，以免浪费。到三十晚再接他老人家回来。

当然，更令我高兴的是，它预示着：很快就要过年了。

临近过年，得帮助大人把祖宗的影像挂在堂屋里。因为从没有见过这些祖宗，所以很不容易搞清楚谁是祖爷爷，谁又是祖爷爷的爷爷。堂屋的桌椅都得换上红色的桌帷和椅披、椅垫。尽管当时大家庭早已破落，但这些东西还存在。为了向祖宗表示敬意和孝心，还得折黄表（金叶子）和撕纸钱（小铜钱），让他们在天上不缺钱用。这些劳动并不重，但花时间。好在我和三个姐姐一边撕纸钱一边摆龙门阵，也不太难过。吃的东西主要由母亲准备，小孩帮不上忙。祖母一再打招呼，过年期间不许说不吉利的话，不能打碎东西，不要把垃圾扫出门，等等。

母亲要给我和几个姐姐做新衣服。零用钱也比平常稍多一点。胖舅舅每年都要先带我去科甲巷，给我买些戏脸壳儿、笑头和尚和灯笼之类的玩具。自己还得准备一些火花儿和小鞭炮，这是小孩最爱玩的。点灯笼的小蜡烛、演灯影戏的大纸等也得先买好。还计划上哪些地方玩。万事皆备，只等过年。

在高兴之际，也看到另外一些景象。

街上饭店前面，不时有吃了饭没钱给，被罚跪在地上顶板凳的，叫着"善人，老爷、太太"，乞求过路的人给点钱，好让他把头上的板凳取下来。

一个穿得很破旧的老头儿，前面放着一个小孩儿。小孩儿四五岁，蹲在地上用一片小瓦片画着泥玩，背上插着打有圈的谷草。这表示要把小孩儿卖掉。他本人不知道，但老头儿的脸上却显得很痛苦。

拉胡琴卖唱的每天都要从我们家门外走过。一老一小，老的好像是瞎子,他边走边拉胡琴;小的是女孩儿,她牵着瞎子,唱着小曲。我听不懂他们唱什么,只感到声音很凄凉。

我不明白为什么会有这些事。问我的胖舅舅,他只回答说:"他们穷。"至于为什么会穷,我想不到那样深,只觉得不公平。那卖唱的小姑娘,她怎么过年呢?那背上插着草圈的小孩儿,他的妈妈知道要卖他吗?万一我像他一样被卖掉,我绝对舍不得离开妈妈和几个姐姐。想到这里,我差一点哭了。

孩子的注意力很容易被转移。只要被过年的气氛感染,我又去忙别的事了。

除夕特别热闹。放鞭炮,堂屋的长桌上摆满供祖宗的菜肴和水果,还要奠酒。按辈分大小,一个个依照次序给祖宗叩头。接着又按大小给长辈叩头,祖母就给压岁钱。然后吃团年饭,祖母给每人夹一点菜,说一句吉祥的话。大人还要行令喝酒。小孩儿忙着吃完饭,就跑出去把灯笼点亮,放火花儿,演灯影儿戏。等大人忙着打牌或掷"狮子俜",点燃大蜡烛开始守岁时,我已经累得睁不开眼了。

大年初一,早被鞭炮声惊醒。又敬祖宗、拜长辈,行礼如仪。吃过早饭,大人或去拜年,走喜神方。我一般是跟母亲去拜年。拜年枯燥无味,但也没办法,不过有两处我特别愿意去。

一处是堂叔父家。那儿有一位堂兄,只比我大两岁,出生那一天正是除夕,小名叫重喜。重喜哥极其聪明,扯响簧,不管是"放地转转儿",或是"纺棉花",或是抛上又接住,无不得心应手;划甘蔗,一刀能从头划到底,凡比赛他全赢;打乒乓,手拿的球拍,这面写"有我无敌",那面写"有敌无我",又抽又杀,连大人也一一败阵;唱川剧,戴上戏脸壳儿,拿一把银色的木刀,高叫"明亮亮,灯光往前照",做出要杀人的样子。在我心目中,他似乎无所不会,既会就精。我对他已有"个人崇拜",最愿意和他一起玩儿。

外婆家也是最愿意去的。外婆极为慈祥，常用她的手抚摸我的脸，怕我长大了"找不到媳妇"，帮我把略为"右倾"的鼻子扳正。舅妈最会讲《西游记》，孙悟空的七十二变、铁扇公主、牛魔王和红孩儿，我全是从她那儿听来的。胖舅舅更不用说了。过年期间，他的拿手好戏是放大火花儿。好不容易等到天黑，天井四周站满人，胖舅舅把大火花儿点燃，有规则地挥动着手，整个天井满是金色的火花儿，持续几分钟，实在太喜气、太美了！孩子们不断惊呼。这可以说是过年的高潮。

在过年期间，我常听到那卖唱的从大门前走过。小姑娘拉琴的琴调虽然有变化，但仍使人感到凄凉。一下又想起那个背上插着草圈的小孩儿，不知他被卖出去没有。为什么所有的孩子，不能全都快快乐乐地过年呢？这些想法像阴影一样不时笼罩着我。有一天黄昏，我又听见琴声和歌声，它像绳子似的牵动着我的心。我突然跑出去，把准备买火花儿的两个大铜圆塞到小女孩儿手里。

终于在欢乐中过完年，但也夹杂了少许忧愁。

1999年1月3日

书，戏和故事

小孩子都喜欢看图画书、看戏和听故事，我当然也不例外。回想起来，虽然看过的听过的难以计数，但有的印象特别深。当然，半个世纪以前的事，细节不一定准确了。

可爱的小乌鸦

过去，成都有很多乌鸦。早上可以看见数以百计的乌鸦，黑压压一片从天上飞过；黄昏前又看见它们飞回来。乌鸦究竟飞来飞去到什么地方，谁也不知道。我们是学生，所以认为乌鸦像学生一样。当乌鸦早上飞过的时候，我就和小朋友一起，有节奏地欢呼："乌鸦，乌鸦，上学！"黄昏的时候，又有节奏地欢呼："乌鸦，乌鸦，放学！"

不知从哪里得到一本彩色连环画，书名早已记不得了，内容却很清楚。这是一本讲乌鸦的童话书。书中所有的乌鸦都拟人化了。黑色的乌鸦全穿上了白色的外衣，翅膀成了手，形象很可爱。

一开始，乌鸦爸爸和妈妈在树上搭窝，接着生蛋孵蛋。大概有四五个乌鸦蛋吧。乌鸦妈妈耐心地孵蛋，小乌鸦一个个地从蛋壳里钻出来。乌鸦爸爸妈妈不断地飞出去寻找食物，然后又衔着食物，急急忙忙地飞回来喂孩子。小乌鸦饿坏了，一个个伸着脖子、张着大嘴，嗷嗷待哺。小乌鸦长大了，也穿上了白外衣，老乌鸦教他们学飞翔、寻找食物，一家人和和睦睦地，过得可愉快了。

乌鸦爸爸妈妈老了，飞不动了。几个孩子很着急，每天寻找食物来喂爸爸妈妈。不久乌鸦妈妈生病了。小乌鸦们给妈妈熬药，用翅膀拿着扇子生炉子。乌鸦妈妈终于死了。所有孩子围着妈妈痛哭，眼泪一颗一颗往下掉。我非常爱自己的妈妈，因此也最怕看见别人的妈妈死去。每当看到这里，我心里很难受，不知道怎样去安慰那些没有妈妈的小乌鸦。我赶快把书合上，好像这样做，乌鸦妈妈就不会死去。

以后知道，这叫"乌鸦反哺"。大人常用这个故事教育孩子。前不久，电视剧《咱爸咱妈》里的大哥乔家伟，也用乌鸦反哺来教育女儿要孝顺爷爷。不过，我一直有个疑问：似乎人人都喜欢喜鹊，认为喜鹊叫意味着喜事临门，很吉利；而看见乌鸦却要把它赶走，嫌它的声音不好听，像是报丧。为什么只看乌鸦的衣服和声音，不看它的心好不好呢？大人不是常说"不能以貌取人"么？

最近，我就"乌鸦反哺"这个故事，请教了一位科学家。他说乌鸦这种鸟类很合群，乌鸦老了或病了，如果不能觅食，别的乌鸦就会来帮助喂食，并不一定是子女孝顺父母。

我相信科学家的论证，但我仍然爱着童话故事里那些忙着给妈妈寻食、熬药的小乌鸦。

相依为命的姐姐和弟弟

舅妈，也就是胖舅舅的妻子，除了爱给我们讲《西游记》和《聊斋志异》，还爱带我去看川剧。剧场在布后街，场外挂了许多牌子，写着：天籁、贾培芝、曼丽、苹萍等大演员的名字。舅妈一个个给我介绍他们好在哪儿，但我缺乏兴趣。我主要去看打仗，大花脸，挂着红胡子，背上插四面三角形的旗，用关刀、矛子、铁锤等各种武器交战,一连翻七八个跟斗儿,配以紧密的锣鼓声,实在太有劲了!远比现在某些哄闹得一塌糊涂的摇滚乐有趣。

然而,有出戏我不但看懂了,而且被感动了。

那是时装戏,写一位继母不善待子女。子女一个是成年的姐姐,一个是年幼的弟弟。姐姐非常爱她的弟弟,弟弟当然十分依赖姐姐。姐姐毕竟是成人,决心逃离家庭,以后再设法救出弟弟,但又不敢告诉他。弟弟似乎有所察觉,非常注意姐姐的一举一动。姐姐临走那一天晚上,在床边陪着弟弟睡觉;弟弟则用手拉着姐姐的衣角,他以为这样姐姐就无法走掉。姐姐等弟弟睡熟了,流着眼泪,悄悄把衣角扯出来,再把帐子塞进弟弟的手里。

"你快点醒嘛!"我差一点要叫起来。

弟弟听不见我的声音,自然不会醒。姐姐用手绢擦着眼泪,一步一步地退出房门。

戏完了,舅妈牵着我的手离开剧场。平常演完戏,我总要闹着吃零食或买什么小玩意儿。这次一反常态,闷闷不乐。

舅妈问我:"你哪点不舒服?是不是受热了?"还用手背测试我额头是否发烧。

我却问:"那个弟弟怎么不醒嘛?明天他找不到姐姐怎么办?"

"他姐姐出去以后,一定会来救弟弟。"舅妈笑着安慰我说,"五儿,这是戏。"

很长时间内我都为弟弟担心。设身处地,我要是那个弟弟怎么办?不管是戏不是戏,反正它拨乱了我的心弦。但愿姐姐能早些把弟弟救出来。

爱国的波兰少年

这是故事。这类故事舅妈不会讲,是姐姐讲的。我有四个姐姐,单叫姐姐是指大姐。我从小就认为她是大人,平常不与我们一起玩小孩儿的游戏,但她会讲故事。偶然发现她没有事,我就要拉着她讲故事。

"讲什么呢?"她想了一会儿,"讲个波兰少年的故事吧。"

波兰是欧洲的一个小国,处在不少强大国家之间,经常受强国的欺负。有一次,一个强国出兵攻打波兰,打到某个城堡下,但城堡的门早已关上了。怎么办呢?敌人忽然发现有一个少年在城外牧羊,手上还拿着一个喇叭。有个奸细马上向长官报告,说少年每一次回去,都要在城外吹喇叭。城里的人一听见喇叭声,就给少年开门,于是少年就赶着羊群进城。

长官听了奸细的报告,马上强迫少年到城外吹喇叭,好骗取城堡里的人打开城门。

"少年去了没有?"我着急地问。

姐姐反过来问我:"你说呢?"

"当然不能去。"

姐姐又接着讲下去。这个波兰少年当然不愿去。不过他又想,我不怕被敌人打死,但总得要城堡里的人知道敌人来了。不然我死了敌人还会用别的办法攻打他们。他对敌人说:"好,我吹。"敌人押着他走到城堡下,他毅然对着城堡吹喇叭。听到这里,我的心像被一只手捏紧了,气也不敢出。姐姐说,平常这个少年回去吹的都是欢快的曲子,城堡里的人一听见就马上开门。可这一次吹的却是很凄凉的曲调,城堡里的人听了感到奇怪。仔细一看,只有少年一人,没有羊群,而四周埋伏了敌人。波兰士兵赶快做好准备,打开城门,一举把敌人消灭。

我立即问:"波兰少年呢?"

姐姐说:"他被敌人杀害了。不过全城堡的人为了纪念他,在城堡外给他塑了一座铜像:他仍吹着喇叭,向城堡里的同胞报告敌人来了!"

波兰少年的爱国行为打动了我的心。他让我知道除了妈妈、姐姐和朋友,还有同胞和祖国。我上小学以后,抗日战争爆发了,老师带领我们搞宣传、捐寒衣,我仿佛都听见了波兰少年的号声。只是我听见的号声没有凄凉,而是激昂。

激昂的号声,让我爱自己的祖国,爱自己的同胞!

1999年1月26日

胖舅舅

我舅舅是一个大胖子。

从我有印象的时候起,他的身子就比一般人宽一倍,颈项后面有几层肉堆。夏天,他非常怕热,总是不停地摇着芭蕉扇。他喜欢小孩,特别喜欢我。我父亲去世早,家里经济情况不好,没有人带我出去玩,也很少有人给我买什么玩具。但只要一回到外婆家,情况就不一样了。胖舅舅对我的愿望几乎是有求必应。不是送我蝴蝶风筝,就是带我到科甲巷去买关刀或宝剑。关刀和宝剑都是木头做的,但涂上银粉就像真的一样。胖舅舅经常带我上公园,赶花会,或是逛城隍庙。当他走累了坐下来慢慢喝酒的时候,我就可以喝一碗糖豆花或吃薛涛干。他喝完酒总要叮咛:"回去不要对舅母说。"我也极愿为他保密。长期以来,我形成这样一个概念:舅舅最爱外甥,也应该是个胖子。似乎不是胖子,连做舅舅的"资格"也会丧失。

胖舅舅有两个爱好,除了喝酒,就是下象棋。只要有空,他就把棋盘摆好,找人来对战。我很不愿他下棋,因为他下棋就不能带我出去玩。于是在他身边捣乱,有时候横起来就干脆闹个"地震",把棋盘给他掀翻。尽管这样,胖舅舅并不生气,也没有骂过我。他总是笑嘻嘻地把我拉到他怀里说:"来,我教你,下棋好耍得很!"我没有办法,先是赌气不说话,但慢慢就认识了棋子儿,知道了"马走斜角，象飞田"之类的知识。

这样，我对下象棋产生了兴趣。

我常拉着胖舅舅陪我下棋。他并不嫌弃，总是兴致勃勃地边下边教我。我当然不是他的对手，走不了几步，我的"将"就被吃掉了。但我从小好胜，只愿赢不服输。连输几次，坐不住了，脸也红了，非下赢不放他走。但最后，往往出现奇迹：我用重重炮或连环马，胖舅舅简直招架不住，节节败退，直到我大获全胜。这时，他如获"大赦"似的笑着说："你赢了！你赢了！"我忙跑到外婆那儿去报告战绩，外婆笑眯眯地称赞说："乖，长进了，把舅舅都下赢了！"

我为这个"重大胜利"飘飘然了许多年。

我一年年长大，以后参加学生运动，兴趣转到读书上面，很少再下象棋。在我二十岁的时候，胖舅舅去世了，我感到非常难过。不久，我也当舅舅了。我也喜欢自己的外甥，带他们玩，给他们变戏法。有一天，我姐姐到学校去接儿子，学校老师居然问："孩子的舅舅是不是在杂技团工作？"原来外甥经常在学校宣传舅舅，说舅舅"什么都会变"，以至老师产生误解。几个外甥喜欢我，我很高兴。只是我觉得自己不很胖，不完全像个舅舅。

历史往往有重演的时候。我教外甥下象棋，同样是先教他认棋子儿，每个子儿该怎样走。外甥下象棋的兴趣和我当年一样，一见我就拉着不放。他当然下不赢我，我只要几步棋就可以把他的"帅"置于死地。没想到他也好胜，只愿赢不服输。如果连输几次，不但不准我走，有时还借故和观战的人争吵，怪别人不该帮我，放声大哭。怎么办呢？我不能为下棋花过多的时间，只好甘拜下风，马、车、炮都送给他吃掉，彻底投降。这时，他也像我小时候那样高兴地叫着："我赢了！我赢了！"

我很高兴，如释重负，赶忙去做别的事。

也就在这时候，我恍然悟出十几年前自己是怎样下赢胖舅舅的了。小时候的事情，想起来总觉得好笑。一个人如何正确认识和对待自己是很不容易的。胖舅舅明明是嫌烦，有意让我，而自己反觉得比他行，把这当成骄傲的资本。这实在值得警惕。

  胖舅舅离开人世已经三十多年。我现在也已年过半百，身体发胖，取得了做舅舅的"资格"。但我至今仍怀念我的胖舅舅，感谢他对我的爱，给我寂寞的童年增添了欢乐。想起他必然又联想到下象棋，它让我知道：人贵有自知之明。

  如果胖舅舅知道我有这点认识，他一定很高兴。

1981年2月22日

八　舅

八舅家和我们家是世交，后来又亲上加亲。

八舅是我姨婆的儿子，后来又成了我姑妈的小叔子，我应该叫他八表叔。但他的姐姐又嫁给我的一位叔父，我堂弟叫他八舅。我的舅舅是胖子，八表叔正好也是胖子。可能我一向对舅舅很有好感，便跟着堂弟叫他八舅。

我小学的最后一期，上的是航空委员会子弟学校，学校在成都市五世同堂街，离

我的八舅

我们家很近。八舅的五哥我叫五表叔，他在学校旁边开了一家波音电器修理社，我有空就去玩。我是在这里与八舅熟悉的。八舅有一双浓眉和深邃的大眼，喜欢孩子，与他交往不感到任何拘束。我愿向他倾诉自己的感情和讨论各种问题，深感他是孙中山先生所说的"以平等待我之民族"。八舅的性格很好，我从没见过他发脾气。有一次他路过新南门外的大木桥，一人把唾沫吐在他的新棉袄上。

就是在这种情况下，八舅也不过指着那人，连说了三个"你！你！你！"别无其他。

八舅比我大十岁，当时还没有结婚。我有一位表姑，人既漂亮，性格又温柔。八舅很喜欢表姑，我为他传书递柬，多次代他约表姑出来看电影和下馆子。他俩的关系维持了一年多，表姑曾用崇宁线打了一双袜子送八舅，八舅春风得意，白天夜里都在笑。但不知什么原因，后来表姑却看上了我的另一位表叔，八舅感到失望和沮丧。一天早上起床，八舅正准备穿崇宁线袜子，突然改变主意，拿起袜子就往窗外楼下的小河里扔。同屋的伙伴忙说："你送给我嘛，何必丢呢？"说时迟那时快，话音未落袜子已漂在河上，他又连声"可惜！可惜！"感叹不已。

八舅先在走马街一个电讯处工作，继而到一家出版社当会计，后到一所私立的浙蓉中学任总务主任兼教数学和物理。他似乎没有经济负担，所得薪水大多用来买书，他的财产也主要是书。我只要去他寝室就要翻书，然后借来阅读。当时我对理论书籍没有兴趣——后来知道他曾借《资本论》给我大姐看。但文艺书对我有很大的吸引力。我经常和八舅讨论鲁迅、巴金、曹禺等人的作品。有一次八舅介绍瞿秋白编的《鲁迅杂文选》给我看，我问瞿秋白是谁？他说这人如果不死，对新文学的贡献可能仅次于鲁迅。八舅爱看话剧，每当中华剧艺社演出时，无论是曹禺的《雷雨》《日出》《北京人》，或是陈白尘的《升官图》《结婚进行曲》，夏衍的《上海屋檐下》《离离草》，他都带我去看。我说自己是在"五四"新文学影响下成长的，八舅是介绍新文学给我的最主要的人。

1942年，日本兵打进贵州占领独山，震动了大西南。《新华日报》对此做了醒目的报道。以后国民党报纸大肆宣传收复独山时，《新华日报》仅发了一则消息。学校里的一位历史教员借此做文章，大骂《新华日报》不爱国。我把这事转述给八舅，八舅告诉了我国共两党对日抗战的态度，特别说明武汉沦陷以后国民党消极抗日积极反共。他说不抵抗引来独山失守，日本人撤走了却大叫收复，《新华日报》把真相告诉老百姓，这有什么不对？我从小长到十三岁，一直在国民党统治下的学校读书，受的都是"正统"教育。八舅是第一个给我讲国家大事的，使我十分震惊。

我热爱文艺，除大量读文艺作品外，还学着写文章到报刊上发表。我对理科缺乏兴趣，数理化三门课的成绩都不好。这种偏废使我遭遇到很大困难。八舅每周为我补习功课，成了我的"家教"。这位老师不仅不收费，还要拿钱给我。新中国成立前，我们家的经济状况不好。我上中学，学校费用高，全由四爸供给。母亲给的零用钱很少。所谓零用，主要是买课外书，看场电影或话剧，晚上吃碗面之类。八舅知道我的情况后，每周都给我点零用钱，使我大体上过得去。

有一次聊天，八舅告诉我他在抗战初期参加过一个社团。参加的目的是为了抗日，但第一次参加开会即发现这个社团的活动与它标榜的宗旨大相径庭，从此再不去了。当时说了就过去了，谁知道这件事给他一生种下了祸根。

从1945年起，我积极参加学生运动，与一批志同道合的朋友组织了破晓社。校外活动多，难免影响功课。在我的建议下，我们请八舅补习功课。就在八舅任教学校的课堂，八舅给大家讲数学。八舅对我的朋友都很亲切，大家也和我一样叫他八舅。1946年底我被学校变相开除去了重庆，八舅和我的朋友仍保持联系，以后他参加了党的地下组织。1949年我回成都工作了半年多，由于长期的相互信赖，我和八舅在工作上积极配合，一起在成都迎来了解放。

新中国成立后，我的工作变动较大，时而重庆时而成都，加上大家工作忙，与八舅接触不多。我在重庆工作时，听说八舅在"三反"时几乎被打成贪污分子，以后又听说在一个什么训练班里，八舅主动如实地向党组织讲了自己的情况，竟成了有"历史问题"的人。1955年成都来人外调，说八舅在"肃反"运动中承认自己是特务，通过我们这批人打入党内，为国民党递送情报，挑拨地下党内的关系，等等。尽管我当时因"胡风问题"受审查，尚未作结论，我立即说八舅是胡乱交代。我详细讲了八舅的情况，他一贯追求进步，读马克思主义著作和进步书籍，拥护共产党的主张，参加地下党后也积极工作。八舅认得不少地下党员和进步人士，如果他是特务，这些人不早就被一网打尽了？但新中国成立前夕地下党并未受到破坏。以后又听说八舅在"反右"时受到牵连。

1957年底，我调回成都工作，便到八舅家看望他。这时他已结婚，有了两个孩子。他仍是胖胖的，但过去的灵气似乎全没有了。我开门见山地指出他不应胡乱交代。

"顶不住啊！……"他内疚地回答。以后我调北京工作，"文革"后期调回成都。打听八舅消息，说他调至宜宾靠近云南的地方。粉碎"四人帮"后第三年，收到八舅来信，他已恢复党组织生活，正在当地农村参加社会主义教育，托我为他买书。我为他能平安度过"十年浩劫"感到高兴。他的第二封信中还有一张照片，浓眉大眼，穿着浅色的中山装。又一封信说书收到，还托买《三国演义》。可是第二批书没寄出，传来噩耗，八舅突然逝世。他的夫人来信说，八舅在农村搞社会主义教育运动，星期天上午算完账，吃饭前上厕所，久不见他去食堂，同事去找他，发现他倒在厕所里，医生诊断为脑溢血。

望着前不久得到的照片，对着善良的八舅，我泪水长流。善良的八舅在过去的政治运动中受到许多伤害，现在拨乱反正不再搞政治运动。八舅，你经历了这么多磨难，本该过几天安宁的日子，为什么偏在这个时候匆匆走了？

2000年1月21日

捐寒衣

抗日战争时期，我在成都上小学。

当年，我不愿意说出这所学校的名字，因为它是华阳县立骆公祠女子小学。这所学校的高小只收女生，初小则是男女兼收。我上这所小学，是因为我的三个姐姐都在这里读书，她们带着我上学，可以减少母亲的负担。开初，我觉得学校很大，玩的地方也多。有一个大池塘，据说是三国时赵子龙的洗马池，水上漂满浮萍，有时还能看见乌龟露出头来。长大一点，加上亲友开玩笑，便觉得自己是男生，上女子小学很不光彩。似乎多数男同学都有这种想法。学校的三角形校徽，学生必须佩戴。我们男生在学校里不敢不戴，但一出校门就赶快把它摘下来，生怕被人看见。唱校歌的时候，开头几句"子龙塘畔，圣迹流传"，男女生齐唱，声音很响亮，但一唱到"莫让男儿着祖鞭"，男生都不张嘴了，歌声顿时减弱一半。再大一点，恨不得赶快离开这所女子学校。

没想到现在我却时常怀念这所学校。

最使我难忘的，是学校有许多很好的先生，他们经常教育学生要爱国。我就是在这个学校里，知道了从鸦片战争起，许多帝国主义国家来欺负我们，强迫我们签订了各种不平等的条约，割地赔款。先生告诉我们，中国人在世界上被叫作"东亚病夫"，上海租界的公园门外，竟挂着"华人与狗不准入内"的牌子。听到这些，我们幼小的心灵莫不感到奇耻大辱。教音乐的王先生教我们唱：

请看安南、印度、朝鲜，
亡国真可怜！
为奴为仆做牛马，
丧失自由权。
我国同样受压迫，
身家不安全，
要想不做亡国奴，
奋起莫迟延！

爱国要有行动。秋天就要到了，学校发起给前方战士募集寒衣的活动，全校师生热烈响应。每天早上课前的朝会，值日生在前面把手一举，全班同学一下站起来，他叫一声："预备，唱！"我们就唱道：

秋风起，秋风凉，
民族战士上战场。
我们在后方，
多做几件棉衣裳，
帮助他们打胜仗，
打胜仗，打胜仗，
收复失地保家乡！

这首歌叫《做棉衣》，曲调好听，歌词简单。"秋风起，秋风凉"，我们大声地唱；"民族战士上战场"，不只是我们班，其他班也在唱；"多做几件棉衣裳"，童声在学校的上空飘荡；"打胜仗，打胜仗，收复失地保家乡！"我在心里发誓：一定要抗日！一定要雪耻！坚决不做亡国奴！

值日生拿出几个黄色的大瓦罐，大家开始传递。瓦罐是专供存钱用的，我们叫它攒钱罐儿。瓦罐上方有一条小缝，可以把铜圆丢进去。罐子依次传递，每一个接到罐子的同学，都要丢进一个或两个铜圆。我们那时并不知道国民党腐败，这些捐款不一定被用来做寒衣，穿在抗日战士的身上。同学们凭着孩子最诚挚的感情，把自己整个的心都丢进去了。前方的抗日战士，我们多么盼望你们能穿上棉衣，多打几个大胜仗呀！

孩子的经济实力有限，只能把家里给的零用钱捐出来。成都人当时的习惯是一天吃早晚两顿饭，中午只吃一些点心。我的身体瘦弱，母亲不辞辛苦，每天中午给我送饭到学校。这样我每天上学时，只能得到一个铜圆（即两百钱）。当时街上有许多专门招揽孩子"打镖"的小商贩。圆形的镖盘分四格，每一格写一个字（例如"抗、战、必、胜"）。小孩自报打其中某一个字。商贩转动镖盘，小孩立即把镖打出去。打中了可以得一包水果糖，没有打中只能得一颗普通的糖。我每天的两百钱，都"报销"在这上面了。但自从捐寒衣开始，我决定不再"打镖"。早上上学路过小摊，昂着头就走过去，甚至都不朝旁边看一下。有的商贩问："怎么不打镖了？"我理直气壮地回答："要捐寒衣！"同时，用手把口袋里的铜圆紧紧握住，生怕被人抢去。

一天早上，同学们唱完"秋风起，秋风凉"，级任先生讲话。她说第二天要把捐款送走，希望今天大家多捐一点。同学们热烈鼓掌拥护。我平常身上只有两百钱，但那天母亲不能给我送午饭，多给了我两百钱。如果我捐两百钱，中午可以买点东西吃，但就不能"多做几件棉衣裳"；要是捐四百钱，中午就得饿肚子。正在思想斗争的时候，攒钱罐儿传到我的面前了。我往四周一看，看到同学们充满期待的眼光，我一下就把两个铜圆全丢进去了。不用说，中午我没有钱买东西吃，肚子咕咕叫，还悄悄到校门口去看过几次——万一母亲又送饭来了呢！尽管饿得很难受，我仍然很高兴。

抵制日货的教育，也深深地刻在我的心上。有一年我过生日，四姑妈送了我一个小骆驼。弄不清是用什么石头做的，深绿色，造型精美，我很喜欢。有人说它是日货，这对我来说，是一个大是大非的问题。我怒发冲冠，举起骆驼就往地上摔，摔断了骆驼的两只腿。以后又有人说它不是日货，但我毫不后悔。

日本敌机对后方进行了大轰炸，成都人开始跑警报。警报一响，学校就放学，有时一天跑几次警报。我和姐姐们不上学了，全家跟随外婆，暂时疏散到温江县文家场，在那儿住了大半年。从此我离开了骆公祠女子小学。

乡间是宁静的，没有敌机空袭。每天做完母亲布置的作业，我就去抓鱼、喂鸭子；还经常跟着胖舅舅去赶赶集，大着胆子过独木桥。但是学校给我播下的爱国种子，早已在心底生根发芽。我时常关心战争的情况，天冷了我就会想：前方的战士穿上我们捐的寒衣没有？

人们对跑警报逐渐习惯，我们又回到城里。

我进了成都北门外的总府街小学，读高小一年级。我和四姐每天从"垮城墙"（即城墙缺口）出去上学，得走四五里路。"垮城墙"外，有一所西蜀小学的分校，教室是两三间新盖的大草房。我们上学、回家都要从这里经过，还要在教室旁边的木桥上，看人划甘蔗。有一天[1]，日本飞机来轰炸，丢了不少炸弹。解除警报后，我从学校回家，发现西蜀小学分校被炸。当时不许接近现场，第二天一早我们跑去看了。教室完全被烧毁，废墟中有四五具烧焦的尸体，一个个蜷缩着。过去仅仅听先生讲过敌人的

---

① 几十年以后，看见一个资料：大轰炸这一天是1940年10月4日。日本重型轰炸机二十七架，在二十六架驱逐机掩护下，上午九时从成都北较场一直炸到新东门城墙，投弹百余枚，轮番轰炸扫射，死尸遍地。

暴行，现在亲眼看见了。我毫不害怕，握紧拳头，充满仇恨，心里留下永不磨灭的印象。

初稿写于1981年

再改于2005年4月

冬娃儿

童年时期，我有一个小伙伴，叫冬娃儿。

冬娃儿的母亲是外婆家的女工，大家称她濮嫂。濮嫂的丈夫去世后，她改嫁给一个聋子。聋子给外婆家看大门，忠于职守，对人和气。他住在进大门的楼板上，楼板有一个出口，要搭一个很长的木梯才上得去。聋子因为穷，以前没结过婚。他非常爱冬娃儿，让他穿得干干净净。当时我没有问冬娃儿姓什么，事隔六十年更无法考证了。

每当我去外婆家，给外婆、胖舅舅和舅妈请了安，喊了表哥、表嫂和表姐，便急于去找冬娃儿。我小时候很淘气，头上长两个旋儿，人称"五横牛"。表嫂一见我，必高呼："五王爷来了！"既是表欢迎，又是放"警报"。这时，冬娃儿已在天井里等候我。现在想来，表嫂的呼叫可能是对我采取的防范措施之一。

冬娃儿笑着问我怎么玩，先安排"日程"。

如果是春天，我一定提出放风筝。先缠着胖舅舅到街上买一个金鱼风筝或丁丁猫儿风筝，就向外婆报告要去垮城墙放。外婆见我和冬娃儿一起去，便同意了。不过总得叮嘱：不要摔跤，快去快回，不要被"麻脸子"（即人贩子）拐走。我一一点头称是，立即和冬娃儿一起跑出大门。

冬娃儿比我高，身体很结实。他带我从对面的街背后，穿过一大片菜地，就到了垮城墙。城墙多年失修，城砖塌下来一部分，我们沿着城砖爬上去。在城墙上感到站得很高。望城内，全是一片一片的黑瓦矮屋，不太好看；望城外，既有绿色的小麦，又有弯弯的溪流，十分开阔。空气新鲜，春风扑面，一身来劲。我和冬娃儿一人手举风筝，一人牵着线跑。轮流几次，满身是汗。这时冬娃儿必定想起外婆"快去快回"的指示，便另想出一个新玩意儿，吸引我跟他回家去。

我们经常一边玩，一边摆龙门阵。冬娃儿在慈惠堂办的一个工厂半工半读，我估计是胖舅舅安排的，因为胖舅舅是育婴堂堂长。冬娃儿上午做工，下午学认字和珠算。他说一个月打两次"牙祭"，一次一碗咸烧白或甜烧白，八片肉，刚好一人一片。我听了很同情他。以后我凡买零食，无论是橘子或花生、牛肉干或香油卤兔，绝对一人一半，他也乐意接受。母亲对我吃东西一向控制很严，但"儿在外，母命有所不受"。冬娃儿很够哥们儿，从不揭发，更不会"反戈一击"。

有一天我在天井玩，冬娃儿示意我出去。经外婆同意，我和冬娃儿到了街口。原来在一家饭铺前面，有一个人跪在地上，头上顶了一根长板凳。冬娃儿说这叫"顶板凳"，是穷人吃了饭没有钱给，在这儿受罚的。要有人替他付了钱，才能取下板凳。我不愿意多看，便回到大门口坐在小石狮子上。门内楼板上有一个燕子窝，平时我最爱看大燕子喂小燕子，今天却无心思看了。冬娃儿让我看到人间的不公平！幸好胖舅舅从外面回来，他一贯乐于行善，我向他报告了街口的情况。他去给了钱，那个跪着的人才取下板凳站起来。从此，我增加了对胖舅舅的敬意。

抗日战争的宣传普及到许多地方。我在学校参加了捐寒衣的活动，冬娃儿也会唱"大刀向鬼子们的头上砍去"。有一天，冬娃儿告诉我对门学校的空坝中午要演戏，到时我们都去了。不久，出来一男一女，敲锣打鼓，像卖唱的。观众马上围成一圈。女的表演总不成功。男的觉得丢了面子，便用鞭子打她。许多观众愤怒了，连声高呼："不许打！"但男的仍不住手。几个观众冲上去夺过鞭子，要打那个男的。这时，女的立即护着男的，说男的是她的父亲。他们是东北人，因为日本人占领了东北，才被迫逃到内地。沿途饥寒交迫，精疲力竭，所以演出不好，千万不要打她的父亲。说着说着，她动情地唱起来："我的家在东北松花江上，那里有森林煤矿，还有那满山遍野的大豆高粱。九一八，九一八……"观众被感动了，不断高呼："打倒日本帝国主义！""收复失地，还我河山！"冬娃儿和我都一起喊，恨不得马上打到东北去。这个广场戏叫《放下你的鞭子》，那些冲上去夺鞭子的观众都是演员扮演的，但当时我们不知道。听人说校长不许演这个戏，我和冬娃儿觉得这毫无道理。下午我们再来学校，果然空无一人，但校长室的窗却开着。为了报复，我和冬娃儿伸手进去，拿出一些书、本子和文具，把它们丢进厕所里去。现在想来这些做法太幼稚了，当时却自认为是正义行动。经过这个事件，我和冬娃儿的友谊大大加深了。

敌机经常轰炸成都。我们随外婆疏散到温江县的文家场，半年多才回到城里。冬娃儿所在的工厂也疏散走了。后来，濮嫂和聋子先后去世，我再也没有看见冬娃儿。人世沧桑，以后的事就难说了。如果没有特殊情况，冬娃儿应该仍健在。我真想见到他，叫他一声："冬娃儿哥！"但这愿望能实现吗？

1998年9月18日

从科甲巷到祠堂街

我是成都人,十七岁以前没有离开过家乡。但如果问到成都的掌故,我知道的却很少。只能说过去我最喜欢的两条街:一条是科甲巷,一条是祠堂街。

一、对科甲巷的怀念

提到科甲巷,我好像又回到童年时代,心里充满喜悦和激动。当时成都有的街道,多数商店都卖一种商品。例如,纱帽街主要卖帽子,纯阳观街则多是卖鞋的。如果要买鞋或帽子,必须跟着母亲到这两条街去,很希望"速战速决",生怕母亲挑来挑去,枯燥无味。只有到科甲巷大不一样,常常是自己要求去,去了就不想走;即使仅买一两样小东西,看都要看半天。原来,整个科甲巷几乎都是玩具店,满街挂着玩具,多吸引人啊!

可惜当时不懂得社会调查,没有把卖什么玩具一一记下。至今记得,打仗用的多是古代的武器,如关刀、矛子、宝剑、弓箭,拿在手上连人都显得威武。过年的时候,可以买到各种戏脸壳和笑头和尚,用香在面具眼睛上烧两个洞,然后再戴在头上,别人就认不出你是谁了。买上几个皮灯影儿,回家去把板凳翻过来,糊上一张白纸,点支蜡烛,自编自演,可以吸引一大批小朋友。纸灯的种类很多，有提在手上的金鱼灯，有用绳子拖着在地上走的兔子灯，……晚上插支小蜡烛在灯里面，许多孩子在一起，就像灯会似的。但谁都不愿多买灯笼，因为过了正月十五，家里就要动员烧掉。现在看来，可能是怕火灾，但当时却拿迷信吓人，说过了十五不烧灯笼，就要害眼病。春天一到，各式各样、大大小小的风筝都有：王字风筝最简单；稍好一些的有金鱼风筝、鲇巴郎风筝、小蝴蝶风筝，这些要用细麻绳才能放；还有大蝴蝶风筝、蜈蚣风筝、凤凰风筝，这类风筝不仅壮观，还有能转动的眼睛，有些小孩不敢自己放，要大人帮助。至于洋娃娃、竹子编的小篮子，各种染了不同颜色的白果（抓"子儿"用的），则是女孩子的玩具，男娃娃不感兴趣。有的玩具很贵，如大型纸马，里面有结实的木架，人可以骑上去，要卖一块银圆。真像天上的月亮，可望而不可即。好在多数不贵，去一次总可以买一两样。

孩子能不喜欢科甲巷吗？

四十年前，作为孩子，我喜欢科甲巷，完全是为了好玩。以后上了中学，读鲁迅的《野草》，才懂得玩具对孩子的特殊意义。鲁迅说他向来不爱风筝，以为"这是没有出息孩子所做的玩意"，甚至不许他的小兄弟放风筝。有一天，鲁迅忽然发现他的小兄弟躲着他在做风筝，盛怒之下，"即刻伸手折断了蝴蝶的一支翅骨，又将风轮掷在地下，踏扁了"。许多年以后，鲁迅偶尔读了一本有关儿童的书，"知道游戏是儿童最正当的行为，玩具是儿童的天使"。严于解剖自己的鲁迅，想到过去毁坏小兄弟的风筝，感到这是属于"精神虐杀"，自悔"少年时代的糊涂"，并希望得到"宽恕"。可是，直到今天，有多少人是这样看待儿童玩具的意义的呢？

说"玩具是儿童的天使"，是因为对儿童进行教育，要适合儿童的特点。孩子喜欢玩，通过玩玩具可以"长身体、长知识"。除了引导孩子读书和劳动以外，还要善于寓教于玩具和游戏之中。过去在"左"的思想影响下，曾把研究儿童的特点当成资产阶级教育思想来批判，这完全是错误的。同时，有的人则把儿童的特点神秘化了。其实，每个成人都当过孩子，真的一点都不懂儿童特点吗？鲁迅说过记性不佳是"有害于子孙的"，他建议"各人去买一本notebook来，将自己现在的思想举动都记上，作为将来年龄和地位都改变了之后的参考。假如憎恶孩子要到公园去的时候，取来一翻，看见上面有一条道，'我想到中央公园去'，那就即刻心平气和了"。这实在是一个好办法。

新中国成立后，儿童玩具的品种、制作都有很大进步，但供应点少，价廉物美的不太多。当我给孩子（以后又给外孙）买玩具时，总感到不满足，于是对科甲巷的怀念就加深了。我并不要求恢复科甲巷一条街都卖玩具的传统，我只希望有人在儿童玩具上下功夫，生产出更多有意义、价廉物美的玩具，给新中国的孩子增添更多的欢乐。可能是上年纪了，我实在喜欢看男孩子们拿着木枪打游击的神气，也同样喜欢看小姑娘抱着布娃娃那种认真的样子。

二、祠堂街留给我的记忆

从喜欢科甲巷到喜欢祠堂街，这表明我的少年儿童时期已经宣告结束。因为新中国成立前的成都，科甲巷主要是玩具店，而祠堂街开设的则多是书店。

对书店有兴趣先得爱读书。我是从上高琦初中时开始读课外书籍的，先是读文艺书，后来扩大到社会科学书。这里，我得感谢杨邦杰先生，他是我们的国文教员，虽不善言辞，但有新思想，愿意和学生接近。我常到他寝室去玩。有一天，他从书架上取出一本《新青年》的合订本，从头到尾给我读了鲁迅的《狂人日记》。我坐着安静地听，生怕漏掉一个字，但心里却像点燃了火，激动得发抖。当他读完最后一节"没有吃过人的孩子，或者还有？救救孩子……"时，我感到眼前出现光明：原来几千年来的历史，满本都写着"吃人"两个字,而时代的先驱者——鲁迅是那样勇敢地举起了投枪!

从此,我渴求进步书籍。

读书的兴趣有了,问题在于找书困难。学校图书馆藏书贫乏,一片荒芜。亲友中能借到一些,但不多。于是便跑书店。当时,成都的书店大多在三条街:一是春熙路,有商务印书馆、中华书局等;一是西玉龙街,多是卖线装书的古旧书店;一是祠堂街,这条街书店多,能买到进步书刊。我们的兴趣主要在祠堂街。

祠堂街至少有十几家书店,有进步的,也有国民党办的(如正中书局),我最常去的是联营书店,它有明显的进步倾向。位于现在的四川电影院对门,只有一间铺面。店内靠墙的地方都是书架,屋子中间有一个大书摊,摆满新到的书籍和杂志。到书店去的,可以随便取书翻阅,买到自己满意的书;如果不买书,也可以站在书架或书摊前看上一两个小时。店员不多,但忠于职守,有业务知识。你询问一本什么书,他总是主动地帮助寻找,绝不会说"你自己看嘛";更不会不理顾客,坐在那儿闲聊或打毛线、吃瓜子儿。遇到年纪大一点的店员,还能告诉你某一本书已经出过几版,每一个版本有什么特色。其他好的书店(如开明书店)也大抵如此。

我从这时候起,养成了有空就跑书店的习惯。或是买书,或是看书,或是打听新书刊的消息,简直成了一种癖好、一种享受。科甲巷的什么关刀、宝剑,什么风筝、皮灯影儿,都被丢到九霄云外去了。日子一久,几个店员对我比较熟悉,常常主动给我留《世界知识》之类的杂志。1945年,我的好友先泽过生日,我想送他一本《辩证唯物论辞典》,跑了几次没买到,后来也是店员主动给我留下来的。我当时只不过是一个十五六岁的穷学生,既没有权势,又没有"后门",能得到这种友谊,很使我感动。

祠堂街还有一个更吸引我们的地方,那就是共产党办的《新华日报》成都分馆(现在的人民公园斜对门)。这里除了可订阅报纸，还出售毛泽东、刘少奇、周恩来和朱德等同志的著作，出售党办的刊物《群众》。我们当时有一个进步学生团体——破晓社，多次组织阅读毛泽东的《新民主主义论》和艾思奇的《大众哲学》。《大众哲学》在联营书店可以买到，《新民主主义论》则只有《新华日报》成都分馆才有卖的。地下党员贾姐姐曾告诉我们，经常有特务监视《新华日报》分馆，要我们少去或不要去。我那时年轻，不怕事又好奇，常常闪电似的去买一两本书就走，自然也不敢像在联营书店内那样长时间停留。但是分馆同志那种热情的目光，对青年充满信任的态度，却深深地打动了我的心。这个分馆，到1947年2月才被迫撤走。

1981年8月10日

看戏遇兵

曹禺的剧本文学性很强，我上中学就喜欢读。当时正是抗日战争时期，许多话剧团在成都演出。我先后看过演出曹禺的《雷雨》《日出》《北京人》《家》，仅没有看过《原野》和《蜕变》。我一直盼望着能看到演出这两个戏。

有一天突然看见上演《原野》的广告。

我高兴极了！立即跑到好友陈先泽家里去，把这个消息告诉他。看话剧是我们共同的爱好，他上初中时作为童星曾与周峰、欧阳红缨等同台演出《杏花春雨江南》。一听说要演《原野》，他也很兴奋。剧场在东胜街，叫沙利文。我们一起去买了两张星期六晚场的票。

好不容易盼到星期六晚，我们提前到了剧场。

沙利文剧场不大，比较适宜演话剧。我们的座位在剧场中偏后。我读过《原野》的剧本，不知演出是什么情况。主要演员中的吴景平和裘萍，都是第一次在成都演出，更有一种新奇感。

戏一开演，便把我们吸引住了。那种专注的神情，肯定超过我在学校听课。但在我旁边却不断有说话的声音，我想摆掉它，办不到。转身一看，是一个国民党宪兵，旁若无人地在与他的同伙聊天。他们是"弹压座"的宪兵。在那个时期，所有的电影院和娱乐场都设有弹压座，美其名曰维持秩序，老百姓叫他们是看"白戏"

（不花钱看戏）的。这种人看一般的电影还可以，哪儿看得懂曹禺的话剧？遇着他们算我倒霉。

他越说越起劲了。我实在受不了这种干扰，便客气地说："请你小声一点。"他蔑视我一眼，暂停说话。

我正看得入迷，突然有人拍了我一下，原来就是那个宪兵。他问我："别的人说话，你不去干涉，为什么要干涉我？"

我回答："你离我太近，影响我看戏。"

他说："等一会儿我们再说！"

只要不影响我看戏，其他的我都不管了。隔了一阵，先泽悄悄对我说了一声"上厕所"，拉着我就走。我虽不愿意，但我和他一贯行动一致，只得跟着他去了。

我问："不是刚上过吗？"

他坚决地说："这个戏不能看了，赶快走！"

"为什么？"

"不走要挨打！"

我们走出剧场，他再解释："你去干涉宪兵讲话，他说'等会再说'。说什么？无非打你一顿，好汉不吃眼前亏。"我本来好像什么都不怕，现在冷静下来了。秀才遇到兵，有理讲不清。何况先泽年龄比我大，社会经验比我多。他为我放弃看戏，我不能违背他的好意。

盼望了很久的《原野》，像煮熟了的鸭子又飞了。找时间再去看是不可能的，因为我的零用钱很少。除了心中充满愤怒，还能说什么？

东胜街是条小巷。当我们离开剧场，快步走过电线杆后，街灯把我们的影子拉得越来越长。再往前走，连街灯也没有，一片漆黑。

1998年7月3日

李致文存·我的人生（上）

LIZHIWENCUN

黎明破晓

我的引路人
——怀念贾唯英

贾唯英同志病重七十天，在成都的朋友极为关注。我每周打一两次电话到重庆，向王宇光同志询问病情。7月1日中午，老王打电话给我说："贾唯英在上午九时逝世！"尽管早有思想准备，听到这个不幸的消息，我还是很震惊，久久说不出话来。

一

我与贾唯英同志相识，已经四十九年了。1945年抗日战争胜利，国民党反动派不尊重民意，拒不成立联合政府，一心想消灭解放区和民主势力。许多青年学生从高兴到失望，苦闷彷徨；同时上下求索，追求真理。我就是在这个时候认识贾唯英同志的。

当时，我和好友陈先泽在成都华西协合高级中学（简称"华西协合高中"或"华西协中"）读书。经先泽在华西大学的四姐先华介绍，我参加了以燕京大学、华西大学两校学生为主的未名团契。团契本是基督教的群众组织，系团结契合友爱之意。贾唯英同志是"未名"的主要成员，她广交朋友，以火样的热情、博大的胸怀赢得了大家的尊敬。在她的影响下，"未名"广泛地开展谈心、讨论时事、读进步书籍、唱歌、游戏、郊游等许多为青年人喜爱的活

贾唯英（右二）、王宇光（左一）、洪德铭（右一）和李致（左二）20世纪80年代初在成都合影

动。很自然，一旦大家提高觉悟，便更加关心政治，积极投入反对内战、争取民主的学生运动。

　　贾唯英同志比我们大，对我和先泽十分爱护。我们从认识她那一天起，就叫她贾姐姐。未名团契只有先泽和我是中学生，在会上我们还不大发言，更不敢参与争论。但散会以后，特别是在从陕西街（燕大所在地）回华西坝的途中，我和先泽总是走在贾姐姐身边，向她提出各种各样的问题，听她阐述热情洋溢的尖锐深刻的观点。当时没有人民南路，回华西坝得从南大街经过南门大桥。夜深人静，河水撞击着石桥，发出巨大的响声。贾姐姐的谈话在我心中引起的震动，也像大桥下的流水，有力地叩打着我的心扉。

　　我无法一一列举贾姐姐所给予我们的帮助。"未名"组织阅读毛泽东的《新民主主义论》，我们小组在华大图书馆外的草坪展开讨论，贾姐姐耐心回答各种问题。每当学生运动爆发，贾姐姐总是找我和先泽谈心，共商如何团结同学，开展斗争。1945年冬天，贾姐姐带我和先泽到成都市女中与寒假留校的学生联欢，先泽唱了优美动听的歌曲，我朗诵了一首慷慨激昂的诗歌。贾姐姐鼓励我们在中学生中成立破晓社，帮助我们创办《破晓半月刊》，还要我们打破小圈子，吸收更多的朋友加入。

一个星期天，"未名"组织看美国影片《魂断蓝桥》。贾姐姐一人买了两张票。先华四姐悄悄地告诉我们："贾唯英的'光'要来。""光"是指王宇光同志，金陵大学学生，贾姐姐的男朋友。我们看见"光"风度翩翩，一表人才，都为贾姐姐高兴。他们在1946年春天结婚。为了必要的掩护，两个无神论者，在北打金街教堂按基督教仪式举行了婚礼。然后"未名"的成员和他们的亲友又到四道街王宇光同志家里去向他们祝贺。在充满喜悦的气氛中，加拿大友好人士文幼章提着茶壶，用地道的四川话喊："洋茶房来了！"

1946年12月，我刚过了十七岁生日，贾姐姐约我到她家里。自从贾姐姐结了婚，他们的"新房"便是我们常来的地方。这一次贾姐姐先祝贺我的生日，送了我一把红色的"玻璃梳子"（即塑料梳子）。然后直截了当地对我说，她准备介绍我入党，问我是否愿意。我学过《新民主主义论》，在学校推销过赵超构的《延安一月》，参加过两年的学生运动，我早就憧憬有这么一天，就是不知道党组织在哪儿。原来我们尊敬和热爱的贾姐姐就是共产党员。我激动不已，立即表示愿意，不到两天就把申请书交给了贾姐姐。

不久，因为参加反对美军暴行发动罢考，我被学校勒令转学（变相开除）。1947年初，我考上重庆的西南学院。经贾姐姐同意，我去了重庆。稍后，贾姐姐因白色恐怖离开成都。以后三年，我虽然没有见到贾姐姐，但她的身影无时不在我心中，鼓励我不断前进。

二

1949年底，我才在成都再次见到贾姐姐。

贾姐姐和马识途、王宇光、彭塞同志一起，在解放军举行入城仪式前，会见了地下党一些同志。贾姐姐穿一身军装，显得特别精神。千言万语，无从说起。热情的握手，爽朗的笑声，表达了我们相互能理解的感情。

解放军入城以后，立即着手分配工作。老王和贾姐姐征求我的意见，我表示愿意去演戏，做演员。老王说："现在很差干部，当什么演员，你到青年团去。"这样，我就到了青年团成都市工委，在共青团系统工作十七年，"文革"时作为胡耀邦的"修正主义的苗子"，被"扫地出门"。

贾姐姐在川西妇联工作的时间很短，不久即和老王一起调到重庆青年团西南工委。1950年5月我去重庆，先在团市工委，后到团沙磁区工委工作。当时工作很忙，但在一个系统工作，我们毕竟有见面的时候。

贾姐姐在共青团西南工委任宣传部长，十分重视对青年进行政治思想教育。她分管共青团西南工委的机关刊物《西南青年》。刊物办得生动活泼，为广大青年所喜爱。大约在1950年底，刊物集中宣传在剿匪斗争中壮烈牺牲的青年团员丁佑君，在读者中引起了强烈的反响，我就是被丁佑君的英雄事迹所感动的读者之一。当时，树人中学的初中学生要求我给他们讲故事，我把有关丁佑君的材料集中起来，并倾注了自己的感情，讲给他们听。他们被英雄的事迹深深打动，在听的过程中，有的放声痛哭，有的高呼口号。这个消息很快传开，许多大、中学的团组织来请我讲《党的好女儿丁佑君》。这本是一件好事，但有的同志却批评我"出风头"，弄得我左右为难。贾姐姐知道这件事后，亲自去李子坝一个学校，听我给学生做报告。我在讲台上看见贾姐姐坐在学生当中，联想起1945年她带我和先泽到成都市女中联欢，一点不感到拘束。我讲完之后，贾姐姐加以肯定，并提了改进意见，使我受到鼓舞，更加积极热情地宣传丁佑君的英雄事迹，先后向大、中学生做了一百多次报告。

贾姐姐在1953年任团西南工委副书记，大区撤销后到重庆日报社工作。我在1955年调团重庆市委工作。因为都住在市中区，我和贾姐姐、老王接触增多。1956年春，为祝贺他们结婚十周年，我和我爱人丁秀涓到贾姐姐家吃晚饭，畅叙友情。1956年我作为中国学生代表团成员，到捷克的首都布拉格参加第四届世界学生代表大会。途经苏联并在莫斯科和列宁格勒参观，回国后我向贾姐姐讲了国外见闻，她听得很有兴致，并问了我很多问题。

1957年夏，风云突变，使许多人蒙受冤屈。贾姐姐在这场灾难中未能幸免，被错划为右派。我和贾姐姐相识十多年，这位十七岁入党、到过延安、上过陕北公学、长期经历白色恐怖的共产党员，怎么会反党呢？以后才知道，无非是因为她热爱党的事业，敢讲真话罢了。这真是时代的悲剧！

对贾姐姐的遭遇，我不敢公开讲什么，但却在心里写下几句话：

像太阳从东方升起
像北极星指引方向
一个真正的共产党员
任何尘埃
也掩盖不住她朴实的光芒

三

1957年我调离重庆，将近二十年没有和贾姐姐见过面。好在老王在重庆钢铁厂工作，无论在成都或北京，老王总要来看我们，我们也会千方百计找到老王。从老王那儿，我们能知道贾姐姐的近况。老王因贾姐姐的事受到牵连，但他善良、公正、重情。正如贾姐姐逝世前写老王的散文中所写的那样："不管是白色恐怖的狂风暴雨，闪电雷鸣；还是极左路线的高度压力，你始终顶着来自外界的压力，永远和我站在一起。"有这样一位好丈夫，这样纯真的爱情，是贾姐姐的幸福。

党的十一届三中全会以后，贾姐姐的错案得到彻底改正。贾姐姐和她全家欢天喜地。我们破晓社的成员都感到由衷的高兴。

四

近十五年，贾姐姐和老王多次到成都来。贾姐姐长胖了，还是过去那样热情和开朗，不失赤子之心。她对什么事都关心，上街买菜，要对市场物价做社会调查。到香港去旅游，她也要对比（1949年她在香港住过二十一天），研究香港怎样成为"四小龙"之一。她绝不隐瞒自己的观点，坚持讲真话。只是听力减退，交谈得靠助听器，后来完全听不见了，她就随身带一个小黑板。她用口说，我在黑板上写，写了又擦，擦了又写。像过去一样，我们的话总是谈不完。我们还一直互相通信。

贾姐姐曾在信上对我说："我过去之所以没疯没死，是因为难舍五个年幼的子女，是因为心里还想为共产主义事业奋斗。现在子女已经成人，唯有为祖国美好前景奋斗的支柱未垮。"

正因为有这样的精神支柱，尽管贾姐姐离休了，她仍想做一些有益于人民的事。她重新拿起笔，写游记、写随想，写周总理和革命先烈，写自己的经历和《西南团史》。特别是近三年，她用了很多时间收集和查证史料，写了在抗日战争中牺牲的英雄李林的事迹《侨女之光》（已由重庆出版社出版）。当我知道贾姐姐近年来共写了一百多万字时，实在大吃一惊！特别是她双耳全聋，全靠小黑板与采访对象笔谈，这是多么困难的事，需要多么坚强的毅力啊！

贾姐姐始终把自己的感情和国家的前途联系在一起。她拥护改革开放的政策，为经济建设所取得的成就感到高兴，同时她又为新时期出现的一些问题感到担忧。前年她在信上说："现在转型期

王宇光、贾唯英夫妇

中,的确出现许多问题,特别是腐败问题、拜金主义问题,令人忧虑。在许多人心中,共产主义理想早已不存在了。"另一封信,她在结尾时说:"我和宇光身体均好,宇光尤佳,无病无虑。我则对目前滋长的拜金主义忧心忡忡。"

贾姐姐十分注重友情。她写信说:"现在能谈心的人不多了。我还是留恋、追求40年代的友情。也许我也落后了。"前年她和老王去贵阳,原团西南工委的十多位同志热情相迎,既全体团聚,又分别叙旧。特别是当他们"秘密"离开贵阳时,那些老同志主动到车站送行,使贾姐姐极为感动。她说:"这些感人的场面,是那些拜金主义者以及拜权主义者永远不能理解的。"正是这样,她积极支持"民协"成立五十周年的聚会,也积极倡导"未名"的朋友在成立五十周年时相聚。

贾姐姐像过去一样关心我们。1981年四川人民出版社出版的《最后的年月》一书遭到挫折,她设法托她的老朋友向中央负责同志反映情况。1982年底调我到省委宣传部工作,我不愿离开出版社，她来信说服我。我从美国回来，她看见我写的访美杂记，来信鼓励我"多写一点好"，并希望我"多写国人想知而又未写的方面，如美国人的守法、务实，不讲排场，还有志愿者的活动等"。我爱人生病住院，老王几次打电话来，贾姐姐则不断写信询问。她的友情温暖了我的心。

五

今年年初，收到贾姐姐来信，说她摔了一跤，不能走路。我忙打电话给老王询问情况。1月6日贾姐姐来信，说初步查清，腰椎移位，全身软组织受伤，右腿有麻木之感，生活不能完全自理。2月21日来信说："我现在处于一生中最困难的时期，有人扶着都很难走了。……实际上是残废了。"3月17日老王打电话来，说已查出贾姐姐脑内有肿瘤，要动手术。一听这个消息，我就后悔。我本来知道腿的问题往往与大脑有关，提醒过别的同志，为什么竟忘了提醒贾姐姐呢？22日，老王来电话，说会诊结果，系恶性肿瘤，医生不主张开刀，拟采取保守疗法。我知道，这实际上是宣布没有办法了，心里很难受。第二天，破晓社成员聚会，推举先泽代表大家给贾姐姐写了一封充满激情的慰问信，可惜贾姐姐已经昏迷不能读信了。老王想尽办法用中药治疗，但并无效果。他说："估计5月份可以拖过，6月份就难说了。"这两个月，我总觉得，贾姐姐在年轻的时候与白色恐怖做斗争，20世纪50年代又遭受不白之冤，好不容易过几年幸福生活却又病魔缠身，这实在太不公平！6月下旬，破晓社成员庄焕仪（贾姐姐和老王1947年避难时在她家住过一段时间）满怀深情去重庆看望贾姐姐，带回来的也是不好的消息。7月1日，老王打电话来通知，贾姐姐不幸逝世。

六

贾姐姐离开我们去了。四十九年来的许多情景,在我脑海里转来转去。我有一张照片,是贾姐姐和老王在我们家照的。她和老王坐在我的书柜前,慈祥地微笑着,好像有很多话要说,显得很健康。我记不起这次见面的准确时间,分析起来应是1991年春天。这是我们最后一次会面。亲爱的贾姐姐,今后我再也见不到你了!

我和秀涓给老王发去唁电:

贾姐姐逝去,我们非常悲痛。早在四十年代,贾姐姐就帮助我们走上革命的道路,并一贯像长姐似的爱护我们。她历经坎坷,却保持为祖国美好未来奋斗的信念和革命乐观主义精神。我们将永远感激和怀念她。

前不久,我读到贾姐姐写给老王的《献……》。这篇遗作是很好的散文,它歌颂了美好的理想和纯真的爱情。我把它复印了若干份,寄给破晓社的成员。我相信大家都会从中吸取力量。

写于1994年盛夏酷暑

有理、有利、有节
——怀念洪德铭

今年是成都解放六十周年。我时常想起解放前成都地下党市委最后一任书记洪德铭同志。

1946年12月，我在成都由地下党员贾唯英介绍入党。年底因参加抗议美军暴行运动，被学校变相开除。1947年初，我考上民主同盟在重庆办的西南学院。经贾唯英同意，约好把关系转到重庆地下党。后因贾唯英受敌特追捕，组织关系暂时转不过去。直到1948年底，我在重庆沙坪坝碰见贾唯英的丈夫王宇光（地下党川康特委委员），他答应派人来和我接关系。

当时，我住在重庆大学校门右边荒坡上的一个叫刘家坟的地方。1949年1月的一个下午，我从外面回来，见门上有一张字条。留言上说他从成都来找我，我不在，叫我等他，他会再来。落款"老张"。我并不认识老张，估计是接关系的人来了，我兴奋不已。

天黑前，老张来了。

老张个头较高，身穿长袍，脖系围巾，头发梳得整齐，对人十分随和。他先说是我的挚友陈先泽托他来看我的，一下就让我感到十分亲切。接着问了邻居是做什么的，平常关系如何，又随意看了看我所住的屋子，注意到前屋还有一道旁门，并把旁门打开向四周看了一下。

我感到老张的警惕性很高。

从1945年起，陈先泽和我以及另外四人在成都发起成立了破晓社，在贾唯英的领导下，破晓社逐渐扩大，在学生运动中起着积极作用。老张对破晓社的众多成员都有了解，逐一给我讲了情况。

老张很自然地问起我的情况。

我说，考上西南学院，叔父嫌这个学院"红"了一点，不拿学费给我。我请教务长李文钊写信给在新华日报社工作的诗人何其芳，请

李致住过的刘家坟的小屋

何其芳介绍我去解放区。但我去找何其芳那天，正遇国民党宪兵包围新华日报社。我只得留下来自学，准备另考学校，以期有个工作阵地。

我说，1947年6月1日，国民党在各大城市实行大逮捕（人称"六一"大逮捕），我在四川省教育学院被捕。因无证据，加上原成都华西协合高中校长、无政府主义者吴先忧具保，关了四天半被释放。我没有自首，也没写过悔过书或任何文字材料。

我说，1948年，我仍继续做学生工作。我组织了一个"大家读书会"，有重庆大学、四川省教育学院、南开中学的十五六个同学参加。我们读进步书刊，朗诵新诗和唱进步歌曲，定期讨论时事，还在一幅大地图上插标志，示意解放军的节节胜利。听到这儿，老张笑了，可能觉得这种做法太容易暴露。也真是，这之前有一天早上，重庆大学训导长侯枫带了若干壮汉，以清理学校家具为名，突袭了我们的住房。幸好前一天晚上，我已把所有书刊藏在望板上，逃过了这一劫。

我说，前不久碰见王宇光，并要求接上党的关系。

129

老张听取了我的有关情况，给我讲了很多：他首先讲了形势和任务。主要是，目前在战场上我们已取得决定性的胜利，不久即可解放全中国。为储蓄力量，迎接解放，地下党不需要搞大规模的群众运动，以免暴露，造成损失。他要我们不断团结和帮助群众认清形势，同情和拥护我党。临解放前，要发动群众护厂（特别要护电厂、自来水厂等与群众生活有关的厂）、护校，防止敌人破坏。为了有利于将来接管城市，要在我们有力量的地方做调查研究、积累资料，等等。

他教了我许多斗争的策略和方法。他说，关键是紧密联系群众，和群众生活在一起，关心和帮助他们。即使是一个不关心政治的书呆子，万一敌人来抓你，这个书呆子也会觉得被抓的是好人，同情或保护你。斗争的口号不要提得太高，太高了会吓倒中间群众，一定要使大多数群众（特别是中间群众）能接受。一般可从生活斗争入手，逐步提高到政治斗争。不论在学校的一个系或一个班，要认真逐个分析：我们的人有多少，进步学生有多少，中间学生有多少，国民党和三青团的人有多少，靠近他们的人有多少。一旦开展斗争，能得到多少人拥护，能否取得胜利。斗争中一定要做到有理、有利、有节，该前进时前进，该后退时后退，才能处于不败之地。

他讲了党内和地下社新的联系方式。为防止敌人破坏和叛徒出卖，同志间采取单线联系。一般不用真名，彼此不知住址，接头的方式要很自然，即使有人在你身边也不知你们在接头。开始接触，就要商定彼此的关系，说得清对方的主要情况，以应付敌人的突击盘问。

他还要我注意一些生活细节。我当时不修边幅，衣着很随便，头发也较乱。他说："你这个样子，头发是'俄国囚犯'式的，一看就知道是个进步分子。"我自己也觉得好笑。

以上很多谈话，是我第一次听到，对我的震动很大。当晚，我们同睡一张大床,他睡着了我仍久久不能入眠。过去,贾唯英教我们冲破黑暗,敢于斗争;现在老张教我们团结群众,善于斗争。听老张一席谈话,茅塞顿开,浑身有劲!

第二天早上,老张离开我那儿前,他把头发梳好,又弄好衣服和围巾。以后两次也这样。我发现,他的脚稍有一点跛。后来才知道,那是他参加新四军在皖南事变中受伤致残的。

我上高中的时候,也就是抗日战争后期,八舅帮助我弄清了国民党在消极抵抗,共产党在坚决抗日。以后,参加燕京大学和华西大学的未名团契,贾唯英组织我们学习《新民主主义论》和《论联合政府》,先泽和我从此便积极投身于学生运动。

1945年的"一二·一"反内战运动,我们一批同学参加游行。见华西大学和其他学校的学生都举着有校名的横幅,我们也打出"华西协中"的横幅。事后,校方召开全体学生大会,指责我们没经校长同意,不该打学校的横幅。双方争执不下,举手表决,我们只有五十二票,处于少数。我们本应从中吸取教训,学会团结多

李致夫妇与洪德铭夫妇(左二、左三)

数同学，但当时我们认识不到这一点。破晓社的成员屈彬写了一首诗，叫《我们有五十二票》，我们引以为傲，经常朗诵。这首诗鼓舞了我们的士气，这是事实，可惜我仍停留在这个水平。继之而来的"五二〇"反内战运动和抗议美军暴行运动，尽管我仍冲锋在前，写传单《告全市中学生书》，演讲，大声高呼口号，但因为脱离群众，能发动的同学不多。抗议美军暴行运动，游行后面临大考，许多同学住校一学期，很想回家过寒假和过年，我们却发动罢考，显然脱离群众；以致我被学校变相开除，也没有人出来为我讲话。敢于斗争，这是好的；而脱离群众，则是失误，更谈不上善于斗争、讲策略，做到有理、有利、有节。个人生活上不注意小节。正像老张所说，让人一看，就觉得是个"进步分子"。

当然，这以前我也有一点认识。人们歌颂扑灯蛾，说它为追求光明，一下就扑向灯火，使自己化为火焰，得到永生。我却认为，扑灯蛾盲目而幼稚地牺牲了自己。1948年底，我写过一首散文诗，叫《蛾》，发表在重庆《大公报》由艾芜主编的副刊《半月文艺》上。

这以后，老张又来我这儿住过两夜。

老张告诉我，由于重庆地下党遭到破坏，中央上海分局决定，川康特委从成都派了一些同志来，加上从北平回来的同志，在重庆分区成立工作组。各区之间不发生横的关系。我们这个区叫沙磁区（实际工作包括小龙坎和北碚）工作组，由三人组成：组长，老王（刘康），管大学和全面工作；老杨（张君平），管工运；小陈（李致）管重大先修班和中学工作。老王和老杨都是从北京大学调回的。老张交了两个党员关系给我，一位是苏慰慈，一位是李惠春，都是成都市女中的学生；还交了两个地下社员的关系给我。

老张和我仔细分析了"大家读书会"成员的情况，决定接收丁秀洎入党，由老王办理手续，胡季文、康大钧、印天纵、武仲秋等，先入地下社"民青"（民主青年联合会）。"大家读书会"停止活动，读书会的成员要回自己的学校开展活动。

老张说，原地下党市一级以上领导，奉上海分局命，即将去香港总结工作。尽管我和老张见面次数不多，我对他已有感情，颇为不舍。他握紧我的手，充满信心地说："天亮见！"

我们沙磁区工作组定期开会，研究工作。由于国民党反动派在军事上大败，政府腐败透顶，物价高涨，民不聊生，怨声四起。当年3月，学生发起尊师运动，受到广大教师和学生的支持。规模之大，在我们预料之外。原说不发动大规模群众运动，但群众一起来，党必须引导。从学生义卖、尊师运动发展到"争温饱、争生存"的请愿游行，从各校活动发展到全区、全市行动，发动了百分之九十五以上学生参加。当市学联决定在4月21日全市大游行时，地下党得知市长杨森要用机枪扫射，决定改全市大游行为分区游行。这样，既保护了学生的积极性，又避免了可能发生的不幸，做到了有理、有利、有节。当时，老张已离开重庆，但他的斗争经验无疑对川西派遣工作组的同志产生了良好的影响。

"四二一"学生运动后不久，我撤回成都工作。

解放军进入成都的前两天，原地下党领导人先入城与留在成都的各地区、各系统的负责人见面，布置欢迎解放军入城仪式。马识途、王宇光、彭塞、贾唯英都身着军装出现，独缺与我相约"天亮见"的老张，他留在湖北省工作了。我在这时才知道老张叫洪德铭，是成都地下党市委最后一任书记。以后又知道，他1938年入党，1941年在皖南事变中受重伤被俘，1942年8月逃出战俘集中营。……

新中国成立后，大家都忙于工作，没见面机会。有一次在武昌开会，我听时任共青团中央书记处书记胡克实说，老洪曾在中南团校工作。后又听说，老洪在武汉财经学院工作。

1966年爆发"文革"。1968年，我被关在"牛棚"时，有两人从武汉找我调查洪德铭的情况。这两人一见我就说："洪德铭是叛徒，你必须划清界限，老实揭发他的罪行。"我已有经验：凡持这种态度的人，必是居心陷害老同志的。我实事求是地讲了洪德铭的情况，他们极不满意，对我大加训斥。我不理会这些，仍照实写了书面材料。"牛棚"的监管人认为我的态度极为"恶劣"。

1969年，团中央的干部进入河南的"五七干校"，我在年底得到"解放"。1971年，我患眼病去汉口治疗。因为惦记着洪德铭，便给他打了个电话。总机一听我找洪德铭，马上问我姓名，住在哪里，为什么要找洪德铭，这种严厉的态度表明洪德铭尚无自由。为了不给洪德铭增添麻烦，我立即把电话挂了。

粉碎"四人帮"，结束了那个疯狂的年代。

1979年5月，洪德铭和他的夫人陈可（也是我在学生运动时结识的好友）来成都。我当时在四川人民出版社工作。三十年不见，亲切无比。我老伴丁秀涓和老洪虽是第一次见面，也像老朋友似的，无话不谈。正如老洪在6月26日的来信中所说："在分别三十年后得到重逢和叙旧的机会，打从心眼里感到高兴和愉快。在蓉两次见面畅谈，又蒙热情款待和赠书，深情厚谊，我们是永远不会忘记的。"来不及给老洪回信，老洪在7月16日又来信说："秀涓虽是第一次见面，但她的健谈风趣，热情澎湃的神貌，却给我们留下了深刻的印象，而你的豪放、健谈、深思、热情的性格仍然一如往日，更使我们打从心眼里感到高兴。"其实，老洪这些对我的印象正也是我对他的感受。

我常寄一些书给老洪夫妇，如《在彭总身边》等，但通信不多。老洪1983年8月11日来信也说："由于今后我们工作较忙，不可能经常写信，但经过三十多年考验，我们的心是永远连在一起的。"即便如此，每年春节，我都接到他和陈可的贺卡，保存至今。

事隔四年，即1983年，老洪再一次到成都。那时，我已调中共四川省委宣传部工作。老洪在当年12月5日的来信中说："这次来蓉得到叙谈机会，乐何如之。你年富力强，思想解放，在出版社做出了显著的成绩，今后一定会做出更大的成绩。"我知道，这是老领导、老朋友像过去一样对我的关怀和期望。

老洪十分珍惜友情。在1994年2月4日给我的信上，他说："我们的友谊是经过历史考验的。虽然在解放前我们来往时间很短，解放后又基本上没有什么来往，但建立在共同理想和许多老友对你我都有较深了解基础上的友谊，就非一般寻常情况可比了。人之相知，贵在知心，知心朋友之谊绝不会因为写信少、没有写信而发生变化的。所以我们和以前一样，是十分珍惜这种难得的革命情谊的。"他多次邀我和秀涓去武汉他们的家。在1983年的信上就说："你们如有可能出差过汉，请在家中玩住几天，武汉气候、供应虽不很好，但扫榻以待故人却是一片诚心的。"

每次见面必谈国家大事。言犹未尽，老洪和陈可曾联名写信说："对于国家、世界大事，老洪看法不少（当然都非高明之见），信上很难评说，见面时当可畅所欲言。对于国内问题，十四届三中全会决定的五十条是有远见的文件，我们衷心拥护，但是如果治不了腐败，不切实推进民主政治（民主对共产党人来说，就好比人需要空气的关系一样，是绝对不能缺少的），前景如何，还是很难预料的，不能不引起我们这些老家伙的忧虑。"这反映了众多"老家伙"的担心。

有一次老洪到成都来，谈到"文革"，我说老洪当年对我讲的群众路线和斗争策略，我受益一生。"文革"后期，我和从北京调到四川人民出版社的几位同志，团结了党支部的绝大多数支委，把造反派头头（也是支委）完全孤立起来。还谈到他们学校造反派对他的外调。不久我找到当时用复写纸写的材料底稿，便寄他一看。他回信说："所赐复印（应为复写）件太宝贵了。从此可见李致铁骨铮铮，一身正气。"他这个评价太高，我只不过遵循了四爸早年对我的教导，"说话要说真话"而已。

1999年，老洪最后一次到成都，时任成都市委书记的陶武先会

1999年，洪德铭（右三）和夫人陈可（右二）回成都，与马识途（右四）、陈先泽（右一）、章文伦（左三）、詹大风（左二）、李致（左一）合影

见了他和陈可，向他们介绍了成都的发展情况。马识途、陈先泽、詹大风、章文伦及我作陪。我们这几个当年做地下工作的同志还一起合影，留下了一张珍贵的照片。

2009年3月31日，老洪因患癌症医治无效，在海南省三亚市逝世，享年九十岁。

我得陈可发来的《致亲友的信》。老洪在世时留下四条遗嘱：一是请学校取消为他举办庆祝九十岁生日的活动计划；二是捐款十万元人民币给中南财经政法大学，作为学校的学生奖学基金；三是将遗体捐给祖国的医学事业；四是丧事从简，不发讣告，不举行任何形式的纪念活动。

陈可和家人认真执行了老洪的遗嘱。

老洪是一位坚强的战士，无论遇到什么坎坷，他总是积极向上，把一生献给祖国、献给人民，直至把遗体捐献给祖国的医学事业。我会永远牢记他的高贵品质，牢记他教我如何团结群众，善于斗争，牢记他对我的友情。正如他所说："我们的心是永远连在一起的。"

2009年11月14日

永远的负疚

——怀念国际友人云从龙

20世纪40年代中期,我在成都华西协合高中读书。当时,华西坝有两位来自加拿大的教授和传教士,一位从美国来的教授和传教士,他们都给自己取了中文名字,即文幼章、云从龙和费尔浦。他们同情和帮助追求进步的学生。我和这三位教授都有过接触。文幼章参加过我们反内战的游行,并在少城公园发表过演说。费尔浦为我和两位朋友补习过英语。

云从龙先生既是华西大学的教授,又是华西协合高中的校董。他住在华西后坝华西协中球场旁边的一栋洋房里。我上学和放学都要经过他住的院子。作为未名团契的成员,我曾到云从龙家参加团契举办的活动。据马识途同志回忆,他第一次看见我就是在云从龙家里。当时马识途老师(他1947年在协中教英语)是地下党川康特委副书记,但我并不知道。

1946年底,全国学生反对美军强奸北平一个女大学生,掀起了规模巨大的学生运动。我们在地下党员贾唯英的领导下,发动同学参加游行,还发动了罢考。许多同学参加了罢考,但临考试时有少数同学又到考场外观望。我生怕有人参加考试,便跳上石阶,讲述这次罢考的意义,最后大声疾呼:"同学们!我们谁没有母亲,谁没有姐妹?我们能甘心中国妇女遭受凌辱吗?我们一定要用罢考来声援北平学生,用罢考来表示我们的爱国行动!"同学们同仇敌忾,罢考成功。可是,事过不久,学校在给我家长的通知书中写着:"该生一心向外,无心向学,准予转学。"我从没有申请转学,"准予转学"实际上是把我"开除"了。

我不敢把这件事告诉母亲,怕她接受不了。在地下党的帮助下,我考上民主同盟一些著名教授在重庆办的西南学院。同时,贾姐姐又支持我去找协中校长杨立之谈判,要求学校收回"准予转学"的成命。协中是教会学校,一贯标榜"民主自由",为了使校长不敢随便以政治原因开除学生,贾姐姐请校董云从龙参加我们的谈判。

在约定的时间前,我在校门口等云从龙。我看见他从家里出来,走向办公大楼。他高且瘦,着西服,我们先后到达校长办公室。

云从龙问校长:"这是怎么一回事?"

我讲了我并没有申请转学,而通知书上却写"准予转学",这是不对的。校长则以我在外参加活动多、学习成绩不好为理由为自己辩护。说实在话,当时我偏爱文科,数理化成绩的确不好,但成绩不好可以补考,补考不及格再留级,不能开除。开除显然有政治目的,不合"民主自由"的原则。

云从龙听我们讲话,一双眼睛轮换地看着我和

加拿大教授云从龙和夫人在成都华西后坝别墅留影

2008年，马识途（左二）和李致在成都会见加拿大友人云从龙之子（左一）、文幼章之子（右二）

校长。听完我和校长几次"一般性辩论"，他才用熟练的中国话问了一句："这就可以开除一个学生吗？"

这句话显然使校长为难。校长考虑了一会儿，似乎准备"妥协"，然而态度仍然强硬。他对我说："如果要留在协中读书，你必须先认真写一份检讨书表示悔过。"

我一听要写检讨书，心里十分愤怒。当时我刚满十七岁，年轻气盛，正处在"天不怕，地不怕"的阶段。加之我已经考上西南学院，有恃无恐，便与校长争吵起来，毫不让步，拒写所谓悔过书。我和校长互不相让，最后我昂首挺胸，拂袖而去。校长是什么表情，我毫无印象。只记得云从龙把一双眼睛睁得更大，显得无可奈何。

不久我去了重庆，1949年5月才回到成都。年底在成都迎接解放。1950年初我在新民主主义青年团成都市工委工作，被派到铭贤学院任工作组组长。有一天看见一张海报，上面报道云从龙先生将在星期天上午来学院传道。我想起1947年初云从龙先生帮助我去与校长谈判的事，便想去见他一面。

星期天上午，学院一间教室坐满了人。我进教室时，云从龙已开始讲话。他还是老样子，高且瘦，着西服，一双大眼睛，正用中国话传道。大意是："共产主义并不神秘和可怕。耶稣把一个饼子分给七十二个门徒吃，也是共产主义精神。我们要学习《圣经》，理解上帝的旨意，这样便会使我们通向共产主义！"

我听了以后，立即激动地站起来反驳："既然共产主义是好的，我们可以直接读马克思恩格斯的书。过去国民党政府不许我们读，这没有办法。现在解放了，有条件读马恩的书了，何必先要去学《圣经》，通过学《圣经》去研究共产主义精神呢？"

教室里鸦雀无声，听众感到愕然。云从龙先生没有说什么，似乎很失望。我以为自己坚持了原则，虽然谈不上"飘飘然"，却以胜利者自居。事情一过，再没有去想它，更没有想到云从龙先生会有什么感受。

"文革"期间，在共青团中央工作的我被关进"牛棚"。有人来外调成都的一些老朋友与文幼章、云从龙和费尔浦的关系。我想，造反派抓这些辫子，难道要派人到加拿大和美国去外调？这下不知要多么漫长的岁月才能得出结论。

随着年龄的增长，特别是十一届三中全会以后，各方面都在清除"左"的思想的影响，我才发现自己那时反驳云从龙先生的一些话非常幼稚。云从龙先生长期在中国传教，支持中国人民的革命。他在新中国刚成立时讲共产主义精神与基督教教义的某些一致，是为了减轻教徒对共产党的恐惧，帮助我们团结更多的人。我貌似正确而实则偏激的话，对团结人没有好处，还会伤害云从龙先生的感情。这是"'左'派幼稚病"。对此我有一种负疚之情。

对我的惩罚终于来到了。去年年底，读马老（马识途）的一篇文章《记一个外国友人——云从龙》。文中提到马老调任川康特委副书记时，就是拿着张友渔（当时在省委负责统战工作）写的介绍信去找云从龙，由云从龙介绍他去华西协中担任英语教员，以此职业掩护他从事地下工作。后来,地下党的同志甚至在云从龙的住宅里,用云从龙的收音机收听解放区的广播,印刷秘密报纸,传送革命信息。……我不禁又想起自己那些幼稚的偏激的言行,深深感到对不起这一位具有国际主义精神的友人。也许云从龙当时并没有计较,现在已经忘记这些对他来说的小事,但我应该向云从龙先生道歉,请求他的原谅。1983年我在北京见到过文幼章先生。当时中国人民大学副校长谢韬请他吃饭,邀我参加,在席间谈到许多过去的事。如果云从龙先生来中国,我一定要向他检讨。可是接着把马老的文章读下去,才知道云从龙先生已在20世纪80年代度过九十寿辰后逝世了。这样,我连道歉的机会也没有了。

近年来,对云从龙先生的负疚感越来越成为一个包袱,压在我的身上,压在我的心里。我不信神,但如果真有天国,将来我一定要云游到加拿大上空寻找云从龙先生,向他道歉,并感谢他对中国人民(包括对我个人)的友情。

阿门!

1995年12月22日写

2008年4月2日修改

附 记

得知云从龙的儿子云达乐先生将来中国访问,我将《永远的负疚》一文交给有关的朋友。朋友将该文的大意翻译给云达乐先生,云达乐在回信中谈到该文,现摘录如下:

"我非常有兴趣地听到李致关于他忏悔的故事。我敢肯定如果我父亲听到以后,他会大笑一声,然后说道,那些日子已经过去了,在那杂乱无序的年代,对各种不同的事情有不同的反应都是可以理解的。我也相信从那以后我父亲一定会对李致的造诣表示钦佩，也一定会把他作为老朋友来看待。我也会对李致所写的'云游到加拿大上空'大笑一声，多么聪明的想象哦。这让我想起一幅卡通画，是一位艺术家为我父亲画的，内容是我父亲站在天国门口。根据基督教的传统，守门的是圣彼特，由他决定谁能进天国。在这幅卡通画里，圣彼特手里拿了一本电话簿，正在给上帝打电话。他说：'我的主，按照你的吩咐，我正准备隆重接待云从龙。但是，他却不愿进来。他说他不相信这里，因为早期的新约福音中和其他早期关于耶稣的文章中都没有提到过天国。如果这个地方是真实存在，为什么你不把它带到地球上去呢？我的主，我该如何回答他呢？'"

2008年3月

十二桥前的思念
——怀念杨伯恺烈士

新中国刚成立，大约在1950年初，贾唯英对我说："可惜杨伯恺同志牺牲了，不然他最适宜担任法院院长。"

我大吃一惊，感到很难受。

从贾姐姐那儿，我知道杨伯恺是我们党的老同志。抗日战争爆发后，从上海回四川从事上层统战工作和文化工作。我和杨伯恺同志有过接触，并终生难忘。

一

第一次在1946年春。当时，我在成都华西协合高中读书，与一批志同道合的同学组织了一个叫破晓社的社团。破晓社在学校办壁报，揭露旧社会的黑暗，尤其是反对国民党打内战，既受到同学的欢迎，又引起三青团的痛恨。有一期壁报居然被三青团的人撕掉了。我们怀着极大的愤怒用大字报写了《启事》，痛斥这帮人的卑劣行为，并宣布，为了表示抗议，争取言论自由，还要出铅印刊物。这件事受到进步报纸《学生报》的报道和支持。

青年人是勇往直前的，我们决定自办《破晓半月刊》。好不容易凑了一些钱，但到哪儿去印刷呢？哪家报纸愿意承印由青年学生主办且具有进步倾向的这张小报呢？《民众时报》我们都喜欢，但苦于同它没有任何关系。找不到印刷的地方，我们十分着急，担心别人说我们放空炮。我把这个顾虑告诉贾姐姐，她说："我找老王给它的主办人杨伯恺写信，他会同意给你们印刷。"老王是贾姐姐的丈夫（地下党川康特委委员——当时我们不知道），叫王煜（又名王宇光），他很快给我们写了一封简单的介绍信。我和好友陈先泽拿到信就到《民众时报》去了。

杨伯恺先生会见了我们。他穿一身长袍，长者风度，对我们很慈祥。先泽和我向他说明意图，他立即同意，费用也不高（具体数字我记不清了）。我感到他理解我们，并全力支持我们。以前我们只在学校范围活动，这是第一次与社会接触。遇见杨伯恺这样好的一位老先生，当然很高兴。这样，《破晓半月刊》出版了，《启事》上的宣言终于实现。

二

1946年春，重庆较场口发生特务殴打郭沫若等人的"二一〇"事件，成都市成立了中学生联合会，联合会的第一次代表会是在慈惠堂召开的。

我是代表之一。当时，我们从直觉上感到这个联合会的成员是进步的，因而大家都参加了声援"较场口事件"的游行和活动。但对其中最活跃的几个人的政治背景并不了解，免不了有少许疑虑。

在会议进行时，我突然看见一位老者从室外走过。我认出他是杨伯恺老先生，他也对我会心一笑。

凭这一点，我有一种安全感。杨伯老先生在这里进出，至少慈惠堂不会有问题。那几位活跃分子能联系在这里开会，至少不会是伪装进步的。这就是我这个小青年的简单思维。

三

抗议美军暴行运动发生在1946年底，我积极参加了这次运动。学期结束，学校变相把我开除（勒令转学）。当时，重庆的西南学院在成都招生。一打听，教授有潘大逵、孟超、李文钊等，主办人是马哲民，显然是一所进步学校。我和破晓社另三位成员报考了西南学院。考试的作文是《试论文言文与白话文的优劣》，问答题中有一题是问对第一次国民代表大会的看法。我早就喜欢新文学并在报刊上发表习作，又是《新华日报》忠实的读者，作文和答问，一挥而就。政治态度也很鲜明，认为第一次国民代表大会系国民党一手包办，称它为伪国大。

下午口试，我有些紧张。出乎意料，口试我的是杨伯老先生，但不知道他会口试什么题目。

杨伯老先生亲切地问我："你被学校开除了？"

我回答："是！通知书上说我'一心向外，无心向学，准予转学'，但我并没有要求转学。"

他笑了，又问："想考新闻系？"

我答："是，想把新闻作为武器。"

他慈祥地点了一下头："好，就这样吧！"

我还在等他考我，口试就结束了。

不久发榜，居然在报纸上发现我不仅考上，而且名列第一。我以前叫李国辉，考试前改名为李致。

我太高兴了，颇为飘飘然。一直到有幸与潘大逵教授同乘一辆汽车，飘飘然地坐长途汽车去重庆。到重庆时已天黑，看见万家灯火。我以为重庆有很多高楼大厦，第二天才发现附近几乎全是一两层的房子，因为它是山城，才使我产生之前的错觉。

四

由于民主运动高涨，国民党感到恐惧，1947年6月在全国进行了一次大规模的镇压。我到重庆后，"六一"遭国民党逮捕，好在我是学生，很快被保释出来。新中国成立之后得知，杨伯老先生同年"六二"在成都被国民党逮捕，一直坐牢，新中国成立前夕被敌人杀害于西郊十二桥。

五

以后我逐渐了解到一些伯恺同志的情况。

伯恺同志于1885年出生在四川省营山县，二十五岁时赴法国勤工俭学，先加入留法共产主义小组，继而入党。归国后，在上海为党中央机关报写文章，积极参加"五卅"爱国运动。以后回四川工作，经历重庆"三三一惨案"后再去上海。我在沙汀的回忆文章上，看到过伯恺同志创办辛星书店的情况。1946年参加成都地下党的文化工作小组活动。被捕后，在狱中领导对敌斗争，被难友誉为狱中的精神堡垒。以后我逐渐了解到一些伯恺同志的情况。

伯恺同志牺牲已快半个世纪。我多次到墓地悼念，感谢他对建立新中国所做出的贡献，也感谢他对我个人的爱护和关怀。当时，追求进步的青年常常受到很大的压力。特务把你当成"共匪"，社会上视你为"异端"，学校可以把你开除。伯恺同志的年龄，比我的父亲大。我和他第一次见面时，他五十二岁，我才十六岁。凭王煜同志的介绍，他同意《破晓半月刊》在他主办报纸的工厂印刷。当他得知我被学校开除，就支持我上西南学院。这些充分体现了一个老同志对青年人的爱护。他没有对我说过更多的话，但他的行动像春雨一样，"润物细无声"。我长期从事青少年工作，深感伯恺同志在这方面对我起了潜移默化的楷模作用。

蜀都大道上靠十二桥一段，有一座纪念碑，一只巨手正在挣脱铁镣。自由，是多么可贵啊！每当想起那些争取民主自由的岁月，我都忘不了伯恺同志。不知他是否记得我——当年那个瘦小而执着的小伙子，而今这小伙子也近古稀之年了。

伯恺同志，您牺牲那天恰逢节气大雪，也是我的生日。每到这一天，我更加思念您。

1989年7月19日

历经斧斤不老松

——记马识途

这棵"历经斧斤不老松",是马识途同志。他是老革命,又是老作家。他一生经历许多危难和坎坷,为了祖国和人民,他"宁死不屈,宁折不弯",是一个硬骨头的知识分子和真正的共产党员。《马识途文集》充分反映了他的精神和历程。我与马老有半个世纪以上的交往,是他的学生和朋友。十年前,上海一家文学刊物曾约我写马老,我反复构思并多次和马老交谈,却一直没有动笔。最近,因为视力严重衰退,怕有"万一",失去倾诉自己感情的机会。我在电脑上用二号黑体字,记下了这些难以忘怀的往事。

戴土耳其帽的英文教员

20世纪40年代,我在成都华西协合高中读书。它是一所教会学校,无政府主义者吴先忧长期担任校长,学校有很浓的民主自由空气。

1946年底,地下党员贾唯英告诉我,有一个叫马谦和的先生要到华西协中教英文。贾姐姐说他政治上很好,要我关心和支持他。

我和马先生见过一面,但没交谈。马先生身材魁梧,头戴土耳其帽,身穿中式长袍。至于见面的地点,五十年后回忆:我记得是在贾姐姐家里，马先生记得是在云从龙家里。云从龙是加拿大友人，一贯支持进步学生的活动。马先生是经云从龙介绍去协中教书的。可能我和马先生见过两次面，各自记住了印象较深的那一次。

李致与马识途（右） 摄于2016年

1946年底，我因参加"抗议美军暴行"运动，被后任校长变相开除。云从龙曾努力与校长商谈，让我继续留校读书，但未成功。我就此离开学校，失去与马先生进一步接触的机会。

爱护青年的组织部部长

成都解放前夕，我在成都从事党的地下工作。

1949年底，成都和平解放。在解放军进城的前一两天，我得到通知去暑袜南街开会。一到会场便见到身穿解放军军装的地下党组织领导人：王宇光、贾唯英、彭塞等同志，还有马谦和先生。王宇光介绍马先生时说："这位是老马，马识途，老马识途，我们川康特委的副书记。"会上主要布置欢迎解放军入城的工作。会后，我握着马先生的手，他说："我记得你！"地下党没有官气，称呼也随意，我与其他同志一样，长期叫他老马。他对我直呼其名，叫我爱人丁秀涓为小丁。

组织上分配工作，我和丁秀涓都分到青年团成都市工委。

不久，发生了这样一件事：解放前约一个月，我、丁秀涓、赖均奎、范今一等几位地下党同志，住在丁秀涓的伯父丁次鹤家。

丁次鹤是银行家，与刘文辉的私人关系好，曾任西康驻蓉办事处处长，帮助过民主人士和地下党同志。成都解放后，丁次鹤的住宅被征用。丁次鹤当时在重庆，来信托丁秀涓代他把住宅捐给人民政府。丁次鹤无政治问题，捐住宅也是好事，何况我们在这儿住过，也该有个了结。我陪着丁秀涓去找当时住在丁次鹤房子的驻军。没想到一位年轻的解放军同志听完我们的陈述后，竟把我们当成住宅的主人，声色俱厉地横加训斥，好像我们就是"资产阶级"的"阶级敌人"。我们一再解释，我们是地下党员，在这里住过，丁次鹤愿意捐献住宅，这是好事。该同志抓住我说"地下党同志在这儿住过"这句话，说地下党没有公开，质问我们"究竟是什么人"。我说你不相信可以去问川西区党委组织部副部长马识途。谈话陷入僵局，不欢而散。

这件事让我们感到困惑和委屈。我们是青年学生，从进步书籍中，得知许多解放军爱民的动人事迹。1945年我曾热情地代售过《延安一月》这本书。如今解放了，解放军与地下党会师时贺龙将军是那样的和蔼可亲，而第一次接触解放军同志却是这样的遭遇。很快我和丁秀涓去区党委组织部找马识途部长，叫声"老马"，把一肚子的委屈向他倾诉，想在他面前讨个公道。老马耐心地听完，没有责备我们，这使我们得到某种安慰。

不过，老马犹豫一阵，说了一句："你们怎么不知道避嫌疑？"

我们丝毫不理解老马这话的含义，内心也不同意。心想幸好那位解放军同志训斥的是我们，我们是自己人，可以不介意；如果这样对老百姓，一定会造成很不好的影响。那时年轻，既然觉得自己没错，也不背思想包袱。我们被很多新鲜事物吸引着，淡忘了这件事。

地下党员会师时，马老曾对地下党的同志表示：若因工作有债务，组织上可以解决。解放前大约三个月，我们曾向一位"地下社"（类似现在共青团组织）社员借过十两黄金：一两黄金买了一部收音机，收听解放区的广播；九两黄金以备急用，但实际没用。可是在成都解放前几天，先有人在丁次鹤家"查户口"，半小时后有几名持枪的彪形大汉，借查烟毒为名，把我们几个暂住在丁家的地下党员，也就是我、赖均奎和范今一（后两人均系燕京大学学生）关在一间小屋里，押着丁秀涓在屋里搜查，抢走了收音机、九两黄金和丁秀涓的手表。我向老马汇报此事，他表示可以解决，不久即给了我相同价值的人民币还债。老马无意中说了一句："有人说快解放了，地主子女借钱给你们，是为了转移财产。但钱是你们主动借的，借钱还钱，要讲信用。"看来，还债的事可能受到质疑，但老马坚持地下党要讲信用。这种信守承诺的精神，给我上了很好的一课。

尽管老区来的同志与地下党的同志会了师，但两支队伍来自不同的环境和文化背景，确有一个相互理解和磨合的过程。当时，团市工委有个别从老区来的领导，看不惯我们这批由地下转为地上的学生党员，认为这批人"活蹦乱跳""没上没下"，其中李致最难"打整"，打算调我去外地工作。我知道后产生逆反心理，大闹情绪，坚决要求调回重庆工作。老马多次耐心说服我，我听不进去，浪费了他不少时间。老马为"照顾"我的情绪，最后迁就了我。那时我十分幼稚，如果老马采用简单粗暴的方式，我可能真会犯错误。现在想来，我非常内疚，更十分感激老马。以后我长期做青年工作，老马的言传身教，使我知道对青年人的某些一时的偏激行为，应该耐心细致地引导教育，千万不要简单粗暴。

几年后，成渝铁路通车，我回成都探亲，听说组织部另一位副部长曾把我作为"典型"，在大会上点名批评。还偶然听说那位为我们捐赠房子而对我们严加训斥的解放军同志（可惜我忘了他的名字），因别的事犯了错误，被打成"反党"分子，调离原单位。事隔半个世纪，不知他是否健在？但愿已为他"平反"。

"可用不可信"

1957年底，我从重庆调回成都，担任共青团四川省委主办的红领巾杂志社总编辑。我爱人原在重庆第二钢铁厂工作，为照顾夫妻关系，她被调回成都，拟分配在金堂钢铁厂工作。重庆到成都只需乘一晚上的火车，金堂到成都距离虽然近，但交通很不方便。这种"照顾"还不如不照顾。

我除了向团省委领导反映外，也想找地下党老领导帮忙。当时正值反右派斗争之际，贾唯英在重庆被错划为右派，王宇光受到牵连。在成都的彭塞，也因他说某领导是"小斯大林"而受审查。我去找时任省城市建设厅厅长的马识途。老马热情地接待了我，但对我的要求却爱莫能助。我隐约感到：省的某主要领导对原地下党同志有歧视，老马首当其冲。我没有为难他。

几十年后才知道，原任川西区党委组织部副部长的老马被调任成都市委组织部部长，不久又以他"不宜搞组织工作"为由调省城市建设厅。当时，只有城市贫民，没有产业工人，也没有工程师、技术人员。有一些著名工程师是被关押着的，经省委书记陈钢同意，放出来几个工程师，帮助建设。但有人说老马启用"坏人"，反右时因老马保护知识分子，又说他"包庇"右派。

不少问题困扰着老马。老马有看法又不敢说，怕出"立场"问题。那时经常强调要过好"社会主义关"。老马说："这个社会主义关，真不知如何过？似乎关公、张飞像过去的门神一样，手拿大刀站在门边，谁也不能轻易过去。"

省委一位书记告诉老马，省里的"一把手"对老马的态度是："可用不可信。"我分析：可用，指老马能力强，能打开困难局面，做出成绩；不可信，则反映了他对地下党同志的歧视，有些工作只让老马担当副职，被"监督"使用。

《清江壮歌》

1960年，我因眼病在四川省医院住院治疗，约半年时间。

一天，偶然发现老马也住在眼科的病房。他不是眼病，而是腿疾。因为干部病房无床位，临时借住一间眼科病房。老马虽是治病，多数时候却在创作。这之前，他已发表《找红军》《老三姐》《接关系》《最有办法的人》等著名的短篇小说，引起许多读者和老作家、老编辑的注意，被他们"抓"住不放，用老马的话来说，他从此被"拉入"文坛。

这引起了我很大的兴趣。趁老马休息之际，我常去病房探望。

老马正在写一部长篇小说，讲述他自己的经历。1941年1月，老马的妻子刘惠馨，在鄂西从事地下工作时，被敌人逮捕关进监狱。当年11月她英勇就义，随她在狱中的不满一岁的女儿被一位工人收养。新中国成立后，在公安部门的帮助下，老马终于找到失散二十年的女儿，并在北京团聚。鉴于女儿是工人抚养成人的，老马不让女儿改姓马，仍要她与养父养母一道生活，侍奉养父养母。这便是以后由人民文学出版社出版的、催人泪下的长篇小说《清江壮歌》。

我深为这个故事感动。我长期在共青团工作，每到一处总喜欢与青年人打成一片，在省医院也不例外。我把老马的故事讲给几个青年医生和护士听，他们也很感动，于是住院部团总支举行了一次活动，请老马讲他的这段经历。我看见不少人听讲时两眼饱含热泪。

老马在1937年参加中国共产党。因为他是地下党在几个地区的领导人，无论在抗日战争时期还是在解放战争时期，都是敌特追捕的重要对象。老马改名换姓，装扮成各种人物，从事各种职业，过着极其艰难的生活。他领导群众进行各种形式的斗争，直至迎来新中国的成立。正如老马所说："我所经历的危险，只有用九死一生才能形容,然而我处之泰然。因为我们把'相信胜利,准备牺牲'作为我们的信条。虽然我们不时要为我们同志的被捕和牺牲而痛哭哀悼,却也常常为我们斗争的胜利而欢唱。人生能得几回搏?我曾享受过许多次搏斗的欢乐,也就不虚此一生了。"

老马长期在白区与敌人做斗争,充满传奇故事。他的创作,源于他的革命经历。老马多次说:"我不一定是作家,但我一定是革命家,我写的是革命文学。"

宁死不屈,宁折不弯

1958年,中央号召向科学进军,老马被任命为中国科学院成都分院副院长。省里的"一把手"凭主观臆断,提倡在四川大种棉花,主张在水利工程上以"提灌"为主,但省内和国内的科学家,则认为四川的土壤适宜种粮食,主张水利工程以"蓄"为主。老马支持科学家的意见,省的"一把手"认为老马是有意反对他,说老马这个"管科学的人'不科学'"。"文革"前,老马已被贬到南充县当县委副书记。1966年"文革"一开始,又改口说他是"带职"下放,调回西南局机关参加运动。还莫须有地诬陷老马涉及什么"间谍案",回成都第二天即被宣布为"反革命",隔离审查。同时,四川也抛出"三家村",即马识途、李亚群、沙汀,公开在报纸上对三人进行大批判。

不久,老马被造反派抓来关在一所大学里。一天夜晚,两派内战,男生参战,只有女生看管。天下着大雨,老马看准时机,利用地下工作经验,设法从二楼厕所的窗户逃出来,去了北京。受中央文革小组支持的刘结挺、张西挺再把老马"捉"回成都,关进昭觉寺(那时实际是监狱)。刘、张两人多次暗示,只要老马承认"错误",问题可以解决(以后刘、张倒台,别人揭发,他俩想要"结合"老马,为其主管文化工作),老马不卖身投靠,不予理会。为了记录这场史无前例的、给国家给人民带来的巨大灾难，老马在狱中长时间思考和积累资料，以便将来在可能的时候写一本反映"文革"的书，即以后出版的《沧桑十年》。

1964年我调到北京共青团中央工作，有八年时间与老马没有接触。"文革"前，我在共青团中央任《辅导员》杂志总编辑。"文革"开始，先靠边站，继而被夺权，限制人身自由，后又被冠以"胡风集团""小爬虫"的罪名，关进"牛棚"，再去"五七"干校劳动改造，直到1969年底被"解放"。1973年秋，我调回成都，在四川人民出版社工作。

林彪事件后，在周总理的促进下，全国解放了一批干部。这时，老马已获解放。原四川省委宣传部主管文艺的副部长李亚群，坚决不愿再主管文艺工作。时任省委书记的李大章请老马支持他，老马才不得不担任省委宣传部副部长主管文艺工作。亚公向老马又作揖又鞠躬，说自己找到"替代"了。

老马住在商业街五十号，我常在晚上骑自行车去看望他，谈些当时不能公之于世的心里话。"四人帮"在台上，谈不上工作，只是混日子。老马告诉我，他写了三十多年以来有关地下工作的经验教训的书稿，要我做第一读者。

我当然很有兴趣阅读老马的书稿。不过，新中国成立后已经不需要做地下工作，因此这种书根本不可能出版，我又感到惋惜。老马说，也许对那些没有解放的国家有用。这使我想起1973年初我悄悄去上海看望巴金，巴老在"文革"中受了很多迫害，每天还在翻译赫尔岑的《往事与随想》。他明知书不可能出版，但说将把译文抄写好送给图书馆，可供关心当年俄国革命的人查阅。老马和巴老，身处逆境，仍勤于奉献，不忘耕耘。这种精神实在可贵！

在"雷区"工作

文艺工作真是布满"地雷"的重灾区。

1975年小平同志重新主持工作,毛主席号召"繁荣文艺"。四川恢复了文艺期刊《四川文学》,作家艾芜在刊物上发表短篇小说《在高山上》,以后又被批为"黑线回潮"。四川峨眉电影制片厂拍摄了一部影片,名为《寄托》,描写一个老干部犯错误后如何改正的故事。到"反击右倾翻案风"时,宣传部领导指责老马在领导该片拍摄时,没有写"走资派还在'走'"。更好笑的是,粉碎"四人帮"以后,该领导又指责《寄托》写了"走资派还在'走'"。

1977年初,四川人民出版社出版了怀念周总理的诗集,名为《人民的怀念》,社会反响极好。一天下午,出版社突然接到某领导秘书的电话,问《人民的怀念》是谁主编的?作者的政治情况是否都弄清楚了?我答:我是主编,作者的政治情况没问题。事后,一位知情人告诉我,该领导是怀疑李亚群和马识途有"问题"。我一笑置之。

省委书记杜心源了解老马,说有关文艺界的大事,老马都是经请示省领导后才做决定的。这场风波就此结束。尽管如此,老马不愿与这位"左"派共事,他以"归队"为由,调到中国科学院成都分院工作。

坚持写作,用笔做武器

老马到了科分院,并没有放下手中的笔。当时,正值书荒,我们重新出版了老马的《找红军》(短篇小说集)。老马在赠书的扉页上写下:"不惜歌者苦但伤知音稀,《找红军》这本遭到百般批判的小书出版了。感慨良多。非君之力,曷克臻此。特赠知音李致、秀涓同志　马识途　1979年元月。"不久，他随中国科学家代表团访问英国，回国后写了《西游散记》，也在四川出版。

鉴于我与老马多年的友好关系，我表示今后要"包出"他所有的著作，"强迫"他同意。老马虽未承诺，但他的确非常支持四川的出版事业。

针对社会上某些不良现象，马老写了不少杂文。这些针砭时弊的杂文，先发表在《成都晚报》的《盛世微言》专栏上，后结集出版，拥有很多读者。若干年后，有一次老马的生日，我到花店买花送他。卖花人因要配花，询问买花的用途，我说是给马老祝寿。身旁一位市民即打招呼说："马识途是为老百姓说话的，不能多要钱。"

"我要努力说真话，不管为此我要付出什么代价"

1982年底，我调省委宣传部任副部长，主管文艺工作。我不愿离开出版社，却不敢不服从省委的决定。

老马开玩笑说："我也找到'替代'了。"只是没向我鞠躬作揖。

我估计，省委调我去宣传部主管文艺工作，可能是因为我在出版社工作期间，与作家和文艺界人士相处较好。但在宣传部主管文艺工作，非我能力所及。怎么办？除了学亚公和老马在文艺界广交朋友外，就是多向任白戈、沙汀、艾芜和马识途等老先生请教。这时，老马已年过花甲，我早改称他为马老了。

由于多次请教，我进一步了解马老，知道他非常尊重巴老。马老早年喜读巴金的"激流三部曲"，如今他佩服巴老敢于直言，建议管文艺的领导要"无为而治"，赞同巴老主张讲真话。马老与巴老的接触虽然不多，但可算是神交，心灵相通。

1987年10月，巴老返川，在家乡住了十七天。张秀熟、巴金、沙汀、艾芜、马识途五老相聚，成为文坛佳话。张老时年九十三岁，巴、沙、艾三老八十三岁，马老七十三岁，五老相约七年后再次聚会。马老为这次聚会写了一篇纪实文章，发表在《当代》杂志上。可惜，七年以后，张老、艾老、沙老先后乘鹤西去，巴老则卧病在床，五老再不能相聚了。

巴老九十华诞时，马老曾率四川文艺代表团到上海向巴老祝寿。1995年6月，我去杭州看望巴老，马老托我带一本他的杂文集《盛世微言》送巴老。马老在空页上写道："巴老：这是一本学您说真话的书。过去我说真话，有时也说假话。现在我在您面前说：从今以后，我要努力说真话，不管为此我要付出什么代价。谢谢您赠书《再思录》。马识途 1995年6月15日。"在四川省庆祝巴金百岁华诞座谈会上，马老说："我曾经不止一次自以为是地说过，如果我们说鲁迅是中国的脊梁骨的话，那么巴金就是中国的良心。"马老还在会上重申了他在1995年向巴金赠书时的保证：从今以后，我要努力说真话，不管为此我要付出什么代价。

去年，巴老辞世，马老悲痛不已，本拟亲去上海向巴老的遗体告别，被家人劝阻。马老亲写祭文《告灵》，委托女儿马万梅赶到上海巴老家，在灵堂遗像下读给巴老听。此系后话。

《沧桑十年》

忘记过去意味着背叛。鲁迅谴责过国人的"健忘症"。可是，当时某些人借口"向前看"，一直反对写"文革"。

在这个问题上，马老不信邪，在1998年出版了反映"文革"的《沧桑十年》，季羡林先生为之作序。这本书在读者中产生了很大的影响。

时任中共中央委员、全国妇联副主席的黄启璪，写信给马老说：

我在近期医院给我做的两次化疗期间，拜读了您的新作，不读则已，读起来惊心动魄。您以亲身亲历及所见所闻，将"文革"这场灾难，这场悲剧、闹剧、滑稽剧如实做了记述；将其荒唐性、危害性揭露得淋漓尽致，还从思想上体制上及应吸取的教训上做了精辟的剖析。这样的"文革"纪实作品，很有历史价值，也有现实意义。

正如您心中所预料到的，现在二十多岁的青年人，不了解也不愿去了解"文革"是怎么回事。我体会，您与季羡林先生写的书，就是留给下一代、两代的好教材。

我真钦佩您，以八十高龄还完成了这样一部巨著，这只有像您对祖国对人民对党的事业有高度责任感的老革命、科学家、知名作家，才有这样坚强的意志力、洞察力和表达力。

启璪的信，表达了许多读者的心意。

肩负重任的"业余"作家

马老是作家，他创作的长短篇小说、散文杂文随笔、回忆录、文论、古诗词和新诗，总数超过五百万字。在本届省委的关怀下，去年出版了《马识途文集》（十二卷十三册），中国作家协会和省委宣传部在北京举办了马识途创作七十周年暨《马识途文集》首发式座谈会。到会者对马老的作品给予很高的评价。

应该说明：马老并不是专业作家。

马老一直担任着各种各样的领导工作，如省委宣传部副部长、中国科学院成都分院副院长、省人大常委会副主任、省文联和省作协主席，这些工作都很繁重。在完成本职和兼职工作后，马老在业余时间创作。写《清江壮歌》时，他熬了一百八十多个夜晚。

这样的"业余"作家，在国内很难见到。

优秀的文艺工作领导人

马老连续五届被选为四川省作家协会主席并兼任巴金文学院院长。

马老长期从事党的地下工作，又长期担任党和政府部门的领导，很注意团结知识分子。"文革"以后，部分作家受"派性"影响，加上文人相轻，常出现一些分歧。但只要马老参与会议，各种问题总是不难解决。

领导文联和作协工作，马老主要是把握"为人民服务，为社会主义服务"的"二为"方向和"百花齐放，百家争鸣"的"双百"方针，鼓励作家贴近人民、贴近生活、贴近现实，安于寂寞，安守清贫，避免经济转型期间的金钱诱惑和浮躁不安，潜心创作。他与作家交朋友，或公开讲话，或个别交谈，或为之作序，有针对性地帮助他们，其中有王火、阿来、魏明伦、裘山山等。我也是受益者之一。

马老常与我交换有关文学和文艺工作方面的意见。去年初，马老对我说，他对当前的文艺形势，有一喜、一忧、一愁、一惧：喜，是文坛迎来宽松和谐的创作环境，新人辈出，后继有人；忧，是文学和影视创作中出现某些低俗化倾向；愁，是在一片产业化的呼声中，对作协如何产业化心中没底；惧，是雅文学的日益边缘化和文化霸权主义的咄咄逼人。不久他以"文学三问"为题，发表讲话并写成文章。三问，即谁来守望我们的人文终极关怀的文学家园？谁来保卫我们文学的美学边疆？谁来坚持我们在马克思主义光照下的社会主义主流意识？《四川文艺》把马老的《文学三问》，套红发表在头版头条，引起了全国文联和全国作协的关注。《人民日报》为此发表了对马老的专访。其他报纸也有转载。这三问，震动了众多文艺界人士的心灵。

马老高瞻远瞩的见解，其影响远远超越四川文艺界。

拒绝"死亡通知书"

2001年年初，马老得了肾癌。

这是件令人揪心的事。华西医学院做了最初的诊断，主张尽快动手术。亲友的意见分为三种：一是尽快动，以免延误；二是观察一段时间，根据发展的情况再决定；三是马老年事已高，最好采取保守疗法，不动手术。

清华大学举办九十周年校庆，马老应邀参加。他趁机在北京医院做了检查，诊断结果与华西医学院的一样。马老在北京住在早年曾经失散的大女儿吴翠兰家，并由大女儿把马老送回成都。这是我第一次看见吴翠兰，她个头不高，性情温和。

回到成都以后，马老下决心在华西医学院动手术。我的心情很矛盾：一方面怕癌细胞扩散，赞同马老早动手术，切除一个肾；另一方面又怕马老年高，下不了手术台……

4月23日下午，我去马老家。一摁门铃，小狗就叫了。我很喜欢这只黄色小狗，因为马老夫人王敬祥的听力很差，小狗替我报信。马老和夫人一起来开门。

我先把最近写的一篇散文《心留巴老家》交给马老，请他有空看看。不料，马老拿起来就读。我坐在沙发上，环顾书房：进门处的镜框，装有马老书写的"无愧无悔，我行我素"。对面的墙壁上有木刻的"未悔斋"，也是马老的书法。下面是计算机，马老是四川作家中第一个用电脑写文章的，已用电脑写了两百万字以上的作品。左边有一大堆写好的书法作品，过去我常去翻阅，讨马老的笔墨。此时，我对这熟悉的书房感到格外亲切。

这个下午，马老和我谈了很多。

先谈我的"往事随笔"，继而谈巴老。又谈粉碎"四人帮"初期，巴老主张"无为而治"以及主管意识形态最高官员的态度等等。最后才说他决心动手术，考虑到万一下不了手术台，马老留

2007年11月16日在马老（右二）家中合影，中为谢韬

下一个"遗嘱"。大意是：一、他这一生，无愧无悔。二、丧事从简，不搞遗体告别，不要花圈之类。最多在家里设一灵堂，只让至亲好友来告别。可以发个消息，以免别人再给他寄文稿来，浪费精力。三、骨灰与夫人葬在一起。四、他希望《马识途文集》能出版，仍由作协负责，请李致和王火促进。五、……

我表示完全理解他的"五点"，着重说了些安慰他的话。他答应为我"往事随笔"第三本集子《昔日》题写书名，我说不急。告别时，马老深情地说："知我者，李致也。"

离开马老家后的那些天，我极为担心。在马老进医院那天上午，马老请为他开车多年的司机小胡，送来两张为《昔日》题写的书名。我突然想起马老对我说过："只要对你好的事，我都愿意做。"马老对我的关怀，使我深受感动。写到这里，我的眼里再一次充满泪水。直到马老手术成功，我才放下心来。

马老后来曾说："我去年得了绝症，'死亡通知书'已在路上，但我拒绝了'死亡通知书'，还要继续奋斗。"

"两头真"

今年马老九十二高龄,我也七十有七。

再过几年,马老就是"世纪老人"了。虽说人生苦短,但总不能混混沌沌地走过。马老的许多宝贵回顾,都包括在他的文集里面了。我也写了一些"往事随笔",记下自己难忘的人和事。

为了弄清这几十年的历程,我多次向马老请教,毫无顾虑地和他讨论。我知道,马老平时也常和他的同龄人讨论这些问题。

这一代(或说这一批)知识分子,多数人有类似的经历。马老是大知识分子,我是小知识分子,我比他小十五岁。但毕竟是他的战友贾唯英引导我参加革命的,姑且算是"这一代"人吧。我们反对帝国主义的压迫和侵略、反对蒋介石的法西斯专政,渴望民主、平等、自由,向往"山那边呀,好地方"。最近,偶然听见播放田汉(国歌的词作者)作词的歌曲《热血》:"谁愿意做奴隶/谁愿意做马牛/人道的烽火,燃遍整个的欧洲/我们为着:博爱、平等、自由/愿付出任何代价/甚至我们的头颅……"我恍然大悟,这就是我当年的觉悟和追求。马老在革命的征途中被敌特追捕,九死一生。我也被学校变相开除,被宪兵抓去关了几天。好不容易等到新中国成立,换了人间。

1945年,在地下党的领导下,成都市的一批中学生成立了誓与法西斯强盗斗争到底的破晓社。去年,是破晓社第六十个生日,马老为破晓社的这个生日写了祝词。对联是"风雨如晦盼天明,鸡鸣不已迎破晓",条幅是"只有度过沉沉黑夜的人,才配享受天将破晓的欢乐"。马老希望我们这批人能保持"两头真":前头的"真",是我们早期的理想和信念;后头的"真"是回归人的本性和天真,继续追求民主、自由、平等的人类共同理想。生命的中间一段,被泼污水,被搞糊涂了。直到近二十年(特别是近十年),才逐渐清醒。清醒后不能再失去信仰,做到后一个"真",才是保持晚节。

无论经历再多的曲折，马老仍能找到前进的方向。

我又想起王宇光在解放军入城前的介绍："老马，马识途。老马识途。"真是老马识途。

2006年4月开始写作，7月二伏天完成

附 记

这篇文章是2006年写的，距今十二年。当年马老九十二岁，今年已一百零四岁。十年前马老有诗句："若得十年天假我，挥毫泼墨写兴隆。"马老早年因心脏不适，安装起搏器。2001年，因患肾癌割掉了一个肾。在这种情况下，他能跨越百岁实属不易。更不容易的是，马老迄今仍坚持写作。从九十高龄到一百零三岁，能坚持写作，在全国乃至世界的作家，都是少有或仅有的。马老非常乐观，在一首打油诗里，他说："阎王有请我不去，小鬼来缠我不怕。"而且总结出自己的长寿"三字诀"。更重要的是他作为老革命、老作家的社会责任感。马老说，他每天上午写两三小时，他的子女说他下午往往还写一两小时。马老是四川第一个用电脑写文章的作家，如今因为看不清楚电脑汉字输入时所提供的文字选择，他又开始使用稿纸了。马老的文稿，每页三百字，字迹清楚，不出格。朋友们关心马老的健康，劝他做事"悠着点"。马老不太在乎，还想多做一点事，多留一些作品。他和巴金老人一样，多次说："如果活着不做事，生命也没有意义。"马老实践他的诺言，坚持说真话，把心交给读者。

2018年出版十八卷本《马识途文集》，马老指定此文为序。

2018年4月14日

| 附 |

致公素描

◎ 马识途

致公，乃马老之学生李致也。官至局级以后，人多以职位相称。李致坚持互称同志，但年轻人认为不恭，改称李老。在马老心中，"少年"李致岂能成李老？决定"拨乱反正"。马老在八十寿庆时宣称：李致未到古稀，不能称老，若表尊重，可称致公。现李致七十有七，尚未完全享受"老"级待遇。近期，李致请求马老为他写首诗或词，马老谓此事可遇而不可求。李致不知马老的诗兴多久才发一次，只有耐心等待。不料次日李致得马老电话，谓昨夜雷雨大作，夜不能寐，诗兴发矣，遂成《致公素描》。

一

怒发直立一少年，桀骜不驯校长前。
自我开除出校去，革命道路何处寻。

20世纪40年代，李致在成都华西协合高中读书，积极参加学生运动。校长以"一心向外，无心向学，准予转学"为由，变相把李致开除。地下党同志请协中校董、加拿大国际友人云从龙帮助，要校长收回成命。校长责令李致写悔过书，李致认为无过可悔，拂袖而去。（幸好没写，否则"文革"中又多一罪状。）李致头上长着两个旋儿，旋儿边头发直立。马老说起当年的李致，那是"一个活泼跳跃，手舞足蹈，颇有点孙大圣天不

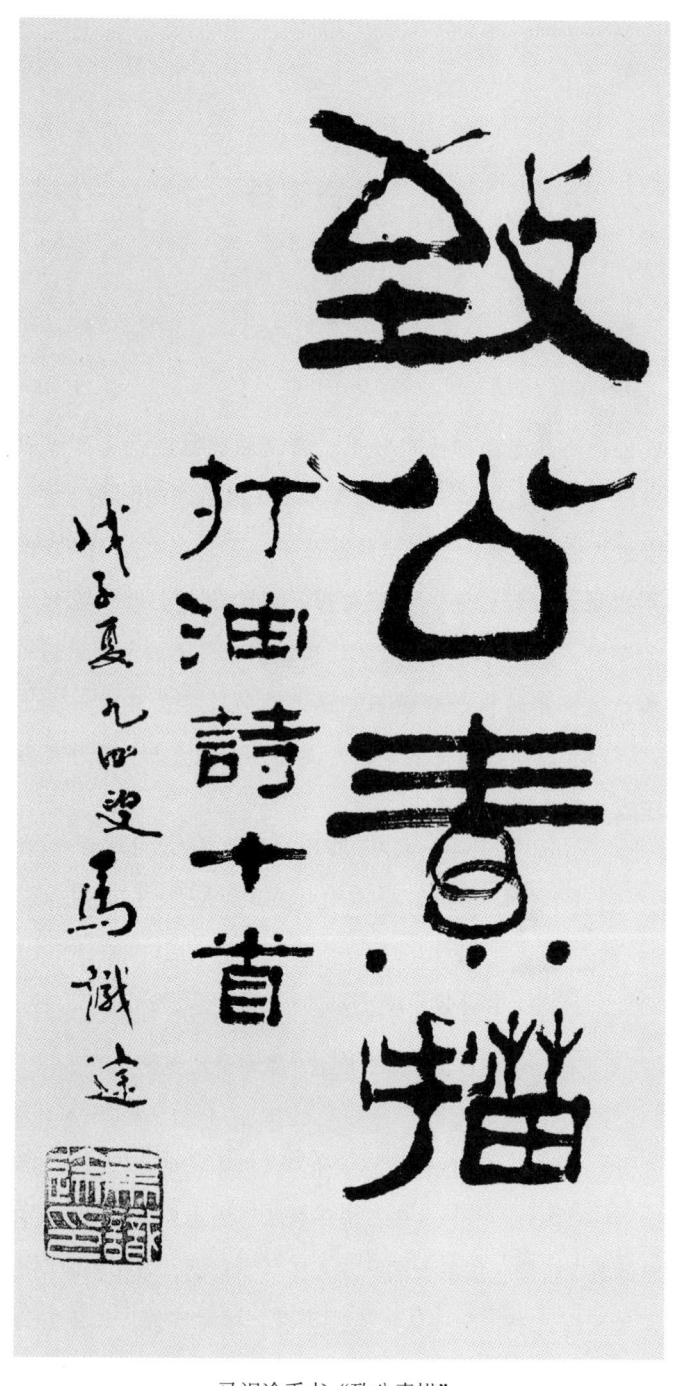

马识途手书"致公素描"

怕地不怕，心直口快，勇猛向前的少年"。

二

　　欢天喜地迎解放，磕磕碰碰遇大军。
　　革命哪能容天真，少年本当学老成。

　　成都解放后不几天，一位银行家的房子被部队征用。李致向驻军转达，房主愿把房子捐给人民政府。一个小干部竟把李致当成"资产阶级"，大加训斥。新中国成立初期，一批地下党员分配在青年团市工委工作，敢于发表意见。少数刚从部队来的"老革命"看不惯，认为这批地下党员没上没下，活蹦乱跳，尤以李致最难"打整"，准备把李致"发配"到外地工作。

三

　　一团烈火向革命，满盆冷水泼上身。
　　革命如要我磕头，另寻庙门拜真神。

四

　　少年领班老少年，扑爬跟斗撵革命。
　　这个世界真奇妙，我独左右不逢源。

　　在共青团系统中，李致长期做青少年工作。孩子们天真无邪，李致感到坦然和舒畅。在历次政治运动中，李致也努力学习，改造自己，扑爬跟斗想"撵"上革命的步伐。但苦于不会整人，更不满不许被整对象申辩。有领导说：李致在历次政治运动中都表现得"右"。李致反思：的确如此，遗憾的是一唱歌就"左"（四川土话，即跑调之意。）

五

老信徒见老正神，如遇春风壮苗生。
哪知大革文化命，真神打倒关庙门。

真神，指时任共青团中央第一书记胡耀邦同志。耀邦块头不大，思想品德却纯正高尚，对共青团干部有很大的影响。1964年春，李致调团中央工作，能直接听到耀邦的一些教导。不料"文革"爆发，中央文革小组操纵红卫兵冲击团中央机关。耀邦成为打倒对象，1966年夏秋两季，几乎天天被"揪"出来示众。中央文革小组宣称团中央"修透了"，好端端一个团中央被搞得乌烟瘴气。这便是"真神打倒关庙门"。

六

龙蛇鱼虾不可分，乌龟王八一起蒸。
顶天立地一铁汉，世间才知有好人。

"文革"初期，耀邦无论怎样被斗、被打，从未承认自己是"三反"分子。1968年，李致与耀邦被关进"牛棚"，同在一间小屋。八届十一中全会，为凑够半数以上委员，拉耀邦参加会议。九大会上，耀邦不肯认罪，拒绝与康生握手，落选中央委员。耀邦回京治病，乐于帮助老干部及其子女，被诬为什么"俱乐部"。小平复出后，耀邦主持科学院工作，积极落实知识分子政策。"反击右倾翻案风"，耀邦再次被打倒。宁折不弯，顶天立地一铁汉。

七

且随春风入剑门，摸爬滚打淘尽神。
棱角磨掉成卵石，才知内方须外圆。

"文革"后期，李致调到四川人民出版社工作。十一届三中全会，像"春风入剑门"，川版书异军突起。但极左思潮尚存。作家丁隆炎写彭总的《最后的年月》，编辑流着泪审阅，工人含着泪排版，九天印出四十万册，却被最高宣传部门封杀。出版社党委把"官司"打到中央书记处，一年后才许"内部发行"。出版巴老的书，也遇到过一些困难。出版社的"立足本省，面向全国"，"要当出版家，不当出版商"等基本方针，亦多次受到质疑。真是"摸爬滚打淘尽神"。

八

生末净旦丑齐登，公侯伯子男尽演。
假作真时真还假，真作假时假也真。

"文革"长达十年之久。无论是当权派、造反派、保守派、逍遥派，这派那派，人人都在台上台下、有意无意地做了充分的表演。是真是假，是自愿或是上当，或是趁机捞一把，人民心中有杆秤，历史是无法抹掉的。这本是知人善任的宝贵财富，可惜没有被充分运用。

九

人间沧桑已历尽，雷鸣电闪何足惊。
留得脊骨还挺直，要讲真话学巴金。

1942年，巴老为十二岁的李致题字："说话要说真话，做人得做好人。"李致牢记巴老教导，"文革"中，无论挨打、被斗、关"牛棚"，交代自己的问题或别人的问题，李致没有讲过假话。粉碎"四人帮"以后，巴老再度主张讲真话，读者称他为"世纪良知"。马老也向巴老保证："我要努力说真话，不管为此我要付出什么代价。"

十

　　风风雨雨寄流年，箪食瓢饮度余生。
　　时人不知余心乐，我自偷闲学少年。

　　马老认为，李致虽经历不少磨难，至今还有一颗童心，即赤子之心。

2006年8月14日夜雷雨中马识途谐笔
2006年8月15日到20日李致解题并注释

大姐，我叫了你半个世纪

人生有许多坎坷，幸好还有友情。

我有一批半世纪以上的挚友。五十年前，我们是十六七岁的中学生，为了追求进步，在斗争中认识并走在一起。这便是我多次提到过的破晓社。破晓社成员以兄弟姐妹相称，大哥大姐公推，其余的拈阄而定。

贺惠君被推为大姐，我们这样叫了她半世纪以上。

一

五十年前的大姐，脸色红润，高高的，胖胖的，显得很健壮。

我认识大姐，带一点传奇色彩。1945年，陈先泽的四姐，介绍他和我参加了燕京大学、华西大学的进步组织——未名团契。地下党员贾唯英是团契的核心。在"一二·一"反内战运动中，华西协合高中的六位同学（包括先泽和我）发起成立了破晓社。宗旨是"誓与法西斯强盗斗争到底"，道路是"从梦想走向实践，又在实践中学习"。它一成立，就受到贾姐姐的关怀和指导。

破晓社办了名为《破晓》的壁报，受到广大同学的欢迎，却被三青团的成员偷偷撕掉。我们满怀愤怒地用大字报形式表示抗议。《学生报》报道了这个事件，并对破晓社表示支持。这种支持来之

与破晓社部分兄弟姐妹20世纪80年代初于成都合影,前排左二即大姐贺惠君

不易,使我们十分激动。先泽和我急于与报社取得联系,找报纸一看,报社的通信处是四道街八号。我们很快就在一天黄昏找到了这个地方。

这并不是正规的报社,而是一个公馆。看门的老大爷知道我们的来意后,往里叫了一声:"幺小姐!"接着出来的便是身穿旗袍的贺惠君。我们要买报纸,她说没有,请我们留下地址。我用纸写下:东城根下街七十六号,李国辉。以后在回忆这一段交往时,贺惠君说:"来了两个小青年,一胖一瘦,嘴里还含了棒棒糖。"

不久,贺惠君把报纸送到我家门口。她坚决不收钱,我只得以紧紧地握手表示感谢。

二

抗日战争结束,国民党反动派发动内战,引起广大群众的反对。1946年2月10日重庆市各界在较场口集会反对内战,国民党特务公然打伤郭沫若、李公朴等人。与广大人民群众一样，破晓社成员义愤填膺，在贾姐姐的帮助下，积极参与了声援活动。

大家分头去联系自己熟悉的朋友。先泽和我主动去找贺惠君。这一次不是站在大门内谈话了，而被请入客厅。我们一起参加了声援活动，并参与成立成都市中学生联合会。可惜这个联合会缺乏群众基础，并没有经常开展活动。好在有破晓社，先泽和我提出介绍贺惠君参加破晓社，她欣然同意。从此，地下党领导下的两股力量汇集在一起，贺惠君与我们结下了终身的友谊。

贺惠君被推为大姐并非偶然。她的年龄并不是最大的，但相对来说，显得成熟：分析问题有说服力，处理问题比较理智，关心人。这在我们这一批热情而幼稚的人中，算得上是鹤立鸡群了。

我们当时虽然追求进步，但有较浓的小圈子气息。例如我，只愿和少数志同道合的人在一起，不懂得要广泛接触群众，团结更多的人。大姐在和我交谈中，给我提出过这个意见，对我很有启发。她参加破晓社不久，即介绍了庄焕仪、殷里蓉参加；年底又介绍了华美女中四位姐妹参加。她的好友李晓芸虽未参加破晓社，却是破晓社的朋友，而且是"终身制"。

成熟并不妨碍大姐的活跃。她爱唱歌，音色也不错。每当她唱起《我们的青春》（力扬作词）这首歌的时候，大家便跟着合唱。我印象最深的是她教大家唱的一首解放区的歌。歌名早忘了，内容是歌颂劳动英雄和批评个人英雄主义的。至今我还能唱几句："周子山，我这几天，好不厌烦；心里头压下事，难对人言。"这首歌，是大姐的六哥和曹三姐从解放区回来后教她的。

大姐的活动面宽，除破晓社和《学生报》外，她还参加了雏鹰剧社。她曾邀请我去参加过雏鹰剧社的一次活动，让我朗诵《日出》中乔治·张的几段台词。剧社有一个成员叫毛弟娃儿，即以后创作《好久没到这方来》的歌曲作者——茅地。

这一年，我们一起参加学生运动和破晓社的活动，个人接触也很多。我们两家住地很近，只隔一条过街楼街。我和先泽或我一个人，有空就到大姐家去。唐大爷对我们也熟悉了，立即通报。于是我和大姐便海阔天空，无所不谈，包括相互批评。同志，朋友，姐弟，这是一种深厚的友情！

更令人难忘的是，1946年12月上旬，贾姐姐约我到她家，开门见山地提出地下党组织决定吸收贺惠君和我入党，问我是否同意。我当然同意。贾姐姐又要我去征求贺惠君的意见。她们两家都住在四道街，我从贾姐姐家出来，几步路便跨进大姐家。大姐立即表示同意。我转身又去向贾姐姐报告。我们三人都很高兴。

从1947年起，大姐负责地下党中学生的工作，在中学校里建立地下社"民协"。破晓社的大多数成员，经她的介绍入了党或"地下社"。这是我在新中国成立后才知道的。

三

1946年底，我因参加抗议美军暴行被学校变相开除，到了重庆。以后撤回成都工作一段时间后，又调重庆工作。这十年，我和大姐几乎没有接触。仅1955年春在成都见了一次。在那一次谈心中，她认为若干年前对破晓社处理一位成员的做法过激了。这是她进一步成熟的反思，我当即表示赞成她的观点。

我再次调回成都，在共青团省委工作，那是在1957年冬。当时大姐任共青团四川省委副书记，刚因病切除了一个肾。我正为她的健康担心时，却来了更大的风暴。她蒙受冤屈，被错划为右派。我参加了团省委常委会，看见了许多揭发她的材料，不寒而栗。我当然不相信她反党，但她对省委一把手提了意见，在劫难逃。当时我早已成了"驯服工具"，不敢独立思考。我暗中为大姐惋惜，却没有认识到她坚持原则、敢讲真话的精神。有这个认识那是以后的事了。

大姐被开除党籍，撤销职务，下放在《四川青年报》，主要是处理群众来信，同时搞一些轻微劳动。可以想象这种冤屈会带给她多大的痛苦！我当时在红领巾杂志社工作，与四川青年报社同在一个大院。听说大姐工作认真，并不消极。我常看见她扫地、倒痰盂，态度不卑不亢。我们还同住在祠堂街三十三号宿舍，但我不敢与她往来。

1958年秋，我随中国青少年报刊工作者代表团去苏联访问，经常听见播放《祖国进行曲》。我们破晓社的社歌就是按这个曲子写的词。我免不了想起大姐和另几位受冤屈的老朋友，内心有说不出的感慨。回国后的一个晚上，我偷偷地进了大姐的住处。屋子潮湿阴暗，最多只有十平方米，她正在看书。我不知道该说什么，叫了声："大姐！"只记得她说，除了工作，她想学中医。最后我送了她两枚从苏联带回的硬币（戈比）。我想安慰大姐，但这种安慰有什么用？

过去很长一段时间，我满足于曾顶住压力，没有乱揭发，敢于实事求是写材料。但后来我知道，大哥余文正在大姐困难时，不怕划不清界限受牵连，帮助大姐的子女，使我深受感动。一高一矮，大哥是巨人，我是矮子。

大姐，我相信你能原谅我，但我必须责备自己。

四

"文革"时我在共青团中央工作，先泽的爱人熊庆娟到北京探亲，到团中央看大字报。她告诉我共青团四川省委有一部分人在为贺惠君翻案。我从心里支持，但也感到难度很大。果然，当我被关在"牛棚"的时候，成都来人外调大姐的情况，那是带着鲜明的倾向来抓问题的。我如实地写了大姐在新中国成立前的情况，却受到训斥。十几年后偶然谈起这件事，我把这份材料给大姐看过。

党的十一届三中全会以后，1979年大姐得到平反，被分配到省旅游局担任副局长。省旅游局局长李止舟，新中国成立初期担任过共青团重庆市委书记，是我的老领导和老朋友。我多次听到他称赞贺惠君，说她为人正派，不搞歪门邪道；能独立思考，能力强，敢说话，敢负责；关心人，群众关系好；等等。李公水平高，不轻易称赞人。1987年，我和大姐同是省政协常委，有机会一起参加某些活动。与大姐接触中，我有与李公相同的感受。

经过"十年浩劫"，破晓社的朋友每年至少聚会一次。几次重要活动还得到省、市党史研究室的支持。半个世纪过去了，我们这一批从十几岁便追求革命的青年，除一个在"文革"中被迫害致死外，都挺过来了。大家保持着固有的理想，没有人当帮派分子，没有人把金钱放在第一位，更没有人腐化堕落。只要聚在一起，彼此能感受到赤子之心的跳动，共唱那些当年鼓舞我们前进的歌曲，朗诵那些当年催人奋发的诗歌，互勉保持晚节。随着年龄的增长，大多数成员离退休了，大家又交流保健的体会，以安度晚年。大姐积极参加破晓社的聚会，可惜经过多年的折磨，她的健康状况不佳：以前摘掉一个肾，1993年骨折，还有较重的肺气肿。有一次，我推荐王火的长篇小说《战争和人》给她。她很喜欢这部书，看完第一部来换第二部，但走到我所住的大院门口，就喘得连二楼也上不去了。这以后我就主动把书给她送去。尽管如此，大姐的精神状态仍很好。

因为老伴生病，影响了我参加老朋友的一些聚会。好在我和大姐两家宿舍很近，只要可能，我仍挤时间去看看她，哪怕只坐一二十分钟。我们还常在理发室相遇。理发的小杨听见我老叫贺惠君为大姐，就问贺惠君，她是我的大姐还是我老伴的大姐？事后大姐告诉我说："我回答小杨，我是他们两人的大姐。小杨莫名其妙。"我知道大姐这样回答，是因为我老伴也是破晓社成员。说着我们都笑起来。

五

谁也没想到的事陆续发生了。

1994年秋，远在西昌的破晓社成员冷离，因心脏病突发猝死。20世纪40年代在华英女中读书。1957年因丈夫屈彬蒙冤，随其下放西昌，在第一中学教书，任劳任怨，受到学生爱戴。我们为她的早逝极感悲痛。

去年1月，正在美国探亲的方家祥（破晓社发起人之一），突然因病回到成都。这个能吃能喝能睡、看起来气壮如牛的老方，因癌症影响心脏，匆匆离开人世。大家都没有思想准备，像头上被人用重锤一击！大姐的丈夫詹大风（破晓社成员）流着眼泪说："死亡已经威胁到我们这一代了！"老方的妻子姜志惠更是接受不了，万分痛苦。大姐和许多朋友千方百计安慰她。

一直在重庆工作的三哥王竹因病卧床，成了"植物人"，牵动着大家的心。5月16日他与世长辞。三哥一生疾恶如仇并乐于助人。大家虽估计到有这一天，仍免不了再一次陷入悲痛。

7月我因心肌缺血住院输液，突然获悉詹大风患肺癌，即将入住四川医学院附属医院开刀。老詹身体一贯很好，长期坚持冬泳，多次被破晓社选为"健康儿童"，怎么一下也患重病了？14日吃过晚饭，我匆匆赶到大风家。几个老朋友正在吃饭，先泽递给了我一杯红葡萄酒。姜志惠说："你来得正好，老詹明天要住院。"我表示正是为此而来的。饭桌上气氛祥和，像没有发生什么事一样。饭后，大姐和几个朋友玩牌，我安慰老詹：第一发现早，第二病变位置便于切除，第三他的身体素质好。在归途中，我既担心，又佩服大姐和老詹的镇静。这种临危不惧的精神，是坚强的表现，给我上了一课。

几位老朋友在大风动手术后去青城山避暑。17日下午临行前，姜志惠打电话告诉我，大风的手术很成功。她特别嘱咐，他们走后要我多关心大风。我回答她,尽管我住院输液,我会经常用电话与大姐联系。为了了解手术的情况,我与四川医学院著名外科专家萧路加学长通话,从他那儿得知大风术后情况的确较好,才稍微放心。

20日上午,我从医院去大姐家,在路上碰见她看病出来,哮喘不已,举步维艰。我赶忙帮她拿着药,陪着她一步一歇地到了她家。看见她这样累,我原想让她休息,坐一会儿就走。可是她稍坐不久,精神恢复后又热情地和我交谈。从大风的手术谈到我们这一批人的健康,从当年参加破晓社谈到反"胡风反革命集团"以及史无前例的"文革",从改革开放的成果谈到领导干部的作风以至反腐倡廉。我们许多年没有这样单独谈心了。大姐的观点还是那么鲜明和尖锐,声音还是那样有力量。这种心灵的交流,使我感到非常舒畅。我仿佛回到了五十年前,坐在四道街八号她家的客厅里,互相打开心扉汲取营养。

大姐贺惠君

告辞时我对大姐说:"他们去青城山了,有事多用电话联系。"她说:"你放心,不会有什么事儿。你们有事儿也打电话给我。"

25日,我上午在医院输液回家,我女儿说四姑妈来电话,说贺阿姨昨天摔跤,股骨颈摔断,呼吸困难,已送川医监护室。我立即与四姐李国莹相约,下午三时半(在此之前不许探视病人)到了医院监护室。大姐躺在病床上,脸色苍白,身上插了很多管子。我真不忍心看她遭受这样的痛苦,也不能久留在那儿影响她的治疗。我们去看了大风,他只知道大姐摔了跤,尚不知详情。没有多说,我和四姐乘电梯下楼。我们都不知说什么。隔了一阵,四姐告诉我,大姐对她说了一句:"我不行了。"这时突然下雨,无法行走。我们站在外厅,风吹得有点刺骨。难道这7月雨像"六月雪",它在替大姐倾诉什么?

第二天晚十时,接到四姐电话,大姐九时半逝世!

当晚我分别打电话给晓芸、焕仪和其珉。我先后服了五粒安定也安静不下来。五十多年的友情,我记得清清楚楚。14日的晚餐成了我和大姐的最后一次晚餐,20日的谈心也成了我和大姐的最后一次谈心。铭心刻骨,终生难忘!第二天天刚亮,我就给西昌的罗介夫、兰州的方信嘉打电话。在电话上我听见了兄妹们的啜泣。

六时半赶到川医,与大风抱头痛哭。

六

大姐和几位兄妹先后突然走了,把无尽的痛苦留给我们。在很长一段时间内,我无法走出这个阴影。然而,冷静一想,应该说他们留下很多东西,最重要的是留下了这代人的思想品质和人格力量。

1999年3月31日

再见！三哥

三哥走了。他处于"植物人"状态已三个多月，我隔一天与他的小儿子通一次电话，应该说有思想准备。但得知这一消息，我仍接受不了。

一

三哥名王竹，我们交往已有半个世纪。

三哥是我的中学同学，比我高几班。在破晓社成立以前，也就是1944年日本侵略军打到贵州独山时，四川震动，三哥怀着满腔爱国热情参加远征军到印度，准备随军从陆路打通国际通道，报效国家。可是当他目睹了国民党军队的腐败不可救药，便毅然离开远征军回校读书。1946年他参加破晓社，在《破晓半月刊》上，以屈萤为笔名发表了两篇揭露国民党军队黑暗的散文，给读者留下深刻的印象。以"萤"为名，是因他喜欢萤火虫，"有一分热，发一分光"。

破晓社的成员以兄弟姐妹相称。除大哥大姐是公推之外，其余排行一律拈阄决定。三哥的称谓就是这样定的。不过，我们这些拈阄定下来的哥哥（包括我在内），只有三哥名副其实。不少弟妹受到过三哥的关怀和照顾，而我得到的可能最多。

二

1946年底，我因参加抗暴运动被学校变相开除，第二年初到了重庆。当时三哥在四川省教育学院读书，我在他那儿住了几个月。我有四个姐姐，没有哥哥，一直感到遗憾。三哥像亲哥哥一样爱护我，填补了这个空白。我爱睡懒觉，他每天早上来叫我，至今我还记得那熟悉和"可怕"的脚步声。他用木桶打好水，强迫我去洗澡——我从来没有这样讲过卫生。吃过早饭，必须到他寝室做数学题。"教授"是破晓社成员屈丁（重庆大学学生），三哥是"助教"。每当我做错题，三哥丝毫不讲情面，凶得很，甚至骂我，以至于与他同寝室的朋友批评他"不像学教育的"。

当然也有愉快的时候，那就是每当我们从重庆大学补习回来，归途中除了聊天，还要唱歌。三哥的嗓子有点"沙"，他最爱唱：

1981年，三哥（前左）到成都草堂疗养院看望陈先泽（前右）和李致

当兵好，当兵好，
当兵出力把国保。

我明知他所唱的"兵"是抗日战士，却故意和他开玩笑，接着就唱：

我们当了兵，
我们出了粮，
为什么别人在享福啊，
我们就没有份儿？

1947年"六一"大逮捕，我被国民党特务抓走。三哥一早发现我不在了，万分着急，赶忙跑进城找我姐姐，设法营救。后又送来一本中英词典，要我背单词。我被释放回到学校，他看见我时激动得满眼泪花。

三

我们分别了两年多。新中国成立之初才又在重庆相遇，并同在共青团系统工作。那时候，三哥是一个部门的领导，工作十分积极，亲自下厂蹲点，对干部要求很严。干部汇报工作，要有情况、有分析、有意见，否则过不了他这一关。同时他又平等待人，关心干部，经常为有困难的干部争取生活补助。除了自己部门的工作，三哥还有一个特点就是关心全局，团市委领导为此经常称赞他。

1955年，全国开展肃清"胡风反革命集团"运动，我被隔离审查。我和三哥的寝室相连，又一起在仅有一桌的中灶吃饭。他被迫与我划清界限，不来往不说话，但从他的目光中却看得出他的同情和不平。国庆节三嫂来探亲，她不避嫌疑，带着我的女儿到劳动人民文化宫玩，还照了相，令我和妻子终生难忘。胡风案是个冤案，不过那时的审查与"文革"有所不同，我能正确对待。审查结束，我没问题，三哥由衷感到高兴。1956年，政治上稍微宽松一点，每到假日，我们两家一起到冠生园吃早点，带着孩子去动物园玩。在动物园，我背着女儿，三哥背着儿子，不停地唱我编的顺口溜："当爸爸真辛苦，背起娃娃看老虎。"以后我到捷克的首都布拉格参加第四届世界学生代表大会，途中又在苏联的莫斯科和列宁格勒（即圣彼得堡）参观。那一年多时间，生活比较愉快。

可惜好景不长，"反右"后我调到成都工作不久，重庆有三位敢于为民说话的同志（即萧泽宽、李止舟、廖伯康）被打成"反党集团"。在七千人大会以后，三哥和几位有正义感的同志，用"几个半勇敢分子"的名义，直接向毛主席反映困难时期四川的情况。这本是党员的正当权利，但因党内生活不正常，终被追查出来，认为三哥与"反党集团"一个鼻孔出气，受了批判，还被调动工作，降职使用。

四

"文革"期间，我在北京工作，三哥仍在重庆。我们两人都是"当权派"，加上我被国民党逮捕过，与胡风案有牵连，三哥则参加过远征军，与"反党集团"一个鼻孔出气，两人异地受审。有一段时间造反派打内战，放松了对我的监管，我与来北京避难的重庆朋友商量把三哥救出来，但未成功。在被关进"牛棚"后，我每天都要暗暗呼唤一些亲人，其中就有三哥。我的呼唤，既是对自己的安慰，也是对他们的关切。三哥，你现在怎么样了？以后逐渐知道，三哥被造反派长期关押在一间潮湿的地下室，受尽折磨，肺病复发，而他在地下室里仍关心国家民族的命运，写出关于开展增产节约运动的建议。当一派群众组织把三哥"抢"出来，准备把他作为革命干部搞"三结合"时,他却首先提出要给"萧、李、廖"平反。这就是三哥!一个中国的知识分子,一个凭理想参加革命的共产党员。

五

"文革"后期,我主动要求回到成都工作,又有机会和三哥见面了。每当他来成都,我们都有许多心里话说不完,主要是对"文革"不满,对王、张、江、姚不满。那些话如被造反派知道,其后果不堪设想。有一次,我和三哥一起看了一份周总理遗嘱,他泣不成声,我从来没有看见过他这样痛哭过。后来知道这份遗嘱不是真

王竹夫妇

的，但它的内容反映了人民群众的某些心声。"四人帮"被粉碎时，我率先得到北京朋友带来的消息，三哥正在成都。这种大快人心的事，我当然急于告诉他，但又怕他心直口快，随便对人讲。他一来，我就把这个顾虑说给他听。

他立即表态："哪个龟儿子乱说！"

事情太重大了，仅这个表态不能使我放心。最后达成协议：他愿意跪在地上发誓，我也做出让步——只要他跪在床上发誓。他真跪在床上发了誓，我才告诉他。这种喜悦，凡是过来人都理解。只是三哥太兴奋了，违背了他的誓言，一出我家就告诉了他的朋友。我当然也不会去追究。

六

粉碎"四人帮"以后，三哥自己尚未落实政策，却和几个与他情况相类似的同志四处奔波，热心帮助别人落实政策：恢复名誉，解决被占房子和被扣工资的问题，把仍在农村的小孩调出来……许多人十分感动，称他为"民间落实政策办公室主任"。他自己落实政策以后，更是一如既往，心怀全局，致力于体制改革，忘我地工作。他还像过去一样乐意帮助别人，他的一个小本子上记有许多朋友的电话号码，我戏称之为三哥的"联络图"。

年逾花甲，三哥从第一线退下来，在民意机关工作。民意机关可虚可实，作为一个常务委员，他可以鼓掌举手，或说几句不关痛痒的话。但三哥爱憎分明，对某些腐败现象疾恶如仇，既敢当面批评，又敢向上反映，不明哲保身。他写过一封短信给我，说他们那里发生了几个大案，因涉及某几个头头，"民怨沸腾，威信降到极点，奈何！"

三哥身体不好，发过几次脑血栓，以至于有段时间不能自己吃饭。我和一些老朋友关心他，多次劝他保重身体，不管闲事，甚至开玩笑挖苦他，集体"修理"他，要他潇洒一点，欢度晚年。他虽心领朋友们的好意，却一如既往，绝不放弃斗争。以后，因为多少了解一些情况，我开始感到对三哥的"责备"有片面之处。这种斗争精神正是他极可贵的品质。

七

去年冬天，三哥又患脑血栓，肺部大面积感染，股骨摔断。许多同志为他的病四处奔走，老领导出来为他说话，有关部门拨了专款，医院尽了全力抢救，好人得到好报。可惜尽管如此，仅延长了他几个月的生命，且处于"植物人"状态。破晓社中受过他照顾的一个妹妹方信嘉，从兰州赶到医院看他，叫了几十声"三哥"，都没有反应。我们听了，心如刀绞。这段时间我提心吊胆，常常一听到电话铃声就害怕。但这个无法逃避的消息，还是在一天早上来了。

我和我女儿赶到重庆。为了不增加三嫂的痛苦，只得压抑自己的感情，把泪水往肚里咽。回到故地，遇见许多老同志，无不称赞三哥。一位老同志告诉我，三哥有一次在会上给领导提意见，会后这位领导批评了他。三哥非但不害怕，还把他的意见写成文字再次交给这位领导。多么光明磊落！这个故事加深了我对三哥的理解。

第二天向三哥的遗体告别，我真想叫醒他，再和他作一次推心置腹的谈话，再和他抢书看或打架玩。我愿意天天去叫他起床，用木桶为他打水洗澡，报答他对我的爱护和关怀。……我在三哥的右眼角发现一颗泪珠，难道他真知道我和女儿站在他的身边？

我们的信仰不会变，到时在马克思那儿再见！

1998年夏

坚持信念[1]

破晓社的成立和它的社歌

破晓社是20世纪40年代中期民主运动的产物。

1945年，抗日战争胜利。国民党反动派阴谋发动内战，激起广大人民的愤慨。成都华西协合高级中学，是一个具有民主空气的教会学校，长期担任校长的吴先忧是无政府主义者。青年学生是政治的晴雨表，不少学生以壁报的方式来反映自己的心声，坚决反对内战。

华西协中有不少的壁报。陈先泽和我在学校办了一个叫《破晓》的壁报，引起了同学的注意。同时引起注意的，还有一个叫《野笳》的壁报，主要成员有罗介夫、罗泽甫（即罗洛）和余文正。这两张壁报的成员思想接近，互相关注，这是以后联合起来成立破晓社的基础。方家祥是"独立大队"。

正在这个时候，昆明爆发了有名的"一二·一"反内战的学生运动。华西协中的进步同学积极声援，参加了成都的游行。余文正、方家祥、罗介夫、罗泽甫、陈先泽和我等六人，在"一二·一"运动中相识，感到志同道合，发起成立破晓社。同时，吸收了华西协中以外的华英女中的冷离（原名钟谦铮）、协进中学的刘波以及王存贞参加。

---

[1] 本文系在破晓社"六十个生日"会上的发言。

谈到破晓社的成立，需要提到陈先泽的四姐陈先华、未名团契以及贾唯英。陈先华四姐是华西大学学生，她介绍陈先泽和我参加未名团契。未名团契是燕京大学和华西大学两校的进步学生组织，核心人物是中共地下党成都工委委员贾唯英。陈先泽和我在未名团契接受新思想，学习《新民主主义论》，这对我俩的一生产生了极重要的影响。而贾唯英对以后成立的破晓社，不仅关怀备至，并给予直接指导。

陈先华，1945年摄。她是好友陈先泽的四姐，华西大学学生。当年她介绍陈先泽和我参加未名团契

六位发起人，在一起写了破晓社社歌的歌词。

那是一个夜晚，大家坐在华西大学的草坪上，沐浴着月光，逐字推敲。我至今记得当时的情景。应该说，歌词是我们的宣言。"打从'一二•一'走向自由的日子，打从专制的魔窟到民主，誓和法西斯强盗斗争到底，战斗一刻不停息"，是我们的政治"纲领"。"我们从梦想走向实践，又在实践中学习"，是我们成长的道路。无论是政治"纲领"和成长道路，都十分明确，经得起时间考验。

校际的学生组织

破晓社逐渐扩大，成为跨校的学生组织。

未名团契的方信瑜介绍她的妹妹、华美女中的方信嘉和刚离开空军幼年学校的萧祥衡参加。

必须提到《学生报》和贺惠君。《学生报》是当时中共中央南方局青年组派刘文范来成都创办的，与川康特委委员王宇光同志有密切联系。贺惠君是《学生报》的成员。破晓社成立后，我们的壁报定名为《破晓》，受到广大同学的欢迎，有一次却被三青团的成员偷偷撕掉。我们满怀愤怒地写"大字报"表示抗议。《学生报》及时地报道了这个事件，并对破晓社表示支持。这种支持来之不易，我们十分激动。陈先泽和我急于与报社取得联系，《学生报》的通信处是四道街八号。在一天黄昏，我们找到了这个地方。这并不是正规的报社，而是一个公馆。看门的老大爷知道我们的来意后，冲里面叫了一声："幺小姐！"接着出来的便是身穿旗袍的贺惠君。我们要买报纸，她说没有，请我们留下地址。不久，贺惠君把报纸送到我家门口，而且坚决不收钱。以后回忆这一次交往，贺惠君说："来了两个小青年，一胖一瘦，嘴里还含了棒棒糖。"

1946年2月10日，重庆市各界在较场口集会反对内战，国民党特务打伤郭沫若、李公朴等人。全国开展了声援"较场口事件"的"二一〇"运动。破晓社成员在贾唯英的鼓励下，积极参与了这次声援活动。

大家分头去联系自己熟悉的朋友。陈先泽和我去找贺惠君。这一次不是站在大门口谈话了，而是被请入客厅。我们一起参加了声援活动，并参与成立"成都市中学生联合会"。可惜这个联合会缺乏群众基础，没能经常开展活动。好在有破晓社，陈先泽和我提出，介绍贺惠君参加破晓社，她欣然同意。从此，地下党领导下的中学生的两股力量，破晓社和学生报，在斗争中汇集在一起。

韦其珉原与《野笛》几人同班，后跳级考上四川大学，是破晓社初期唯一的大学生。运动中他回华西协中联系，由余文正介绍参加了破晓社。1946年秋，韦其珉又介绍詹大风、王德愚（王竹）、文国绪参加。这样，华西协中共有十名破晓社成员。

邱令纾是华美女中学生，她读了《破晓半月刊》，写信自荐参加破晓社。文国绪介绍文国英参加。我在1946年秋介绍成都县立女中学生、四姐李国莹参加。

贺惠君介绍庄焕仪、殷里蓉参加。庄焕仪当时已经工作，是一个小职员。同年秋天，贺惠君又介绍华美女中的尹静、李朝壁、钟宁、孙汉甫参加。这样，华美女中共有七位成员。

1946年冬，贾唯英介绍成都市女中黄桂芳、谭静涵、蔡尔雄、张桂华参加。贾唯英对先泽和我说，要打破"小圈子"。

1947年初，破晓社重庆支部成立。除当时在重庆的王竹、我、罗介夫、冷离和孙汉甫以外，还有重庆大学学生丁秀涓参加。

破晓社共有三十位成员。新入社的成员，一般在大会上做自我介绍，并表演节目。为加强联系，成员之间互相进行个别谈话。《家信》即在本子上写下自己的心里话，大家传阅，是我们交流思想的重要工具。

1947年，部分破晓社成员合影，当时绝大多数都未满二十岁

时代需要刚直不阿的人。大家崇拜楚国诗人屈原，破晓社成员自愿姓屈，各取单名，以兄弟姐妹相称。除推选确定大哥（余文正）、大姐（贺惠君）外，其余的排行"抓阄"决定。社歌中有"我们永远热爱这个'家庭'（后改为'团体'），但愿它长久生存"歌词，这是我们共同的心愿。

李晓芸由贺惠君的朋友变成破晓社的朋友，而且是"终身制"。

遗憾的是李朝壁、萧祥衡、冷离、方家祥、王竹、贺惠君、罗泽浦、罗介夫、殷里蓉、庄焕仪等十位兄弟姐妹，已经先后逝世，我们对他们有着深厚的感情，将永远思念和缅怀他们。

热爱这个团体

破晓社的聚会，没有人想缺席，迟到的也不多。

聚会吸引人，主要是两方面：

首先是会议的内容。当年我们在一起，学习《大众哲学》和《新民主主义论》。纪念鲁迅和演鲁迅的《过客》，作家陈翔鹤（华西协中教师）还应邀讲话。讨论时事，大多时候由方家祥主讲。请从解放区来川的杨慧琳同志介绍解放区的情况，跳秧歌舞。大家都有自己最喜爱或印象最深的活动。

形式生动活泼也是吸引大家的因素。那时大家都是十几岁的青年，怕说教、怕枯燥、怕套话。破晓社的多数活动采用文艺形式，读书、唱歌、朗诵、做游戏、旅行等，就是后来周总理提倡的寓教于乐的形式。这些符合青年特点的自我教育的形式，使我们既受了教育，又玩得高高兴兴。

当然，更重要的是我们参与了那几年的由地下党领导的各种学生运动。如"一二·一"运动、声援较场口事件、抗议美军暴行运动。社会是个大课堂，斗争使我们增加智慧和才干。"一二·一"运动后我们曾遭受挫折：在一次全校学生表决中，我们仅有五十二票支持,处于劣势。感谢罗介夫写了一首诗,叫《我们有五十二票》,它鼓舞了我们的士气,让我们不要气馁。可惜,当时我们不懂团结大多数群众,只顾少数人往前冲。我在"抗暴"运动后被校长变相开除,只有校董加拿大人士云从龙出来为我说话,没有群众起来保护。以后,我和罗介夫、冷离、孙汉甫考上西南学院,离开成都去了重庆。

1948年,破晓社仍很活跃,陈先泽、方家祥、詹大风在四川大学广场和新新新闻大厦,演出了反对法西斯统治为主题的活报剧《八根火柴》。年底,为保存力量迎接新中国成立,根据地下党成都市委书记洪德铭的意见,破晓社停止活动,大家各自回到自己的学校或单位,去发动和组织群众。尽管我们对破晓社有深厚的感情,但都乐意服从党的决定。这是战略转移。破晓社成员注意联系群众,在自己的学校成立了类似破晓社的社团:华西协中成立了大家读书会,成县女中成立了驰风社,华美女中成立了橄榄社,市女中成立了布谷社,使"破晓"的工作大大地跨进一步。大家在斗争中成长,有不少兄弟姐妹先后被吸收成为地下党员或地下社员。这也是破晓社的一个贡献。

我们正是这样"从梦想走向实践,又在实践中学习"的。

历史的嘲弄

1949年底,大家欢天喜地迎接成都解放。

解放带来翻天覆地的变化。推翻了蒋介石的独裁统治,赶走了帝国主义,工人农民翻了身。大家有了工作,热忱为人民服务,生活也有了保障,我也是受益者之一。但也有困惑:从《国际歌》的"从来就没有什么救世主,也没有神仙皇帝。要创造人类的幸福,全靠我们自己",变成《东方红》的"呼儿嗨哟,他是人民大救星"。带着这样的疑问请教领导,被告知"万岁"类似苏联的"乌拉"，只是欢呼之意；或被斥为"缺乏阶级感情"，才提出这个疑问。年轻人有独立见解，爱发表意见，也为领导所不悦。后来终于明白，我们这类人是"未改造好"的"小资产阶级分子"。

不仅如此。在"以阶级斗争为纲"的指导思想下，政治运动不断。1955年，全国开展肃清"胡风反革命集团"运动，破晓社有不少成员受波及，严重的还被隔离（即软禁）、被搜查。幸好地下党领导人、原川康特委副书记马识途等同志，为破晓社作出了是"进步组织"的结论，才幸免于难。1957年，破晓社有五六人蒙冤。有的被打成"右派"，有的被打成"反党小集团"，被开除党籍或团籍，受尽折磨。这以后，只有夹着"尾巴"做人，当"驯服工具"，如临深渊，如履薄冰，不敢多说一句话，不敢走错一步路。

"打从'一二·一'走向自由的日子"，这是我们追求的"自由的日子"吗？

"打从专制的魔窟到民主"，这是我们渴望的"民主"吗？

"文化大革命"中，造反派审查破晓社，我交代我们的社歌，说明它的政治目的和成长道路。造反派说："你们当时就这么'进步'？少给自己搽脂抹粉了。"

真是"秀才"遇到"兵"（红卫兵），对牛弹琴，欲哭无泪。

在这种年代，破晓社不需要活动，也不可能活动，何况它早已"不存在"。如果我们聚在一起，唱起社歌，而我们追求的自由民主，全是"资产阶级"甚至是"反动"的东西，心里该是什么滋味？我们困惑了，历史竟是这样地嘲弄人。

信念与重聚

粉碎"四人帮"，党的十一届三中全会召开，"实践是检验真理的唯一标准"的讨论，平反冤假错案，改革开放，开始了国家民族真正的转折。

人人看见变化，不需我来举例。

十一届三中全会后，破晓社的成员重新开始聚会。有的活动还得到四川省和成都市党史研究室的支持。《成都市党史资料通讯》刊登了破晓社的史料。现在，破晓社成员一年全体聚会一次。我们在一起讨论人生中带共性的问题，或追忆青年时期的理想和斗争，或高唱当年的进步歌曲，或探讨老年的健康和生活，以激励大家保持晚节和欢度晚年。大哥余文正年龄最大，早在1984年离休；到今年为止，当年破晓社最小的成员也年过古稀。所幸的是经历半个世纪多的考验，破晓社的成员没有一个叛徒，没有一个帮派分子，没有一个贪污腐败。离退休后，各有自己的生活安排。

近十年来，我写了一些往事随笔，涉及破晓社的一些人和事。前不久，获全国曹禺评论奖的评论家廖全京写了一篇评论，其中谈到破晓社，我读给大家听听：

在李致的散文里，这种爱往往表现为一种信仰、信念。与他的许多同龄人一样，李致属于有坚定信仰的一代。那一代人的心目中，信仰和信念是源自人类的精神使命的。他们可以为自己的信仰、信念付出血肉之躯，为之耗尽生命。在很多时候，信仰、信念是他们行动的血书。读《再见！三哥》《大姐，我叫了你半个世纪》《十二桥前的思念》《七星岗》等这几篇文章时，我强烈地感到，与其说这几篇文章是写他做地下工作时的斗争经历和战友情谊，不如说是写他们那一群破晓社成员对信仰、信念的执着与热忱。"半个世纪过去了，我们这一批从十几岁便追求革命的青年，除一人在'文化大革命'中被迫害致死外，都挺过来了。"一个"挺"字，蕴含着几多起伏曲折，几多艰苦磨难，几多欢乐酸楚。我相信，信念是一种激情，它使人的一生中的所有阶段都能熊熊燃烧，信仰更是一种对人性和人生的态度。坚持信仰，就是坚持一种价值和价值观的持守和履践。这一群年轻人选择了破晓社，就是选择了一种人生大爱；同时，选择了一种人格自律。从这个意义上说，爱是一种选择。

作家一般有浪漫主义，他的评价显然高了，但他所谈的坚持信仰信念，对我们则是鼓励和鞭策。

保持"两头真"

没有信仰的民族和人是可悲的。六十年过去了，尽管我们都七老八十，但我们的信仰、信念不会变、不应变。什么是我们的信仰、信念？我既清楚，又不清楚。清楚的是社歌里的自由、民主。这当然不是全部，至少还得有平等、文明、科学、富裕。如何才能实现全部理想，我不完全明白。团结稳定十分重要，发展是硬道理。我们期望，在经济建设取得显著成绩时，要坚决反对和制止各种腐败行为，政治改革不要停滞。转型期间，拜金主义四处冲击，信仰理想和道德观念不受重视。这使许多人（我也在内）又一次感到困惑。好在历史总要前进，人类总得进步。现在正自发地出现新的启蒙运动。我们要保重身体，把健康放在首位，没有健康就没有一切。先泽说过，生活交给我们的任务正在转移，转移给年青一代（包括我们的子女和孙辈），将由他们去开始新的"破晓"。我们欢度晚年，但可洁身自律。我们可能不懂子女的专业，但可与他们建立友谊和保持对话，帮助他们做人。人各有志，最要紧的是做人。在力所能及的条件下，支持有利于人民、有利于社会进步的改革，支持正在兴起的新启蒙运动。

马识途老人为破晓社的第六十个生日写了祝词。对联是"风雨如晦盼天明，鸡鸣不已迎破晓"。条幅是"只有度过沉沉黑夜的人，才配享受天将破晓的欢乐"。马老希望我们这批人，能保持

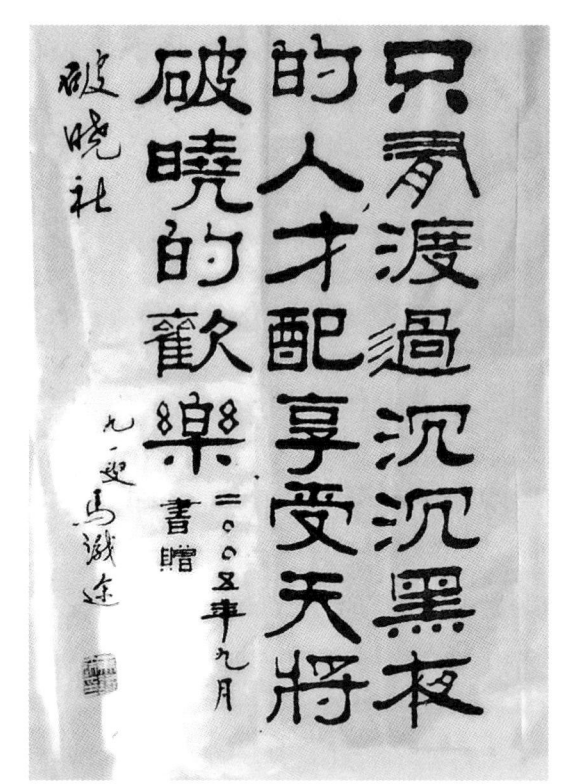

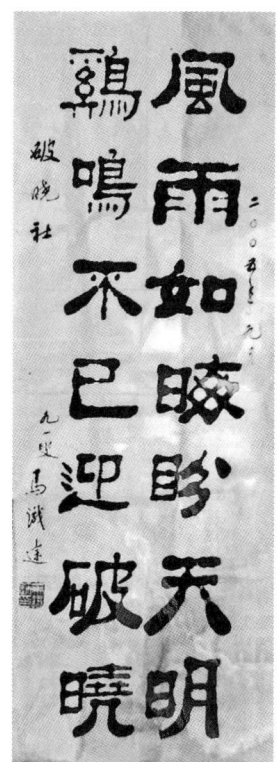

马识途为破晓社第六十个生日的祝词

"两头真":前头的"真",是我们早期的理想和信念;后头的"真",是回到人的本性和天真。中间一段,被泼污水,被搞糊涂了。直到近二十年(特别是近十年),才逐渐清醒。做到后一个"真",才是保持晚节。

破晓社将有"第七十个生日",我们期待那时国家民族有更光明的未来。

2005年9月20日

花好月圆人长寿
——贺大哥九十华诞暨大哥大嫂结婚六十五周年

今天，我们相聚一堂，庆贺大哥余文正九十华诞，以及大哥大嫂结婚六十五周年。

六十六年前（也就是1945年）破晓社成立。我们这一批十几岁的青年人，因反对国民党独裁统治，投身学生运动。我们有"打从'一二·一'步向自由的日子/打从专制的魔窟到民主/誓与法西斯强盗斗争到底"的政治纲领，又有"从梦想走向实践/又在实践中学习"的成长途径。破晓社社歌，明确地宣告了我们的信仰。尽管在漫长的岁月中，经过许多坎坷，走过不少弯路，丧失过独立思考，当过"驯服工具"，现在懂得，仍然要坚持为民主和自由而奋斗。在破晓社第六十个生日时，马识途老人期望我们要做到"两头真"，我们不会辜负马老的期望。

大哥余文正，是破晓社的发起人之一，也是社歌的起草人之一。这表明了他的政治理念。余文正不仅年长，更重要的是他忠厚淳朴，被一致尊为大哥。

1946年寒假，大哥在家乡眉山县永寿乡结婚。按照当时的习俗，结婚得用花轿把新娘抬回家。大哥本着"新式旧式无所谓，她爱我爱就成功"的原则，打破旧习俗，由傧相骑着自行车去接新娘，大嫂跟着大哥"牵手"走回家。在旧中国一个普通的乡镇，这

1946年,大哥大嫂结婚照

样的举措需要难得的勇气,无疑是一次"革命"行为。大哥大嫂的结婚照片上,一支纸扎的箭穿透两颗心;一副对联,上联是"燃烧起生命的火炬",下联是"搜索着黑暗中前进"。

1948年,破晓社根据地下党成都市委的意见,停止公开活动,各自回到自己的学校或工作单位去发动和组织群众,为迎接成都解放做出了应有的贡献。新中国成立后,大家忙于工作,很少接触。1955年,全国开展肃清"胡风反革命集团"运动时,省里对破晓社进行过内部审查,由于马识途等同志的参加和证明,破晓社被定性为"进步的青年学生组织"。实际上,应定性为"地下党直接领导的青年学生组织",我曾就此征求过马老、王宇光和贾唯英的意见,他们完全认同。尽管如此,在以"阶级斗争为纲"的时期,破晓社已成为"历史",不可能再有任何活动。在历次运动中,破晓社都有成员被蒙上不白之冤。感谢胡耀邦同志后来大刀阔斧地纠正了冤假错案。

在那段人人自危的时期,大哥不怕戴上"划不清界限"的"帽子",像过去一样关心蒙冤的弟妹们。大姐被错划为"右派",大哥与他们一家保持正常来往,"文革"中还到"牛棚"去探视;帮助安排他们的子女上山下乡,并给予经济资助;在1976年地震时期,邀请他们去自己所在的郊区宿舍避难。大哥的人品,延续着破晓社的情谊,温暖着兄弟姐妹的心。

粉碎了"四人帮",党的十一届三中全会以后,破晓社重新开始活动。每年聚会一次,已经坚持了三十多年。大哥早在1984年离休。大哥的兴趣在写诗,我们不时收到他寄来的诗篇,以后还有诗集。诗为心声,大哥的诗,以饱满的热情和朴实的语言,反映了他对祖国对人民的热爱,对理想对信仰的追求,对同志对朋友的深情。这几年,大哥还坚持搞剪报,从2001年到现在,一月一期。每期剪报有一个主题,有资料有评论。他有选择地、不厌其烦地把剪报寄给兄弟姐妹,帮助大家增加知识,注意健康。

有这样的大哥,是我们的幸福,也是我们的骄傲!我们庆祝过大哥的六十华诞、七十华诞、八十华诞,现在又庆祝他的九十华

2001年中秋节余文正九十岁生日纪念

诞。今年，又时逢大哥大嫂结婚六十五周年，双喜临门。当年的那支箭依然穿透着两颗心，那生命的火炬仍然在燃烧。六十五年来，大哥大嫂相濡以沫，供养老人、抚养孩子，度过坎坷的岁月，迎来了夕阳红。大哥心脏不好，大嫂两次协助为大哥安装起搏器；大哥听不见了，大嫂成为大哥的耳朵和同声翻译。大哥大嫂做到了白头偕老，我们羡慕，我们庆贺！

中秋是中国的传统节日。秋高气爽，花好月圆，是一年中最好的日子。大哥诞生在中秋，这意味着大哥长寿，预示着大哥大嫂的婚姻圆满。我们在这个节日相聚，张桂华从北京赶到成都，方信嘉从兰州电话祝贺，为聚会增加了欢乐的气氛。我们送大哥大嫂的礼物虽微不足道，但弟弟妹妹的心是赤诚的。

庆祝大哥的九十华诞，我们要坚持共同的信仰；庆祝大哥的九十华诞，我们要学习大哥的品质；庆祝大哥的九十华诞，我们祝愿大哥大嫂胜利地向百岁进军；庆祝大哥的九十华诞，我们每一个人都要增强体质，提高生活质量，努力争取健康长寿！

言犹未尽！言犹难尽！

让我们一起度过这个欢乐的节日吧！

2011年9月10日

第一次出远门

1947年2月的一天,我乘长途汽车,从成都去重庆。

那是六十六年以前的事了。我生在成都,时年十七岁,没出过远门,远足旅行也只到过附近的新都。这次去重庆,是因为参加1946年底抗议美军暴行运动,被华西协合高级中学变相把我开除了;正如一首歌词所说:"天快亮,更黑暗,路难行,跌倒是常事情。"

1947年初,我考上了民主进步人士主办的西南学院,地下党组织同意我去重庆。我们破晓社有四人考上西南学院:罗介夫、冷离、屈甫和我。出发的那天,不少破晓社的兄妹到车站为我们送行,祝福我们踏上人生新的旅程。

西南学院包了两辆长途汽车。我和屈甫乘前一辆,坐第一排;云南大学教授、民盟的成员潘大逵,坐在我的左边,他在民主运动中很有名气,我早就知道他。罗介夫和冷离乘后一辆车。一路上尽管颠簸,但汽车没有抛锚。第一天,上渡船过了球溪河,晚上到了内江;第二天,在靠近重庆的青木关,接受了宪兵的严格检查,当晚到了重庆。

重庆曾为陪都,遭过日本飞机大轰炸,国共两党在这里举行过和谈,我对重庆充满好奇。从远处看去,这座城市灯火辉煌,好像高楼林立。进城以后,才知道重庆是山城,并无几幢大厦,倒有不少的吊脚楼，无处不上坡下坎。成都没有山，想到儿时我把少城公园内的土堆当成山，爬上爬下，不觉好笑。

汽车停在两路口。罗介夫和冷离是恋人，被亲戚接走了。我和屈甫立即找住处，正好附近有一个旅社：一间大屋子，放着二十多张双层床，收费不高；几十人住在一起，虽不方便但相对安全。我们决定住下。屈甫是女孩子，年龄比我稍小，我要保护她，让她睡上铺，我睡下铺，如有什么动静我能察觉。两天的旅途劳累，我倒在床上就睡熟了。

第二天清晨一打听，西南学院在南温泉的白鹤林山上，早班车已经开走了，只能坐下午的车了。上午闲着干什么？

新到重庆，本有许多新奇的东西，但最吸引我们的，还是新华书店。得知书店在七星岗，我和屈甫便挤上了一辆破旧的、冒着浓浓黑烟的公共汽车。这是我第一次乘公共汽车。

以后才知道，七星岗这家书店是《新华日报》的门市部。我们到时，书店刚开门。由于国民党的限制，店面很小，光线也不充足。一个年轻朴实的店员，正在整理书籍。他看出我们是学生，微微一笑，像是说：你们来得真早。我们也笑了，像是回答：同志，我们刚到重庆，就来这里。

店里没有书架，只有几张条桌。然而这里有最珍贵的精神食粮——《共产党宣言》《论联合政府》《新民主主义论》等书，还有共产党的机关刊物《群众》。《论联合政府》的封面上，印着毛泽东的头像。这一切，对我们是多么熟悉、多么亲切啊！

我们并没有买什么。本来就不是为买书而来的，只是来看看党在重庆办的书店，来翻翻那些教育我们革命的书籍。翻开《新民主主义论》，想起两年前在华西大学的草坪上，贾唯英组织我们学习讨论时，那些兴奋的面孔和热烈的言辞；拿起《群众》，仿佛又到春熙路游行，高呼："反对内战!"我忘不了这些进步书刊对我的启迪和鼓励。

正当我们沉浸在这喜悦和回忆之中,年轻的店员,突然而又迅速地塞了一张字条在我手里。我意识到发生了情况,心跳得很急,不过仍强自镇静地顺手把字条夹在书中。稍隔几分钟翻开书,几个字一下跳进眼里:"注意背后那个人!"我借故招呼屈甫,回头一看:一个穿美军衬衫、头发梳得光亮的男人,背朝我们,也在"看书"。显然他不是扒手,而是监视书店的特务。

刚才那种愉快的心情,被这个人搅乱了。年轻的店员一定早就发现了他的身份。很可能有不少的人,是由于店员的提醒,才免遭特务的陷害。感谢你,店员同志!

我示意屈甫,立即离开书店,一下挤入人群。

屈甫问我为什么这样快就离开书店,知情后,她的眼光充满愤怒。

吃过中饭,我们乘公共汽车到储奇门。面对宽阔、波涛汹涌的长江,我惊叹不已!成都最大的河是南河,过去我站在南门大桥上看南河,听见河水拍打桥墩的声音,总感到激动;但与长江相比,南河只是条小溪。长江上没有大桥,过江得乘轮渡。

我们刚准备上轮渡,就被拦住了,理由是我们两人有行李:各有一个被盖卷和一个小箱子。双方争执不下,旁边一个衣着破烂的船工,一把抢过我们的行李就走,不停地说:"只能坐木船!"船工带着我们,实际是强迫

李致与屈甫(左)

我们，沿岸朝上游方向走了一大段路，然后上了一条小木船。我们毫无办法，只能听其摆布。船工顺流而下，艰难地将小船划向对岸。船身随波起伏摇晃旋转，浪花飞溅而入。屈甫很害怕，我强作镇静地安慰她。其实我也是有生以来第一次这样提心吊胆：如果船翻了，我们将葬身鱼腹；要是母亲知道，不知该有多担心！我们没有手表，只知道木船在长江上漂荡甚久，终于到岸。我们两人的鞋、裤腿和被盖卷都湿透了，上岸后很久，还心有余悸。

到了南温泉，一条蜿蜒的山路，不知要上多少石阶，才能到山顶白鹤林。我们从来没爬过这样高的山，上气不接下气，一路歇息；有遛马人招揽生意，但我们从没骑过马，怎敢骑马上山？终于登顶，在西南学院报了到。第二天，我进城去看我的长姐和小叔父，他们两人都在文化生活出版社工作，地址在民国路一百四十五号。乘公共汽车去海棠溪，路程三十多里。快到海棠溪时，一声巨响，汽车突然失去平衡，从右边翻下一个小山坡。出车祸了！我坐在车尾，赶紧从后窗口翻了出去。整个车顶马上脱落。车上的人，有的站着，有的躺着，有的大声哭叫，有的满脸是血。有人在喊："受了伤的来登记，我们要求赔偿。"我镇静下来，似乎头脑还清楚，摸摸身上，好像也没有受伤。随即离开现场，走了一小段路，在海棠溪乘轮渡过江，终于到了出版社。长姐如母，听了我的一番讲述，颇为心疼。中午见报，公共汽车被国民党军车撞翻，当场死了四人，伤者颇多。

西南学院是民盟的一些知名人士主办的。教务长为马哲民，教授有潘大逵、孟超、李文钊等人。我的小叔父认为这个学院太"红"了，坚决不给我学费上西南学院，他要我在重庆自修，第二年报考燕京大学或复旦大学。我一贯喜欢文科，这次凭政治态度和作文成绩，以成都考区第一名的成绩考上西南学院新闻系，但我的数学很差，根本不可能考上燕京大学或复旦大学。西南学院读不成，不能进学校，我便失去工作阵地，难以发挥党员的作用。想来想去，决定去延安。

  我请李文钊教授，给在《新华日报》工作的何其芳同志，写了一封介绍信。延安是我向往多年的圣地。1946年，从延安回成都的杨慧琳，曾在破晓社给我们介绍"山那边呀，好地方"，当场还扭了秧歌；在学校，我推销过《延安一月》这本书。想到从此摆脱黑暗，走向光明，心里充满憧憬。何其芳是诗人，我喜欢读他的诗，也朗诵过他的诗。当晚，我多次默念他《夜歌》中的诗句，"你呵／你又从梦中醒来／你又将睁着眼睛到天亮／又将想起你的过去的日子……"难以入眠。

  第二天，我带着介绍信，乘公共汽车进城，直奔《新华日报》报社的所在地化龙桥。不料沿街报贩高声叫卖《号外》，说是宪兵包围了八路军办事处和《新华日报》社。怎么办？我当然不会自投罗网。但是，何其芳是见不着了，更无法去延安了，一切美景化为泡影。我极度失望，提着行李，去了文化生活出版社。

  第一次出远门，初到重庆的这短短几天，惊险而意外，好像给我一种预示：人生的旅途，不会一帆风顺，将遇到各种曲折和坎坷；而我，从现在起，就得学会坚强。

2013年9月3日

失去自由的日子
——忆重庆"六一"大逮捕

1945年抗日战争胜利后,全国人民希望停止战乱,建立民主富强的新中国,而国民党反动派却妄图打内战,消灭解放区和民主力量。在共产党的领导和民主党派共同努力下,国统区内爆发了大规模的民主运动。例如,声援昆明的"一二·一"事件,声援重庆的"较场口事件",抗议美军强奸女大学生事件。民主运动使国民党反动派感到恐惧,独裁者决心镇压,于是发生了重庆的"六一"大逮捕。

我原在成都华西协合高级中学念书,是学生运动的积极分子。先后参加了地下党直接领导的未名团契(以燕京、华西大学学生为主)和破晓社(以华西协合高中等校学生为主),1946年底参加党的地下组织。1947年2月,我到了重庆。当时,我的大姐在文化生活出版社工作,我曾在出版社住过一段时候。以后因为破晓社成员王竹在四川省立教育学院读书,能为我解决住处;我大姐的朋友丁秀涓在重庆大学读书,可以为我们补习数学,我便搬到省教院去住。我打算趁此机会复习功课,重新报考大学,以便有一个立足之点。

王竹的寝室住满了人,他把我介绍到何文波的寝室去住。何文波是重庆学生运动的积极分子,寝室里挂了一副政治性很强的对联。同室还住有一个省教院的学生叫祝建勋,20世纪50年代在南开中学当教员。

　　6月1日凌晨，我突然被何文波叫醒："李致，来抓人了！"我见他把墙壁上的对联扯下来，从窗口丢出去。我坐起来，看见书桌上我的两本书，一本是《面包与自由》（克鲁泡特金著，巴金译），一本是《抗战八年》（揭露蒋介石消极抗日、积极反共的），也立即把这两本书扔到窗外。

　　我和何文波刚躺上床，外面就在敲门。

　　何文波起来开了门，进来三个宪兵，两个持枪，为首的宪兵问明谁是何文波，就叫他穿好衣服跟他们走，没有说任何理由。这时，外面进来一个宪兵，报告"长官"说，寝室丢了书出去。"长官"问他是什么书，他说："一本是打抗战的，一本是说什么自由的。""长官"问谁的书，我说是我的。他走过来翻开我的枕头，发现一封文化生活出版社转给我的信，像发现新大陆似的神气地说："生活书店给你转信！"我正要解释文化生活出版社和生活书店是两回事，这位"长官"已迫不及待地"命令"说："跟我们走！"

　　我和何文波各被两个宪兵挟着左右臂出去。宿舍门口，还有几个学生被宪兵押着。当时天还没有亮，经过王竹住的宿舍，我想这个像兄长一样关心我的朋友，天亮发现我被抓走，不知会怎样着急！以往我和王竹从重庆大学补习数学回来，走过这段路，总爱唱歌，特别爱唱：

　　　　我们当了兵，
　　　　我们出了粮，
　　　　为什么别人在享福啊，
　　　　我们就没有份儿？

　　出了学院大门，宪兵把我们分别押上美军用的十轮卡车，便往城里方向去。

我和何文波不在一个车上。宪兵站在汽车三个边上，我站在靠驾驶室一边，手扶着一根钢架。虽是6月，毕竟是凌晨，车开得很快，颇有凉意。我猜不出他们这次抓人的目的是什么。我到重庆已改了名字，还没有接上组织关系，也没有参加政治活动，谈不上暴露。那两本书问题不大，只是那封信有麻烦。那是破晓社最小的成员屈波从成都写来的，她说大姐告诉她，"刘伯承将要在中秋节打到成都吃月饼"。想到这里，我有些激动。我那时刚好十七岁半，"初生之犊不畏虎"，便随意用一个粗犷的曲调低声哼着："为民主而战，为自由而死！"十轮卡车开得很快，天刚亮的时候，在中山二路的"渝舍"（国民党重庆市市长杨森的旧公馆）停下来。我们被带进一间很大的屋子，宪兵在门外把守。屋里大概有百人以上，许多人见面即互相握手问好。我刚到重庆熟人不多，只发现重庆大学的学生谢立璟——四十年后他曾担任重大的副校长。我被西南学院的汪文风认出来，因为我刚到重庆时在西南学院读过几天书。汪文风后在北京第二外国语学院工作，悼念周总理时是"童怀周"的主要成员。我们被关了四五个小时，没有人过问。时近中午，宪兵才把大家带到一排平房，十八个人住一间。我和谢立璟被关进第一间屋子。接着勤务兵挑了饭菜来给大家吃，自凌晨以来我们还没有吃东西。

当时的进步人士和学生很活跃，既被关在一个屋子，便自我介绍。一个身着西装的银行襄理叫邓托夫（新中国成立后曾任重庆市政协委员，我们在一个小组开过会）。他说："人家说我像莫洛托夫，所以把我抓来了。"我则介绍自己是到重庆准备考大学的，不知道什么原因被抓来。我穿的是中学生的麻制服，个子瘦小。以后，允许外面送东西来时，王竹给我送了一本寸半长的《英汉小字典》。有位难友收到水果糖，均分给每一个人；多余几个糖，都给了我，因我最年轻。

整个下午，不断有人被抓进来，还有一位妇女抱着小孩。我们定时放出去小便，可以看到十几间屋子关满了人。按一间屋子十八人计算，已抓了两百多人。吃过晚饭，每人发两床灰色毛毯，说是一床垫在地上，一床盖在身上。显然今天出不去了。

不久开始审讯，每次叫几个人去，时间不长。我又想到屈波那封信，好在她用的不是真姓名，又没有寄信的地址；万一问到，只有随便说一个学校，反正他们查不到。轮到审讯我时，我被带进一间屋子，没有电灯，桌上点了蜡烛，一人审问，一人记录。在问了我姓名，到重庆做什么等问题后，他突然问我：

"你反不反对内战？"

"刚打败日本人，"我回答说，"打内战还是不好！"

"你参加'反内战'的活动没有？"

"没有。"我到重庆的时间短，的确没有参加任何活动。如果在成都，我这样回答是骗不到人的。因为我经常在游行时喊口号，发传单。

"你平常爱读什么书？"

"我爱读小说，特别爱读老舍的《四世同堂》。"

特务感到茫然。他可能不知道谁是老舍，更不知道《四世同堂》是什么书籍。

审讯就此结束。没有提到丢书的事，没有提到生活书店，没有提到屈波写信的内容。我不敢掉以轻心，谁知道以后会怎么样。但这一"关"总算过了。

6月2日，没有任何放人的迹象。

同室的难友闹着要看报纸。其中几位新闻记者要守卫的兵去买。当时，特务机关办了一个《新华时报》，有意把名称弄得和《新华日报》类似，以欺骗读者。卫兵问："买什么报？"一位记者故意说："《新华时报》。"卫兵后来竟买了《中央日报》和《大公报》来。问他为什么不买《新华时报》，他说"不敢买《新华日报》"。其实，《新华日报》早在2月份就被迫停刊。特务机关

209

竟把自己的士兵弄糊涂了，这是一个笑话。

有几位难友突然大骂起来。原来《中央日报》上刊有昨天抓人的消息，说经过审讯，已有某某人"自认不讳"。至于自认不讳是共产党员还是"扰乱治安"，我记不清了。

"我什么时候自认不讳了？"

"简直无耻！血口喷人！"

这几位难友中有一个是谢立璟。

特务不敢对这些正义的骂声有任何回答，却制造了另一个闹剧。突然，一声令下，所有卫兵全部卧倒，如临大敌，子弹上膛，一触即发。原来他们昨天误抓了一位精神失常的学生来，不让他大小便，他便大喊大叫。十几间屋子的难友挤到窗口，只见一个特务拿起扁担要打他。

"不许打！"

"不许打！"

"不许打！"

一阵愤怒的吼声终于使特务慑服。他放下扁担，但口中还在骂人。一个校官走出来，一副息事宁人的态度，连说："没有事，没有事。"并下令卫兵解除戒备。

看样子，我们不会很快被释放。为了计算日子，我在墙壁上画正字。半夜，特务叫走了几人。

6月3日一早，大家为昨晚叫走人的事议论纷纷。有的说其中两人不是进步学生，而是三青团员；抓他们来，是为刺探情报的。有位难友问卫兵，卫兵说："可能是案情重，要转移地方。"

有一个身材矮小的少校军官，到屋子来找大家谈话。他自己介绍姓刁，是刁科长。他带一个小板凳，做出很随和的样子。

"一个人年轻的时候不闹一下不是英雄。年纪大了还要闹，就是狗熊！"他用这两句话开头，然后说他年轻的时候也"闹"过，还到共产党的地区去过，说得口吐白沫，"但是，到了那儿才知道,一点不好,还得回来。我劝你们——"

似乎没有人听他讲话。

有几个新闻记者把他当成"活宝",弄得他很尴尬。一位被诬"自认不讳"的难友,趁此责问他:"报纸上说我们'自认不讳',我什么时候承认自己是共产党、承认扰乱社会治安?"

"这个我不知道,我是来劝大家的!"此人自讨没趣,只得找个借口溜了。

这一天大概在发动"政治攻势"。下午,一个少将军官来"视察",前呼后拥,官气十足。他转了一圈以后,大声武气地斥责看守的官兵:"怎么把大家关起来?不要这样嘛!让大家出来散散步,透透气嘛。"谁都知道他在演戏,不过,看守官兵不得不让大家出来"自由活动",也有人互相串门。我发现作家方然也关在这儿,离我那间房子很近。那军官刚走,他们又把大家关进屋,不许出入。

他们演了一天戏。到半夜又听见十轮卡车的怪声。谢立璟被转移了。我若有所失,感到孤独。

第四天,大家有些沉闷。可能都在考虑自己的前景。邓托夫天生比较乐观,一有机会总要和难友们闲聊几句:

"怎样取名字,事关重大。我叫托夫,人家说像苏联人的名字。我曾经想改名叫陀佛,但又怕发生宗教战争,脱不倒手!"

大家都笑了,但这是短暂的。不知谁提出:他们夜晚叫人走,怎样才能分辨出是转移还是释放?有人说:"我看,叫你走时,要不要你带毯子。"言外之意,不叫带毯子可能是被释放,相反则是转移。

天一黑,大家都在等十轮卡车的怪声。

十轮卡车终于来了。几个宪兵先到我们屋子叫人。第二个叫我的名字:"李致,走!"

"带不带毯子?"我问。

宪兵回答："把毯子带上嘛。"

我被带上十轮卡车，车架盖上很厚的油布。车上还有人，但什么都看不见。我估计可能知道我在成都参加学生运动的情况了，会有更麻烦的事。

到了一个地方，我被叫下车，带着毛毯。还下来一人，是汪文风。十轮卡车载着别的难友，开向别的地方。我们两人被带进楼上礼堂，里面有不少长椅子。宪兵说："你们就在椅子上睡吧！"还说明天早上有人审讯我们。当时，我毕竟年轻，天大的事明天再说，倒在椅子上就睡着了。

6月5日，我们在礼堂等了一个上午也没有人来审讯。不知葫芦里装的什么药，无聊之至。中午，一个宪兵来叫我的名字，说："你没事了，门口有人接你。"

我走到大门，我四爸巴金的好朋友、原华西协合高中校长吴先忧在那儿等我。我叫了一声："吴伯伯！"他笑了一笑，说："以后要小心，你自己搭公共汽车回民国路去吧。你大姐正担心哩！"

我告别吴伯伯，乘公共汽车回到文化生活出版社。大姐见到我，自然很高兴。原来我被捕当天，王竹即来向她讲了情况。王竹和大姐告诉我，"六一"以后，重庆市社会各界（特别是学校师生）严厉谴责市政府，开展了各种抗议和声援活动。大姐多方设法营救我，包括找吴伯伯。吴伯伯正筹办重庆南林学院，与重庆上层人物有一定接触。他是

吴先忧

一个教育家，信仰无政府主义，曾多次保护和营救过共产党员和进步人士。

这是我学生时代所遭遇的一段曲折，它让我进一步认识到国民党反动派的腐朽，坚定了要推翻黑暗统治的决心。同时，也让我第一次尝到失去自由的滋味。那一次被捕的难友，有的较快被释放，有的被关进监狱，有的在解放前夕牺牲在渣滓洞。

国民党反动派原以为通过这次大逮捕，可以把学生运动镇压下去。但正如鲁迅所说，石在，火种不会绝灭！1949年，重庆爆发了大规模的学生运动，并举行了"四二一"反饥饿、反迫害大游行。就在这一天，解放军百万雄师渡过长江天险。

世间有许多巧合的事。1954—1955年，我在共青团重庆市委担任少年儿童部部长，参与筹建重庆市少年宫。少年宫的地址在中山二路的"渝舍"。当时"六一"已被定为国际儿童节。八年前的这天我被关在这里，现在恰好在这里为新中国的少年儿童建立校外活动场地。真是翻天覆地的变化，谁能想到呢？更没有想到的是，"十年浩劫"中，竟把这段历史"翻"出来。我所在机关的某些造反派想借此把我打成"叛徒"。斗争会上，一个自称老干部的造反派，真把我打翻在地。一些别有用心的人来外调，强迫我证实曾"自认不讳"的难友"叛变革命"。我说："这是敌人的陷害。"他们却说我"包庇坏人"。当时，我真不明白这些"造反派"为什么要与国民党特务一个鼻孔出气呢？为此我在20世纪40年代被关了四天半，造反派斗了我几个月。此系后话，将来再说。

1994年4月22日

李致文存·我的人生（上）

新元伊始

荡秋千

课间休息的时间短,学校又只有一个秋千架。所以,大家定了一条规则:只能把秋千打平一次,不能歇了气又蹬。

下课铃一响,王一立就奔跑出教室,去抢占打秋千的位置。他还想像昨天那样,占着位子后多蹬平几次。

王一立站在行列里,一数自己是第六个,相信一定能打上秋千,高兴得跳着说:"运气好!"一面又不断地催促站在前面的同学:

"快点,快点!"

前面四个同学,一个个蹬平一次,都很快下秋千了。

"张明,快!"王一立高兴地把前面的同学推上了秋千,就等他下来,自己好上去。

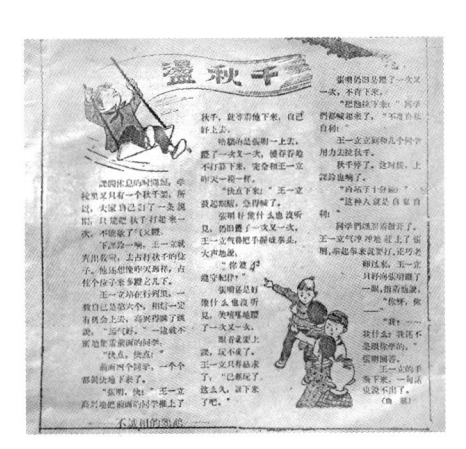

《打秋千》在《新少年》报上发表时被编辑改名《荡秋千》

糟糕的是张明一上去,蹬平了一次又一次,慢吞吞地不打算下来,完全和王一立昨天一模一样。

"快点下来!"王一立鼓起眼睛,大声喊叫。

张明好像什么也没有听见，仍旧蹬平一次又一次。王一立气得把两手握成拳头，大声地说：

"你遵不遵守纪律？"

张明好像还是什么也没有听见，笑嘻嘻地蹬平一次又一次。

眼看马上就要上课，玩不成了。王一立只得恳求了："你已经玩了这么久，该下来了吧。"

张明仍旧是蹬平一次又一次，不肯下秋千。

"把他拉下来！"同学们都喊起来了，"不许自私自利。"

王一立立即和几个同学用力去拉秋千。

秋千停了。这时候，上课铃也响了。

"白站了十分钟！"

"这种人就是自私自利。"

同学们埋怨着散开了。王一立气冲冲地赶上了张明，举起拳头就要打。正巧老师过来，王一立只好向张瞪着眼，指着他说："你呀，你……"

"我……我什么？我是跟你昨天学的。"张明回答。

王一立的手垂下，一句话也说不出了。

1955年初

附 记

这是1955年初，我刚到青年重庆市委工作时写的，以"白熊"为笔名发表在全国《新少年》报。稿酬不低，买了一个金钱牌暖水瓶，还有余。同年，我因"胡风问题"受审查，再没有主动写作。此文可算我青年时期的"绝笔"。

我们戴上了红领巾

今年"六一"儿童节,我们五位老朋友聚会。合影时,戴上了少先队的红领巾。这张照片,记录了五位少年工作者一生的信仰和坚持。

照片右一是钟立慧,八十二岁。1954年担任街道办事处辖区少先队辅导员。1956到1966年在共青团成都市委少年儿童部工作。

左起:徐华、蓝星、李致、韩梁、钟立慧

1973年到1993年在成都市青少年宫任群众文化部部长。1987年被评为全国优秀少先队辅导员，1996年获共青团中央颁发的全国一级"星星火炬"奖章。在从事少年儿童工作中，她为少先队活动和少年宫工作写过很多文章和报道，收集在她编印的《情缘》一书中。

右二是韩梁，八十二岁。1955年到1966年在共青团四川省委少年儿童部工作，长期在成都市西城一小蹲点，在该校担任过少先队辅导员，并兼任语文课教师。1982年到1993年任四川少年儿童出版社社长，该社出版了不少好书。离休后，任四川省少先队学会副会长，2006年，21世纪出版社出版了她写的《教育孩子的学问》，发行三万册以上。

左一是徐华，左二是蓝星，他们是夫妻。

徐华，七十六岁。1950年成都市建立少年儿童队（以后改名为少年先锋队），她是第一批戴上红领巾的队员。1958年在成都市少年之家，后到共青团成都市委少年部工作到1966年。1980年到1996年在四川少年儿童出版社任编辑。她写过不少儿童文学作品，多次获奖；代表作《弹琴蛙》发表在《小朋友》杂志，后由北京外文出版社翻译为英、俄、德、法和西班牙等多种外文出版。

蓝星，七十九岁。1955年到1958年在重庆解放西路小学任少先队辅导员。1958年到1966年在《红领巾》杂志任编辑。1980年在四川少年儿童出版社工作，后任副社长。他早年写的诗歌《母校万岁》被选编入全国小学语文教材。1959年与李致、黄韶合写了报告文学《刘文学》。他著有儿歌和诗集《露珠中的彩虹》，其中的诗获四川优秀儿童文学奖。

我，八十六岁，被他们称为老大哥，站在他们四人中间，从20世纪50年代起，先后在共青团重庆市第三区委、共青团重庆市委、共青团四川省委少年儿童部工作，参与筹建重庆市少年宫。在《红领巾》杂志工作时，参加中国青少年报刊工作者代表团访问苏联。1964年到1966年，在共青团中央《辅导员》杂志工作。1980年筹建四川少年儿童出版社。离休后,曾任四川关心下一代工作委员会副主任。无论在哪一个机关或宿舍,都有少先队员为朋友。

我们五位长期或终身从事少年儿童工作,所以才选择"六一"儿童节聚会。我们热爱少年儿童,除了深知儿童是祖国的未来,是我们事业的接班人,各自还有不同的原因。钟立慧,是看了苏联电影《乡村女教师》,决心学习那位名叫华尔华娜的教师,"用星星火炬的光芒,去点亮孩子们的心,让每颗心灵都发出光和热"。韩梁,早年在江苏南通师范学校读过三年书,受两位对孩子有爱心老师的影响,进军西南后分配到共青团四川省委,主动要求到少年部工作,后来也受到《乡村女教师》的激励。蓝星,初中毕业时积极响应学校的号召,报考了师范学校,以后当了少先队辅导员。本着"做一行,爱一行"的精神,不仅爱上儿童,还爱上了儿童诗歌。徐华,在她入队时听辅导员讲"红领巾是红旗的一角,是革命烈士的鲜血染成的",她决心要一辈子戴红领巾,为此读了师范学校,终身从事少年儿童工作。李致,热爱下一代的教育,是受了鲁迅的影响,《关爱明天》杂志有专文报道。社会上有一些人,看不起少年儿童工作者,认为是"娃娃头"或"小儿科"。而我们五人,却以有这样的经历为荣。

这次"六一"聚会,是钟立慧和徐华发起的。半月前蓝星患病住院,我原以为无法聚会了,不料蓝星出院后坚持出席。韩梁这十年间两次癌症,动过两次大手术,做过多次化疗,头发掉光又长出来。考虑到她的健康,既想约她参加又不敢通知她。我在当天早上打电话,问她身体如何,然后告诉她这次聚会,她马上主动赶来。

五位少年儿童工作者,一见面就谈到我们教育孩子,也从孩子那里受到教育。孩子有好奇心,不懂就问,不像成人不好意思问或不懂装懂;孩子说真话,不像成人时有顾虑,更有甚者说空话和假话;孩子敏感,乐于接受新鲜事物,不像老年人反应慢、常自以为是或墨守成规;等等。大家的感受很多,可以写篇短文,这里只能概括几句。

我们一起合影留念。钟立慧带来四条红领巾，因韩梁临时加入，少了一条。钟立慧的丈夫杨尊辉立即乘老年车去附近学校的商店买回一条。这样，杨尊辉为戴上红领巾的五位老少年工作者，拍下这张照片。杨尊辉一贯是钟立慧的坚强后盾。

徐华和蓝星送了一本影集给我。今年是他们的金婚，五十年来，他们互敬互爱，生活幸福。我是他俩的"媒人"，他们赠影集以示感谢。我很高兴，说自己做"媒"的成功率百分之百。我敢于这样说，是我一生只做过这一次"媒"。

大家一起吃午饭，边吃边聊。我说，今天是6月1日国际儿童节，可是六十八年前的今天，即1947年6月1日，国民党镇压民主运动，在国统区实行大逮捕，仅重庆就逮捕了两百多人。我在重庆被逮捕后，关在杨森的"渝舍"公馆，而1955年我们却在"渝舍"筹建了少年宫。这种翻天覆地的变化，真难以预测。谈到老人健康，大家一致表示：要学习韩梁顽强向疾病做斗争的精神。十二时半，我说成都市七百六十二位百岁老人中，有百分之八十坚持午睡。这次聚会的最后一个"节目"，是各自回家睡午觉。这个提议获全票赞同，并立即实行。

2015年6月14日

我因胡风受审查

1955年5月,全国开展肃清"胡风反革命集团"运动,没想到我竟为此被隔离审查达半年之久,甚至在"文革"中还有余波。

我从上初中起,喜爱"五四"以来的新文学,开始受到鲁迅、巴金的影响。至于胡风,因为鲁迅称他为"朋友",我一直把他当成进步作家;而他的作品,也正如鲁迅所说,"文字的不肯大众化",我读得很少。我和一些朋友,特别是破晓社的成员,喜欢朗诵"七月派"诗人鲁藜、天蓝和绿原的诗。1949年,通过香港的"大众文艺"丛刊杂志,我知道胡风等人,与我党的文艺方针和政策有争论,但从不认为他们是反革命,我不可能有那样"高"的"觉悟"。

破晓社是地下党直接领导下的进步青年学生组织。罗泽浦(即罗洛)是破晓社的六位发起人之一,他的诗写得好,在反内战、反独裁的立场上,我们志同道合,非常友好,一起合写了"誓和法西斯强盗斗争到底"的破晓社社歌。不久,罗泽浦参加《学生报》,认识了方然。我们办《破晓半月刊》时,罗泽浦主编的文艺版上,发表过方然和绿原的文章。我和方然,只有一两次见面,没有单独接触。绿原到成都时,通过罗泽浦向我借过一张条桌,我把桌子送去,仅此而已。不到一年,罗泽浦与我们之间发生分歧:一是我们不赞成方然主办的《呼吸》杂志,骂郭沫若、巴金、何其芳和沙汀等进步作家；二是不赞成《呼吸》杂志有的作者，把接近群众，批评为市侩行为。此外，还觉得《呼吸》杂志的一些作者有小圈子或小山头的现象。当时，大家都年轻气盛，一场辩论之后，破晓社把罗泽浦开除，罗泽浦也宣布退出破晓社。那时我十五六岁，在成都华西协合高中读书。

全国开展肃清"胡风反革命集团"运动。既然我认识的罗洛、方然和绿原被定为"胡风分子"，我立即主动把上述情况向机关党委汇报，还将我保留的一张有罗泽浦合影的照片交给党委。我时年二十六岁，在青年团重庆市委任少年儿童部部长。

党委要我交出我在解放前发表过的作品。从1945年到1948年，我发表了近百篇习作，完整地贴在一个大本子上。1949年，我在重庆学运中有所暴露，组织上决定我撤退回成都。离开重庆前，我把这个大本子交给一位姓冉的地下社员，托她保管。1950年我再回重庆时，冉同志已把大本子丢失了。当时年轻记忆好，我把所有的习作，何时何地、发表在什么报刊上、文章题目和所有笔名，全部记录在案，请党委审查。

6月初的一次会议上，要我交代问题。

我表示所有有关情况，全部说清楚了，没有任何隐瞒。于是领导和群众就对我"打态度"，批我不老实。我说对我影响大的作家是鲁迅和巴金，不是胡风，又批我"搽脂抹粉，美化自己"……

这样的批判会，大概开过三四次。

我平时与同志的关系好，有说有笑，亲密无间，但从第一次批判会起，几乎所有人立即与我划清界限，不和我接触，不与我交谈，碰面时目不正视，连点头招呼也不打了。上班时间，我只能在办公室学习批判胡风的文件，写交代材料。在中灶食堂吃饭，大家有说有笑，没有任何人理睬我。我陷入人生从没有过的孤立。

我一度感到委屈。我一直喜爱"五四"以来的新文学，1945年学习了毛泽东的《新民主主义论》，参加历次反内战的学生运动，

1946年加入地下党组织，学校把我变相开除，"六一"被国民党逮捕，我不管在任何情况下，坚持为党工作直到解放，怎么一下被怀疑成为"胡风反革命集团"的成员呢？我根本没有问题，相信党最后能做出正确结论。我的妻子一再要我"正确对待，经受得起审查"。对一些过头的批判，我开初很反感；后来，我想在战场上作战，也有误伤自己人的时候，也可以理解。这样，我很坦然，没有精神负担。我每天衣着整齐，吃得下饭，睡得好觉。

9月22日上午，机关同志陪同公安局同志，拿出搜查证，对我寝室和办公桌进行搜查（实际是抄家），拿走我所有的笔记本、信件和一切有文字的东西和一些照片。从此，不仅不让我外出和通信，也不让我的妻子周末回家。以后得知，搜查我的那天，公安局也派人到重庆第二钢铁厂，对我妻子的宿舍进行了搜查。

在审查的过程中，似乎又抓住了我的"现行"。一位领导说，团沙坪坝区委有同志揭发，说我前几年在群众集会上，经常朗诵胡征的诗《入党表》，诗人胡征目前正因胡风问题被审查。我确信《入党表》是一首好诗，并说明自己是在一本杂志上发现这首诗的，因为喜欢而朗诵，并不认识胡征。此事我另有专文，不赘述。

同时，还要我就自己受"胡风的影响"，写思想检查。

这种检查很难写。我努力回忆，这个"集团"的观点，有两处我是赞成的。一是"主观战斗精神"。我和一个朋友曾认真阅读舒芜的《论主观》，因为涉及许多哲学问题，没有读下去。我理解的"主观战斗精神"是不怕客观环境恶劣，敢于向旧社会宣战，所以赞同。二是"哪里有生活哪里就有战斗"。这个问题不复杂，很容易接受。联系到前几年每次的年终鉴定，批评我有"个人英雄主义"，于是我把自己各种缺点，都与"主观战斗精神"联系起来，上纲上线地做检查。一位领导看了，认为大体可以，但深挖思想根源不够。我不知道怎样深挖。他启发我是否想到"以后当成都市委书记"？解放前的我，知道有的地下党组织受到破坏，出过叛徒，受过气节教育，有不怕牺牲的思想准备，根本不知道胜利以后的"市委书记"是啥模样，无法设想。我说，成都刚解放分配工作时，上级征求我的意见，我表示愿意当话剧演员，还因此受到几句批评。王宇光（原地下党川康特委委员）、贾唯英（我的入党介绍人）可以作证。

隔离审查达半年之久。每天我到指定的屋子写材料、反省交代；平时不许走出机关大门，不准与外界通信和通电话，周末不许妻子回家。即使得到允许外出理发，也有人跟随监视。只有下班回到寝室，可以抱抱女儿。女儿是我唯一能接触的亲人，一岁多，我不可能对她说什么，只有亲亲她的小脸蛋，在心里对她说："你不要担心，爸爸是好人！"

国庆节，好友邱蕴白，从成都来重庆探亲，住在我寝室隔壁。她不避嫌疑，带着她的儿子和我的女儿，一起去劳动人民文化官玩耍。邱蕴白现已逝世，但她为两个孩子拍的合影，我保存至今，借此表示对她的怀念。

12月初，党委负责人找我谈话，表明经过审查，认定我不是胡风集团成员。还我清白，我当然高兴。但认为我受胡风反动思想的影响严重，还得公开在大会上做检讨，我答应了。说实话，答应得相当勉强，因为我实在怕继续被隔离在一间屋子，没有事干，也没人说话，只听得见屋外挂钟"嘀嗒、嘀嗒"的声音，这种日子太难过了。我在大会上做了检讨，听了大家上纲上线的批判。最后，团市委一位副书记做总结讲话，说我虽然不是胡风集团成员，但政治上思想上和胡风集团完全一样！这位同志平常自认为出身好，一贯较"左"，随他说去吧。

做了结论就恢复我的工作。我不再任少年儿童部部长，改任大学工作部部长。没有因接受审查而受到歧视，对我是一个安慰。也证明那位副书记的总结讲话，只是他个人的"高"见。

妻子在周末可以回家了。她知道我没有问题，但这漫长的审查,对她也够难受的。她坚持每月给我母亲写信和寄生活费。她不仅不能回来看我,也不能回来看和我住在一起的一岁多的女儿。有一次,我女儿发高烧抽筋住院,她去医院守护了一天,但不能回家。她工作的二钢的党委书记李原、厂长刘培礼多次安慰我妻子,说当年他们在延安经历过"抢救"运动,只要没有问题,最后还得恢复名誉。我深感妻子能与我患难与共,也从心底感谢李原和刘培礼这两位老同志对我妻子的安慰。

我也感谢我家的保姆。她是我一位朋友的姨妈,我们也叫她姨妈。在我受审查期间,妻子周末不能回家,姨妈把我女儿照顾得很好,还每天督促我喝牛奶吃鸡蛋。后来知道,曾有人动员她揭发我。她说,李同志过去的事,我不知道;现在的情况,我不能昧良心乱说。对这位可敬的普通农村妇女,我另有专文《姨妈》记述。

以后得知,破晓社在成都的一些成员也受到审查。原地下党川康特委副书记马识途,在省上审查解放前的各种群众组织时,确认了破晓社是解放前进步青年的组织。还知道四爸巴金在全国人民代表大会上,向中共重庆市委领导人任白戈询问过我受审的情况。

1956年,共青团中央派我参加社会主义阵营的第四届世界学生代表大会,会议地点在捷克的首都布拉格,途中停留访问苏联。团长是全国学联主席胡启立。副团长是团中央学校部长曾德林,他是代表团的实际领导。代表团有几位委员,其中有一位叫柯在烁,后为中英香港谈判的中方首席代表。我也是代表团委员之一。曾德林不仅安排我单独参加一些重要的分组会议,还派我代表中国学生出席9月2日越南驻捷大使举办的国庆招待会。我更感到党对我的信任。

1957年底,突然接到通知,调我去成都,到共青团四川省委主办的红领巾杂志社工作。原因是杂志社的原主要领导被打成右派或反党分子,急需新派人去担任领导;认为我熟悉少年儿童工作,特别是在反胡风的审查中发现我"有写作才能",似乎非我莫属。我不愿意离开重庆,更不愿意再搞文字工作,但只能服从组织安排。

《红领巾》杂志半月出一期,有六七万订户,是一项硬任务,那时刚经过反右斗争,社内人心涣散,我必须全力以赴,把大家精力集中办好刊物,按时出刊。我分工一位副手抓社内政治思想工作,她却以此为理由,打小报告,说我对"肃反"有抵触情绪。团省委书记李培根找我谈心,我向他报告了我接受审查的态度和事后党对我的信任,得到了他的理解。1958年,团中央组织中国青少年工作者代表团访问苏联,我被选为成员,再次访问了苏联。

1964年初,我被调到北京,在团中央《辅导员》杂志任总编辑。长期以来,以阶级斗争为纲的指导思想和政策,必然导致"十年浩劫"。1966年爆发"文革",我作为"当权派",先靠边站,再被夺权,后被关进"牛棚"。进"牛棚"当天,1968年4月22日,召开群众大会斗争,让我坐"喷气式",我的罪名居然是"胡风反革命集团"的"小爬虫"。真是欲加之罪,何患无辞。我高呼口号表示抗议,不少人对我拳打脚踢,幸好我坐着"喷气式",头被按住,双手被反提,才没被打翻在地。批判会结束后被抄家,押送"牛棚",关了十一个月,接着去"五七"干校劳动改造。直到1969年12月,一切诬陷之罪均查无实据,恢复了我的党组织生活,"小爬虫"又成了共产党员,但"革命群众"仍时刻监督我们这些人的"新动向",防止我们"翻案复辟"。

肃清"胡风反革命集团",是新中国成立后文艺界的一场大规模的肃反运动,是对知识分子的迫害,共清查了二千一百多人,逮捕了九十三人,被定为胡风分子的七十一人。被定为"胡风分子"的人,有的妻离子散,有的精神失常,有的被迫自杀。相对来说,我的遭遇还是比较轻的。直到1976年打倒"四人帮",特别是在党的十一届三中全会以后,胡耀邦大力平反冤假错案,1980年"胡风反革命集团"得以平反。

1981年,我任四川人民出版社总编辑。罗洛到出版社来看望杜谷(即刘令蒙)。杜谷也曾因胡风问题受审,后调任出版社副总编辑。我与罗洛在出版社院子里偶然相遇,我们热情握手。真是历经沧桑,一笑泯"恩仇"。出版社为罗洛出版了他的新诗集《雨后》。不久他从西北调回上海,最后任上海作家协会主席,我们多次在巴金老人家相会并留影。我与罗洛的友好关系,一直保持到1998年他不幸逝世,享年七十一岁。

李致与罗洛(左)

1982年1月,我所在的四川省出版局党组为我平反,撤销了1955年"李致同志崇拜胡风及其著作……受胡风反动文艺思想较深"的结论,肯定我解放前"思想是进步的,主要是受党的影响"。党组拿初稿征求我的意见,我坚持实事求是:当年我说过自己"对方然主编《呼吸》杂志的某些错误主张和做法,并不同意",这一句话,要加在平反结论上。这表明1955年受审查时我没讲假话。我不赞成将胡风等人打成反革命,拥护为他们平反;现在仍然不赞同他们的某些主张,我不是随风倒的"墙上草"。党组接受了我的意见。

两次被抄家，也给我留下一些后遗症：不再提笔写作，不留下任何文字记录。

不能忘记黄启璪同志。20世纪50年代初，我在团重庆沙磁区委工作时，她是树人中学团支部书记，长时期我是她的领导；1983年她任中共四川省委常委，分管文艺工作，是我的直接领导；1988年，她调全国妇联任党组书记，在中共第十四次、十五次代表大会上，均被选为中央委员。2000年3月8日，启璪患癌症时，她忍着痛苦，给我写了一千多字的信。信中说，她想"写一篇文章，名叫《对不起，李致大哥》"。她先说她"深知"我任团区委副书记时，对学校团干部的关爱，朗诵《入党表》给了团员、青年"多大的激励"以及很多年内"同志们亲如一家"。她着重讲了1955年审查我时，自己"这个黄毛丫头"被指定为清查我的小组长。她说，"我实在弄不明白我该做些什么。……我不得不做出一副严肃的面孔，这对于才二十二岁的我来说，很难很难。有一次，我闻到您在'交代'时的口气有味，我猜想您一定是渴极了，可是我却没有想到应该给您倒一杯水，我是多么的后悔啊！"启璪的信使我非常感动，我立刻给她回了信。我说："1955年的事，我早已忘了，你还记在心上。此事责任在上面，广大干部和党员何罪？但从这封信，我看到了你善良的心，也让我回忆起我们的青年时代。"

我们的通信，是这次事件的结尾，也是本文的尾声。

今年是我被审查六十周年，事过一个甲子了。

2015年3月16日

胡征的《入党表》

我青年时期，喜欢朗诵新诗。

新中国成立前，我爱朗诵与法西斯强盗斗争的诗；新中国成立初期，我喜欢朗诵一首叫《入党表》的诗，作者是胡征。全文如下：

指导员/我啥都舍得/我啥都不要/只要一张入党表//指导员/苦我舍得吃/力我舍得使/汗我舍得淌/血我舍得流/背包可以扔掉/性命可以拼掉/名字可要给我写上入党表//指导员/如果我在火线立功了/如果我在火线牺牲了/我啥都不要/只要一张入党表//指导员/云梯抬起了/刺刀举起了/手榴弹掂起了/信号弹快射了/马上就要冲锋了/指导员啊指导员/请你快把我名字写上入党表……

这是一首描写解放战争时代的诗，充满革命激情和对党的忠诚。当时的青年，现在七十五岁以上的老人，完全能够理解这种感情。我的普通话说得不好，带有一点川味，但是在重庆市沙坪坝区学生的大小集会上，我朗诵这首诗，总是受到他们热情的欢迎。

曾任中共第十四、十五届中央委员，全国妇联第六、七届副主席的黄启璪同志，刚解放时在重庆市沙坪坝树人中学读书，任该校团总支部书记。她在2000年3月8日给我的信中说："我深知您任团区委副书记时，对我们这些团干部是多么关爱，而您杰出的口才和鼓动性，特别是您朗诵的《入党表》，给了团员、青年们多大的激励。这几乎成了团区委召开的每次大会最精彩的结束。因为有时您不朗诵《入党表》，大家就在下面要求，甚至有节奏地呼喊：'入党表'！'入党表'！于是您满足了群众的要求，才'走得到路'。这些美好的回忆，不少树人同学在写给我的信中都还多次提到。"

《入党表》这首诗的确给了团员、青年们较大的激励。团区委组织部的同志说，他们在审查入团申请书上，许多青年学生提到《入党表》这首诗给他们的鼓舞。1950年下半年的参军运动，也有不少青年学生提到《入党表》这首诗激励了他们参军报效祖国的热情。

胡耀邦同志曾对我们说："我们党成立以后面临两大任务：一是推翻三座大山，实行新民主主义革命；一是抓住经济建设这个中心，建设现代化的社会主义国家。第一个任务完成得很好，第二个任务却受到许多的干扰，特别是'十年浩劫'。"由于没有抓住经济建设这个中心，没完没了地搞政治运动，斗来斗去，伤害了许多人，特别是伤害了很多知识分子，使党的形象也受到损害。1955年开展的肃清"胡风反革命集团"运动，就是一个大冤案。我因为解放前读过所谓"胡风分子"的作品，曾经认识罗洛、方然，就被隔离审查达半年之久。《入党表》的作者胡征，当时也被列为审查对象。我并不认识胡征，《入党表》这首诗我是在重庆的文学杂志上读到的，但因为我经常朗诵它，又多了一大"罪状"。不过，我并不认为这首诗有什么问题，也没有就朗诵这首诗做过检查。运动后期给我做了"组织上无问题"的结论，"文化大革命"中造反派又以我为"胡风反革命集团"的"小爬虫"为由，把我关进"牛棚"，长达十一个月。好在党的十一届三中全会以后，耀邦同志大刀阔斧平反冤假错案，这一切已作为历史的一页被翻过了。

从1950—1966年闹"文化大革命"，我一直在共青团工作。这个期间，特别是20世纪50年代初期，团干部与广大青年团员的关系十分密切。近十年来，常有一些当时的青年来看我。他们都已是七十岁以上的老人了：有的白发斑斑，有的步履蹒跚，见到我们这些老团干部十分热情，滔滔不绝地讲述那"火红年代"，多数人会提到《入党表》这首诗。有一位叫江朝余的同志，当年是树人中学学生会主席、青年团员，退休前是中国农科院研究员，他在土壤改良上卓有贡献，被誉为"土神"的科研尖兵。这位老团员在六十年后，居然能背出《入党表》的主要片断，比我记得的还多（前面的全文是从我女儿不久前替我买到的胡征的《七月的战争》一书里抄录下来的）。最近，江朝余寄来他写的《往事》（征求意见稿），开始第一章即写明"一首激情诗，使他从年轻学子走上了党和国家召唤之路"，"听着《入党表》成长"。"这首诗，涤激着在场每一个人的心灵，也再一次强烈地震撼了江朝余。他暗自下决心，要做一个对国家对人民有用的人。"江朝余在西北农学院读二年级时，当选为学生会主席，在一次欢迎新生的会上，他"满怀激情地朗诵了那首叫他永生牢记的诗《入党表》"。"他的朗诵不仅激起全场青年人的热血沸腾，也激励和鼓舞着江朝余从一个纯真的少年走向风华正茂的青年中坚。"（该书使用的是第三人称）

由此可见，那一代青年的天真纯洁和革命激情，以及《入党表》这首诗对他们的影响。

在新的历史时期，经济有了巨大的发展，国家正在崛起和不断前进。不可忽视，转型期间出现很多问题，特别是一些掌权者的贪污腐败，引起人民群众的强烈不满，使党的形象受到严重损害。以前许多人入党，是为实现共产主义的理想而奋斗，出生入死在所不惜；现在有些人入党，是为了升官发财，自然会产生腐败。人民期待通过逐步实现政治体制改革，遏制和消除这些腐败现象。

正因为这样，当年的美好记忆，将永远留在我们这一代人心里。

2011年2月25日

附 记

　　近日在网上查阅,《入党表》的作者胡征,河南人,七月派诗人。1938年,时年二十一岁去延安,同年入党。曾因在战争中被俘长期接受审查,后任刘邓大军随军记者。他的《七月的战争》和《大进军》两部长诗,曾获西南军区文学一等奖。1955年被打成"胡风反革命集团"分子,开除党籍军籍,冤案超过四分之一世纪,1980年平反。2007年1月29日在西安逝世,享年九十岁。胡征被西安文化界称为卓有建树的伟大的诗人之一。我愿以这篇短文献给胡征的在天之灵,让他知道《入党表》在当代青年中的影响。

2011年7月23日

缅怀曾德林

曾德林同志是我的老领导，也是我的好朋友、好兄长。他离世已经二十二年了，但和他交往的那些片断，我却铭记在心。

一

从学生时代起，我就喜欢话剧，特别是曹禺的名著。我爱模仿某些演员，即兴表演剧中的独白；还喜欢朗诵诗歌。20世纪50年代初期，我在青年团重庆市沙磁区工委搞学生工作，我的这些特点，受到青年学生的欢迎，会前或会后，常有学生一起高喊："学校部长来一个！"正因为如此，个别领导认为我爱出风头，有小资产阶级情调，多次发动机关同志批评我。唯有曾德林同志例外：有一次，我在青年团西南工委的晚会上，表演了曹禺《日出》中留学生乔治·张的一段台词，老曾立即问我能不能演胡四？胡四这个角色是一个游手好闲的"面首"。我感到老曾思想开放，有文化，熟悉曹禺剧作。

由于地下党中的某些误会，在1950年的年终鉴定时，我受到团重庆市委宣传部部长不实事求是的、猛烈的批评和指责。这些误会发生在上级领导之间，与我这个学生党员根本没有关系，我心里很

曾德林夫妇

不愉快。我找1938年入党的、团市委组织部部长的老曾汇报思想。他与人为善，为我卸下了包袱，并给了我不少的鼓励。

我在青年团重庆市沙磁工委工作时，被选为区政府委员。区长是一个从老解放区来的同志，人很好，但可能他在部队的时间长了，工作方法比较简单，常常是自己说了算，不大注意民主程序。我向曾德林同志谈到此事，老曾鼓励我写一份情况反映。我写好交上去不久，区委书记张文澄对我说，他已看到这份情况反映，并提醒区长注意。这说明，老曾和张文澄对民主程序的重视。

也是20世纪50年代初期，一次在南开中学的广场上，召开公审大会，批斗一名强奸犯。到会群众极为愤慨，包括我在内，高呼"立即枪毙，誓不罢休！"老曾出面耐心解释，主张送法院审判定罪，以法律为准，好不容易才把大家说服。

二

1954年，时任青年团重庆市委书记的曾德林同志，调到青年团中央任学校部部长，到北京工作。

大约在1955年，老曾陪同苏联共青团中央书记谢米恰斯内为团长的访华团，到重庆访问。青年团重庆市委派王竹（青工部部长）和我（大学部部长）负责接待。谢米恰斯内突然提出要缩短参观时间，赶回莫斯科参加会议，要我们立即为他买飞机票。我和王竹深夜去民航售票处联系，一两天内都没有飞北京的航班，感到很为难。老曾认为谢米恰斯内的做法很不礼貌，是大国沙文主义的表现，叫我们不要有负担。他直接对谢米恰斯内说，新中国刚成立不久，还很穷，不是每天都有飞北京的航班。后来谢米恰斯内找苏联驻华大使馆帮他解决了问题。当时，我们国家奉行"一边倒"（即倒向苏联）的政策，很多人在"老大哥"面前唯唯诺诺；老曾实事求是，平等坦率，敢于直接向谢米恰斯内表达意见，不失我方尊严。

李致和参加第四次世界学生代表大会的越南学生代表（左）

我就读的高中是一所教会学校，我与外国人多有接触，比较自然，加上又与老曾一起接待过外宾，1956年社会主义阵营在布拉格召开第四届世界学生代表大会，老曾提议我参加。我以重庆市学联秘书长的身份，参加这次代表大会。代表团在北京集训时，逢越南学生代表团路过北京。团中央联络部一时抽不出人接待，老曾派我陪同越南朋友在北京参观。

237

中国代表团的大多数成员是学生，初次参加外事活动。有几次吃饭时，外国人来找老曾说话，同桌吃饭的中国学生，全都站立起来。老曾要我告诉他们：以后再有这种情况，不必都站起来；对外国人要不卑不亢，过分礼让反而被人看不起。

会议期间，有几次重要的分组会，其中一次是讨论苏伊士运河问题，老曾指派我做代表参加。时逢9月2日越南国庆节，老曾又派我代表中国学生代表团，出席越南驻捷克大使馆的招待会。第四届世界学生代表大会结束后，老曾和胡启立应邀访问南斯拉夫，老曾又要我带队回国，并在途中参观了苏联的列宁格勒。

我在1955年，刚因所谓"胡风反革命集团"一事受审查，要我参加国际会议和有关活动，使我感到组织上的信任；但我也非常谨小慎微，生怕出错，几次征求老曾对我有什么意见。他不耐烦地说："哪有那么多意见哦？"他反问我，回国后是否打算在北京停留几天；如果没有住处，可住在他家。

三

1957年大鸣大放期间，曾德林同志正在重庆出差。他和我一起去重庆大学和西南师范学院，听取大学生的意见。其中有对土改和肃反的一些意见，老曾并不认为是反动言论。继之，全国开展反右运动，团中央机关划了不少右派；老曾主管的学校部，一个右派也没有划，还以向党"交心"和向党"进攻"是有区别的理由，保护了一位差点被划为右派的同志。

1964年4月，我调团中央《辅导员》杂志工作。我原以为是老曾推荐的，后来得知不是。老曾时任团中央书记处候补书记，了解少年儿童部有位"打手"，一贯借政治运动中整人，他不会调我去《辅导员》杂志。同年，共青团九大以后，《红岩》作者罗广斌来北京，用自己的稿费，请曾在团重庆市委共事过的一些老同志吃了一顿饭。"文革"中，有大字报"揭发"团中央有个"四川帮"。当时，曾德林已调教育部工作。教育部的"造反派"，来"压"这批老同志"揭发"老曾。有一天，老曾的夫人罗玉清，来团中央机关看大字报，我关心地问起老曾的情况。罗玉清说，她看了这些老同志的大字报，都是应付了事的；只有一个人，把自己和老曾私下闲聊的话，上纲上线地作为"罪行"揭发出来。

"文革"中，"造反派"批判"团中央执行了刘少奇修正主义路线"。涉及学校部工作和曾德林同志的，主要有两点。一是说，在"又红又专"问题上，只强调"专"而忽视"红"，证据是老曾说过，"如果只'红'不'专'，那就成了大红灯笼，里面是空的"。二是说，1957年提出的"培养青年学生良好的意志性格"，脱离了"政治大方向"。我一直认为团中央学校部强调的这两点，既正确又很重要，根本不是什么修正主义。现在更用不着来辨别是非了。

老曾对巴金一贯尊重，对打倒巴金十分不满！1973年，我悄悄去上海看望巴老，转达了老曾的愤慨，对巴老是一种安慰。

四

1973上半年，曾德林同志从教育部"五七"干校，调任重庆大学党委书记。

1976年1月8日，周恩来总理逝世，全国人民陷入巨大的悲痛。由"四人帮"把持的党中央，却不许群众开追悼会，先是电话通知，后又发正式文件。违背中央禁令，可能会产生严重的政治后果。曾德林同志顶着巨大压力，坚持召开追悼会，公开表示自己一人承担全部责任。1月18日，重庆大学为周总理举行了追悼会，老曾宣布大会开始，他带领大家默哀、向总理遗像三鞠躬、致悼词。所有校党委成员，站在他的身后；全校的师生，聚集在他的面前。

团结广场一片寂静，只有哀乐和老曾的声音在回荡；人们胸前的白花、臂上的黑纱，诉说着对总理的思念。我女儿当时在重庆大学读书，寄了一张她在追悼会上的照片回来。

五

表面上看起来，老曾很严肃。

老曾很爱读书，学识广，且又直率；与人交谈，一旦对方念错字、引错成语或错说知识，他会立刻当面纠正，很像川剧《巴山秀才》的秀才所说："头可杀，血可流，别字不可不纠。"但只要多与老曾接触，就会感到他亲切，平易近人，而且很幽默。老曾幽默的表现之一，是脱口而出的打油诗。我们在布拉格参加世界国际学生大会时，会议往往开得很长，最后一次竟白天晚上连轴转，开了二十四小时。老曾做了一首打油诗，第一句是"洋人开会不知疲"，可惜我忘了后面三句。20世纪60年代初，团中央发生了几件趣事：一是传达室把台湾自治同盟来联系工作的人，当成"台湾"那边来人了，很紧张；二是有人把画家齐白石与团中央的丁磐石混为一谈；三是刘文学牺牲后，有人竟然问刘文学受表扬后，是否骄傲了？老曾为此作打油诗："台湾来人吃一惊，白石老人今复生。文学如今骄傲否，不学无术实可悲。"20世纪70年代，几位同志的老伴患更年期综合征，有时爱发脾气，老曾分享他的经验："只要她脾气发，便用沉默回答。为免事态扩大，耳朵说炚就炚。"他还解释：考虑过用"微笑"回答，但怕被挑剔为"笑里藏刀"；尽管"沉默"也可能被误会为就是"抗议"，但两害相权取其轻，还是"沉默"比较安全。

老曾也有"调皮"的时候。与朋友打麻将玩，他或偷牌，或在洗牌时把四张"听用"放在自己一边，随时可以"和"了。好在当时打麻将不赌钱，只是游戏，他这种手法终被揭穿。还有一次聚会，老曾多喝了一点儿酒，略有醉意。让他稍事休息，他倒上床，把两只鞋抛在地上，一只鞋朝上，一只鞋朝下，他随口说了"顺卦"两字，让大家好笑。

我女儿和老曾也有接触。20世纪60年代初，老曾到成都，我带着女儿陪老曾参观草堂寺，老曾对女儿说：去看"豆腐爷爷"（杜甫）。女儿尚小，对草堂的诗词对联没有兴趣。"豆腐爷爷"长着胡子，"豆腐伯伯"（指老曾）太过严肃。后来女儿去重庆大学读书，到松林坡看望校长曾伯伯。初时只觉得罗阿姨和蔼可亲，逐渐发现了曾伯伯的"豆腐心肠"，再加上在周总理追悼会上曾伯伯表现出的勇敢和担当，到毕业时，她已是十分热爱曾伯伯。她"估倒"（四川方言，强迫）校长伯伯赋诗勉励留念。老曾也不含糊，题七律两首送她，鼓励她在科学的春天里，继续"攻关不怕难"。

老曾调往重庆大学的那年，我也从团中央"五七"干校调回家乡成都，在四川人民出版社工作。当时，重庆市隶属四川省，老曾常来成都开会，每次也必到我家畅谈。我妻子丁秀涓做四菜一汤招待他，老曾很喜欢吃，认为既可口又节俭。

六

粉碎"四人帮"以后，四川人民出版社立足本省，面向全国，出版了不少好书。每有好书，我必寄曾德林同志。老曾对此充分肯定，并给以鼓励。他在一封来信中说："贵社迩年大干快上，质与量迥异昔时，想见阁下更劳瘁也。"

四川人民出版社出版了《在彭总身边》一书，写了彭德怀元帅在庐山会上和会后的遭遇，十分感人。老曾读后，立即写信给我："《在彭总身边》收到，已连夜阅读一遍，不禁再次泛起万千感慨之情，限入无限沉思之中。是谁之过欤？是谁之过欤？……年来我在各种场合发表了许多愤激之词，爱憎溢于言表，许多人以为我已淋漓尽致，无所保留了。其实，我更多的时间和情愫是'沉思'。'路漫漫其修远兮，吾将上下而求索。'真理不仅没有完结，也不是袒露在表层，需要探索啊！"我理解老曾这封信的含义，更加尊重他。

1982年，曾德林同志调中共中央宣传部任副部长。

1983年，我调中共四川省委宣传部，负责振兴川剧的工作。当年，川剧晋京演出，老曾来看了几场。他历来喜欢川剧，认为川剧的文学性强，他多次说："《柳荫记》不亚于英国莎士比亚的悲剧，《评雪辨踪》可与法国莫里哀的喜剧比美！"老曾的评价，体现了他广泛的文学知识。

1992年，我和老伴经香港去美国探亲，惊闻老曾患肝癌，十分担心。第二年归国，择道经北京再回成都，意在能与老曾见上一面。可惜到北京后才知道，几天前老曾在罗玉清陪同下，去上海治病，错过了相见的机会。好在我们保持了通信联系。

作家艾芜、沙汀在1992年年末先后逝世。在他们逝世一周年之际，我分别写了回忆二老的文章，并寄老曾。他在回信中说："沙、艾二老同时出道，几乎同时齐名，声誉同隆，创作等身，不但是蜀中双杰，亦中国文坛之双子星，几乎同时陨落，实令人惆怅不已！我虽同他们无多接触，但解放初期在渝的党代会、人代会上亦小有结识，加上读过他们一些作品，我的印象是二老虽是名家，但为人特别朴实无华，真诚童真，正如你的文章所说，谦虚，而且是发自内心的自然。我看他们的为人和著作，是的的确确的真善美，毫无矫饰。这是读了你情真意切的忆文的一点随想，见笑。"

老曾谈到了他的病，信上说："我病情尚称稳定，但此病到底非同小可，精神准备更严峻的时刻到来。现在中西药都吃，加上适当锻炼，自觉无甚不舒服，只是被药物所苦，常感烦恼矣！林妹妹（指林黛玉）句云：未学会吃饭，就学会了吃药；我则每日汤药两大碗，西药、丸药、补药一大堆，吃药量超过了吃饭量，苦啊！"

听起来老曾是在"诉苦",我却感到他的乐观和幽默。因为这封信一开始,他就"责备"我把地址写"混乱"了。他说:"'北京市三里河南沙沟'写对了,'大方向是正确的',但具体的地址就写错了……投递员是不能光凭'正确的大方向'投递的。"经过"文革"的人都知道,当时上面常以"大方向是正确的"来掩饰各种错误。

原共青团重庆市委青工部部长易难,因病于1995年1月3日在成都逝世。1月10日,老曾来信表示"悲痛逾桓",这是他的绝笔。

老曾一共给我写了十一封信。以后,我把原件送给玉清,留作纪念。

七

1995年9月28日,曾德林在北京逝世,享年七十五岁。

我和秀涓给玉清同志发出悼念老曾的信。

李致与曾德林夫人罗玉清(左)

玉清同志：

　　曾德林同志逝世，我们全家感到极大的痛苦。曾德林同志是一个真正的共产党员，把一生献给革命事业。几十年来，老曾是我们的好领导、好兄长和好朋友。我们不仅从他那儿汲取教益，还从他那儿得到友谊。1992年我们在美国得知他患病，1993年初我们绕道北京回川，就是为了看望他。但恰遇你送老曾到上海治病，失之交臂。这两年，由于你知道的原因我们无法到北京，但无时不关心老曾的健康。现在他走向任何人（包括我们）都不能避免的自然规律，我们明白这个道理，但我们实在舍不得他。没有向老曾告别，这是终身遗憾！我给小元打电话，拿起话筒，声音就哽咽了；草拟唁电，泪水模糊了眼睛，看不清纸和笔。想安慰你，但找不出任何语言可以减轻你的痛苦。玉清，你是老曾的妻子，你最理解他。此时此刻，他一定期望你坚强、健康，面对现实，勇敢地生活下去！众多的老朋友也这样期望你。我女儿昨天离开成都，她永远不会忘记她的曾伯伯和老校长。

　　老朋友们都期待你到成都来。

　　　　　　　　　　　　　　　　　　　　李致　秀涓
　　　　　　　　　　　　　　　　　　　　9月30日　泪书

2018年1月6日终稿

两位组织部长

李高平

1950年下半年,我调到青年团重庆市沙磁区工作。

沙磁区党区委的书记是张文澄,组织部长是李高平,宣传部长是龙实。三位都是"三八"式的老革命。李高平个子不高,很胖,对人很和蔼,关心人,像一位慈祥的婆婆。

当时,团区工委的同志都很年轻。我二十二岁,有几位同志稍年长,也没超过二十六岁。年轻人朝气蓬勃,但思想不免偏激。

1951年底,全国开展反贪污、反浪费、反官僚主义的"三反"运动。经检查,团工委的会计没有问题。同志之间除了自我检查,还互相揭发,就一些小事上纲上线。特别是一位同志,说我唱岳飞的《满江红》是在唱国民党军歌,使我怒气冲天。他平时对人简单粗暴,大家对他的意见最多。我虽然没有乱批评他,但在别人揭发他某一件事,还需要调查弄清真相时,我就脱口而出:"他就是这样的,不必调查!"

这些情况,照例汇报到党区委。

有一天,我在沙坪坝小街上,碰见高平同志。

高平同志拉着我的手,心平气和地对我说:"搞运动可以提意见,但不要过激撕破脸。要想到,运动一过,大家还要在一起工作。"

这是一个极重要的提醒，我终生不忘。

男女青年在一起工作，有时难免在生活作风上有失检点。有一位同志出了一点差错，在党内做了自我检查，大家对他进行了批评和帮助，他的情绪略受影响。有一次，我去党区委开会，高平同志叫住我，要我转告该同志："知错改了就好，不要背包袱。这件事不会装档案袋！"高平同志这样与人为善、爱护同志的态度，使我十分感动。

1954年我调团重庆市委工作，高平同志则调到援助越南的专家工作组任组长。以后，我调成都团四川省委，再调北京共青团中央工作。"文革"后我调回成都，才知道高平同志已从越南回来，在省石油局工作。每年春节，我和老伴都去看望高平同志和他的夫人向阳同志。近二十年不见，高平同志最大的变化是瘦了。但他仍然是那样和蔼慈祥，平易近人。他开始写古诗词，还出了诗词集。

连续两年春节，我打电话到高平同志家，都没有人接。2000年9月17日，偶然在商业街上碰见向阳同志。我急忙问高平同志的现况，向阳同志低声地说："他'走'了。因为心肌梗塞，在峨眉山'走'的。"我问为什么不通知我们。她答："高平不愿惊动朋友。"我看见向阳同志身后跟着一位妇女，显然是照顾她的。

我一生有幸遇上三位难忘的组织部长，高平同志是第一位。高平同志怕惊动我们，悄悄地"走"了，享年八十三岁。但我绝不会忘记他。

萧泽宽

20世纪50年代，萧泽宽任中共重庆市委组织部长。

1954年上半年，我调共青团重庆市委工作。泽宽同志分管团的工作，常来团市委。如遇上开会，他会坐下来，与大家谈工作或聊天。他原是地下党川东特委委员，身材魁伟，胖胖的，平易近人。

1955年，我因所谓"胡风问题"被隔离审查半年。机关所有的人都站稳"立场"，与我划清界限，不和我接触；当然，审问和批判我时例外。有一天，泽宽同志来到团市委，居然和平时一样，对我点头打招呼，还叫了我的名字。运动后期，清查完毕，我并无任何问题，调我从少年儿童部部长改任大学工作部部长，应该说是增加了工作的担子；第二年又让我去捷克首都布拉格，出席第四届世界学生代表大会。那时出国的机会极少，泽宽同志分管团的工作，没有他的同意，这是不可能的。

1957年开展"反右"运动。共青团四川省委主办的红领巾杂志社的总编辑，被错打为极右分子。杂志半月一期，不能停刊。不知是谁"发现"了我，说我既搞过少年儿童工作，又能写作，立即调我去红领巾杂志社任总编辑。我就是因为写作而被怀疑为"胡风分子"而受审查的，极不愿赴职，但又不能不服从组织调动。我只好与四岁的女儿和带她的保姆，一起去了成都，妻子仍留在重庆。

有一天，我开会后回杂志社，传达室的人递上一张字条给我，原来是泽宽同志留下的。他来成都开会，路过杂志社，来看我，但我不在。他住陕西街省委组织部招待所，希望我有空去一趟。我像能见到亲人一样的感动，立即骑上自行车到招待所，找到泽宽同志。

我早就认识泽宽同志，但单独接触这是第一次。他询问我工作和生活情况，鼓励我好好工作。当他知道我妻子丁秀涓还在重庆时，立即表示将催办她的调动。不久，秀涓果然调来成都，解决了两地分居的难题。

1963年，在团省委的一次会上，书记李培根同志说，重庆市委把"萧（泽宽）、李（止舟）、廖（伯康）"定为"反党集团"，因为他们反对省委书记。我很吃惊，也不愿相信。以后知道，是因为"大跃进"时期四川饿死很多人，萧、李、廖对省委书记有意见；他们的意见，是在市委第二十次扩大会上公开提出的。这是一大冤案!

1964年我调共青团中央工作。以后,泽宽同志也调全国侨务办公室工作。大家都到了北京。我和秀涓去侨办宿舍看过泽宽同志。1966年闹"文革",造反派把泽宽同志揪回重庆,后经另一派红卫兵营救,送萧、李、廖三人到北京地质学院保护居住。我和秀涓去看过他们。我记得泽宽同志对我说,他非常反对打倒巴金,巴金对当代知识分子有很好的影响。1973年我悄悄去上海,把这种不平告诉巴金,这是后话。1968年我被关进"牛棚",失去自由,不能再去看望他们。他们三人缺少全国粮票,秀涓支援了一百斤,这是我们家多年节约下来的。

粉碎"四人帮"以后,为萧、李、廖平反落实了政策,泽宽同志任中共北京市委组织部部长,直到离休。我在四川人民出版社工作,常去北京组稿,也常去看望泽宽夫妇,他夫人名为曾昭华。泽宽同志来成都,必与我会面。我们可以畅谈心里话。这时,泽宽同志对我,已不是领导与被领导的关系,我视他为兄长和好朋友。我知道他尊敬巴老,多次为他找巴金文集,以后又送给他四川出版的《巴金选集》(十卷本)。

我保留了泽宽同志给我的九封信。包括他收到《巴金选集》(十卷本)后,表示要有重点地复读巴金的作品。多数信是在读了我的书或文章后,给我的鼓励。他说:"寄来的书收到,很高兴。现已读完,有的还反复再读。我仿佛又回到青年时期、中年时期。一个人,要真正做人,做一个高尚的讲真话的人,那就是人了!"在另一封信上又说:"收到近作,今晨就读了两篇,感到清新、诚挚、朴实,真吸引了我。我对昭华说,李致写了一本好书,我看完,你就看吧!"他多次期望我"有新作,多写好文章"。曾昭华逝世后,他写了他和昭华几十年相濡以沫的短文,代替讣告。2002年12月16日写最后一封信时,他的身体已不好,用颤抖的手写了:"我真想念你们!"

2001年8月15日凌晨，我不小心从床上摔下，脸摔肿，牙掉一颗，幸无大碍。几天后，梦见萧泽宽批示：要我休息两周。醒后告诉秀涓，她说萧部长总是关心同志的。

2003年6月17日，泽宽同志在北京逝世。

2018年4月初

列宁同志的小屋

1956年9月18日和19日,我们中国学生代表团,在苏联访问了列宁格勒。两天的访问,时间虽然很短,却给我们留下许多深刻的印象。其中之一,是我们参观了斯摩尔尼宫,所看到的列宁同志的小屋。

斯摩尔尼宫在列宁格勒东部的一条幽静的街上。它是十月革命的司令部。我们敬爱的列宁同志,于1917年11月6日深夜到达这里,一直工作到1918年3月才迁往首都莫斯科。

我们在19日上午,乘一辆大汽车,去参观斯摩尔尼宫。路途上,陪同我们去的三位苏联同志,和我们一起用中文高唱着《祖国进行曲》。快到斯摩尔尼宫,瓦洛加同志站起来对我们说:"同志们!我们马上就要看见列宁同志工作和生活的地方了。"我们本来就非常兴奋,经他这么一说,心跳得更快了。

汽车停下来了。第一眼看见的,是斯摩尔尼宫正门前列宁同志举起右臂的铜像。铜像下面的花岗石台座上刻有:"无产阶级专政万岁!"

"这个铜像是在十月革命十周年时修建的。"金木同志对我们说。

走进斯摩尔尼宫的拱顶走廊,好几位同志不约而同地说:"这地方好熟悉。"原来大家都在电影上见过:走廊上挤满着人;列宁同志匆忙地走进走廊；赤卫队员招呼着"列宁同志"，上前去握手……

解说员同志把我们引进一个白圆柱大厅。这是举行第二次苏维埃代表大会的地方，这次大会通过了著名的和平法令和土地法令。在大门两边嵌的大理石上，用金色的字刻着苏联第一部《宪法》的全文。

"我们在电影上看过这个大厅。"同志们高兴地说。

跟着解说员同志，我们轻轻地走上二楼，在一间屋子门前停住。我们围在她身边，像等待她宣布一件什么重大事件。

她说："这就是列宁同志的办公室和寝室。"

这是一间小屋子，八米长，四米七宽。里面用木板隔了一间将近二米宽的寝室。屋里的陈设全是按列宁同志生前那样摆置的。也许有人会怀疑："难道这就是全世界工人阶级领袖列宁同志的办公室吗？"一点不错，它就是。

靠左边墙壁，有一张普通的写字台和一把木椅。写字台上有一部电话机、一盏油灯，以及列宁同志用过的一支蘸水钢笔的照片。列宁同志用这部电话机，发布过攻占冬宫和电报局的命令，用这支笔签署过许多重要的文件。

靠左边墙壁，有一张小圆桌和三张套有白布的沙发。列宁同志常坐在这里与工人、农民谈话，或者看报纸。小圆桌上有几张十六开的报纸。

"这是列宁同志看过的报纸。"瓦洛加悄悄地在我耳边说。

我们走进列宁同志的寝室。

寝室更窄。有两张从医院借来的小铁床，上面铺着灰毯子。这是列宁同志和他的夫人克鲁普斯卡娅同志睡的。两张床之间小柜子上，有一个只有六七厘米的小圆镜。这是列宁同志的卫士送给克鲁普斯卡娅的。此外，再没有别的东西。

我站在列宁同志的寝室里，说不出的激动。这样一个伟大的领袖,过着这样极其简朴的生活。想起我们有时还贪图生活享受,我感到脸发热。我知道,这时候,我的脸一定红了。

同志们参观出去,我仍然站在小屋子里。解说员同志来催我出去:"要锁门了。"我说:"我愿意被你锁在这里。"我再认真地看了一次这间小屋,我要牢牢地记住这小屋的一切情景。

离开斯摩尔尼宫以前,我们再一次走到列宁同志的铜像下。这时候,大家对列宁同志的像感到特别亲切。我在心里对自己说:"我一定要学习列宁同志这种高贵的品质。"

当天晚上,我们离开列宁格勒。共青团列宁格勒州委书记到车站送我们。我们再一次谈到了列宁同志的那间小屋。

"这是一堂生动的教育课。"同志们说。

"是呀!"州委书记笑了,"在我们这里,如果有青年不好好工作,贪图享受,我们就把他带去参观斯摩尔尼宫,让他看看列宁同志是怎样工作和生活的。"

附 记

此文是我1958年3月出差在重庆写的,后发表在《红领巾》杂志上。苏联解体后,列宁格勒改名为圣彼得堡。目前对列宁有不同的评价,但我们当时的感受是真诚和积极的。

2016年5月22日抄录

不朽的精神

这几天一直在看电视剧《钢铁是怎样炼成的》，激动不已。昨晚看完以后，想起我还有几张奥斯特洛夫斯基的照片，立即翻箱倒柜把它找出来。

奥斯特洛夫斯基的《钢铁是怎样炼成的》一书，对中国青年曾经产生巨大影响。许多人至今可以背出书中主人公保尔的话："人最宝贵的东西是生命。生命属于我们只有一次。人的一生应该这样度过：当他回首往事的时候，不因虚度年华而悔恨，也不因碌碌无为而羞耻。这样，在他临死的时候，他就能够说：我的一切，包括宝贵的生命，都已献给世界上最壮丽的事业——为人类的解放而斗争。"20世纪50年代初期，重庆学生积极要求参加军事干部学校，他们高举着"保尔战斗队"的旗帜游行。那面红旗，至今还在我的眼前飘扬。

1957年，奥斯特洛夫斯基的夫人奥斯特洛夫斯卡娅访问重庆，当时我在共青团重庆市委担任大学工作部部长。我访问过苏联，团市

1924年时的奥斯特洛夫斯基

委秘书长赵济也去过苏联,于是我们俩参与了接待奥斯特洛夫斯卡娅的工作。奥斯特洛夫斯卡娅原是乌克兰的普通女工,与丈夫共同生活了十年,对丈夫写出《钢铁是怎样炼成的》做了很大的贡献,后来她担任奥斯特洛夫斯基博物馆馆长。奥斯特洛夫斯卡娅身体健康,脸色红润,十分健谈。那天,我们先陪她参观了重庆大学,一起吃了午饭,然后在重大的团结广场,与数千名沙磁区的大中学生见面。

我代表全市学生致辞,欢迎奥斯特洛夫斯卡娅的来访。奥斯特洛夫斯卡娅在大会上讲话,介绍奥斯特洛夫斯基的事迹和精神,受到学生们的热情欢迎。当奥斯特洛夫斯卡娅讲到1926年中国北伐战争时,奥斯特洛夫斯基曾对她说,如果不是他病了,他一定会骑着战马奔向中国,支援中国革命时,全场学生更是热血沸腾,欢呼声和掌声经久不息。奥斯特洛夫斯卡娅目睹青年的激情,深受感动,她说:"我在中国学生中,看到了奥斯特洛夫斯基。"

临别时,奥斯特洛夫斯卡娅送了三张照片给我。一张是奥斯特洛夫斯基的头像;一张是奥斯特洛夫斯基躺在床上,奥斯特洛夫斯卡娅相伴在旁;一张是他们的工作室兼卧室。这三张照片,我保存

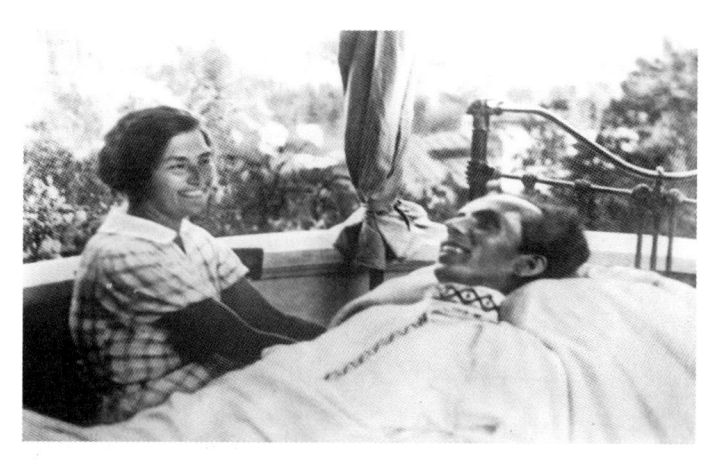

1936年,奥斯特洛夫斯基与妻子在一起

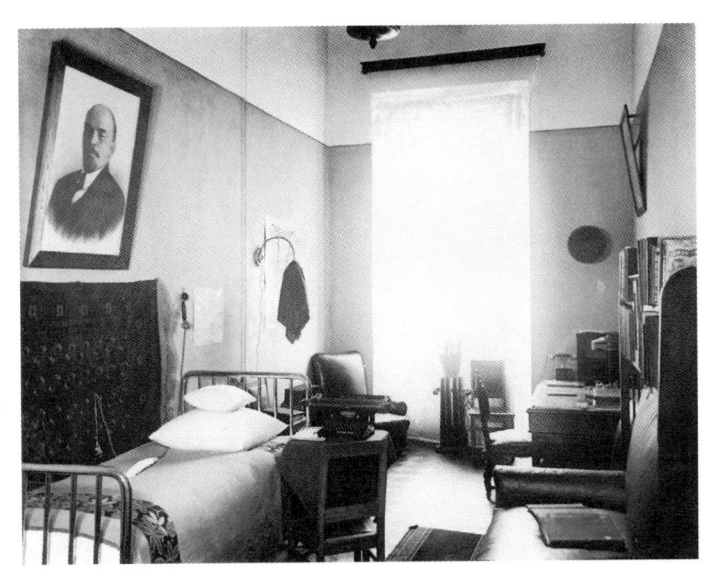

奥斯特洛夫斯基的工作室兼卧室

了四十多年。尽管四十多年来，世界发生了巨大变化，苏联已经解体。但我始终坚信：没有信仰是很可悲的，拜金主义更不可取。正是如此，虽然照片已经发黄，但奥斯特洛夫斯基的信仰，为祖国为人类的献身精神，却永远在我的心里闪光！

2000年3月8日

附 记

后来，我才知道奥斯特洛夫斯基临终前还有一句名言："我们所建成的，与我们所奋斗的完全两样！"这是《莫斯科共青团员报》刊载奥斯特洛夫斯基的侄女加林娜对该报讲述的。

坎坷的一生，坚强的战士

——龙实《曲折的道路》序

这个冬天，成都相当寒冷，飘过几次雪，特别是三九四九天，我取消了下楼散步。不过，我仍然感到充实。因为我重读了龙实同志的《曲折的道路》，他坎坷的一生和正直的品格，深深地打动了我。

龙实

龙实同志常说，他生于"难忘的1918年"，今年九十三岁。故乡在南国广东，那里的人和事，至今难以忘怀。年轻时为寻求真理，从南方到北方，甚至冒着生命危险，从山西步行到延安。他1938年参加八路军，1939年加入中国共产党，在抗日战争和解放战争的烽火岁月，出生入死，既做了贡献，又得到锻炼。新中国成立后，热爱美术的龙实同志服从组织分配，担任各级领导工作，却由于在反右斗争中仗义执言，1958年被错划为右派，下放到农场劳动改造。他承受了许多痛苦和磨难，但丝毫没能摧毁他坚强的意志。直至1979年平反冤假错案，他才重返领导岗位。

龙实同志是我的领导，又是我的朋友。我们相识在1950年下半年。他时任中共重庆市沙坪坝区委常委、宣传部长，我在该区青年团工委先后任学校部部长、副书记。不久，我调团市委任大学部部长，龙实同志调中国作家协会重庆分会任党组书记。两个机关相邻，我常到龙实同志家里谈心，听他讲述经历，建立了友谊。当他被打成右派时，我为他不平，因为他的主要"罪状"竟是他对时任重庆市委宣传部部长张文澄被划为右派一事持不同看法。我了解张文澄同志，也不认为他是"右派"，但我不敢直言。此后我调成都、北京工作，与龙实同志没有来往。直到1979年，他突然出现在我家门前，真是一个极大的惊喜！我由衷地感谢党的十一届三中全会，感谢敢于大刀阔斧平反冤假错案的胡耀邦同志！

1986年，龙实同志离休。近十五年来，他孜孜不倦地提笔写作。诗人沈重说："上了八九十岁，还这么勤奋写作，我最佩服马老（马识途）和龙实同志。"我有此同感。这位离"世纪老人"不远的龙实同志，用白描的手法，把自己经历过的往事点滴，做了朴实生动的描写，反映了各个时期的侧影，让人听到历史的脚步声。忘却历史，无论是一个民族或是个人，都不会有前途和希望。鲁迅和巴金历来反对健忘。龙实同志正是本着高度的社会责任感，写出自己的经历。由无数小故事组成的往事，摆脱了某些回忆录的"八股"味，加上作为美术家的龙实同志自己的插图，更使读者感到亲切。

　　这十几年来，我对龙实同志有了更深的理解，《曲折的道路》实际就是龙实同志坎坷人生的写照。年轻人常幻想一帆风顺，而实际生活哪有什么一帆风顺？关键在于如何对待荣誉，如何对待坎坷。龙实同志在顺风之时，温文尔雅，平易近人；在受到冤屈之际，坚强坦荡，积极向上。其原因就是他有坚定的信仰。人不能没有信仰，不能没有道德准则。《曲折的道路》体现了龙实同志的善良、正直、坚强和为理想奋斗的高尚品格，激励我要做一个像他那样的好人。

　　言犹未尽，请阅读《曲折的道路》吧！

2011年立春第四天

鸡就是鸡，鸭就是鸭
——我"三下农村"的故事

我生在成都，长在成都，一直在大城市生活。一生中只有三次，分别在四川、辽宁和河南的农村生活过一段时间。

在四川简阳县搞"四清"

1963年秋，中共四川省委组织工作团，到省内各地农村，开展"四清"运动。共青团四川省委派我参加，我被分在简阳县工作团。团长是董启勋，他早年去过延安，是个年轻的"老"革命，曾任省委财贸部副部长，刚从北京调回四川，省委派他去整顿简阳县委领导班子，兼管"四清"工作团。有三位副团长，我是其中之一。

我们先后在解放、绛溪和平泉三个公社搞"四清"：清账目、清仓库、清财物、清工分。解放公社结束后，董启勋不再兼任团长，由省工会副主席黄文若继任。1964年3月，我接到共青团中央的调令去北京工作，提前离开简阳。

刚到解放公社时，工作团召开"三级干部会"，向公社、大队和生产队的干部，说明"四清"的任务和有关政策。董启勋要我去讲，我说自己不了解农村，肯定讲不好；再三推辞也没有用，只好硬着头皮上台。头一句话我就说，前几天我们带着行李到公社时，小孩们都说"演戏"的班子来了，会场一下出现了笑声。我长期做少年儿童工作，讲话可以深入浅出，到会干部基本听懂了我们是来"演"哪出"戏"的。董启勋又布置我向省委汇报工作，我写了《我们的开场锣鼓》。省委书记贾启允，把这份简报批转给省内所有的"四清"工作团和各省级部门。

要了解农民，首先要熟悉他们的语言。农村人说话爱用比喻，形象生动。说到公社财产，他们说"集体是块唐僧肉，人人都想咬一口"；评价公社制度的问题，就像"铁匠的围腰，全是漏洞"；一些干部有经济问题，"常在河边走，哪有不湿脚？"有一些干部消极，那是"黄鼠狼钻鸡屁股，看蛋（淡）了"；被人误会，则是"黄泥巴掉进裤裆头，不是屎也是屎"。印象最深的是"实事求是"，我完全不知怎样讲，才能让社员所懂，他们却说"鸡就是鸡，鸭就是鸭，不要把鸭说成鸡，也不要把鸡说成鸭"。这些话我至今记忆犹新。当然，真正要与农民有共同的语言，不是学说几句他们的话，而是要有共同的思想感情。

解放、绛溪、平泉三个公社的条件，在简阳算是比较好的。工作团把涉及有关经济问题的农村干部，集中在公社或大队部，一笔一笔地核对账目和到库房查物资。工作团正副团长吃住都在公社，很少到社员家。我去过降溪公社的一户人家：一间草房，没有窗户；泥巴墙，多处透风；两夫妇和一个小女儿，同睡一张床，衣着被褥都很单薄；家里只有锅碗和柴灶；一头小猪也圈在屋内，满是臭气。夫妇两人都有病，劳动力弱，但又没有达到"五保户"的标准；公社给了他们一点经济补助，远不足以使他们摆脱贫困。

在绛溪公社时，省委书记李井泉布置要搞"大生产队"的试点，也就是把三个生产队，将近一百户人家，合并为一个大生产队，进行经济核算。团长要我和团省委干部钱运通来负责。我们严格核实和登记三个生产队各自的财产，不无偿调走个人和集体的财物，合并工作还算顺利。这期间，周恩来总理正出国访问，总理的四位秘书趁此机会来四川搞调查研究，省委介绍他们来绛溪公社。他们平易近人，拒绝生活上的特殊照顾；只了解情况，不发表意见；与我和钱运通相处甚好，常给我们讲一些他们在北京的趣闻。从他们的身上，能看到周总理的影响。

农村与城市的生活差别很大。为了让十岁的女儿了解农村，1964年春节刚过，我把她带到平泉公社，交给平泉大队一位姓俸的团支部书记，吃住都在她家，参加力所能及的劳动。可惜不到十天，团中央调令已到，我只好带着女儿回成都。我问她有什么感受，她说红薯很好吃！我告诉她，长年累月顿顿只吃红薯，是很难受的。不过，最近我找到女儿当年给她母亲的信，信上说："中国六亿七千万人口，有五亿多农民。爸爸告诉我：'如果不了解农民，就会脱离大多数群众。'这次，我下农村主要是学习。要认识庄稼，和贫农一起同吃、同住，了解农村情况。我已经认识了小麦、豌豆、油菜等。我还和俸孃孃一起上了民校，参加了三级干部会。"看来，还有一点效果。

我不善于记数字，但在简阳工作这一段，我记得该县的年平均雨量，是一千二百毫米。解放公社产棉花，最高亩产是一百斤。

在辽宁锦县参加"四清"

1964年4月，我调北京共青团中央工作。党中央决定在全国农村开展"社会主义教育运动"，又称"四清运动"。与以前"四清"不同的是：上一次主要是清经济；这一次是清政治、清经济、清思想、清组织，重点是整党内"走资本主义道路的当权派"。

1965年秋，团中央派了大批干部，参加辽宁的"四清"。以团中央候补书记李淑铮为队长的工作队，进驻锦县大业公社大付大队。我和亚非疗养院的李家骅，负责大队会计所在的那个生产队。后期，我担任工作队的副队长。

辽宁省委规定，参加"四清"的干部，必须实行"三同"：同吃、同住、同劳动。同吃，即轮流在生产队各家吃"派饭"；同住，是要住到社员家里去；同劳动，主要是参加秋收，收割玉米和高粱。

吃"派饭"能接触到生产队所有的群众。收到我们交的粮票和现金，社员也很欢迎。我们扎根串连、访贫问苦，在大量了解情况后，没有发现政治上有问题的干部和社员。大队的会计姓王，我忘了他的名字。群众对他意见最多，说他有经济问题。李家骅会算账，又很仔细，在王会计的账本上，查出不少破绽。我虽然不会查账，但经历过多次运动，有点"斗争"经验。不拿出真凭实据，王会计一口咬定没有贪污。有时为了尽快过关，他又胡乱交代。一次我外出几天回来，他"坦白"贪污了一千元。一经核实，他又说不清赃款的去向。问钱到哪儿去了？他总是回答"喝一三五了""吃腰儿细了"。一、三、五三个数加起来是九，"酒"的谐音；"腰儿细"是花生的外壳的形状，两头粗中间细，细处为"腰"。按照当时农村的生活标准，吃花生，喝小酒，是花不了那么些钱的。我反复向他讲明"坦白从宽、抗拒从严"的政策，抓住他前后不一致的漏洞，及时追问，使他不能自圆其说。有几次，我们事先找几个熟悉王会计的人来预演，估计他会怎样辩解，做到心中有数，打有准备之仗。最后查实王会计贪污四百多元，每笔钱的来龙去脉都清清楚楚。我们把握政策，既没逼供，也没夸大战果，直到"四清"结束，王会计也无法翻案。我又一次感到必须实事求是，也就是"鸡就是鸡，鸭就是鸭，不要把鸭说成鸡，也不要把鸡说成鸭"。

当时很强调政治学习。每天晚上八点钟，我们把各家户主召集在一起，靠墙上挂的马灯，学习毛主席著作和有关政策。一般是我或李家骅，念《毛泽东选集》或报纸给大家听。会场非常安静，我以为他们在认真听，但仔细一看，多数人已经进入梦乡；即使被叫醒，几分钟后又合上眼睛。农民劳累了一天，按理说天黑就该睡觉了。这样的政治学习，实在流于形式，没有什么效果。

从南方到北方，我碰到了很多新问题。

首先是语言不通。我的四川话，在北京团中央机关时还勉强凑合，但在东北农村，则根本行不通。李家骅是东北人，说地道的东北话，社员有啥事只找他，把我晾在一边。我被迫"放开"说"四川普通话"。语调虽然有所改进，但词汇跟不上。东北人叫公鸡，四川叫公鸡也叫鸡公，有一次开会我说"鸡公"，全场哄堂大笑。会后，一些小孩儿跟在我身后，不停地嚷"鸡公、鸡公"。我也努力学着说上几句东北的土话，如"寻思""埋汰""不赶趟""硌硗""嗯呐""闹心""中"等，逐渐也能和社员"唠"上"嗑"了。

辽宁省委严格规定工作团的人员"五不吃"：不准吃肉、蛋、鱼、米饭和面粉。我们天天吃玉米或高粱米、白菜或萝卜。北方农家的院子里，秋天挂满了刚收获的玉米棒子。玉米晒干后磨成面粉做饼子，是我们的主食。做玉米大饼子，要像做馒头一样，先把玉米面发酵，再握团压扁，沿大铁锅侧面贴一圈；锅底既可加水，也能炖菜；锅上面放上一个用高粱秆编的"大盖帘"，可以蒸东西。一把火烧下来，饭菜全有了；顺带还烧了炕。

当地还吃高粱。夏天做高粱米，要把刚煮熟冒着热气的饭，用井里打出的凉水冲泡，叫作"熟米水饭"。高粱米饭本来就硬，经冷水冲泡更硬，吃起来更经"饿"，干活儿就更有劲儿。他们说，这种饭是招待客人和干重活时才吃的，我们是客，所以特意为我们做。东北人喜欢吃高粱米饭。我们村里的一对老贫农夫妇，去西安探望女儿回来，唠叨那两个月玩得很高兴，但天天只吃白面馒头，"一粒高粱米都没吃着"，最想高粱米了。

我是四川人，玉米饼子或高粱米饭，对我来说太硬太结实，顿顿吃不习惯，也消化不了，经常胃痛；副食只有白菜、萝卜，缺少蛋白质。到"四清"结束时，我已经瘦到"皮包骨"：用大拇指和中指，轻易就能圈住另一只胳膊的上臂。有几次我偶然发现，工作队里有人带了巧克力、肉松等东西，私下里悄悄吃；我自觉遵守规定，没有带过任何一样食品。有的社员看到我们只吃粗粮和蔬菜，不忍心，特别做一碗豆腐。做法很简单：锅里加点油，把豆腐放进去，煎一煎，熬一熬，最后撒上点儿葱花。对我们来说，这是美食，吃起来真香。

北方农村的住房条件，比四川好得多。四川农村多是茅草房，少有窗户，屋里黑乎乎的。东北农村一家多是三间房，"灰打顶"，也就是房顶抹水泥，可以晒粮食；房子坐北朝南，南面一排玻璃窗户，冬天阳光照进来，亮堂堂暖烘烘的。拉通的大炕挨着南窗，炕上放个柜子，上面摞被子。靠北墙摆家具、镜子，墙上贴年画，有的还挂奖状。

我和李家骅住在村里最穷的一位老贫农家。他家除进门的空间有锅灶外，有两间住房，一大一小。窗户没有装玻璃，糊的是白纸；墙壁没有刷白灰，糊的是旧报纸，后来贴上了李家骅的彩色烟纸盒。屋里没有家具，仅有两个炕。我们俩加上两位当地干部，住稍大的那间屋，睡稍大的那个炕。主人用高粱秸，怎么也烧不热我们的炕。我们自己掏钱买煤块烧，但煤块火"硬"，不好掌握，一下烧过又"烫屁股"，躺上去像烙饼似的，得不断地翻身。炕一热，跳蚤异常活跃，"潜伏"在衣服里，频频出击。工作队开会时，我常被咬得坐立不安，只好找一空屋，从棉衣、毛衣、背心到内衣，一件一件地脱下来抖。抖完了跳蚤，再回去接着开会。问我去哪儿了？我说："跳脱衣舞去啦！"

北方的冬天，风雪交加，刀割似的打在脸上。一次，我从公社回大队，沿着堤岸走，竟然被大风吹落到坡下。我戴着棉帽、穿着棉鞋；身上大棉袄、二棉裤，外加军大衣，在屋外却仍然冷得发抖。我这才真正懂得，什么叫作"寒风刺骨"。然而，我喜欢雪，广阔的田野，一望无边的白雪，覆盖了一切，在阳光下晶莹闪烁，那么干净，那么纯洁！

春节回北京过年，回锦县时我带了一个135相机，给不少社员照了全家福。1966年4月，团中央召开九届三中全会。我是团中央候补委员，回北京参加会议。我把三十六张照片冲洗出来，回公社后分送各家。很多人是第一次照相，感到格外新奇，一家人挤在一起，拿着照片，左看右看，久久不愿放下。小孩到处嚷嚷：李叔给我们家照相了。

"四清"结束前，大队召集全体社员开会。听完李淑铮的工作报告，人们还不想散去，一致鼓掌要我唱歌。我爱唱歌，喜欢即兴表演：一首歌唱一百遍，每遍都有新花样。推辞不掉，唱了一首《三头黄牛一匹马》：

三头黄牛，一呀一匹马，
不由得我赶车的人儿笑呀笑哈哈，
往年这个车呀，咱穷人哪配坐呀，
今年呀嗨，大轱辘车呀，轱辘轱辘转呀，
转呀转呀，转到了咱们的家。
嘿！转到了咱们的家。

我边唱边比画，长鞭儿一甩"嘚儿，驾"；赶着那大车回了家，"吁——"。全场沸腾，欢声笑语一片。小青年更热情，认定李叔唱的这首歌，应该灌唱片！

工作队离开大付大队的那天，成群结队的男女老少聚在村口送行，有些妇女和孩子放声大哭，就像电影里苏区的老乡送红军。这种场面，我以前没有见过，以后也没有见过。我坐在马车上，不断地向他们挥手。村庄越来越远，人群越来越小，直到再也看不见。我强忍着情感，上了火车，才发现自己早已热泪盈眶。

在河南潢川县参加整党

1969年4月15日，北京共青团中央机关的干部，到天安门前毛主席像下宣誓，决心走"五七"道路，离开首都去河南潢川县的"五七"干校。在干校，劳动很重，我们与附近的公社基本没有接触。

1971年，河南省在农村开展整党运动。干校派人参加，去邻近的桃林公社张集大队，由戴云带队。戴云原为胡耀邦的秘书，团中央宣传部副部长。"文革"中他和我都被关进"牛棚"，以后成为挚友。在张集，我负责一个生产队，一共两个党员，又不查账，与在辽宁"四清"相比，工作轻松多了。

在队里，我颇受欢迎。我可以犁地，犁把扶得稳、路走得直；我还能挑担，百斤重的稻草，挑起来就走。即使在农村，也不是任何人都能这么干的。这是我在干校经历了劳动锻炼的成果。有些老人还劝我悠着点，说那是年轻人干的。我会理发，随时可以拿出围裙，用手动推子剃个光头，一般还有几个人排队等候。只有一次不当心，夹了一个小伙的头发，他高叫"老李，我不'逗'了！"在河南，"逗"是一个总动词，不"逗"就是不干了，不剃头了。我自备了少量的眼药和感冒药，如遇到农民的眼睛不适或有点感冒，我也给他们用。他们很少用药，一用就灵；于是我被误认为是医生，他们有病痛就来找我。我敢唱《三头黄牛一匹马》，但是不敢当医生，马上申明自己不懂医，只有这两种药，不能包医百病。我深感农村缺医少药，这是一个大问题。他们没见过收音机，我打开收听广播时，总有一圈人围在身边。

当时农村的工作路线比较"左"，例如用"平调"的办法建立集体养猪场，社员的自留地由集体统一耕种，大寨式记工分等等。这样做是不是有利于发展生产？其实，只要得到社员的信任，他们就会讲心里话。有一次，我和一位中年社员一起干活儿，一边干一边聊,谈得很投入,我大胆问他生产队集体劳动和以家庭劳动为主的方式哪种好。他说:"只要不扣资本主义的帽子,当然家庭劳动的效果好得多。"我听了,心中有数,知道他说了真话。

我住在社员家。这家有三间房,我一人住一间,屋里有床。还是吃"派饭",主食是大米。北方一般吃面粉,但河南信阳专区特别是潢川县产水稻,人说"好个潢川县,一半水稻一半面"。他们用一小黑瓦罐,装上新米,不加盖,捂在柴灶的烧火洞里,做菜烧水时,顺带就把米饭焖熟了。取出来的瓦罐,上面一层黑炉灰,把黑灰扒掉,露出白白的米饭。这种饭吃起来特香,不吃菜也没关系。与在辽宁"四清"吃玉米高粱相比,河南农村的生活,实在是太幸福了。有香喷喷的大米饭,有和睦相处的群众;再没有"母蚊子"[①]之类的恶人,整天与我"斗来斗去",我真愿意在这里多住上几个月,多熟悉一些农村的生活。

不幸,我的眼病突然发作,难以坚持工作。戴云同意我到外地治疗,我先后到了信阳、武汉和成都,历时两个多月才勉强治愈。回到河南时,这一期的整党已基本结束。我去张集大队搬行李的那一天,戴云留我住下。我们躺在床上深夜长谈。谈林彪事件后的形势,谈干校的问题,谈农村整党。老戴告诉我,他已经和大队支部一起,解散了大队养猪场,把平调集中来的猪,又还给了生产队和社员,群众很高兴。他还把在农村中发现的问题汇总,向中央主管农业的领导华国锋反映了情况。在"文革"期间老戴敢于这样做,令我钦佩。

第二天,我依依不舍地离开张集,回到黄湖"五七"干校。

[①] "母蚊子"是团中央机关在"文革"中个别的想置我于死地的人。详见本书《"牛棚"散记》之《谁是"母蚊子"》。

结尾的话

我三次去农村，两次在"文革"前，一次在"文革"中，所去的公社都是生活条件相对比较好的，并没有真正了解当年中国农民的贫困和疾苦，但四川绛溪公社那一家贫困户，给我留下了深刻的印象。改革开放后，农村有了翻天覆地的变化，但还有一些地方仍然贫困，我拥护党和政府帮助所有地区的农民脱贫的政策。

至于"四清"运动，我无法作全面的评价。前"四清"清经济没有错；后"四清"打击面过大，特别是重点整"走资本主义道路的当权派"，成了"文革"的前奏。以后听说，有的地方派出的工作队，一进村便夺权，把干部集中关起来，斗来斗去；还有的先把干部绑起来，再让他们交代问题，搞"逼供信"的那一套。有些在"四清"中被冤枉的人，"文革"中找上门来"造"工作队的"反"。

团中央派出的工作队，政策执行得比较好，这应该是受时任团中央第一书记的胡耀邦的影响，胡耀邦办事一贯实事求是，反对极左的做法。提到实事求是，我立刻想起简阳农民说的"鸡就是鸡，鸭就是鸭，不要把鸭说成鸡，也不要把鸡说成鸭"。无论做人做事，都应该如此。

三下农村，我交了三个终身的朋友：董启勋、李淑铮和戴云。五十多年过去了，董启勋、李淑铮和我都年至耄耋。我们始终保持着联系，凡过节或过生日，通一次电话，重温彼此深厚的友情。戴云英年早逝，我有专文怀念。他离世已经三十六年了。戴云，我的"生前友好"，此时此刻，我特别想念你！

2016年1月23日完稿

李致文存·我的人生（上）

风雨十年

世上没有一帆风顺的事

——怀念胡克实

胡克实同志走了，我感到悲伤和惆怅。

从1950年起，我在共青团各级组织工作了十七年。在团中央的领导同志中，除了胡耀邦同志，克实同志给我的印象最深。因为我在共青团主要从事学校和少先队工作，而时任团中央书记处书记的克实同志，则长期分管这方面的工作。

第一次见到克实同志，是1955年在北京举行的全国第三次少年儿童工作会议上。这次会议主要解决两个问题：一是要培养少年儿童勇敢活泼的性格，要把少年儿童培养成小狮子、小老虎，而不是小老头、小绵羊；二是明确少先队的性质，即把少年儿童组织起来进行教育，而不是教育好了再组织起来。耀邦同志在会上做了一个很好的报告，克实同志一直关注和引导会议的进行。

我当时在共青团重庆市委任少年儿童部部长，到北京参加会议。克实同志很年轻，文质彬彬，稍胖，普通话里带有湖北口音。这次会上，我和克实同志没有个别接触，只记得我用四川话在大会发言时，他坐在前排笑脸相望，不断点头。

第二年，即1956年秋，团中央在湖北武昌东湖召开学校工作南方片区会。我那时已调任共青团重庆市委大学部部长，并参加了这次会议。这以前，团中央提出要培养青年学生良好的意志品格。

1987年，胡克实同志在湖北宜昌长江三峡留影

由于国内外形势的影响，青年学生的思想相当活跃，一些习惯"舆论一律"的人，对学生颇多指责，还认为"培养青年学生良好的意志品格"的提法不当。南方片会肯定了青年学生的主流是好的，分析了出现问题的多种原因，指出不必惊慌失措，要针对问题进行教育，等等。

克实同志在会上做了总结，还有多次插话。他讲话一般没有慷慨激昂之词，而多温文尔雅之语。我印象最深的，是他有关"一帆风顺"的插话。他说，由于缺乏经历，许多青年常把复杂的世界和人生简单化，总希望一帆风顺。其实，在人生的道路上，哪有一帆风顺的事？世界复杂得很，人生有许多曲折和坎坷。面对世界面对人生，要有勇气有毅力有办法地去战胜困难。这个观点不是克实同志首先提出的，但我却是第一次从克实同志那儿听到的。我听了很受启发，并受益一生。

客观情况也证实了这一点。新中国成立不久，领导者头脑发热，提出要十五年"超英赶美"。"三面红旗"给国民经济造成严重破坏。接着又不断发动"阶级斗争"，一波未平一波又起，直

1994年，胡克实夫妇在重庆合影

至"文革"的十年动乱。哪有什么"一帆风顺"？"文革"初期，克实同志被任命为北京市中学文化革命工作团团长。当《炮打司令部》的大字报出来以后，在江青、康生一伙指挥下，"造反有理"，克实同志和团中央首当其冲。红卫兵大串联，凡到团中央机关，就把耀邦、克实等同志揪出来示众，最多一天达九次。克实同志被揪斗、被侮辱、被殴打，我还记得红卫兵在团中央大院追他的情景（后听说还挨了一耳光）。现在回想起，我仍感到十分痛心。

我在1964年调共青团中央工作。"文革"中受批斗，被关进"牛棚"。尽管我违心地承认执行了"反革命修正主义路线"，但思想一直不通。在大批判中，培养少年儿童勇敢活泼，培养青年学生的良好意志品格，培养青少年的文明行为，都成了资产阶级思想的表现，理由是"离开了大的政治方向"。其实，把青年一代培养成社会主义新人（或共产主义事业接班人）这个大的政治方向早就明确，针对一个时期的情况提出某个问题，有何不可？哪是中央文革说的"团中央修透了"？如果只抓只言片语，毛泽东祝青年"身体好、工作好、学习好"，不是也没有谈政治方向吗？我并非否定毛泽东的"三好",只是用这个例子来证实大批判的荒谬。

1968年,我和克实同志同被关进设在南院的团中央"牛棚"里。军代表一直不承认有"牛棚",说是"集中"起来便于"学习"而已。"专政条例"规定极严,被押"牛鬼"不许外出,不许交谈,大小便要先报告,关押了十一个月。被释放的若干天前,调整座位,我和克实同志被分配同用一个幼儿园的小桌学习和写检讨。两人一桌,近在身旁,虽不能交谈,彼此的目光友好,我感到很亲切。他常向我借用订书机或曲别针,他有求我必应。这是心灵上的一种交流。我们是难友。

经历了"五七"干校几年的劳动改造,1972年春节,放大家回北京探亲。有一天,我去关东店克实同志家看望他,正遇原中共四川省委组织部副部长苗前民同志在他家。他们早年一起在晋绥工作过。我原在四川工作,苗前民同志知道我,我趁此提出想回四川工作的愿望。克实同志表示支持,苗前民同志也乐意帮助。这样,第二年我就调回成都,在四川人民出版社工作。

长达十年的"文化大革命"中,人人都做了充分表演。当权派中,有的自认为代表正确路线,有的反戈一击,有的忏悔过去,不一而足。在我的记忆里,克实同志在强大的压力下,坚持实话实说,没有讨好中央文革和造反派,没有出卖同志,没有出卖自己。近读高勇同志《胡克实同志永垂不朽》一诗,最后两句是:"年来每忆'牛棚'里,大节冰坚抗逆流。"高勇是团中央的老同志,他对克实的评价,我深有同感。

1974年秋,时任国家地震局局长的克实同志,在视察了云南的灾情路过成都时,主动打电话给我。我与几位长期做青年团工作的老同志,有康乃尔和张惠明、李止舟和赵济、向洛新和陈家俊,请克实同志在我家吃了一顿饭。在当时条件下,无非是本着"休谈国事"的原则,闲聊了一会儿。这次聚会,后来竟被出版社的某造反派头头告到省革委会去了,只是当时我不知道。粉碎"四人帮"

后，四川省委书记处书记杜心源同志告诉我："出版社的一个造反派头头，在批'右倾翻案风'时，把你们与克实同志的聚会当作黑会上告。"为了要与"右倾翻案风"扯在一起，造反派把我们1974年的聚会改为1975年，从胡克实联系到胡耀邦，又从胡耀邦联系到邓小平。心源同志笑了笑说："你们聚会的这些人，我都认识。老同志见见面，这是很正常的事。我没有理会他的告状。"

真是欲加之罪，何患无辞？立此存照。

在新时期，各自忙工作去了。20世纪90年代，克实同志出差成都，老团干部又有过类似聚会。近十年，因老伴生病，我很少去北京，但心里仍惦记着克实和团中央的老同志。今年，我想送一本近作给克实同志，一打听才知他在住院。因克实同志常生病，也没特别在意，可突然得知克实同志逝世的消息，许多往事出现在脑子里。五十年真不是一帆风顺，国家和个人都经历了大风大雨，幸好多数人挺过来了。在这些风雨中，克实同志关于"人生没有一帆风顺"的话，鼓励我度过了许多困难时刻。

我被关"牛棚"的时候，儿子李斧才十岁，常给我送东西来。克实同志看在眼里记在心里，以后无论在河南、北京或成都，克实同志一见他，总爱亲切地叫一声："小李斧！"如今，克实同志关心的小李斧已是大学教授了。我多次对李斧和他的姐姐讲克实同志关于"世上没有一帆风顺"的话，他们也牢记在心。

能活在人们心中的人，是值得尊敬的。

2004年7月31日

"生前友好"
——怀念戴云

患难之交戴云

刚乘上去北京的飞机，我的心情一下就沉重起来，眼里也充满泪水。过去我每次去北京，心情总很愉快，常在飞机上设想和朋友们见面的情景。而这次去北京，戴云同志已不在人世，我再也看不到他了。

只有闭上眼睛，让往事来安慰自己。

我1964年调共青团中央工作。团的九大以后，戴云任团中央宣传部副部长。我和他在一层楼上办公，经常见面，但并无交往。我对他的了解，是"文革"初期从造反派对他的批判开始的。当时，在康生、江青等人的煽动下，学校的红卫兵和机关的造反派一拥而来砸烂所谓"胡家黑店"，把一个好端端的团中央搞得乌烟瘴气。要把团中央的主要负责干部打倒，首先就要与部长、处长等干部"划清界限"，站出来揭发。自然，不免有"觉悟高"的，头一天参加书记处的会议，第二天就贴大字报揭发"胡家店黑会内幕"，令造反派高兴不已。戴云担任过团中央第一书记胡耀邦同志的秘书，被称为"黑高参"，他的态度十分受人关注。在强大的压力下，他也贴出大字报，字大，纸的张数也不少，但里面的事情似乎众所周知。于是，"假揭发，真包庇"的帽子扣在他头上，召开了无数次会议对他进行批判。而戴云，无论怎样压他，都压不出什么油水。尽管口号声很响亮，发言人拍桌子打板凳，戴云站在那儿，不卑躬屈膝，不卖身投靠。从揭发批判中，我知道戴云不仅没有乱揭发，还与李彦（也是宣传部副部长）约定暗号，"企图互通情况"。最令造反派不能容忍的，是戴云居然"假装买菜"，悄悄去看望已被定为所谓反革命修正主义分子的胡耀邦同志。主持会议的人企图一层层地剥掉戴云的"画皮"，而我看到的却是戴云的硬骨头和一颗金子般的心。这大概是那些想打倒他的人所万万没想到的。

  当时，我们没有条件成为朋友。我早靠边站了，除交代、接受批判、打扫厕所或蹬平板三轮买糨糊外，没有机会接触别的人。在打派仗的高潮之际，军代表进驻机关。1968年4月，戴云和我都被关进"牛棚"。在"牛棚"里，除了"交代罪行"就是"劳动改造"，连什么"早请示，晚汇报"的资格都没有。我们早晚只能"请罪"——甚至在严冬的早晨都得站在室外，头上大雪纷飞，像和尚念经似的各念各的"罪行"，然后朗读《南京政府向何处去？》。后来，又被集中关在一间大屋子里，大家都睡地铺，一百瓦的电灯整夜亮着，以防有人逃跑或自杀。我和戴云在"牛棚"里接触的机会较多，但"专政条例"规定不许交谈。我常看见戴云伏在桌上写材料，走路时低头沉思，把帽檐压得很低。有一次，我从外面劳动归来，发现有几个造反派头头在"牛棚"里大骂戴云，批他态度恶劣，拒不交代要害问题；以后，在墙上又贴出"打倒死保胡耀邦的戴云"的大横标。我在"牛棚"也是顽固分子之一，经常在全体"牛鬼蛇神"面前被严加痛斥。这些情况，我们彼此看在眼里，心中有数，因此互相信任。只要我们碰面（例如上厕所时），常常友好地笑笑；若碰巧只有我们两人一起劳动，忍不住就要谈几句话。强迫劳动当然是不愉快的事，但我们并不怕劳动。特别是戴云，劳动很努力，不怕艰苦，还能照顾体力弱的同志。这对我也是很大的鼓励。我们在"牛棚"的时间长达十一个月之久。好几个朋友，都是在"牛棚"结识的，这真是"疾风知劲草，患难遇知交"，戴云就是其中之一。

我对老戴的进一步认识，是在干校后期。1969年4月下旬，团中央和所属系统，被"一锅端"到河南黄湖"五七"干校。同年底，我们先后被"解放"，恢复党组织生活。老戴的处境比我好一些。我直到1971年才被"结合"，给了"一官半职"，当了代理班长和副党小组长。但"洞中方七日，世上已千年"，哪还允许你认真工作？终于，把我"派出去"参加农村整党，接受贫下中农再教育，而且不担任任何领导职务。这些我都乐意接受。特别使我高兴的是我和老戴被派往一个生产大队（即桃林公社张集大队），他当组长，我这个组员只负责一个生产队的工作。当时，农村中"左"的路线很突出，例如用平调办法建立集体养猪场，社员自留地统一由集体耕种，生产队的经济负担过重，实行大寨式的工分，等等。老戴常和我交换意见，我们的看法没有一个不相同。不过，我认为这只是私下交谈，将来怎么办，得遵照县委的规定。不巧我的眼病发了，很严重。老戴主动关心我，支持我出去治疗；先后到信阳、武汉、成都等地就医，才勉强治愈。我常想：如果换一个组长，唱几句高调，要我坚持工作，不知会给我带来多大的痛苦。我治愈眼病回到河南，这期整党已基本结束，我只好去张集大队搬行李。到张集那天，老戴热情地留我和他住在一起。晚上，我们躺在床上做了深夜长谈。谈林彪事件后的形势，谈干校工作中的问题，谈农村工作。老戴告诉我，他已经和大队支部一起解决了用平调建立集体猪场的问题，群众很高兴。他把在农村中发现的有关问题，向当时中央主管农业的领导华国锋做了反映。我禁不住想：尽管我们的看法相同，而我却没有勇气去纠正和反映这些问题，而这正是老戴可贵的地方。据我所知，后来校方对老戴越级反映情况并不高兴，但大队支部书记和他的关系很好，有一次还带了自己喂养的鸡到干校送他。

经过多种折磨，我的勇气大为减退，而老戴恰好相反。在干校最后一年，我们住得较近，他有机会总要到我寝室谈谈。特别是回北京探亲，他常来我家玩。他是湖南人，很喜欢吃我爱人做的家常川菜，还爱喝两杯泸州大曲。我们一边吃饭，一边谈心。他总是胸怀全局，纵论天下大事。他认为当时主要的问题是"左"，不是右；他主张要更多的老干部站出来工作；他指责和驳斥谢静宜、迟群等人的讲话。我们开始担心他谈话不看对象，又听说他在会上和军代表顶过几次，便劝他注意。有一次，我们在朋友郑韵家玩，一起动手准备菜饭，老戴又高谈阔论，涉及许多国家大事，我们都劝他说话要小心。这一次，他表示异议了："你们劝我几次，我想过了，少说话无非是想保自己。但如果人人都不说话，让他们胡搞，党和国家都变了，把自己保住有什么用？"他这一段话使我很感动：这才是一个共产党员应有的态度，这才叫真正的勇敢和反潮流！

1973年我回到四川工作，但在当时的条件下什么工作也推不动。直到1975年小平同志主持中央工作，各条战线才有起色；但江青、张春桥一天到晚唱反调。周总理逝世引起全国人民无限的悲痛和担忧。接着"四人帮"又批"右倾翻案风"，镇压1976年的清明节天安门集会。我陷入极大的苦闷之中，常常想和老戴商量讨论，但又无法通信。碰巧他出差到四川（他已调四机部工作），到我家来了两次。我的寝室不隔音，就到办公室关上门谈心。原在团中央工作的向洛新同志也前来参加。当然，主要是听老戴讲。他讲了总理、小平同志和江青、张春桥等人的斗争，热情地歌颂天安门悼念周总理的群众运动，并对"四人帮"的倒行逆施持鲜明的否定态度。畅谈以后，暂时吐了一些闷气，但今后怎么办呢？什么时候才能改变这种混乱的局面呢？我看不到前途，没有信心。老戴却说："我看长不了，青年一代要起来革命！"现在想来，老戴在北京，受到"四五"运动强烈的感染，所以把希望寄托在青年一代身上。

我们党终于粉碎了"四人帮"，挽救了革命，得到全国各族人民的衷心拥护。不久，老戴调中宣部工作，先任宣传局副局长，后任办公厅副主任。我每次去北京出差，我们总要见面谈心。我发现他对两个"凡是"的观点持强烈的反对态度，并批评某些单位不坚决执行中央平反冤假错案的决定。1978年老戴到四川来了解情况。他那时就反对个人崇拜活动，对眉山的三苏祠和成都的杜甫草堂大量陈列领袖活动照片，提出过意见；不赞成当时风行的敲锣打鼓去迎接领导人题词的做法。尽管有人骂他"打胡乱说"，但毕竟他是正确的，对我们的工作起了促进作用。与粉碎"四人帮"以前无事可做的情况不同，我们都忙起来了，不可能像过去那样有较多的时间讨论问题。好在我们的心总是相通的……

飞机上的乘务员送来茶水，我的思路中断了。喝完一杯水，好像舒服一点。但继续回忆，却充满痛苦。

谁都说老戴年富力强，思想解放，大有可为。没想到去年9月突然接到原在团中央工作的丁磐石同志的信，说老戴访问罗马尼亚回来后鼻子流血，经检查是癌症，已扩散；戴云知道病情，但很乐观。这真是晴天霹雳！我一下想起过去在"五七"干校时，戴云、李彦、徐葵和我，曾开玩笑约定，以后无论谁先去世，对方都作为当然的"生前友好"。称"生前友好"，既表示了我们的友谊，也是一种调侃。难道老戴竟要离我们而去了？不！也许诊断不准确，也许能治好。好在戴云乐观，这能帮助他战胜疾病。10月我出差去北京，第一件事就想看望老戴。但他刚动过手术，不宜接待看望他的人。我怕以后万一看不到他，还是和磐石、向洛新同志到医院去了。其实那天去看望老戴的人较多。他躺在床上，尽管讲话吃力，但精神不错。老戴的夫人吴素娟同志向大家介绍病情。当素娟讲到为防止扩散，医院采取化学疗法时，戴云立即补充："有两种可能性：一是没有转移，一是已经转移。"从这里，我再一次看到他实事求是，不回避矛盾，对疾病采取乐观主义的态度。大家讲了一些安慰的话便告辞了。当人们走出病房，我走到老戴身旁，我们互相紧握着手。我对他说："我们全家都非常关心你，你很乐观，这很好。"他听着我说，一双大眼睛闪耀着热情、坚毅的光芒。最后我说了一句："我要回成都去了，下次来看你！"他高兴地不住点头。

　　回成都以后，我心上像压了一块大石头，无时不担心老戴的病情，期望他好转。11月17日，得磐石电报："戴云昨晨病故，唁电可交西长安街五号转。"我不能不接受这个痛苦的现实了，我靠在沙发上，泪水长流。我想起他强壮的身体，有力的握手，坚毅的目光……我"十年动乱"中结识的一生难得的好友，难道我们就这样永别了？

　　我不愿意打听老戴病故的细节，只知道李彦赶到老戴身边时号啕大哭。我完全理解他的感情。他和老戴的交往比我长，对老戴的了解也比我深。但不幸的是，我和他竟这样早就成了老戴的"生前友好"，怎能不心碎肠断呢？12月4日，收到素娟寄来的《戴云同志的悼词》。第一段是："戴云同志正当年富力强，可以为党做更多工作的时候，凶恶的癌症突然夺去了他的生命，这使我们每个同志都感到异常的悲痛。"每读到这里，我的眼睛就模糊了，不知分了多少次才把整个悼词读完。

　　飞机终于停在北京机场。

　　我取下眼镜，擦干泪水。这是我第一次来到没有戴云同志的北京，真是有说不出的悲伤。突然，我想起两句话：有的人活着，但人们并不感到他存在；有的人虽然死了，但人们总感到他在身边。老戴不正是后一种人么？

1981年10月21日

蹬三轮

我过去只会骑自行车，不会蹬三轮。

1967年秋天，造反派中的一个成员突然责令我蹬三轮。当时，我在共青团中央机关工作。史无前例的"文化大革命"已经进行一年多了。我作为一个杂志社的当权派早靠边站。每天，除了无休止地交代自己的"罪行"，便是被强迫"劳动改造"。开初是打扫机关大楼第六层的走道和男女厕所，后来那个自称为老干部的"造反派"，嫌我的任务轻了，便责令我一周去买两次糨糊。为什么要买糨糊？主要是"打派仗"要贴很多大字报，不仅浪费许多纸张，一周得用四五百斤糨糊。买糨糊的地点在朝阳门内大街，离机关所在的正义路比较远，必须蹬平板三轮车去。我以为自己从小就会骑自行车，而且技术不错，蹬三轮大概不成问题。没想到这完全是两回事：当我第一次骑上三轮车开始蹬的时候，三轮总是向右转，简直无法控制。我怕撞着行人，便下来推着三轮车走。去的途中，车上是两个空木箱，虽然吃力，还可以对付；买好回来，两个木箱装满糨糊，推得全身衣裤湿透，精疲力竭，第二天几乎站不起来。怎么办呢？去要求换一种劳动吧，但又立即打消这个念头。我读过鲁迅的书，我愿意学习鲁迅的硬骨头精神：宁肯累坏身体，也不去求饶。

凡事最好采取积极态度。我决心干脆利用这个机会，学会蹬三轮。我这样考虑并没有什么"伟大"的目的。那个时候，林彪、江青这些反革命,叫嚣着把所谓的"牛鬼蛇神"打翻在地,还要踏上一只脚,叫他们"永世不得翻身"。鲁迅笔下的阿Q都懂得"世事须'退一步想'",我不免也想——如果我真被定成什么分子,被开除公职,怎样生活下去呢。我不会自杀,又不愿卖身投靠,那就蹬三轮吧。我愿意以此为生,以供养年迈的慈母和患难与共的妻子。尽管有人说我"修透"了,但我坚信自食其力并不可耻。有了这些想法,当我第二次把三轮推出机关大门时,心情完全不一样了。当然,光有决心还不行,得想点办法。先这样吧:去时空箱,力争蹬着三轮去;装满糨糊回来暂时推着走,以免发生危险。可是刚一上三轮车,就控制不了,只得下来,下来以后又不甘心,就再骑上去。有两次竟撞在机关的院墙上,把两个空木箱都震掉下来。我下车把三轮扶正,把木箱抬上平板,忍不住对着三轮车说:"人家说我老右倾,这不符合事实。你一走就固定向右转,不听指挥。我看,你才真正是一个'右倾分子'哩!"说完自己也觉得好笑。我不愿在人生的舞台上扮演悲剧角色,又高高兴兴地骑上去。

不知经过多少次失败,我终于学会蹬三轮了。不管来回,都敢骑过北京市最繁华的王府井大街。我心里充满了愉快,敞开上衣,低声哼着歌曲,享受着一个劳动者的幸福。这在机关是根本不可能的;我只能"认罪",在"灵魂深处爆发革命"。这时,我对三轮车产生了歉意;因为我骂过它是"右倾分子",其实是我没有掌握它的规律。"给你平反吧,有错就改。"但接着又感到心酸:谁又来给我们这些人平反呢?

有一个小孩曾帮助我蹬三轮,他是机关同志的孩子,最多有十岁,长得较高,大家叫他小王[①]。每当我星期三、五出车的时候,他总悄悄地跟在我后面,先跳上平板坐着,然后缠着要我同意他蹬一

[①] 现已得知,小王叫王德凤,是团中央军体部王世应的儿子。可惜不知他现在的地址。

段三轮车。我看见过他在机关院内蹬三轮，技术比我好得多；不过毕竟年龄小，我仍不放心。最后达成协议：在人少的小胡同，他可以蹬一段，但要绝对听从我的指挥。我们合作得很好，既满足了他的愿望，我也稍有替换，能喘一口气。每当蹬到八面槽和东四南大街口这两个地方，我们就停下来休息，我请客，一人吃一个冰棍。看见他满头是汗，吃得津津有味的样子，我也很高兴。他是机关少有几个没有和我"划清界限"的人之一，我真心感谢他。

  好景不长。1968年4月22日，我被关进"牛棚"，完全失掉自由。同屋的人不许交谈，吃饭来回得整队，出外劳动有监督，去大小便先得向"专政小组"成员报告。我再一次深深地感受到：只有在失掉自由的时候，才懂得自由的可贵。那时，我非常向往进"牛棚"前的一周两次蹬三轮的生活：在那几小时，我终归是自由的；还可以在途中看看大字报，了解一些社会动态。

  啊！什么时候，我才再有机会蹬着三轮，自由、愉快地经过王府井大街呢？

1981年11月6日

"牛棚"散记（九则）

之一：妻子的安慰

史无前例的"文化大革命"开始时，我在共青团中央一个杂志社任总编辑，按"政策"规定为"当权派"。不仅很快被揪出来，而且在所谓"一月风暴"后被夺了权。

由于习惯于根据"最高指示"来考虑问题，最初我坚信这场"革命"是为了"反修防修"，但对"副统帅"说的"要革那些过去革过命的人的命"却半信半疑。不过，除了对爱人以外，我没敢在任何场合乱说。险恶的政治环境，可怕的人际关系，使我养成了这个习惯。

运动来势很猛。一贯受尊敬的刘少奇、邓小平被打倒了，共青团中央的"三胡一王"（即胡耀邦、胡克实、胡启立和王伟）也被揪出来了。"革命群众"忙于批判"资产阶级反动路线"，揪出各种"牛鬼蛇神"，抬着语录牌和大标语游行，相互之间打内战……我这个小"当权派"暂时被搁置下来。当然，绝不会忘记要我交代问题，写思想汇报和劳动改造。

1968年4月下旬，风云突变。"三胡一王"和各种"牛鬼"被集中关押到机关南院（一年以后，伟大领袖明察秋毫，统称这类地方为"牛棚"，下令解散）。三天内，人员不断增多，我暗自一数，已有二十多个。我们杂志社的"革命群众"一直开会，似乎在争论什么。我一个人坐在办公室，反复分析自己是否也会被关进南院。

结论是被关进去的可能性大。我最初被揪出来，是怀疑我散布过攻击李井泉的言论。实际上我并没有说过。并不是对他没有看法，主要是我一贯"夹起尾巴做人"，从不乱讲。不久，李井泉也作为"西南最大的走资派"被打倒了，因此这条罪状不能成立。我到团中央工作的时间不久，杂志社多数人对我并不了解。但有那么一两个人，出于极端的个人目的，下决心打倒我。直到林彪事件以后，我才知道叶群等在篡党夺权之际还要"报私仇"。当然这是后话。

得要我爱人也有思想准备。

当晚吃饭前我没有谈，先让她安安静静吃顿饭吧。饭后，两个孩子出外玩去了，我爱人开始织毛衣。我坐在她身边的小木椅上，谈了我的分析。

她同意我的分析：被关进南院的可能性大。

我说："你千万不要担心，我会承受住这个考验。第一，绝不会自杀，就是人家诬我自杀，你也不要相信；第二，不是我的问题，不管给我多大的压力或诱惑，绝不承认；第三，更不会为了自己去诬陷别人，不卖友求荣。"

"我相信，"她说，"应该这样。"

她一再叮嘱我要坚强，准备承受各种可能出现的局面。"我不担心你自杀，自杀不仅说不清问题，还会背上'叛徒'的罪名。"她冷静地说，"不管最后是什么结论，我一辈子和你在一起。"她主张暂时不要告诉孩子，如果我被关押，她会给他们做工作。还要我放心，她会按月写信和寄生活费给我母亲。

望着她消瘦的身子，我说："你要注意身体。不然，将来我的问题弄清了，你又病了……"其实，天知道我的问题什么时候才能弄清楚。

两个孩子满头大汗跑回来，同时在争夺一个大气球玩。姐姐把气球举得很高，比姐姐小五岁的弟弟跳起来也够不上。

"不要抢，我们和爸爸一起玩儿。"

我一贯喜欢和儿女一起玩。只是"文化大革命"一开始就没有这种心情了，何况现在面临这样复杂的局面。我本想找一个借口让他们再出去玩一会儿，但看见两双对父亲渴求的眼睛，我犹豫了。如果真被关押起来，什么时候才能和他们玩呢？一下想起秦朝李斯被斩首之前对他儿子说的话："吾欲与若复牵黄犬，俱出上蔡东门逐狡兔，岂可得乎？"我答应了孩子的要求。

"就玩气球。"在我指挥下，我们三人躺在大床上，用脚来抢气球。孩子们高兴极了，又闹又笑。我知道"黑帮"家里不能这样欢乐，多次提醒他们不要出声。我也玩得很舒心，一身是汗。这是"文化大革命"以来第一次。

深夜，躺在床上思绪万千。4月21日，这原是一个非常值得纪念的日子。十九年前的今天，人民解放军百万雄师渡长江，敲响蒋家王朝灭亡的钟声。同一天，作为地下党重庆沙磁学运工作组的成员，我们同成千上万的学生一起参加"争生存、争温饱"的大游行，吓得反动当局戒备森严。新中国成立了，人们勤勤恳恳地为建设社会主义工作了这么多年，我和许多人一样，真心诚意地崇拜伟大领袖毛主席，老老实实地愿做党的"驯服工具"，可是现在我却面临被关押的危险。难道这就是"革那些过去革过命的人的命"吗？

唯有妻子的安慰使我放心，给了我力量。

1996年深秋

之二：我大声高呼口号

果然不出所料，第二天（4月22日），我被关进机关的南院。

上午十一时左右，我在办公室读报纸。造反派组织的代表通知我：中午不要回家，在食堂吃饭，饭后找你谈话。然后即有人监视。从这时候起我失去了自由。这是我第二次失去自由，第一次是1947年"六一"遭国民党逮捕。

吃过中饭回到办公室，并没有人找我谈话。下午一时半（这是他们预定的时间），一群人拥进来，高喊着"把李致揪出来"的口号，我被押下楼去。另一些人早等在底层的一张大字报下，声嘶力竭地喊："打倒李致！"

宣布了我的"罪状"以后，立即开斗争会。原来，我的"罪状"是"胡风反革命集团"的"小爬虫"。我感到十分好笑。二十年前，我十六七岁的时候，在成都上中学。因为追求进步和爱好文学，读过胡风主编的《希望》杂志，朗诵过天蓝、鲁藜等人的诗，和方然等有过接触。这些问题，早在1955年就经过审查，做出了"组织上无任何问题"的结论。"文化大革命"已近两年，抓不到别的问题，只好把我打成"小爬虫"。

要驳倒强加给我的"罪名"，轻而易举。问题是根本不允许辩护，这是在"以阶级斗争为纲"时期的一个恶习。

我坐的是"喷气式"，头被按得很低。我一直在想我爱人再三叮嘱的"要正确对待'革命群众'"，心里仍然压不住满腔怒火。我入党近二十年，热爱自己的祖国和社会主义制度。我当然有缺点错误，愿意为"反修防修"接受审查，但为什么要把捏造的罪名强加在我身上？我一生（包括在旧社会十九年）没有受过这种人身侮辱。更重要的是，我认为造反派这些做法并不符合毛主席的指示。当时，我只有这个认识。然而，他们呼的全是最"革命"的口号。我实在控制不住自己，直起身子大声高呼：

"毛主席革命路线胜利万岁！"

这里不妨"吹嘘"一下，我的确会呼口号，不仅声音大，而且有感情。解放前游行示威，我主动喊口号。解放军和地下党在成都会师，指定我喊口号。解放初没有扩音器，我常在万人集会上喊口号……我洪亮的口号声出乎"革命群众"的意料，似乎一下把他们镇住了。他们很快反应过来，立即有不少人吼叫着对我进行痛打。我头部和身上挨了不少拳头，幸好那两人重新按下我的肩、拉起我的手（因为我坐"喷气式"），"飞机"没击落，我才未被"打翻在地"。我丝毫不感到痛（绝不是"小爬虫"的硬壳保护了我），只感到痛快。我高兴自己没有屈服，洪亮的口号声表示了我的抗议。

接着是抄家。我那些心爱的书和照片被翻得一塌糊涂，有的被抄走。一位造反派在一处秘密的地方发现一个小盒子，如获至宝，打开一看却是已经过期的粮票，大失所望。抄完家，我遵命卷起一床被子和一些洗漱用具，被押进南院，并听他们宣布了"专政条例"。早来的二十几个"牛鬼"一点不奇怪我被关进来，因为运动一开始就贴了我的大字报，我是靠这些大字报成为机关的"知名人士"的。这里是一座多年没人住的西式平房，大概有四五间屋子，我所住的一间屋，连我共六人，其中有党中央委员、共青团中央第一书记胡耀邦。过去我做梦也没有想到能和他同住一间屋，可惜现在都落难于此。没有椅子，没有床，大家都坐在地铺上。我脱了鞋，背靠墙，坐在被子上，两腿蜷起，手把腿抱住。这种形象可能有点像"小爬虫"。

我逐渐从悲愤中平静下来。已经被关进南院，这是客观事实。怎么办？按伟大领袖的教导，"既来之，则安之"。何况我已经用口号表示了抗议。我爱人有一定的思想准备，但这个灾难终于落在她头上了。两个孩子昨晚还和我一起玩气球，今天放学后发现爸爸被关起来，一定很难受。儿子放学早，会先发现一切变化。女儿是

李致与两个孩子

红卫兵，会不会要她退出？她自尊心强，受得住另眼看待吗？我要立即看看他们才能放心。

找到"专政小组"的人，我说被子带少了，要回去再拿一床。南院离我们家很近，不到一百米。他们如不放心，可以跟我一道去。我这个要求得到同意。他们像对犯人一样跟着我，我走进自己的家门。

被抄乱的东西已经收拾好。

我爱人坐在窗前的木椅上看报。

两个孩子同在一个小桌上做功课。

我被损伤的心顿时得到安慰。他们经受住了这一次冲击，没有被弄得晕头转向。背着管看我的人，我真想告诉两个孩子：爸爸没有屈服，还在今天的斗争会上高呼了口号。考虑到可能引起的麻烦，只得把话压在心里。我对他们笑了一笑，眨了几下眼睛。从他们亲切的眼光，我感到一种理解。

这一夜我很宁静，很快入睡。

1996年深秋

之三：谁是"母蚊子"

造反派忙于"内战"，把我们送到西山农场去劳动。我们被关在"牛棚"里写了很长时间的检查交代，相互又不能说话，实在闷得心慌。现在能到北京郊外去劳动，大家都很高兴。

农场空气清新。劳动不仅使人筋骨活动，而且使人暂时丢掉汇报、检查等各种烦恼。特别是劳动时比较分散，难以监督，便冲破了"不准交谈"的"专政条例"。农场种有许多水蜜桃树，桃子既大又甜，美不可言。渴了，几下便把皮撕光，大口大口地把它吃完。我个人的"吉尼斯纪录"是：一天吃了十一个！每到睡觉时间，倒在床上便呼呼入睡，包括几位神经衰弱的"走资派"和"黑高参"在内。

比较难受的是晚上两小时的"天天读"。郊区蚊子多，一到黄昏，听到蚊子的嗡嗡叫声就使人不寒而栗。二十几条壮汉集中在一间屋子，给蚊子提供了"打牙祭"的最好时机。没有蚊烟，用扇子抵御，防不胜防。学习之前，大家很自然地对这"四害"之一的蚊子声讨起来。"四害"是伟大领袖定的，声讨它"大方向"没错。

我也参加了声讨。想起要"区别对待"的政策，便发表了一通看法："其实，公蚊子并不咬人，只喝露水。母蚊子要产卵，需要营养，才吸人血。"

说的全系空话，毫无用处。还得拼命挥动扇子，昏沉沉地去背"革命不是请客吃饭……""凡是反动的东西，你不打它就不倒"。

十几天的劳动很快就过了,又命令我们返回机关学习和交代。上车的时候,想起"牛棚"里的生活,心似冰冻,情绪与来农场的时候大不一样。到了被关押的住处门口,我听到一个凶神恶煞的叫声:"李致,你留下来!"

站在门口,我规规矩矩地望着她,静候训斥或勒令。

"你交代一下在这次劳动中的表现。"

我一下不知道该说什么。我乐意参加劳动,而且努力在干,没有偷懒,更无差错。略想一会儿,我说了这个情况。

"你一贯会转移视线,避重就轻!"她立即质问我,"'天天读'的时候呢?"

"每天晚上都和大家一样,'天天读'两个小时。"

"你呀!从来没有老实过。你乱说什么没有?"

"没有!"我回答。

"没有?"她显然愤怒了,咬牙切齿地问,"你说什么'母蚊子'没有?"

绕了半天,原来是这个问题。我坦然地回答:"说过!"

"这是什么意思?"

"没有什么意思,母蚊子就是吸人血。"

"谁是母蚊子?"

我忍不住在心里笑了。这位自称是老干部的造反派,自己对上号了。出于某种个人因素,从"文化大革命"一开始,她就下决心要把我置于死地而后快,现在正好抓住这个把柄。

"这是知识问题。你如果不相信,可以翻翻少儿出版社出的《十万个为什么》。"

"不行,你得老实交代,认真写份检查来!"

她的突然袭击,引起我的愤怒和不愉快。按照惯例,凡事我都要先从最坏的结果设想。她把自己当作"母蚊子",这没有什么了不起。当然,她可以上纲为这是"对'革命群众'的态度",

从而再上纲为"对毛主席革命路线的态度",最后上纲到"对伟大领袖的态度"。这是她一贯的手法,我已经多次领教。突然,我一下想起"伟大的旗手"也是女的——我绝无意人身攻击说她是"母"的,否则以后触及灵魂,深挖"三线"思想,其后果将不堪设想——会不会诬我为"现行反革命分子"?但是,母蚊子吸人血确是我从《十万个为什么》一书上看见的,翻书可查,我将据理力争。到此为止,什么都不再想了,以免背包袱,弄得坐卧不安。这是我在"牛棚"给自己定的思考问题的原则。我翻开鲁迅的书,从这个巨人身上去汲取力量。

我拒绝就这个问题写检查,奇怪的是造反派也没有再追究。我分析,他们或知道这是知识问题,或已经从《十万个为什么》一书中找到答案。毕竟多数人并无恶意,与"母蚊子"对号的人处于孤立状态。但我也总结了经验教训,切不可得意忘形。以后再稍有自由,一切可说可不说的话,坚决不说了。这必须成为座右铭。

令我意外的是,告密者是我们"牛鬼"学习组的副组长。他当时也是"牛鬼",无非"挣表现"而已。这是一位好心的"革命群众"悄悄告诉我的。

现在想起来,蚊子案件好像是天方夜谭,可是却给我留下后遗症,我多次梦见那张咬牙切齿的脸问我:"谁是母蚊子?"

1996年9月18日

之四:不能折磨自己

"革命群众"要去郊区参加大战"三秋","牛鬼"必须随行,以利监督和改造。难友们被囚禁太久,委实乐意出去呼吸新鲜空气。我在高兴之余,想起"蚊子案件"的教训,决心严守不随意说话的座右铭。

"专政小组"成员突然吹口哨集合。

所有"牛鬼"端端正正地列队听取训话。什么"劳动改造的重大意义"啦,什么"不许乱说乱动"啦……这些话左耳进右耳出,任他们去讲。但出乎意料地听到:"这一次要劳动五六天,大家要把劳动的衣服和所需用具准备好。'专政小组'决定,五点半以后准许你们回家住一晚上,明早六点准时集合,不许迟到。"

被关押几个月以后,居然可以回家住一夜,内心的喜悦难以掩饰。别人考虑什么我不知道,我则在想:

——我爱人的处境不知好些没有?运动一开始,她为研究所的党总支讲了几句公正话,立即被打为"保皇派"。我被关起来,她的事不仅没有人商量,还得为我担心。

——我女儿很爱我,她不相信爸爸是坏人,但爸爸为什么又被关起来呢?机关的孩子和学校的同学怎样看她?她能承受这些压力吗?儿子还小,除了定期给我送东西来,有时还在院子里玩。有一次他穿着一套小军装,看见我时抿嘴笑了一下。但女儿却避开走这条路,我长时间没有见到她了。

——我母亲,不知道有没有信来。

今晚可以回家,这些疑问很快能得到解答。我忙着把桌子收拾好,"毛选""语录"和交代材料各就其位。又把几件要换季的衣服折好,以便带回去。表面平静,内心却很激动。对失去自由的人来说,能和家人见面,这是多么愉快的事啊!不便老看表,干脆把手表取下来放在桌上。同时,面前放一张纸一支笔,似乎准备交代问题。

五点半钟终于到了。

"牛鬼"们安静地走出室外,提着一些东西回家。我的家最近,几步路即可走到,所以不去抢先。然而就在这个时刻,那个凶神恶煞的声音又出现了:"李致,等一下。"

我只得站住,等候她出难题。

"你的问题很严重,正在审查。"她咬牙切齿地说(请原谅,不是我没有别的形容词,而是她一说话就这样),"你不能回家,到北屋去住!"

我当然不能反抗,否则会招来更大的不愉快。我跟着她把被子抱到北屋。她又做了许多训斥,我知道这是故意刁难,听了等于不听。但一向以坚强自诩的我,这时感到当头一棒,仿佛掉进一个什么深渊。

她神气十足地走了。我坐在床上(这屋子有张床),晕头转向。我承认她这一手很毒辣。什么"问题严重",我自己心中有数。至于欲加之罪,虽不决定于我,但我并不害怕,也绝不会承认。问题是我失去了一次和家人团聚的机会,半小时前的愉快心情顿然烟消云散。特别是所有"牛鬼",上自耀邦同志下至各种"阶级敌人"都放回去了,唯独不放李致,周围的人会怎样看?我爱人和女儿会怎样想?……

我背着这个沉重的包袱去劳动。

劳动很紧张,多数时间顾不上去想问题。但稍有空隙,这些问题像牛背上的蝇子似的缠着我,无论怎样也甩不掉。后来得知,劳动结束后,还得给"牛鬼"们放一天假,允许回家休整。这一次放不放我回家?按惯例,从最坏方面设想,不放。这是把自己置于不败之地的思想准备。当然免不了有侥幸心理,渴望有回家的机会。

劳动结束,下午回到机关南院。"专政小组"成员作了这次劳动总结,"表扬"和批评都没有点我的名,至少没有新的把柄被抓住。然后宣布,可以回家,后天早上八点集中。

我感到意外,颇为兴奋,正准备回家。

突然,那阴阳怪气的声音又出现了:"李致,你不要想回家休息——"

我不愿意再描绘整个谈话过程。与上次一样,我又单独留下,住进北屋。我感到沮丧和难受,更担心我爱人和女儿会为此受到压力。突然,我想到与"母蚊子"对号的人采取这种措施,无非是想在精神上整垮我。我为什么要"配合"她来折磨自己呢?应该坚强一些。这个想法像在黑暗的深渊里看见一盏明灯。我的心松弛了,眼睛也亮了。如果我的精神不垮,痛苦的不是我,而是"她"。我得按《国际歌》的教导去做:自己救自己。这样,我平平静静地睡了一夜。

第二天醒来,精神特别好。按照想好的对策,像没有发生什么重大事件,我到食堂吃了早饭。饭后端出两个盆子,充满水,认认真真地洗衣服。又去找绳子,拴在两棵小树之间,拧干衣服上的水,把衣服挂在绳子上,还把每件衣服扯平。我做得极为安详,略有一点笑容。我家所住那一层楼公用厨房的窗口,正好对着北屋。我看见阿婆(一个同事的母亲),她一贯乐于帮助人。我看见晓平,这个天真的小姑娘是我的朋友,我被关押以后,她单独看见我时总要微笑。我先后看见我爱人和我女儿,她们在洗菜做饭。我相信她们一定看见了我。我用行动表明,没有发生什么了不起的事:天不会塌,地不会陷。

这一天一切正常。监督我的人当然会一一上报。最多加以评论,说李致这个人从不在"灵魂深处爆发革命",人一天比一天胖。其实是因为"文化大革命"前刚从辽宁农村参加"四清"回来,工作团规定"五不吃"(包括不许吃米和面),我这个南方人不习惯吃玉米和高粱,骨瘦如柴;回北京后虽然不久即被揪出,经常挨斗,但毕竟天天吃馒头米饭,自然就长胖了一些。想不到这竟成了我的"罪状"。这不是主观臆想,而是多次批判过的。经过这一次精神折磨,我终于悟出一个道理:绝不配合"造反派"的某些人,自己打倒自己。

我猜想,两次勒令我不许回家的人,没有把我从精神上搞垮,可能有点痛苦。我忍不住笑了,并怀疑自己有点阿Q精神。好在伟大领袖说过,一个人一点阿Q精神都没有,恐怕也活不下去。看来，我没有违背伟大领袖的教导。但这一点没有写入每周的思想汇报。何必自投罗网呢？

1996年10月

之五：小屋的灯光

"牛棚"的生活很单调：学习、交代和劳动。我没做亏心事，不怕鬼敲门。当时年轻，要我交代什么，大多记得，实事求是写清楚，也不复杂，所以没有多少心理负担，中午晚上按时休息，一般都能很快入睡。但这也成了我"不开展思想斗争"的"罪状"，因为我居然没有失眠。"革命群众"批判我，我只好说："'专政条例'规定要按时作息。"

其实，我的情感哪会没有起伏？

我非常思念我的爱人。我们相爱在1947年。当时她在重庆大学读书，我因为参加"抗暴"运动，被学校变相开除，成了一个待考的穷学生。她为我补习数学，我向她宣传革命。以后一起参加学生运动和党的地下工作。新中国成立后满以为从此一帆风顺，谁知不久即遇坎坷。1955年肃清所谓"胡风反革命集团"，我被隔离审查半年之久。她从不怀疑我有问题，可是审查结束后，她却病倒了。

经过不断地敲打，我"夹着尾巴做人"，努力工作，后被调到团中央机关。很快爆发了"文化大革命"。我爱人仅仅为所在单位的党总支讲了几句公道话，便受到冲击。我十分担心她。每到下班时间，我站在厨房窗口，望着一条狭窄的小巷，这是她回家的必经之路。我只要一看她的脸色，便知道她当天的情绪。如果她没能按时回家，我就会坐立不安。

我被"揪"出来以后，我爱人反过来开导和安慰我。她要我相信党，但我长期信任的许多中央领导人已被打倒，党组织也停止了活动。她要我相信群众，但在那种政治气候下，谁敢站出来主持公道？她劝我先写好检查，以便将来争取早点"解放"，我说："人家不解放你，你写多少次检查也没用；如果要解放你，应付一下就过去了。"难怪"革命群众"说我是"老运动员"，用北京话说：没治了。

"牛棚"在机关的南院，离我们家住的中楼很近。可能是我的"臭知识分子"恶习未改，有一天突然想到作诗，刚想了两句"相距不到百米远，相见如隔万重山"，就被"专政小组"成员叫走了。他们批判我五一节晚上，居然站在室外看礼花！这是事实，当时我去厕所，正赶上放礼花，我曾停步观看。但更重要的是，我在看家里的灯光。我家在中楼二层有一间半屋子，外间大一点，住着两个孩子，我和爱人住在里面的半间。只要看见两间屋子都亮着灯光，我就感到家里平安无事，我想象孩子在玩儿，爱人在为他们做饭。于是，我的心得到片刻的安宁。

啊！小屋的灯光，我的希望！

一天晚饭后，我突然发现家里大屋有灯光，小屋没有。这是什么原因？我爱人是在大屋里，还是没有回家？这个悬念使我"心神不定"，什么事儿也做不成。半个小时以后，我向"专政小组"报告去小便（这是"专政条例"规定的），走出房门来往中楼一看，小屋仍然没有灯光。难道我爱人真的出事了？我必须立即了解情况。

"没有粮票了，我要叫家里给我十斤粮票。"我提出了要求。

"专政小组"成员站在南院门口监视着我。我几个快步走过去，高叫着爱人的名字。她居然答应了，打开窗户望着我。原来她在家，她在家！

"我要十斤粮票。"

她下楼给我粮票时，我低声告诉她："以后你一回家，马上把小屋的灯打开，免得我担心。"

立秋以后，北京的天黑得很早。天还没有全黑，家里的灯就亮了。一看见里外两个屋子的灯光，我就得到安慰。小屋是我的世界和归宿，我只有在这里得到理解和爱。

　　《毛主席语录》第二百六十三页："情况是在不断地发生变化。"随着秋凉，南院没有暖气，所有"牛鬼"都搬到有暖气的大院北边平房。二十几人合住一间大屋子，仍睡地铺。为防止自杀，屋顶一盏一百瓦的电灯通夜长明。这些对我没有什么影响，可是现在看不见小屋的灯光了，我心灵上和家里唯一的联系中断了。

　　我爱人可能意识到这一点。她每天去机关和回家，不再走那条狭窄的小巷，改走经过大院出门。我们住的平房碰巧看得见大院，当然不可能每一次都能看见她，但聊胜于无。退而求其次，我还能要求什么。

　　一天下午，成都有人来找我外调。他们坐着提问，我站着回答。屋外就是大院空地，隔着玻璃窗看得很清楚。大约三点，我爱人从外面回来。我在回答问题，没有特别关注她。可是，半小时以后，她竟然提着一个大手提包出去了。

　　一定是发生了什么事情！我一下两腿发软，差一点站立不稳。只得用手扶着身前的桌子。

　　"怎么不回答问题？"外调人员问。

　　我努力使自己镇静下来，把外调人员应付过去。晚饭我毫无食欲。我非常想念前一段被关在南院的日子，那里可以看见小屋的灯光。现在找不到任何借口再去那边望一下了。八点到十点，无论报纸和《毛泽东选集》，我都读不进去。整夜睡不安宁。第二天，儿子没有到南院玩儿，更增加了我的担忧。尽管我不迷信，居然也用一种简单的方式（翻《新华字典》）来"打卦"。一次不如意，就"三打二胜"，再不行就"五打三胜"，直到有一个满意的结果。实际上是在消磨时间。天啊！谁能帮助我了解家里的情况？

　　晚上，"专政小组"成员叫我们去洗澡。每次去五人，我和被打成"黑高参"的团中央宣传部副部长李彦一批。到了澡堂,大多数格子已经有人了,空气中弥漫着水蒸气,哗哗的流水声淹没了说话声。我突然发现儿子也在洗澡,但我不敢主动接近。

"大家挤着洗。"李彦大声招呼,"李致,到你儿子那里去!"

真是求之不得,我立即到了儿子身边。很久不和他在一起,感到十分亲切。我把水龙头拧到最大,抓住时机立即问他:

"妈妈呢?"

"集中学习去了。"

"回不回家?"

"星期六晚上回来,星期一早上去。"

"为什么要她去?"

"所有人都集中学习。"

我小声地问了三句,儿子小声地回答了三句。这六句话排除了我的疑虑,心里的大石头顿时落地。我帮儿子擦背,摸了摸他淋湿的头。儿子,此时此刻,我只能以此来表示父亲对你的爱。你的三句回答对我多么宝贵,谢谢你!

我和我爱人一贯相互为对方着想。我们有一床毛毯,睡觉时用来调整冷热。入秋后,她把毛毯交给儿子带给我。我想到她也需要,让儿子把毛毯带回家。而我爱人又叫儿子把毛毯给我送来。这件事使我想起1959年困难时期,食品匮乏,我们在成都街上买了一块"高级点心",相互推让要对方吃,而谁都不肯接受,于是把点心放在地上,以为对方会去拿,结果被一个陌生人捡起就跑。现在互让毛毯不过是互让点心的继续罢了。可是"专政小组"却大为怀疑,这个"黑帮"和他的家属在搞什么鬼?他们把我叫去质问,又反复检查毛毯,没有发现任何可疑之处。只有按惯例把问题"挂"起来,加倍警惕,以观后效。

节气大雪是我的生日,儿子一早给我送来一件新毛衣。大小合身，是我最喜欢的深咖啡色。在我关进"牛棚"以后，我爱人担负起全家重担，按月给我母亲写信、寄生活费用，照料两个孩子，还要对付机关造反派的干扰。这件毛衣是她每天晚上在小屋的灯光下，一针一线为我织成的。泪水模糊了我的眼睛。"文化大革命"以来，不少妻子因为丈夫被打成"黑帮"，赶忙划清界限。我却没有这样的后顾之忧。我确信，即便我成了叫花子，她也会跟着我去讨饭。穿上爱人亲手编织的毛衣，寒冬里一身温暖。我突然想到：我要终身穿着这件毛衣，将来——那时还是很遥远的事——离开人世时，愿它裹着我的身体一起火化。

为了患难与共的爱人，为了两个可爱的孩子，为了远在四川年迈的母亲，我一定要坚强地活下去。

在"牛棚"再也看不见小屋的灯光，但它在我心中却永远没有熄灭！

1996年10月26日

之六：你打你的，我打我的

被关进"牛棚"以后，很长时间只要我交代问题、提供线索。即使开会，多是所谓"打态度"，没有接触实际问题。我实在弄不清我的态度有什么问题，因为我讲的全是真话。难道要讲假话？

大概是"不打无准备之仗"，"革命群众"派人到四川去外调我的材料。如果尊重客观事实，调查研究本来是一件好事，但这取决于外调人员的素质。我在"牛棚"中曾被许多外调人员"审问"，只要听几句话，我凭经验就可以判断这些人是何用心。武汉一位外调人员来找我了解原地下党成都市委书记洪德铭同志的情况，第一句话就要我和"叛徒"划清界限。我想："已经定为叛徒，何必来找我？"我实事求是讲了情况，反被他大声训斥一顿。

我是以"胡风反革命集团"的"小爬虫"的"罪名"被关进"牛棚"的。造反派感到没有多大"油水",又想把我打成"叛徒"。1947年6月1日,我在重庆曾被国民党特务逮捕。起因是我在成都参加"抗暴"运动被学校开除,到重庆考大学,住在四川省教育学院。我所睡的床位是他们预捕的一位学生的床位,加以搜查前我丢了两本进步书籍到窗外,便被抓走了。由于社会各界抗议,国民党特务迫于压力释放了一些人。我当时仅十七岁,是一个穿麻制服的中学生,又没有被抓到证据,关了四天半,受了一次简单的审问,便被巴金的朋友、南林学院院长吴先忧保释出来。1955年"审干"(即审查干部),作了"无任何问题"的结论。

不出所料,一场大斗争会终于召开了。除我所在单位的"革命群众"外,别的部门"战斗组"也派人来助威。军代表办公室还来了一位穿军装的"解放军"。一开始就高呼"打倒李致"的口号,杀气腾腾。

"你老实交代1947年被捕的情况!"

我简略地叙述了情况,但不断被"不要避重就轻""交代要害问题"等口号声打断。然后按照他们的设计,企图诱我入圈套。他们抓住一些微小的细节(例如我忘记了同寝室的一个无关紧要的人,据说叫先知富①),来证明我"有重大隐瞒",似乎今天非把我这个"顽固堡垒"攻下来不可。

纠缠这类细节毫无意义,但他们又不松口。毕竟当时学习"毛选"的时间很充分。我一下想起伟大领袖的教导"你打你的,我打我的",便理直气壮地说:

---

① 2006年春,与何文波(现名何平,已离休)同志闲聊。他是原四川省教育学院学生,我与他同住在一间寝室,"六一"大逮捕时同时被捕。他说,我们寝室只有三人:何文波、祝建励和我。先知富在我去之前搬走,正因为先知富搬走,有了空床,我才搬去住的。

"有些细节我可能忘掉。但有几个关键问题我可以保证：一是没有自首是党员，二是没有写过悔过书，三是没有出卖同志。"我还想说如果这三点没有问题，无论抓我再多的细节，最多说我记不清了，还能怎样？但"好汉不吃眼前亏"，终于把它咽下了。

　　他们没有理解我的话，又绕圈子。

　　"你平常看不看报？"

　　"看。"

　　"看什么报？"

　　"《大公报》和《新民报》。"

　　"看不看《中央日报》？"

　　我想起当时很多地方贴有《中央日报》，如走那儿过一般也要看，便说："也看。"

　　"释放你的时候报上登过有关你的什么？"

　　我以为他们一定要抓我在被释放时登过"悔过书"，立即回答："没有！"

　　"敢不敢保证？"

　　"敢！"

　　在各种口号声中，有人突然抓住我的头发，把我的头扯起来——这以前只能低头回答——把一张报纸在我眼前一晃。从那时的气氛来看，似乎我的精神马上就会崩溃，即将跪在地上求饶。

　　"没有看清楚！"我说。

　　为了表示他们的证据"确凿"，终于让我看到当时的《中央日报》上的一条消息，即释放共产党嫌疑犯名单中，有我的名字。我说："我的确没有看到过这条消息。但'嫌疑犯'正说明我没有暴露党员身份，也没有悔过。"

　　在失望之际，那个曾与"母蚊子"对号入座的"战士"，冲过来打我。这时我没有坐"喷气式"飞机，没有人按我的肩拉我的手，又缺乏思想准备，一下被"打翻在地"。不过，这次只有她一人动手，无人响应。

用不着继续描绘斗争会的情况。在押我出会场之前，我看见穿军装的人（当时我没有资格称他为"同志"），感到机会难得，站着说："今天有军代表办公室的'解放军'在场，我想说几句话。对我审查的时间已经很久了。我既不是什么'小爬虫'或'叛徒'，也不是其他任何一种反革命分子。我对自己所交代的一切（包括今天会上所说的话）负责。"

"坦白从宽，抗拒从严！"

"拒不交代，死路一条！"

斗争会后不久，重庆有人来外调1947年"六一"大逮捕一位难友何文波的情况。"六一"当天国民党特务对被关押的两百多进步人士和学生，只进行了很一般的审问，第二天即在《中央日报》上刊登了一百多人（其中有何文波）"自认不讳"是共产党员或扰乱治安。同室的难友看见后即大骂特务"无耻"和"血口喷人"，并就此质问过特务，而特务却哑口无言。我如实讲了这些情况，说这是"敌人的陷害"，但外调的人却说我"包庇叛徒"。这些人为什么要和国民党特务一个鼻孔出气？

20世纪40年代，作为学生运动的积极分子，国民党关押了我四天半，因为我对敌人说了假话被释放。三十一年后，作为共青团中央一个杂志社的总编，在"文化大革命"中因为我坚持说真话被关押了十一个月。而且为国民党关了我四天半，"造反派"斗了我几个月，甚至被那个品质恶劣的人"打翻在地"。我绞尽脑汁也想不通，这"文化大革命"究竟是怎么一回事。

经过这次斗争，"抓叛徒"的事不了了之。不管"造反派"中某些人设多少圈套，绝不能让他们牵着鼻子走。"你打你的，我打我的"的战术行之有效。

号召"抓叛徒"的是康生、江青等一伙。"革命群众"上当受骗，也是受害者，我不埋怨他们。事实证明了这一点：以后在

"五七"干校,他们中多数成了我的朋友。

1996年12月1日

之七:寻找精神支柱

"文化大革命"一开始,就兴起所谓"早请示、晚汇报"。即一早一晚,大家挥动着"语录",先祝伟大领袖"万寿无疆",再祝副统帅"身体健康"。由"革命群众"的头头领喊,其余的人跟着祝愿,连喊三次"万寿无疆"和"永远健康"。后来,发展到打电话或见面时,先得喊一声"毛主席万岁!"我对伟大领袖"无限崇拜",深信不疑,但对中央文革所提倡或默许的这些做法总感到不习惯。可悲的是,我仍然积极跟着去祝愿,生怕别人说我"不忠于伟大领袖"。关进"牛棚"以后,成了"专政对象",没有资格参加"早请示、晚汇报",只能早晚"认罪",我还感到遗憾,企盼能早一点享受"早请示、晚汇报"的待遇。

在"牛棚",除了交代自己的"罪行"和参加"劳动改造",只能学习《毛泽东选集》(简称《毛选》)。我学《毛选》十分积极,主要为了提高觉悟,也为了消磨时间。十一个月期间,我共通读了《毛选》(一至四卷)四遍。凡我认为重要的地方都认真画了红线,而且画得很直。每读完一遍,就叫儿子把学过的《毛选》拿回家,另换新的《毛选》来。如此四次,引起"专政小组"的怀疑。经我说明原因,加上查不出别的疑点,和上次毛毯事件一样,被"挂"起来。"这个李致,看你搞些什么鬼花样!"

没想到我在学习中找到了精神支柱。

开初,我的确认为"文化大革命"是为了"反修防修",但越来越感到离谱。我最想不通的是许多老一辈革命家被打倒。许多做法十分过头,一些人被迫害致死还被定为"叛徒"。中央文革却再

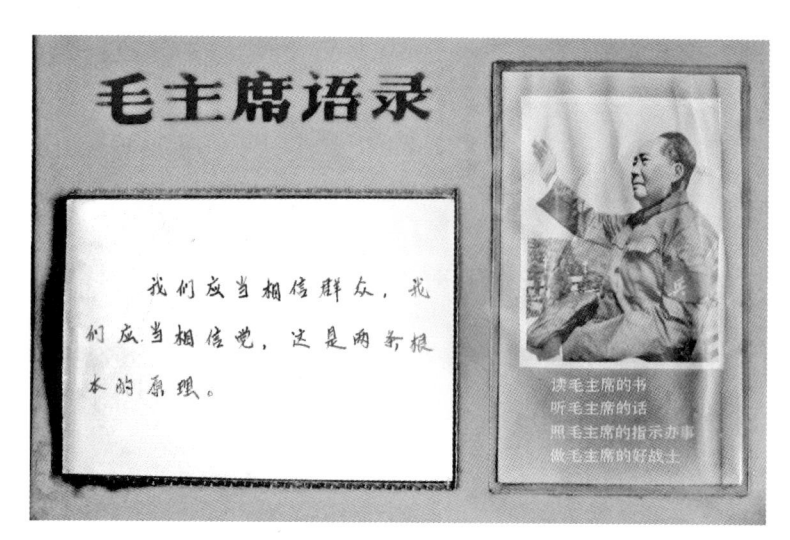

在"牛棚",规定每人必须有毛主席语录牌。这是李致女儿为父亲写的语录牌

三强调"'大方向'正确",别的都不值一谈。当读到《毛选》上的:"世界上没有直路,要准备走曲折的路,不要贪便宜。"我似乎得到一点安慰。

对我的冲击很猛烈,特别是精神折磨。我反复读《毛选》上的:"不为敌之气势汹汹所吓倒,不为尚能忍耐的困难所沮丧,给以必要的耐心和持久,是完全必要的。"这一段话帮助我保持了心理上的某种平衡。

从"走资派"到"小爬虫",直到"抓叛徒"的大决战,那个别有用心的人气势汹汹,非把我打倒不可。其实她的招数已用尽。在《毛选》上读到:"往往在敌人十分起劲自己十分困难的时候,正是敌人开始不利,自己开始有利的时候。往往有这种情形,有利的情况和主动的恢复,产生于'再坚持一下'的努力之中。"这段话很符合当时的情况,她"开始不利",我"开始有利"了。

还有:"你打你的,我打我的。"

在任何困难的情况下,总得寻求希望。《毛选》上说:"当天空中出现乌云的时候，我们就指出：这不过是暂时的现象，黑暗即将过去，曙光即在前头。"说实话，"曙光"何日出现，我既无法预测也没有把握，但有希望总比绝望好！

我为自己找到了五条毛主席的语录。造反派用"凡是反动的东西，你不打他就不倒"的语录来打倒我们。"革命群众"打内战，每一派攻击对方时，都要引一段"语录"来证明自己立场观点的正确，被称为"语录战"。我当然也可以从"语录"中找出几条来安慰和鼓舞自己。"革命群众"是受害者，不是敌人，这个界限我是清楚的。问题是"造反派"根本不承认我是同志——同志这个称呼，对我们做过地下工作的人来说，深知它的珍贵——我也不想自作多情去攀附。不用说，这些都是思想活动，但不能写在《思想汇报》上。至于行动，"专政条例"明确规定"不许乱说乱动"，遵守这条规定就行了。

也不能说没有一点行动。按规定，每天早晚"请罪"时，规定在祝愿"万寿无疆"和"永远健康"后，每个"牛鬼"都要背诵自己的"罪行"。别人怎样背，我不知道。我就背这五条语录，从而得到一种精神力量。不怕被发现么？不。二十几个"牛鬼"一起背诵，像蜂子朝王，又像和尚念经，谁听得清楚？站在台阶上监督我们的人，洋洋得意：似乎这些"牛鬼"全都被管制得驯服了。

为了多汲取一些精神力量，我以检查自己的文艺思想为理由，要求学习《鲁迅全集》。"专政小组"的人同意了。从此儿子给我送东西时，可以带一本鲁迅的著作来，看完再换。我"天天读"鲁迅的书，真是莫大的幸福。我发自内心感谢"专政小组"的人，并感到别有用心的人毕竟是个别的。

我早在十几岁时，就读过《知识即罪恶》这篇杂文，还写过一篇读后感。鲁迅先生写道："于是我跑到北京，拜老师，求知识，知道地球是圆的。元质有七十多种。X + Y=Z。"他曾梦见自己死去，被夜叉拱进"油豆滑跌小地狱"，接连摔了十二跤。其中一人对他说："这是罚知识的，因为智识是罪恶，赃物……。我们这是轻的呢。你在阳间的时候，怎么不昏一点？"鲁迅先生说："现在昏起来罢。"那人说："迟了。"半个世纪前鲁迅先生的噩梦，怎么会在"文化大革命"中重演呢？我也后悔过去写那些劳什子文章，主编什么报刊，为什么不昏一点，然而已经"迟了"。

读《阿Q正传》时，差一点笑出声来。阿Q在被枪毙以前先游街，"他不知道这是在游街，在示众。但即使知道也一样，他不过以为人生天地间，大约本来有时也未免要游街要示众罢了。"这一点我实在不如阿Q，以致在进"牛棚"前，一看到老同志被游街示众，心里便愤愤不平。

鲁迅在一篇杂文里说："乡下人被捉进知县衙门去，打完屁股之后，磕一个头道：'谢大老爷！'这情形是特异的中国民族所特有的。"回想过去在一些批判或斗争会上，我明明不同意"革命群众"的观点，最后表态时还要"感谢'革命群众'的帮助"。我与鲁迅所批判的态度，不一样可笑么？

关于"忘却"，鲁迅有不少议论。在一篇杂文里，鲁迅说："记性不佳，是有益于己而有害于子孙的。人们因为能忘却，所以自己能渐渐地脱离了受过的苦痛，也因为能忘却，所以往往照样地再犯前人的错误。"阿Q挨过假洋鬼子的打，这是他"生平第二件的屈辱"，鲁迅描写说："幸而拍拍的响了之后，于他倒似乎完结了一件事，反而觉得轻松些，而且'忘却'这一件祖传的宝贝也发生了效力，他慢慢的走，将到酒店门口，早已有些高兴了。"这些议论震撼了我的心。我不愿向阿Q学习，决心丢掉"忘却"这一"祖传的宝贝"。

以后回忆在"牛棚"的情景，我总想起当时寻找精神支柱的那些往事。

1996年冬于北京，时值全国第六次文代会召开

之八：1969年春节

严寒，大雪纷飞。新的一年开始了。

每天照样请罪写检查。《人民日报》元旦社论指出，"死不改悔的走资派"只是一小撮，似乎给"牛鬼"们带来希望。专政人员训话时号召大家抓住时机，彻底交代罪行，不当"死不悔改"。有不少"牛鬼"连夜赶写交代材料。我实在找不出值得交代的东西，生活依旧，按时作息。我知道这又是"态度问题"，但有什么办法？

说实在的，我想得最多的是春节能否回家。

已有半年多没有回家，真说不出是什么滋味。当然即使放别人回家，也可能把我一人扣下来。这已有两次前例，不能不作最坏的思想准备。

除夕下午刚上班——即开始写罪行材料——"专政小组"来了一人。他先讲了许多报纸社论的精神，终于宣布所有"牛鬼"放假四天。这是天大的好消息！尽管我努力控制自己的情绪，喜悦之情也难免流露出来。其他"牛鬼"也如此。

"有几条纪律必须遵守。"专政人员说，"第一，不许串门，更不许外出；第二，每天必须在家里人早请示晚汇报时，向伟大领袖毛主席请罪；第三，继续认真考虑自己的罪行；第四，要向自己全家交代一次自己的罪行；第五，春节回来，交一份书面思想汇报。"

只要能回家，其他事都好办。

下午五时半回家，全家人都很高兴。我爱人说儿子早知这个消息，全家人都在等我。爱人还做了好吃的。一个小方桌，四把小椅子。平常我们一家就是在这儿吃饭的。坐在一起，团圆了，感到特别亲切。尽管被关押半年多，我的精神未垮，我爱人和子女从不相信我是坏人，因而并无悲伤情绪。

可是大年初一却碰上一个难题。

大约在八时半，我们这一层楼的"革命群众"，都开始"早请示"了。相继传来敬祝"四个伟大"的领袖"万寿无疆"和敬祝"林副统帅永远健康"的呼声。我赶快按照"专政小组"的规定，招呼全家开始"早请示"。可是当全家四人站在毛主席像前，谁来"带领"呢？

我身为"黑帮"，没有资格。

我爱人说："我从来没有带领过，让女儿带领。"

让女儿带领"早请示"，应该没问题。因为"文革"初期她参加过机关的宣传队，有表演能力。我立即支持我爱人的意见，叫女儿带领。但女儿坚决不愿意。

没带领人，怎样"早请示"呢？

没办法，我只有叫儿子来带领。我儿子当时很小，严格来说让他带领似不够"严肃"。出乎意料，儿子也不愿意。似乎谁也不愿做这件傻事。无可奈何之际，全家都"支持"儿子来带领。

儿子毕竟年小，"被迫"带领全家敬祝伟大领袖"万寿无疆"和"副统帅"的身体"永远健康"。总算完成了这个规定。可是勉强儿子这样做，现在想来也感到歉意。

我爱人不愿带领当然能理解，两个孩子为什么不愿意？可能都对这种封建的形式主义的东西感到厌倦了。在公开场合不能不跟着喊几声，在家里却不愿带领。可惜"洞察一切"的领袖不知道这个情况。以后听说，伟大领袖对"副统帅"搞"个人崇拜"以及什么"四个伟大"之类，早就"不高兴"，而且"厌烦"了。如果及时传达了这个"最高指示"，我们何至如此尴尬？

向全家人交代自己的罪行一事，安排在初二下午。我们围坐在小方桌四周。我爱人了解我的情况，所谓交代实际是对两个孩子。我着重说了在工作中如何执行了修正主义路线，如没有突出政治，过分强调智育等等。这些事几乎是所有"当权派"皆有的罪行，已成套话空话，孩子们司空见惯，听烦了，听过就算了。当谈到十几岁写过一些错误作品时，女儿发生兴趣，要我举例说明。

我说自己十五岁时所写的一首小诗，名叫《野草》，全文是："温室的花朵/需要一定的水分、温度和阳光/我们却不断地/像野草/从荒原、坟堆、石缝瓦砾中/发芽，生长！"

女儿听了，立即说："这有什么错？不做温室的花朵，在艰苦的环境中成长。我觉得挺好。"

这首诗谈不上好，但也没什么错。当时系1945年，面临国民党的黑暗统治，不可能要求有好的环境；我也只有十五六岁，思想水平不高。我很高兴女儿能分辨是非，但只能违心地按照"革命群众"批判的语言说："它既没有突出党的领导，也没有依靠群众的思想，只强调了个人奋斗。"

女儿没表态。我不得不反复批判，大有她不服我则不停之势。最后她把头转过去，不屑地说了一句："充其量有点小资产阶级的思想。"我至今还记得她那轻蔑的样子。

我不想把问题扯开了。自己都不信的话，岂能说服儿女？趁此机会，我说被捕问题，我没悔过、没自首，更没出卖同志；只是执行修正主义路线的罪行，是该受审查该被批判的。假戏真做，我想让孩子对我的问题心中有个底。

这个规定任务就算完成了。

还要写思想汇报，这也是令人头疼的事。从1966年被揪出来开始，规定我每周写份思想汇报。如果写真话这并不难，一千字半小时即可。但那时哪儿能容你讲真话？除非你甘愿被折磨。讲点轻描淡写的违心话也不行，会说你不触及灵魂不暴露思想。每当写思想汇报时，我常坐在桌前，一两小时无法提笔，万分苦恼。别有用心的某人（那个与"母蚊子"对号入座的）多次借此大做文章。

初四下午，又面临这个局面。折腾一两小时后，我不得不提笔写思想汇报。首先感谢"革命群众"给我们放假，让我们回家过春节。接着表明遵守了各项规定，没有外出和串门，按时在"早请示、晚汇报"时向毛主席请罪，认真向家人交代了自己的罪行，等等。最后决心要用毛泽东思想改造自己，重新做人，并高呼几项必呼"万岁"的口号——全是劳什子"'文化大革命'八股"。

明天清早得回关押之地，难得的最后一夕。从吃晚饭到上床，与两个孩子说不完的话。深夜，又与爱人讨论国家和个人的前景。说来说去，谁知道这"文化大革命"要"革"到何时为止？……

这就是我1969年的春节。

2000年立冬

小萍的笑容

很长时候了,我眼前经常浮现出小萍的笑容。

我一贯喜欢孩子,无论住哪儿,和邻居小孩儿的关系都很好。1964年我在共青团中央工作,不久住房调到中楼。当时厨房与邻居共用。一层楼的几家住户关系密切,特别是做饭时有说有笑。同楼层有五六个小孩,有三个与我特别友好。小萍和小凡是两姐弟,还有一个女孩子叫兰兰。

小萍和小凡叫他们的外祖母为阿婆。阿婆胖胖的,很和蔼,乐于助人,满口无锡话。除了把两个外孙照顾得很好之外,一层楼的孩子她都很关心。平常大家上班,孩子们放学归来,她都看在眼里。谁有"越轨"行为,当面提醒;提醒无效,下班后就告诉其父母。父母当然感谢阿婆,但小孩儿却不高兴她背后"告状",有时甚至悄悄骂她。阿婆从不计较,不愧为家属中的积极分子。

"文革"前夕,根本没有什么玩的时候。吃晚饭前,家长忙于做

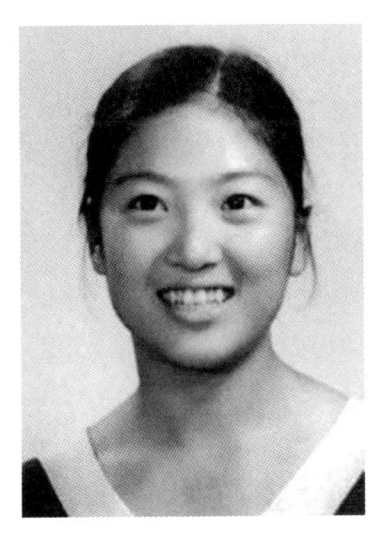

邻家女孩小萍

小凡

饭,我挤时间给小萍等孩子们讲故事、说笑话、做游戏、猜谜语。孩子们喜欢我,一见面就叫李叔叔,拉着我说这说那。机关一周要放一两次电影,有几个孩子特意要与我坐在一起。小凡小一点,平时爱找楼下同龄的孩子玩儿,但往往会突然跑上楼报告:

"阿婆,我要喝水!"

"阿婆,我要拉!"

我笑着对小凡说:"我们这层楼的小孩,算小凡的组织纪律性最强,不论喝水、拉,都要向阿婆报告。"又故意问他,"如果阿婆不同意,你拉不拉?"

小凡有点尴尬,但拉完以后,神气十足地在走道上来回走动,背诵着《愚公移山》:"我死了还有我孙子,孙子死了还有我儿子。"

这时,厨房和走道的大人和小孩都高兴地笑了。

可惜,这样宁静和睦的日子很快就被打破。在"横扫一切牛鬼蛇神"的号召下,我作为杂志社的总编,很快被揪出来。经一两个别有用心的人的煽动,几乎所有人一下和我划清界限,使我十分孤立。不久,揭发我的大字报又率先贴到食堂,标题是《李致有个大阴谋》,一举使我成为全机关的"知名"人物。

团中央是个大机关,有很多小孩儿,多数并不认识我。这下不少小孩儿都知道我是李致了。有好几次,我从食堂出来,几个孩子跟在后面,朗诵童谣似的合唱:"李致,有个,大阴谋!"我感到孩子既简单又可爱,回头笑笑。可是这些孩子却齐声抨击:

"没羞，没臊，还笑哩！"

许多"大人物"相继被揪出，大字报满院皆是；与他们相比，我何足挂齿？不过，我再没有心情和同楼层的孩子玩儿。1968年4月22日我被关进"牛棚"。排队去食堂吃饭要经过若干宿舍，有时会遭到一些小孩儿的嘲笑和辱骂，但同楼层的小孩儿没有一个对我有过恶意：这一点我十分欣慰！

"牛棚"离我的宿舍很近，孩子们常到"牛棚"前面玩儿。看见这些小朋友，我心里真说不出是什么滋味儿。我真想像"文革"前一样，去摸摸他们的头，讲几句笑话，或和他们玩个什么游戏。然而，一堵无形的高墙把我们隔离在两个世界。我不愿以"牛鬼"的身份，去接近这些天真无邪的花朵。也不知他们是否还喜欢我这个李叔叔？

六一国际儿童节到了。如果没有"文革"，作为儿童工作者，我会欢天喜地和孩子们一起度过节日；作为父亲，一早就会叫醒儿女，把已准备好的礼物送给他们。可是现在我是"专政对象"，天没亮就得向毛主席他老人家"请罪"，接着去扫大院。

扫完大院去洗脸，无意中碰见小萍，我们一下都站住了。

小萍穿着白衬衫和花裙子，头上还戴一个红绸扎的蝴蝶结。白皙的皮肤，红红的脸蛋儿。我真想抱起她向她祝贺，然而不能！小萍却极其自然和友好地向我露出笑容，跟过去没有任何区别。我立即做了相应的回应。

小萍的笑容给了我无比的温暖。我不仅这一天过得十分愉快，而且在"牛棚"，甚至在整个"文革"期间，每当看到人世间的各种丑恶行径，每当对自己的前途感到绝望之际，那张红脸蛋上的笑容又在我眼前浮现。她似乎在不断地呼唤、安慰和鼓励着我，使我感到人间的良知和真情是无法摧毁的。

我从"牛棚"到了干校，又从干校回到四川。在漫长和痛苦的历程中，我始终没有忘记小萍的笑容。粉碎"四人帮"若干年后，一次出差北京，我特意去看望小萍一家。当时只有阿婆一人在，小萍和小凡都外出玩儿去了，我颇感失望。阿婆说两个孩子都很好，小萍已上大学，小凡即将上大学。阿婆见我关心两个孩子，便主动送给我他们的照片。小凡戴了眼镜，两只手抄在一起，完全是一个大孩子了。想起他当年叫"阿婆，我要拉"的样子，我暗自失笑。小萍已是大姑娘，穿一身连衣裙，两手握着桨，正在划船，脸上的笑容仍如过去那样天真和甜润。突然想起过去我儿子和小萍玩儿，无意推了她一下，她的脸被划破，还缝了几针。我问阿婆，小萍脸上有没有留下痕迹？阿婆说没有。没有见着两位小朋友，我只有抱憾地带着照片回到成都。前几年偶然听说小凡大学毕业，因骑摩托遇难，我们全家都很难过，但愿这不是真的。

　　我一直保留着一张小萍满脸笑容的照片。三十多年了，小萍一定早已工作，可能结了婚生了孩子，也可能忘了我。而我永远不会忘记小萍，更不会忘记她那曾经给予我安慰和鼓舞的笑容。

1999年6月1日动笔，天热中断，8月30日续完

焦某"文革"轶事

焦某,男,南方人。家在农村,早年参军,后深造于北京某大学中文系,供职中央某机关。本有大名,却"精兵简政",自称焦某。不久爆发史无前例之"文革",长达十年,人人均做充分表演。焦某大智若愚,以特有姿态度过这场浩劫。真人真事,仅易其姓,略记备忘。

一

"文革"开始,红卫兵"造反有理",大揪"三反分子"。焦某所在机关的前"几把手"均被揪出。"一把手"少年参加革命,经历二万五千里长征,酷爱学习,深入实际,平易近人,深受群众爱戴。但一被揪出,人皆不敢沾边,更有落井下石者。焦某根红苗正,被派去监管"牛鬼蛇神",但对"文革"很不理解,对老干部依旧充满感情。某日见"一把手",情不自禁询其健康状况。"一把手"深受感动,不察人间险恶,把此事录入日记,而日记又被抄走。造反派从日记中查出有监管人员关心"三反分子",这还了得!决心抓出"叛徒"。幸好"一把手"不识焦某,又拒不指认,日记中无名无姓,焦某得以幸免。

二

焦某智力过人，但不善言辞，人多误以为他有点迷糊。焦某顺其所说，结结巴巴，会上很少发言；担任大字报办公室主任，忙于纸张糨糊等琐碎事务——不为中央文革吹喇叭抬轿子。造反派令一当权派每周蹬三轮外出买糨糊，焦某常与其同行。焦某观此人正派，交换意见由浅至深，遂成好友；后去"五七"干校，两人亦常交心。一日，焦某对"文革"提出怀疑，谓林彪、江青系争夺个人权力，最高当局亦有不可推卸之责。这在当时系"反革命"言论，当权派不敢附和，王顾左右而言他，内心却极佩服焦某的胆识。

三

"五七"干校劳动任务繁重，干农活焦某是把好手。要焦某劳动改造实属笑话，好在他自有办法应付。割麦子，众人先抢好工具好镰刀。焦某不争不抢，拿众人剩下的，显示其高风格。到大田，焦某二话不说，抢先割麦，不久即割下一大片，基本完成任务。绝大多数"五七战士"，手不能提、肩不能挑，见焦某如此善战，叹为观止。此时焦某所执镰刀之刀把断裂，众人叫焦某去调换，焦某怕鞭打快牛，正好去找保管。一两小时后，焦某急忙赶回，大骂农忙之际保管室居然无人，只得自己修理，浪费割麦时间，操他的！焦某重新战斗，又助后进战士割麦。众战士早已腰酸背疼，见焦某雪中送炭，啧啧佩服不已。

四

干校领导多不懂农业生产，常搞形式主义。一日傍晚大雨，连长布置去撒化肥，动员"五七战士""一不怕苦，二不怕死"，在风口浪尖炼就一颗红心。农田早已汪洋一片，勉强能见田埂。战士们身淋瓢泼大雨，手端盛满化肥之盆，一亩一地完成任务，疲惫不堪。焦某三下五除二，提前超额，又助人快撒，受到表扬。事后焦某说，田里积水外流，化肥冲走，纯属浪费；我去无人之处，倾盆一倒，既不浪费体力，又使大家回去早睡，何乐不为？

五

干校领导号召"五七战士"与贫下中农交朋友，焦某常在劳动时主动帮助贫下中农，多次为贫下中农带路。众人皆赞焦某对贫下中农感情深厚。一日，全班战士冒烈日于大田劳动，辛苦不堪。有两个农民问路。未等代班长指派，焦某自愿为贫下中农带路。不久代班长见两个农民已从原路返回，而焦某则迟迟不归。下班吃饭，焦某说他把两个贫下中农送至河那边去了，又顺便了解该地生产情况。事后代班长问焦某，焦某笑说只有善于休息的人才善于工作。

六

一日去大田劳动，焦某骑着水牛大牯子，兴高采烈，昂首四望。有人苦中寻乐，重抽牛背，大牯子猛往前跑。焦某毫无思想准备，立即从牛背滑下。女战士吓得惊叫，忙问焦某是否摔伤？只见焦某身蜷在地，表情痛苦。排长拟派人送焦某去医务室。焦某表示不能影响全班任务，自拾树枝为杖，艰难返回。下班后，战友看望焦某，赠当地之甜瓜——"王海瓜"以表慰问。焦某养伤数日，吃病号伙食，品王海甜瓜，卧床构思长篇小说，设计其主人公吴臣如何在战斗中成为英雄。事后，焦某对友人说，我从小放牛，深知牛性，哪能一下摔伤？你说痛，骨头未断，医务室诊断不出，只好说韧带受伤。

七

干校围湖造田，空气潮湿，凡有太阳，战士们纷晒被褥衣物。焦某此时打开小皮箱，将其财产拿出展示。为此众人按《智取威虎山》台词，为焦某创作了一段对话：

焦某有几件珍宝？
两件珍宝。
哪两件珍宝？
长裤快刀。
裤是什么裤？
国产的确良。
刀是什么刀？
双面刮胡刀。
何时所买？
六十年代。
何地所购？
干校小卖部。
……

八

阶级斗争弄得人人自危。"旗手"规定人人必须学唱样板戏，但焦某记不住唱词，一会儿唱，"我家的表叔真正多，没有大事他不来"；一会儿又唱，"贼鸠山，你王八蛋！"有人提醒唱词不准，有篡改样板戏之嫌；身为中央机关干部，不同于一般群众，罪莫大焉。焦某立感紧张。又有人安慰他，说骂鸠山是王八蛋，大方向正确；个别词句不准，属记忆问题。只要大方向正确，没有什么可怕的。焦某放下包袱，点头称是，又大声高唱："贼鸠山，你王八蛋！"

九

干校时间一长，革命群众多有怨言，焦某自不例外。当时有种说法，进进出出乃干校之正常现象。焦某对此印象深刻。一日厕所拥挤不堪，焦某脱口而出："厕所与干校一样，进进出出。"事后战友指出此言不妥，可上纲到亵渎伟大的"五七号召"。焦某诚惶诚恐，坐卧不宁，仔细考虑当时几人在场，所持观点如何，关系如何？排队分类，仅一人需要警惕。察言观色多日，无人揭发，焦某始安。

十

春节探亲假，系一年一度最长之假日，绝大多数人将归家探亲。各级首长为使"五七战士"按时返校，层层动员，明年大干快上，不准超假。焦某表示坚决响应号召，但到时全班战士均已返校，唯缺他一人。不久焦某来信，报告本应按期乘火车返校，但至车站突大泻不止，无法行走；并附公社医院化验单和盖章的证明数张，必须吊针半月。半月后焦某返校，似无大病迹象。他说，当时极为狼狈，经医生精心治疗，始达目前之模样。

十一

焦某一到关键时刻就生病。何为关键时刻得视其需要。焦某一般生两种病：一为头晕，一为看不见。干校医务室查不出，北京的医院亦难确诊。只得据焦某口述，或定为美尼尔氏综合征，或定为视网膜脱落。焦某回北京就医，继续构思其长篇小说。医生所开之药一般不用，仅服维生素片，打维生素针，治得红光满面身强力壮，肌肉凸出，颇似健美运动员。智者千虑难免露馅之时。从北京回干校，一次集体出工，焦某看见二百米外之狗，竟说狗屁股上有条蛲虫。人问他视力多少，焦某恍然大悟，视网膜有病，岂能看得如此清楚？再不乱说。

十二

干校各连每晚均派两人值夜班，严防阶级敌人破坏——实际是防盗窃。班长一般指派焦某和其好友值班。好友原系当权派，值班时精神集中不敢懈怠。焦某说，围湖造田，哪来阶级敌人，无非附近农民来拾柴火；农民苦，拾点柴火也没关系。干校几十条狗，一吠百吠，谁敢自投罗网？焦某先与好友讨论创作问题，后叫好友放心大胆睡觉。好友自愿巡逻，焦某一觉到天明。次日上午，好友按规定补睡眠，焦某精力充沛，动手创作长篇小说。

十三

焦某喜欢读书。外国作家中喜欢俄国的契诃夫，中国作家中喜欢鲁迅和沙汀。一次，焦某向好友借读车尔尼雪夫斯基名著《怎么办》，好友爱书如命，焦某发誓将倍加爱护，丝毫不损。但还书时发现，焦某擅自在书上横加批语甚多，且封底脱落一半。好友提出严重抗议，焦某愿以自己珍藏之书赔偿，好友一本也看不上。焦某说，把我的左手砍下赔你，好友说这是耍赖。恰好路过塘边，焦某竟说，这不行那不行，我只有把你掀到池塘里去。好友瞠目结舌，真不知拿焦某怎么办。

十四

焦某之长篇小说几易其稿,终未完成。好友笑焦某把主人公的名字取错:吴臣,即无成,怎能完成?焦某苦笑,谓江青搞乱文艺思想,谁都无法正常创作。

十五

干校围湖造田,破坏自然环境,到夏天即发大水。军代表坐镇办公室运筹帷幄,指挥"五七战士"奋勇抗洪。一次大坝面临决堤,焦某被选入敢死队。出发前焦某取下手表,郑重交给好友。好友大受感动,等待着样板戏中英雄人物遇险前的豪言壮语。不料焦某却悄声说,我借吴捷之钱未还,如遇险请将此表给他,权抵债款。尽管如此,好友亦为之感动。此次抢险,焦某并未遇难,手表被深藏箱底,准备随时抵债。此后,每日清晨,焦某总要数次叫醒同室的排长:"排长,几点了?"以致吵醒全室战友。

十六

焦某常丢三落四,人称马大哈。每逢雨天,人拾到雨伞,均疑焦某丢失而送还,最多达六七人次,而焦某从不打伞。焦某说,君不见马大哈因祸得福,众人关心,能丢失东西么?

十七

干校时间越长,"五七战士"越不安心。一日劳动结束,焦某赶牛车下班。报载我国与美洲某国建交,众人与焦某开玩笑,说连长将任命他为驻某国大使。焦某极为高兴,说"大小都弄个师长旅长当当"，立即委任周围战友谁为参赞、武官，谁为一、二、三秘，谁为炊事员、理发员。焦某鉴于自己不擅计算，特任命"五七小学"某成绩优秀之学生为"算数顾问"。众人无一不想早离干校，这种任命类似"精神会餐"，皆大欢喜。为保持"五七干校"艰苦朴素的作风，焦某宣布：大使馆一律不用汽车，调大牯子、小牯子、豁鼻子几条壮牛，拉车备用。

十八

人笑焦某剃光头难看，岂知他剃光头是为促使头发长得更好；人笑焦某尽挑有虫眼之瓜，岂知他说虫咬之瓜味最甜价最贱；人为生活增添笑料逗焦某玩儿，岂知他游戏人生逗众人乐？

十九

"文革"期间，政治报告内容荒诞，焦某一听就瞌睡。干校撤销回北京，直属系统组织在音乐厅听报告，焦某却去友人处帮忙搬家，后又喝酒闲聊，极为开心。事后检查未去原因，焦某说准时至音乐堂，数千座位，空无一人，以为错记日期，怅然离去。领导说，音乐厅和音乐堂虽一字之差，乃两不同之地，一东一西；焦某在京多年居然分不清音乐厅和音乐堂，真是迷糊之至。

二十

粉碎"四人帮"，焦某精神大振。十一届三中全会后，焦某努力工作，业余创作，数获大奖，又得高级职称，住房改善。所在单位破例为其分得五个进京指标，老婆娃娃均入首善之区。全家学习的学习，工作的工作，生活水平大大提高。若问焦某现有哪几件珍宝？西服、领带、呢外套，冰箱、彩电和电脑。

二十一

欲知后事如何？焦某现已退休，正欢度晚年。风度翩翩，唯头发依旧稀少；从谏如流，接受友人建议，戴前进帽矣。

1999年9月9日

许光的遭遇

1964年，我调到中央机关一家杂志社工作。

第一次到办公室，总编辑为我介绍先我调来的几位同事。其中一位男同志，个头与我差不多，比我年长一些、胖一些，穿一身蓝布中山服。总编辑说："这位叫许光，负责美术工作。"

我开玩笑说："这名字好记。许光，等你发光。"

不久我担任了总编辑，与许光的接触很多。许光整天埋头工作，不爱讲话。杂志是月刊，每期的封面封底封二封三，版面设计题头插画尾花，他全包了。他毕业于中央美术学院，素描功夫好，画什么像什么。不足的是总体布局不理想，堆得多挤得满。我看稿后常请他删去一些枝蔓。我说："有时空白就是艺术。"他笑笑，就去删改。他从不讲不同的意见，领导怎样说就怎样改，反正到发稿前完成所有任务。

许光参加革命时间在20世纪40年代初期，比我早几年，行政级别和我一样是社内最高的，我觉得对他的使用可以更放手。我把这个想法向领导反映过，记不清领导怎样回答，大概是说只能如此，我意识到可能有点什么问题，但不便深问。

时间稍久，大家熟悉了。抗日战争期间，许光曾在儿童剧团工作，能歌善舞，前不久还为我们表演过踢踏舞。偶尔也讲笑话。有一次到工厂校对，他说："人离不开金钱与美女。"看见周围的人很吃惊,他才解释:"金钱就是工资,美女就是老婆嘛。"在"以阶级斗争为纲"的年代,不适宜开这样的玩笑,我暗地替他捏一把汗。但他无所谓,要了一份甲菜——红烧肉,津津有味地开始吃午饭。

不久爆发"文革",好端端的一个机关被康生、江青一伙搞得乱七八糟。书记处的主要负责人被揪出来示众,成千上万的红卫兵在大院里横冲直撞,杀气腾腾。我这么一个普通杂志的总编辑,也被定为当权派、靠边站、写检查、受批判、扫厕所。许光与我的行政级别一样,工作担子没有我重,因他不当权,身为革命群众,无忧无虑,实在令我羡慕。

在"三结合"的高潮之时,许光突然出来主持全杂志社的群众会议。杂志社有几个战斗组,许光虽非部处长,但参加革命较早,可列入老干部的范围,便被一个战斗组结合了进去。许光爱给大家念文件和"两报一刊"的社论,但常念别字。有一次他把伟大领袖毛主席谆谆教导我们,念成"亨亨教导",以至"亨亨教导"成为机关一时的"流行"语。

革命群众无限崇拜伟大领袖毛主席,为表忠心,决定在机关大院门口竖一大幅领袖画像。许光参与画像的工作,发扬"不怕疲劳,连续作战"的精神,按期完成任务。大家称赞毛主席像画得好,许多人一到像前就鞠躬,然后伫立仰望,像有许多"知心话儿"要对他老人家讲。许光目睹这些动人情景,颇为飘飘然。

我长期被孤立,不了解革命群众之间的事,进"牛棚"以后更是与外隔绝。大概是1968年末,突然发现许光也进了南院——机关"牛棚"所在地——北边的平房,至少成了"候补牛鬼"。他很可能是"清理阶级队伍"中的牺牲品。看见他低着头懊丧地去食堂打饭,我不禁对他充满同情。

在干校,许光努力劳动,很少言语,思想上背了很重的包袱。当时干校领导要学员自找苦吃,劳动量很大,晚上还要学习,我顾不上关心许光。说实在的是不敢关心他。连长经常训话，要革命群众提高警惕，注意"阶级斗争的新动向"，我又何必去惹麻烦？

刚到干校，我们全排几十人一度住在一个真正的牛棚里。有一天我生病躺在床上，另一边正在开会。一位当权派在检查自己不敢负责任的活思想。他说在"牛棚"时，革命群众要几个"牛鬼"抄写毛主席语录，许光跑来问他，语录中提到蒋介石的地方该不该打叉？他当然认为不该打叉，但又怕人说他包庇蒋介石，便对许光说，你看看《毛选》，上面打了叉你就打，没有打你就不打。我觉得这位当权派的检查很像讲笑话，但不知许光当时为什么会提出这个问题。

经过"九九八十一难"，我终于在1969年底获得解放。"解放"这个词在1949年意味着翻身做主，而现在意味着什么？我是有二十年党龄的共产党员，难道现在变成国民党反动派，是解放战争时的王耀武或杜聿明？尽管我思想上接受不了，但不理解的也要执行。我是本连最后一个被解放的当权派，而许光却仍被"挂"在那儿。

1970年春，许光的问题弄清楚了。许光在抗日战争时参加过一个儿童剧团宣传抗日，后入党。剧团团长为使剧团生存下去，替所有成员报名参加三青团。党组织知道这件事，许光也并未干过坏事。可是就因这个不是问题的问题，解放后许光得不到应有的重视，"清理阶级队伍"时又被揪出来。冤枉！

解放许光的时候，决定由一个三人小组听他检查并对他进行帮助。我被定为小组成员之一，自然奉命参加。许光开初不知会议意图，以为又要追问他批判他，显得十分紧张。一待召集人说明他的问题查得差不多了，只要认识好即可解放时，他埋着头，伤心地哭出声来。听见这哭声，我颇受震动。何必这样斗来斗去？大家只好等他哭完再说。可是许光哭了一会儿，又转为发笑。然后哭笑交替，没完没了，会无法再开下去。

——许光精神失常了！

早上洗脸，许光一见班长就要立正报告。班长叫他吃饭、回寝室吃药，他绝对服从。众人参加劳动，或开会学习，许光就一个人留在寝室。他大多数时间比较安静，但每天总有一个时候又哭又笑。如有小孩去偷看他，他就要发脾气。

"七一"党的生日，校部举行新党员宣誓仪式。连里一大批人列队前去参加。许光不告而别，一个人到校部去了。排长找不到人去追他回来，临时把"重任"交给我。许光跑得很快，我拼命追，好一阵才追上。我笑着递一支名为"黄金叶"的香烟给他，他点燃火抽上了，一听我说排长叫他回连部，他一下转身对我说："你是当权派，你写份检查，限你四十八小时内交给我！"说完又转身往前跑，我又跟着追。为避免冲突，我和许光保持一定距离。可能是许光察觉了我的意图，回转身来抓我，我只得往回跑。如此反复几次，我决定干脆一直往回跑，引虎归山。许光就这样把我追回队部，我得以完成任务。

经过这次事件，我尽量避免与许光见面。不久许光被送回北京治疗，再也没来干校。1973年我调回四川工作，更不知许光的消息。粉碎"四人帮"以后，听说许光的病已好，另行分配了工作。

我偶尔也梦见许光，仍在干校的大堤上，我追他，他追我，两人都跑得很累，上气不接下气。最近听说许光两三年前已逝世。大概在除夕，全家外出吃完饭，路过长安街，许光心脏病突发，猝死在天安门附近。不知这细节是否属实。

1999年年末

世上还是好人多

既然写了"文革"中的一些事件,必然涉及一些人,特别是当年我所在的团中央《辅导员》杂志和少年儿童部的同事。

在当时的历史条件下,绝大多数同事响应号召,审查我批判我,并无个人恩怨,他们也是"个人崇拜"的受害者。我抨击的是那场所谓的"革命",而不是个人。杂志社的绝大多数同事,在"五七干校",或在"文革"结束后,都先后成为我的朋友。

又想起一些难忘的人和事。

我被关在"牛棚"时,有一次斗争会很激烈[①],当我在"打倒李致"的口号声中离开批判会会场,在办公室等待"勒令"时,杂志社的白均倩进入办公室,逗留了一段时间。在"文革"中,团中央有两位书记(惠庶昌和张超)跳楼自杀身亡,小白怕我发生意外,以倒开水为由来观察我。这是刘素文后来告诉我的。小白当时是杂志社的临时工,能有这样的同情心,使我感到她的善良。去年5月,我们《辅导员》杂志同事聚会,她的丈夫知道我在"文革"时的表现,写了一幅横幅送我。我收下了,心里充满感激之情。当年小白家境困难,如今儿子成家立业,生活条件大为改善,正安度晚年。祝他们全家幸福!

① 详见本书《"牛棚"散记》(九则)之《你打你的,我打我的》。

在"牛棚",我和胡耀邦同志的几位秘书——李彦、戴云和高勇同志,从难友成为挚友。戴云英年早逝,我有专文缅怀。在"五七干校",一天早上,我被人叫醒,原来是高勇。他钓了几条鱼,由夫人红烧,装在饭盒里端来送给我吃。天下着大雨,他身上的雨衣不断地滴水。在那以"阶级斗争为纲"的年代,这种友爱令我感动。近年来,高勇常把自己的诗作寄我,赠我精神食粮。

在干校时,我们的排长,少年儿童部的杨爽,是一个正直的好人。他出身农家,身强力壮,干起活来是一把好手。我们住在同一个寝室,他对我逐渐有所了解和信任。即使在我被"解放"前,排里的某些工作部署,包括首先"解放"哪个当权派,私下他都会先征求我的意见。我是连里最后一个被"解放"的当权派。"解放"我的前一天,他给我打招呼:无论某人(即那个自动与"母蚊子"对号的)怎样攻击你,你一定要心平气和,以免被"抓态度",揪住不放。

班长方丽华,是位热心肠的人,对每一个战士都关心,包括对我。在紧张劳动之后,吃饭时她也在帮别人的忙,常常端着一碗饭跑来跑去,有一次忙昏了头,竟端着饭误入了厕所。一位精神失常

李致与向洛新(左一)、杨爽(中)合影

1905年夏,李致去北京,与《辅导员》杂志的同事相聚。前排中为李淑铮

的同志,不听任何人的话,只服从方班长一人的指挥。方班长离开干校回北京时,我赶着牛车送她去校部,在凹凸不平的路上,牛车走得很慢,我和她有说不完的话,彼此依依不舍。至今我们还叫她"方班长"。

李淑铮同志也在我们排参加劳动。在共青团九大前,她是国际联络部副部长,九大后当选为团中央书记处候补书记兼少年儿童部部长,主管少年部和《辅导员》杂志。1965年,她曾带领我和一部分同志去辽宁省锦县参加"四清"运动。她的思想水平高、有责任心、工作能力强,与群众关系好,许多同志直呼她"淑铮"。"文革"初,因参加了中央派驻北京市中学的工作组,淑铮受到很大的冲击,许多人都同情她。一位想取而代之当部长的人,也就是部长中第一个贴大字报《揭关东店黑会》[①]的人,落井下石,给淑铮贴了

[①] 《揭关东店黑会》这张大字报,是少年部的副部长揭发胡耀邦同志的。耀邦同志当时住在关东店,即富强胡同,在中央改组团中央。

许多大字报，全面揭发她的"罪行"。其中之一是淑铮在"四清"工作总结会上表扬了我几句（她同时还表扬了不少的人），诬蔑淑铮重用我这个"地地道道的地主阶级的'孝子贤孙'"。1968年4月，淑铮被关"牛棚"达十一个月。刚被放出来，她的爱人钱大卫（团中央原国际联络部部长）作为先遣人员就去了"五七"干校。干校期间，她与爱人各在一个连队，相隔甚远。不久，钱大卫在劳动时突发心脏病，找不到急救药，待淑铮赶去时他已身亡。这不仅是他们个人的不幸，更是一个时代的悲剧！淑铮处理完后事，回到连队第二天即参加劳动。我为此很难过，怕她伤心，又不敢安慰她，甚至不敢多看她一眼。……我敬佩淑铮，一直把她当成榜样，特别是学习她那种坚强的精神。

胡启立同志是我的老朋友。1956年，我们一起去捷克首都布拉格，参加第四届世界学生代表大会。他是代表团团长，我是团委成员。共青团九大后，他被选为团中央书记处候补书记。"文革"一开始，他作为团中央最大的走资派"三胡一王"中的一"胡"，备受冲击和批判。从"牛棚"出来后，我们都在干校的二八连。他劳动积极，对人友好。因一次所谓的"水獭皮事件"，他受到全连大会不公正的批判。我虽不了解事件的细节，但我认为他不是贪小便宜的人，心中为他不平。后来我被"结合"当了代理班长，因过于认真，未准许某个想偷懒的人请病假。而此人正是那个在政治上打不倒我，又在生活上给我造谣的人。我向连长、班长公开指出了她的本性。不料军代表知道后，认为这是阶级斗争的"新动向"，指令在连里"当权派"范围内批判我。批判会上，胡启立发言低调。在他离开干校那天，明确向我表示此事对我不公平。

作为家属到二八连的，还有作家金近、外语教师奚宝芬和"米老太"（米芝敏），我们相处得很好。我多次和金近一起值夜班，虽不敢深谈，仍能感到他是一个朴实、有童心的好人。

不久，我从二八连调到四连司机班。当时号召学习马列的原著，我和《中国青年报》记者丁望一起，辅导司机同志学习。第一本书是列宁的《国家与革命》，要帮助他们读懂并不容易。我长期做少年儿童工作，利用这个优势，尽量深入浅出地讲解书中的理论，他们也有兴趣。司机同志们把我当成老师，常要我解答一些国际问题。夜晚在一起乘凉时，"精神会餐"，关系融洽。多年不见，老高师傅、大李师傅、小李师傅、胖王师傅，你们可好？

在四连，我也找到了老师——钱李仁同志，早年曾任团中央国际联络部部长，后调国务院外事办公室工作，是国际问题专家。他夫人郑韵在四连劳动，他来干校探亲。我有空的时候（包括端着碗在食堂外吃饭时），常与他讨论国际问题，受益匪浅。

……

仔细想起来，即使是在那个动乱的年代，真正绞尽脑汁、不择手段整人的，也就是那两三个人。

世间，还是好人多于坏人，这对我是个安慰和希望。

2006年12月27日

"五七佬"的劳动和生活

1969年4月,共青团中央机关被"一锅端"到"五七"干校。

团中央的"五七"干校在河南省潢川县,一个叫黄湖的地方。这里本来是湖,是自然调剂淮河水流生态的洼地。淮河水涨,流进黄湖,可以避免淹没沿河的农田或村庄。"大跃进"时,围湖造田改成农场,后沦为荒地。毛主席号召走"五七"道路,军代表东选西选,选定黄湖为团中央的"五七干校"。有同志怀疑这地方是否合适,军代表说怕什么?改天换地嘛!连这点勇气都没有?

团中央所有干部,在天安门前庄严宣誓,决心走"五七"道路,便敲锣打鼓,先乘汽车后乘火车,去了黄湖干校。

在干校,我大多数时间在大田劳动。农忙时锄地、下种、收割,担抬背赶(赶牛车)。农闲时打土坯、修房子,放过牛群、鸭群,守过防洪水的幸福闸。洪水季节抗洪筑堤,不但挡不住洪水,还把周围生产队的农田也淹了;洪水退了洗谷穗,秋收时割下没有谷粒的光秆。第二年参加了犁地突击队,赶着牛用双轮双铧犁犁地。最后是种瓜、育苗,这些技能我基本学会了。

正常的劳动是有益于身心的。为响应"在风口浪尖锻炼"的号召,军代表提出要"自找苦吃"。本来可用牛车拉的,不!得用肩挑;可以两天干的,不!要发扬"不怕疲劳,连续作战"的精神,挑灯夜战。军代表的革命精神为什么这样高昂?因为他们想在中直

天安门广场前，高举红旗和毛主席像的共青团中央干部，举旗人前面的是李致

机关的干校中争当老二。为啥不争当老大呢？谁都知道老大是"中办"（即中央办公厅）的干校。中办是汪东兴（"无产阶级司令部"的成员）领导的，你敢与他争么？他当老大，我当老二，也无限光荣。何况，干活的是"五七"战士，军代表是来改造知识分子的，他们不必身先士卒，只需战前动员，战后表扬，何乐不为？这些，都是我听"革命群众"讲的。好几次，干部辛苦劳动，军代表背着猎枪游逛，不知是为了时刻备战，还是为了改善生活？这是我亲眼看见的。遗憾的是，一位军人打兔子，误伤了生产队的毛驴。似乎不见缝插针多练枪法也不行；否则，真打起仗来，怎么办？

从脑力劳动到体力劳动，从没有干过农活到干好农活，确有一个艰苦的过程。一是体力，时值壮年，可以锻炼。二是技能，我愿意学习。简单的劳动容易学，如肩挑，主要是把扁担放好，两头重量平衡；又如装车，切勿前重后轻或后重前轻。不久，既可拉车赶车，还能左右换肩挑。犁地，是农活高手杨爽教的，依样画葫芦，多次失败，逐步学会。以后去公社帮助整党，社员见我下田犁地，肩挑百斤以上，好生惊奇。

夏收夏种、秋收秋种等农忙时节，劳动强度最大。

大约四时半起床，天没亮就去大田抢收麦子或谷子。天亮后送饭来，一般是馒头和稀粥加咸菜，在地头吃过饭又接着干。十二时回连队午餐，休息一小时多，再到大田干活。长时间弯腰，腰酸背痛，但必须坚持，我也愿意坚持。直到干完活，吃过晚饭，躺在床上，一动也不想再动了。

突然，伴着口哨声，又是紧急集合！

连长讲话，按校部军代表指示，割完的麦子在晒坝上，如果下雨怎么办？为保卫胜利果实，决定今晚挑灯夜战，用脱粒机把麦粒脱完。他翻开《毛主席语录》一百五十六页，大声地带领大家念：

> 发扬勇敢战斗、不怕牺牲、不怕疲劳和连续作战（即在短期内不休息地接连打几仗）的作风……

最高指示必须无条件服从。排长分工，谁运送麦秆，谁把麦秆喂进脱粒机，谁把麦粒装进麻袋，谁扫空壳碎末儿。各就各位，开始战斗。

灯光把晒场照得像白天。一些身强力壮的积极分子高声叫喊口号鼓舞革命干劲，气氛似乎十分热烈。我虽然很累，也不愿示弱，咬着牙坚持劳动。我是"当权派"，负责清扫空壳碎末儿，一分钟也不能停，否则会影响整个工作。我头顶草帽，眼戴防风镜，那些小碎渣儿仍然钻入我的眼睛，以致我后来大害一场眼病。

突然，脱粒机停止转动了。

"机器出故障了，大家先休息一会儿。"

我靠在一个麦草堆旁，立刻睡着了。

李致与周俚强（中）、萧祖石（左一）合影

"吃夜餐，吃夜餐！"有人在叫，还用手推我。我毫不理会，只想睡。直到被人拉起来，才知道机器坏了，无法继续脱粒。回到寝室看表，已是深夜二时半；不，应该说是第二天凌晨二时半。

以后听说，这次脱粒机"遇难"是人为的。这样长时间的强劳动，许多"革命群众"也受不住了，一次放进几倍的麦秆，机器被堵住，转不动了。修机器的人也说当晚无法修好，于是收工回去睡觉，皆大欢喜。这就印证了马克思在《共产党宣言》一书中所说，工人的原始反抗是破坏机器。真是生动的一课。

许多劳动是无效的。如下大雨时，水已淹过田坎，还要去大田撒化肥，让化肥白白顺水流走。淋着大雨犁地，犁出的土又会翻回。大水退后去洗被水淹过的谷穗，收成时只有谷壳没有米粒，等等。反正钱是国家的，谁也不心疼，无非是"交学费"，这是当时掩盖失误的常用语。如提意见，还会被批评为"只算经济账，不算政治账",这顶帽子颇为吓人。

干校四周的公社社员,如何看待这批"五七"战士呢?突然从北京来了这么多干部,令他们好生奇怪。没想到这些人还能种田盖房子,效率高。当时的社员吃大锅饭,出工懒散。干校的牛很健壮,放牛娃纷纷牵母牛来配种。当地产甲鱼,不少学员去买,可为社员增加点收入。只是干校沿河筑高堤坝,洪水来了先淹生产队的田地。社员缺柴烧进湖来割草,或赶场路过干校,连队的狗要咬,不大方便。无论种田或盖房,还是女同志下河游泳,常有社员围观。久了,就有一首民谣:"五七佬,五七佬,穿得烂,吃得好,一人一块大手表。"

关于"吃得好",主要是指后两年。刚去干校的时候,除粮食有保证外,肉类、蔬菜和其他副食品很少,相当艰苦。后来,干校养猪养鸭养鱼,生活大为改善。我所在的二八连,几乎每天有肉,一顿饭发过三个鸭蛋,也常吃鱼。以至于军代表在总结工作时,用"人胖、猪肥、牛长膘"来形容干校的"大好形势"。按林副主席的观点,这种说法太不"突出政治"了,但谁也不敢反对。当地农

1973年,李致回北京探亲

李致与《辅导员》杂志的同事

民生活贫困,在他们看来能吃米面已经是"吃得好"了。有个笑话:1973年"五一"节打牙祭,我和徐葵(原联络部副部长)费了九牛二虎之力,把一条一百公斤以上的大肥猪赶到食堂,很多人把肥猪抬上木板,由于没捅到要害,杀了以后还砍了一刀,才流出血来。此事传到信阳、北京,被调侃为徐部长和李总编在干校杀猪,因猪太肥,两人用锯子才把猪头锯下。

劳动任务虽重,一有空隙上面就安排学习。不过后来的学习有点"异化",实际成为一种休息。"当权派"逐渐获得"解放",群众的"派仗"减少,人们对"斗来斗去"有所厌倦。劳动结束后,或跳进跃进河洗澡,或吃个香瓜(当地著名的"王海瓜"),躺在床上休息。针对社员的民谣,在干校流传了另一民谣:"五七佬,五七佬,干完活,洗个澡,躺在床上看'参考'。"如不太累,洗澡后就游泳。有一次,我和江明、向洛新三人举行横渡跃进河(约三十米)比赛,我荣获季军。

忘记过去意味着背叛。军代表把阶级教育抓得很紧,常组织干部吃"忆苦饭"。我不知"忆苦饭"是用什么材料做成的,难以下咽。紧张劳动一天,晚上只吃忆苦饭,这无异是摧残。我不知军代表及其部下是否也一起吃忆苦饭,只知道每逢节假日,一有返北京的机会,他们总要通过干校驻信阳办事处,采购大量鸡、鸭、鱼、肉、蛋、甲鱼带回他们的家去。这种行为,远甚于"大批判"时所揭发的胡耀邦特殊化的"罪行",令人瞠目结舌。

"文化大革命"要打倒刘、邓"旧政权",强迫干部走"五七"路,是对干部的摧残。但是共产党员岂有怕劳动之理?何况当时正是壮年。关"牛棚"之前,红卫兵"大串联"时,我被派到中央团校做厕所的清洁,已经不怕脏;造反派"内战"时,一周得用四五百斤糨糊贴大字报,我学会蹬平板三轮车去买糨糊。在干校,多数学员学会了农活,锻炼了意志,增强了体质,我也是其中之一。

当然,也留下不少后遗症。

2007年1月3日

干校三事

20世纪60年代初，我在共青团中央工作。闹"文化大革命"之时，先靠边继被夺权，进"牛棚"后又去"五七干校"劳动改造。团中央的"五七干校"设在河南省潢川县。我已写的一些文章，曾涉及干校的生活。最近又想起几件事，尽快补记，以免遗忘。

牛与犁地突击队

1969年刚去干校不久，我就与牛打交道。

当时，我还没"解放"。"革命群众"开会，往往让我去看牛，看一头大公牛。当地的农工说，这事很简单，用绳子把牛拴住，绳子很长，让牛吃周围的青草就行了。我守了一个多小时，果然如此。我去寝室加开水，仅几分钟时间，回来一看，牛突然不见了。找遍四周，亦不见踪影。我怕背"破坏生产"的罪名，十分着急。一位农工领着我走了好几里，才发现这头公牛在与母牛调情。农工说，这家伙发情了，见母牛走过，挣脱绳子就追。我想，这是动物的生理现象，只要牛没失踪，就随它去吧。

1970年初，校部决定种水稻，我们排成立了犁地突击队。排长出身于农家，犁地是把好手，他领下这一光荣任务。我们班所有成员全都成了突击队员，我自然也在内。但真会犁地的人，只有排长杨爽和焦某。我和其他人一点不会，决心从头学起。当时，无论做什么事，一定是大批判开路。有位女同志在开展大批判时，连古代造字的仓颉也批判了。她慷慨激昂地说："男字，上面是田，下面是力，难道只有男的才能犁地么？"我听了佩服得五体投地。

我们连一共有六头牛，名为大牯子、小牯子、豁鼻子、小豁鼻子，其他两条的名字不记得了。牯子者，公牛也。而豁鼻子，则是断了鼻梁之牛。大小牯子，体壮力大，由杨爽和焦某使用，他俩是犁地的主力。其余的牛，无固定人使用。而我却固定使用大豁鼻子，因为它年老体弱，理当分给原来的"当权派"。

牛很温驯，任何时候去牵它，它很快就站起来，犁地时也很努力。但牛并不愚笨：无论上下午，上班的时候牛走得较慢，犁地人得举举鞭子；下班的时候，却走得很快，犁地人要小跑才能跟上。特别是几头牛在田或地里同时劳动时，若要休息最好同时休息。如有一头牛先休息，其他的牛必定要怠工。它知道争取平等待遇。牛休息的时候，一般要在地旁吃青草。这时总有不少蝇子趁机在牛背上叮它，牛尽力用尾巴去赶蝇子，但无济于事。这使我想起某个别有用心的人，人家在劳动在学习在工作，但她就是要缠着叮着，你甩也甩不掉。就这一点，我十分同情这些牛。

在杨爽和焦某的带领下，全班同志较快学会了犁地的技术。大家最喜欢一起犁一块宽大一点的地，杨爽带头，其余的按牛体力大小依次跟在后面。这种方法，人和牛都有兴趣，干得很欢，往往提前完成任务。有一次，犁地的时候，突然下大雨，当时大家热情很高，一定要坚持犁完地，又喊又唱："下定决心，不怕牺牲，排除万难去争取胜利！"所有队员全身淋湿，甚至哆嗦，仍精神百倍。犁完地以后，全班人员集合在一起。连长出来讲话，赞扬我们敢"在风口浪尖锻炼自己"，说明我们走"'五七'道路的态度很坚决"，是"忠于毛主席革命路线的好战士"，等等。大家很快地换了衣服，然后集中在寝室吃中午饭。杨爽找出一瓶酒，叫每人都喝一两口以驱寒气。我也喝了两口。因为长期没喝酒,这两口酒竟使我大醉,又哭又笑,还说了些胡话。杨爽是个好人,让我多睡了几小时,下午没叫我上班。我怕酒后失言,问过焦某,他说我讲的全是"豪言壮语",这才让我放心。不过,他又说下雨时犁的地,起不到松土的作用,完全是形式主义。

　　林彪、江青以劳动改造迫害干部,这是他们的罪行。但劳动毕竟是愉快的,只有那位平常调门最高的"造反派"害怕劳动,经常借病不出工。每天,大家赶着牛去犁地,一路有说有笑,有的还骑在牛背上。春风扑面,身心爽快。有一次,焦某骑在牛背上,神气十足,有人与焦某开玩笑,在牛背上狠抽了一鞭。牛一跑,焦某摔在地上,作痛苦状。杨爽让他回去休息,他却回连部写文章,吃病号饭。这个农村长大的焦某,早看穿"文化大革命"的实质,经常用各种办法消极对抗。不过,焦某的确很能干。有一次,他与我一起犁一块地,你追我赶,速度很快,中间休息,两头牛累得原地不动。看着两头累了的牛,我感到歉意。干部缺乏养牛经验:天天让小豁鼻子劳动,却不知它身怀有孕;一天早上,突然发现它生了一

在"五七"干校劳动。后排左三为胡启立、后排右一为李致

头小牛，这才给它放产假，让它休息几天。

犁冬水田却很艰苦。天没亮就得赶牛下田。当地的老乡多次告诫，要天亮太阳出来，水不冰人，才能赶牛下水田。可是有关领导听不进去，仍发扬"一不怕苦，二不怕死"的革命精神，勇往直前。我每早下水田，两脚抽筋，要痛得麻木了才能开始劳动。次年探亲回成都，一位骨科医生就预言要得后遗症。果然，年逾古稀，风湿加退行性变化，举步维艰。此系后话。

总的来讲，我们连队的牛饲养得不错。饲料足，农忙时还加点豆浆。附近生产队的农民很羡慕干校的牛，常把母牛拉来配种。当我们放牛时，他们把母牛牵来。干校的两头壮公牛一见生产队的母牛，便迫不及待地与之合作。我们本着支援贫下中农，也不收费，人、牛皆大欢喜。为了牛圈的清洁卫生，一位女同志建议，每到午夜要依次给牛把尿，行之有效。这样，每到夜深人静，全连皆可听见"尿，尿，尿尿尿……"的声音，抑扬顿挫，宛如牧歌。

干校的土地是"大跃进"时围湖造田的产物。尽管大家努力犁地、育秧、薅秧，加强各种田间管理，但水稻刚扬花，一场大雨，白露河水泛滥，淹了水田，谷穗上有许多脏泥。男女同志穿着短裤下田洗谷穗。这样一洗，秋收时颗粒无收。大家感到这种无效劳动，实在是浪费人力物力。军代表一贯提倡学员"自找苦吃"，面对这些损失，说："应算政治账，不能算经济账，无非是交点'学费'罢了。"

犁地突击队就此结束，我们班改育苗圃。

一天，从校部归来，发现众人围观什么。原来在阉割大牯子和小牯子的睾丸。与牛打了很久交道，实不忍心，快步离去。

学会犁地，也是本事。第三年去参加农村整党，农民见我能犁地，另眼相看。而我，通过当犁地突击队员，才知鲁迅所说"孺子牛"的精神。我童年时过分调皮，人称"五横牛"。以后，有个笔名叫司马横牛。现在，愿丢掉"横"字，甘当孺子牛矣！

当了半天"阿姨"

这是一个小插曲。

1969年底,根据"副统帅"的一号令,所有家属(无论老小)都"一锅端"到干校。除了有"五七"中小学校让学生读书外,还在校部办了一个幼儿园。幼儿园的老师由一些不适宜在大田劳动的女同志担任。

开初,大家不知道"五七"干校是中央文革小组迫害干部的产物,劳动热情很高,乐于自觉改造。女同志也如此。妇女是"半边天"的理论,"凡是男的能办到的事,女的也能办到"之类的口号,十分流行。无论什么劳动,一些体强力壮的女同志都要参加。我们二八连的犁地突击队,就有三位女同志。

随着时间的推移,劳动改造了一两年,"革命群众"对"五七"干校这种做法开始有意见,劳动热情显然不如初期了。开玩笑时常说,某某人病了,医生开了一剂药,叫"离湖散"。干校在潢川县的黄湖,离湖散即要调出干校。这些话,"革命群众"可以说,因为矛头"只能向上,不能向下"。我们是"文革"前的"当权派",装作没听见。

有一天,排里通知我:幼儿园的老师休息时间少,意见很大,校部决定定期给她们放假,派男同志去顶班。我们连得去一人。许多男同志不愿意去,连部决定派我去担此重任。我一贯喜欢孩子,又做过少先队工作,没等排长说服,就毫不犹豫地承担了这个任务。

第二天,我在八时半前赶到幼儿园。其他连队也各派了一人来,但几乎一来就声明自己"不会带孩子"。我说:"没关系,我来牵头。"颇有佘太君"我不挂帅谁挂帅"的气概。"杨家将"的故事是伟大领袖一再肯定的,我不必担心将来为此会在"灵魂深处闹革命"。其他几位同志也乐于我牵头,没人像"一月风暴"那样想夺我的权。

到了九点，一共来了二十几个孩子。因为一个阿姨都没来，孩子们有点莫名其妙。

"小朋友，阿姨平常太累，今天让她们休息。"我说，"今天，我们的功课很简单，做游戏。你们愿不愿意？"

小朋友高兴地齐声回答："愿意！"

我立即指挥："愿意翻跟斗的在这儿排队！"所有小孩儿，不分男女，全排队了。他们依次来到我身边，我把他们一个个地抱起来翻跟斗。他们笑了，显然很快乐。

接着又玩老鹰抓小鸡和过去我玩过的一些集体游戏。可能是平常管得比较严，一旦做游戏，小朋友都有兴趣。没有人捣乱，没有发生纠纷，而且不断地发表意见或提出建议。只是老叫我们为"阿姨！"

"我们是男的，还是女的？"我问他们，"我们的头发是长的吗？看见我们嘴边的胡子没有？要叫叔叔，叫老师。"

大家都笑了。

玩儿得起劲，时间过得很快。十点，小朋友坐在自己的座位上吃点心和水果，有的还喝了水。这些事，由其他几位男同志办了，我休息。他们也高兴，感到人人都为孩子做了贡献。

"阿姨，吃了点心又玩儿什么？"

我问："谁是阿姨？连是男的还是女的都分不出？"大家又笑了。我请一个小女孩儿来摸我的下巴，她摸了以后宣告："有胡子！"

吃了点心，孩子们要求我讲故事。我知道的故事，几乎全与"封资修"有关，不敢讲。听见他们爱大声喊叫，我临时编了一个童话。大意是说，乌鸦和喜鹊的声音本来是一样的，都好听。但参加一次音乐比赛，喜鹊的嗓子保护得好，没有变哑，比赛得胜；乌鸦一天到晚大声喊叫，嗓子就变哑了，比赛失败。我问："小朋友，你们愿意当喜鹊还是当乌鸦？"

"当喜鹊！"

347

"很好！不愿当乌鸦，就不要大喊大叫。"

到十一点半，家长来接孩子回去。临别时，有几个孩子依依不舍地问："阿姨，你们明天还来吗？"我答："我们几个叔叔得听校部的命令。"放学后，我漫步回队部。排长问："任务完成得如何？"我答："女同志能做到的事，男同志也能做到。"这是对"半边天"理论的补充。

与孩子们一起生活，我感到十分愉快。孩子们单纯，不必担心有谁背后戳你一刀。可是仅此一次，再没有派人去支持幼儿园的工作了。听说，幼儿园的老师嫌我们去打乱了她们建立的秩序，好几天都难于恢复。我想，我们冲破一下死板的气氛，可能在无意中做了一点"教学改革"。

有一次去干校小卖部买东西，听见一声熟悉的叫声："阿姨！"

原来是幼儿园的孩子。我向他瞪眼，摸摸自己的下巴，表示有胡子。他望着我笑了，笑得那么天真那么甜，可爱极了！

翻脸不认狗

潢川县产狗，品种不错。县里卖狗皮褥子，质量很好。我们所在那个连队，有一只狗叫黑犬。它是原农场喂的，有粮食定量，长得身强力壮，颇像猎犬。那时，生产落后，人的粮食不够吃。附近生产队有不少小狗因没吃的，常主动跑到干校来。也有些小狗是战士在路上发现，把它们带回来的。

初到"五七"干校，很多人一时不能适应过重的劳动，加上没有文娱活动，生活很枯燥。这些小狗，给大家增添了不少欢乐。

每到吃饭的时候，连队的五六只小狗分别围着大家。除了少数怕狗的女战士外，人们总是一边吃饭，一边逗小狗玩。这些小狗，一般静坐在人身旁，等候人给它们东西吃，并不吵闹。但如果久不给吃的，它们会用爪子拨弄人的腿，提醒人不要忘记它们的存在和要求。有的人故意高举吃食，让小狗直立，或教小狗作揖。食堂中，小黑、小胖的叫声不断……

我那时刚从"牛棚"放出不久，尚未"解放"。"革命群众"为划清界限，一般不与我说话。我也习惯这种孤独。但小狗不知人世险恶，总要和我亲近，特别是那只名叫小黑的。一见我就从老远跑来，在我前面摇头摆尾，像一个滚动的圆球，既亲切又好玩。我也在自己的定量内给它多剩点吃的。当我被分去看防洪的"幸福闸"水闸时，特意把小黑带上。看闸需要两人，但"革命群众"常被连部叫回开会。幸福闸离连队约十里，四周渺无人烟，我虽胆大，一个人也免不了有些担心。幸好有小黑陪伴，形影不离；不是同类，胜似同类。

当然，我对小黑也倾注了感情。

刚去看闸的那天，为小黑准备狗食。时已黄昏，却忘了点马灯。记不清砍什么东西，一刀下去，砍在我左手的中指头上，大半个指甲盖被砍掉，鲜血长流。我赶快用手绢缠着指头，举着左手跑回连部医务室。小黑似乎感到我为它受伤，紧跟我跑，无法把它赶走；后又跟着我一起回到水闸。

看闸期间，有较多的时候和小黑在一起，我似乎回到童年，尽情逗它玩儿。我不禁想起鲁迅在《狗的驳诘》中"狗"的一段话："我终于还不知道分别铜和银；还不知道分别布和绸；还不知道分别官和民；还不知道分别主和奴……"狗，就是这样的动物。

干校有六七个连队，每个连队都有自己的狗。说也奇怪，所有连队的狗，都不咬北京来的干部，而一见农民就叫。一次校部开会，附近生产队的干部就此提出意见。校部认为，这严重影响了干校与贫下中农的关系，下令一个连队只准养一两只狗，多的一律捕杀。只是我当时不知道这个可怕的命令。

看完闸以后，我又回大田劳动。

一天上午，我回连队取工具。队部旁边有条跃进渠，还有片小树林。一群人向小树林跑来跑去，好像在执行某种政治任务。又看见几位战士悄悄把一只狗藏在寝室里。我不由自主地跑去小树林，看见一只花狗被吊死在树枝上。很显然，一场对狗的屠杀开始了。

小黑呢？我找不到它，也不敢叫它，怕给它引来横祸。

我去大田劳动，心却平静不下来。吃午饭时听说一共吊死了六只狗，包括企图藏下来的那只花狗，统统埋在小树林。只有黑犬安然无恙。那顿饭，食之无味，特别沉闷。一想起小黑平常总坐在我身边，用腿来拨弄我，心里颇为难过。

小树林，几乎每天都得过几次。一看埋狗的坟堆，我仿佛听到那些可爱的小狗在喊冤："人啊，平常我们这样亲近，你怎么一下就变脸了？"我怕听这声音，再不去小树林。

粉碎"四人帮"后，读到巴金《随想录》中的《小狗包弟》。其中讲到一个艺术家与狗的故事。这位艺术家与邻居的狗相处很好。"文化大革命"期间，艺术家被打得头破血流，一条腿也给打断了。认识的人看见他都掉开头去，只有小狗仍对他十分亲热，用脚爪在他身上抚摸，别人打它都没有用。最后专政队用大棒打断小狗的后腿。艺术家被关了几年又被放出来，他买了几斤肉去看望小狗，而小狗早在被打伤以后，哀叫三天就死了。巴老就此写了他的叫包弟的小狗，为在"文化大革命"中没保护好它而自责，并向包弟表示歉意。

巴老的文章促使我想起狗的这场灾难。

狗是人类忠实的朋友，自古以来有许多义犬的故事。而那疯狂的年代，在极左思潮的影响下，却发生那样一场对狗的屠杀。当然，那时人都自身难保，何况狗乎！

人是最难理解的。狗啊！你也得警惕。

2002年2月至8月

终于盼到这一天

1976年10月10日,这似乎是极平常的一天。

醒得较早,望着总理的遗像,先想到1月8日那天的情景。早上儿子跑步回来,隔着门大声说:"总理逝世了!"我一下坐起来,目瞪口呆,大串眼泪往下流。上班不久,领导机关传达不许开追悼会的指示。群众不理这一套,我所在的出版社举行了追悼大会,众多人放声大哭。那几天无论看报、交谈、看电视,一涉及总理,总要流泪。我一生从没为任何一个人流过这么多眼泪。可是不久中央竟把北京广大群众在天安门悼念总理的活动,定为"反革命事件"。小平同志再次被打倒,又开展批"右倾翻案风"。

接着想到9月9日毛主席逝世。毛主席在中国革命中做出过重要贡献,我曾对他个人迷信,无限崇拜。但他发动的"文化大革命",给党和国家以及人民造成巨大灾害,林彪和江青之类先后横行,许多对革命有巨大贡献的人被打倒,群众分裂内乱四起,经济已到崩溃边缘。对他的逝世,我没有眼泪,只在守灵时不断拿出手绢儿擦眼角。由于江青为实现她的"女皇梦"正四处活动,我更担心的是中国的未来怎么办?

天气很阴暗,政治气候也如此。

到了办公室,省文化局副局长、出版社"革委会"主任江明与我谈到社内的事。"造反派"在文化系统的头头,搞了一个"帮助小组",企图掌握整个系统的运动方向。其中在出版社的头头,鉴于他在社内的力量孤单,竭力要把外单位的力量拉进来。可是失道寡助,在前两天召开的支委会上,经反复讨论,一致决定不让外单位的人介入出版社的学习和运动。江明说,那个人不会甘心,他一定在考虑下一步怎么进攻。

这时,传达室的张大爷在下面高声叫喊:"李致,有人会!"

我快步下楼,传达室外站着一个身材魁伟的人,原来是邓域才。他是我的好友丁磐石的中学同学和朋友,现在西南交通大学教书。他说:"我刚从北京回来,磐石要我来看你。"我把他请进寝室。

他问:"这里说话方便吗?"

当时是形势紧张,隔墙有耳,说话应当小心。我说,问题不大,都上班了。我以为邓域才要谈点小道消息,便把门窗都关上,洗耳恭听。出乎意料,他抛出一个"原子弹":

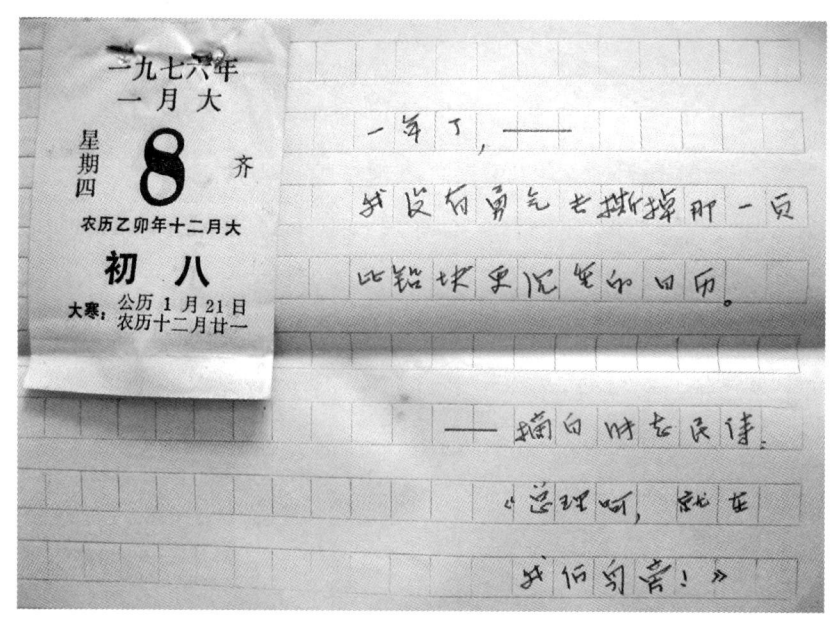

李致保存着周总理逝世当天的日历,把它贴在纸稿上,并抄录了诗人张志民的诗句

"江青、张春桥、姚文元、王洪文被抓起来了！"

这样重大的好消息，来得这样突然，我几乎不能相信。

他接着说："这件事在北京已传得很宽。这次行动是叶帅亲自指挥，八三四一部队抓的。华国锋、汪东兴都感到，再不抓他们，江青一伙就要动手了。李先念和老帅们都支持。一枪未发，也没流血，这四个人就束手就擒。大家都很高兴。这个'四人帮'是毛主席生前定的，过去毛主席在，暂时不便动手。"

我生怕不是真的，又问："不是民间传说吧？"

他说："绝对不是，磐石是听他们机关同事讲的。这位同事是市委书记的女儿，她是听她父亲讲的。还说胡耀邦同志知道后，非常兴奋。目前知道的人奔走相告：'逮住了四只螃蟹，三只公的，一只母的。'过几天就可能公布，磐石要我先告诉你们。"

我说："感谢磐石和你带来这个好消息，终于盼到这一天了！"

送走邓域才，我立即回到办公室。我和江明在一个办公室，我们曾在共青团中央一起工作：他原任《中国青年》杂志总编辑，是发配到四川来的；我原任《辅导员》杂志总编辑，是主动要求回四川的。我们在出版社同舟共济两年多，彼此了解和信任。我关上门，对他说："有极重大的消息告诉你。你先回寝室，我马上来。"

他问："什么事？"

我说："这里不是说话的地方，快回去。"

我和江明到了他的寝室。从单元门到他住房，一共有三道门，我一一把它们关好。然后开门见山，第一句话就是：

"江青、张春桥、姚文元、王洪文被抓起来了！"

与我一样，江明非常高兴，但也觉得太突然。他要求知道消息来源，可靠程度。我把邓域才告诉我的，向他和盘托出。

"逮住了四只螃蟹，三只公的，一只母的。"江明高兴地说，"终于盼到这一天了！"

经过交谈，我俩都认为四川情况复杂，在中央没正式公布粉碎"四人帮"前，暂不对外讲，否则"造反派"会大做文章。我几次经过办公楼室外的空地，草棚上所贴"批邓"的大字报，稀稀拉拉，有的纸角被风吹起，颇为凄凉。那位"造反派"头头迎面而过，他身披一件中山服上装，扬扬得意，作大首长状，尚不知已是"秋后蚂蚱，跳不到两天了"。

挚友王竹正从重庆来成都，我马上把他请来，与我共享这天大的快乐。①

我想起刚从重庆到成都的王竹。王竹是我青年时期结识的好友，已有三十年的深厚友情。他在重庆工作，为人正直，爱打抱不平。"文革"前就因向中央反映四川的真实情况挨整，"文革"初被斗，被关进地下室，折腾了很久才"解放"。每当他出差来成都，我们都有许多话说不完。主要是对"文革"不满，对江、张、姚、王不满。有一次，我们一起看了一份《周总理遗嘱》，他泣不成声。后来知道这份"遗嘱"不是真的，但它的内容反映了人民群众的某些心愿。这种"大快人心"的事，我当然急于告诉他。下午在电话上找到他，叫他马上来我家，有要事相告。他问什么事？我表示电话上说不清。他说有别的事，明天来。我说："你不来会后悔的。"

王竹准时来到我的寝室，迫不及待地问："什么事？"

我说："你老兄心直口快，这个消息非常重大，但目前不能告诉任何人。你先得同意这一点。"

他立即表态："哪个龟儿子乱说！"

事情太重大了，仅这个表态不能使我放心。最后达成协议：他愿意跪在地上发誓，我也让步——只要他跪在床上发誓。他真跪在床上发了誓，我才告诉他。他也问消息来源渠道和可靠程度，经我

---

① 与王竹见面的细节，详见本书《再见，三哥》一文。

反复说明后，他由衷地感到喜悦，眼里含着泪花，激动地说：

"终于盼到这一天了！"

只是王竹太兴奋了，违背了他的誓言，当天就告诉了他认为可靠的朋友。回重庆后也如此，包括告诉了我在重庆大学读书的女儿。这都是事后知道的。

我非常乐意把这令人愉快的消息让家人分享。妻子对"文革"的看法与我完全一致。经过十年内乱，女儿对批"右倾翻案风"极为不满，与她一位表哥一样，想出去"打游击"，我一再叮嘱他们千万不能乱讲。儿子年纪不大，对总理逝世他表示了极大的悲痛，那时他没有工作，参与了我们出版社悼念总理的一切活动。现在，妻子出差在外，女儿在重庆念书。我急于把粉碎"四人帮"的消息告诉儿子。当时他在成都市电台工作，好不容易等到他回家吃晚饭。

我问："你知不知道发生了重大事情？"

他说："知道，逮住了四只螃蟹……"

我说："你小子既然知道，为什么不告诉我？"

他说是一位同事（她丈夫在部队一个报纸任总编辑）今天才告诉他的。这又从另一个渠道证实了这个重大消息。于是我们交换了彼此所知情况，尽管事实和细节差不多，但都乐于再重复一遍。

整整一天，我一刻也平静不下来，破例地喝了点酒，连一贯雷打不动的午睡也取消了。我想欢呼，把这一惊天动地的消息，尽快告诉可靠的朋友和亲人。然而不行，得暂时控制自己的感情，装得若无其事。这是一种愉快的矛盾和压抑。多灾多难的祖国和同胞，十年了，我们总算熬出了头，获得新生！小平同志，人民从心底拥戴你，你必将第三次复出，继承周总理的遗志，领导全国人民实现"四个现代化"。老领导耀邦，你毫无私心，一身正气骨头硬，你又可以大声疾呼，奋力实干，为国家为人民大展宏图了。亲人巴老，你受尽张春桥、姚文元的折磨，这下即将彻底翻身，我们通信和见面可从"地下活动"变为光明正大，你一定会重新提笔，倾吐你对祖国对人民的炽热的感情。患难与共的妻子，十年来你为我吃苦最多，还得照顾子女和安慰母亲，今后你可以不再为我的安危担心，除了认真工作，也要注意自己的身体。可爱的女儿和外甥，你们不必去"打游击"了，安心学习和准备建设祖国吧。当然，前进的路途上还会充满斗争，但大势所趋，那些爪牙们能挽回已"失去的天堂"么？

这不是平常的一天！

这是最不平常的一天！

终于盼到这一天了！

2001年4月4日

改革春风

李致文存·我的人生（上）

LI ZHI WEN CUN

我心中的洪湖水

20世纪60年代初上映的《洪湖赤卫队》是一部很好的电影，它不仅歌颂了洪湖人民的革命斗争，还有许多动人的抒情歌曲，深受人们的欢迎。

其中最流行的一首歌是《洪湖水，浪打浪》。歌唱家经常演唱，群众中许多人爱唱。连我这个"左嗓子"不时也要哼几句。

听说周总理喜欢这首歌，曾号召要多创作出像《洪湖水，浪打浪》这样好的抒情歌曲。不久，我到北京出席全国少先队工作会议，在一次舞会上，歌唱家王玉珍演唱了这首歌。我亲眼看见周总理神情专注地站着听，还用手轻轻打着节拍。这反映了总理与文艺工作者的亲密关系。

"文化大革命"一爆发，许多好歌曲都被打成"封资修"了。那时候，一天到晚听到的歌曲，或是"凡是反动的东西，你不打它就不倒"，或是"拿起笔做刀枪，集中火力打黑帮"，或是"无产阶级'文化大革命'就是好，就是好来就是好"。不仅使人恐怖，而且枯燥无味。哪还能有优美动听的《洪湖水，浪打浪》？

黑暗的日子终于结束，但在短时期内"两个凡是"束缚着人们的思维。人民群众期盼拨乱反正。一天中午，偶然听见收音机在播《洪湖水，浪打浪》这首歌，我的心像点燃了火，热血沸腾。我开大了收音机的音量，把所有的窗户打开，向四周的邻居高呼："电

旅行团告别前的聚会

台在播《洪湖水，浪打浪》了！"我欢乐的声音像是在宣告美好世界的到来。

从此我又经常听到《洪湖水，浪打浪》。

1992年，我和老伴去美国探亲，参加了一个国际学生旅行团到加利福尼亚州旅游。其中有美国、中国、俄罗斯、中美洲和东南亚的学生和家长。一周的时间使大家产生了友谊，分别前举行联欢会，主持人要求每一个国家的人唱一首本国的歌曲。我们八九个中国人聚在一起商量唱什么，各自提出一些建议。只是有的歌太政治化，有的歌虽不涉及政治，但又不会唱。我灵机一动，提出唱《洪湖水，浪打浪》，一下就得到所有人赞同。

我们兴致勃勃地合唱：

　　洪湖水，浪呀嘛浪打浪，
　　洪湖岸边是呀嘛是家乡。

清早船儿去呀去撒网，

　　晚上回来鱼满舱。

　　那是一个黄昏，人们聚集在草坪上。空气新鲜，且夹着主人准备的烤牛肉的香味。这首充满民族特色的抒情歌曲，吸引住了十多个国家的朋友，赢得了他们热烈的掌声，我们也感到自豪。

　　啊！洪湖水，你将永远在我心中激起浪花。

1997年末

特殊的纪念日

在以"阶级斗争为纲"的年代,我有自己特殊的纪念日,它分别为9月22日和4月22日。这两天我都被抄家。

1955年下半年,我因"胡风问题"被审查。当时很坦然,能做到"相信群众、相信党",积极提供自己的情况。但在9月22日那天,公安部门突然来搜查我的家。我本无所谓的问题,因此搜查也不会有"收获",无非拿走了我的信件、照片和一切有文字的本子与纸片。审查结束前,"上纲上线"地批判了我几次,虽然很快恢复工作,但我的思想已被搞乱。

第二次抄家在"文化大革命"中,那是1968年4月22日。"造反派"对我进行突然袭击,宣布我是"胡风反革命集团"的"小爬虫",开声讨大会,接着抄家。"革命"本来"不是请客吃饭",我的家被抄得一塌糊涂。除拿走照片和一些书籍,别无所获。然后就把我作为"专政对象",押进"牛棚"。

两次抄家对我产生了很坏的影响。从学生时代唱"解放区的天是明朗的天,解放区的人民好喜欢",到以后唱"五星红旗迎风飘扬",我们的生活本来应该多么幸福啊!但按"斗争哲学"的理论,斗来斗去,我不仅毫无"其乐无穷"之感,反而如临深渊、如履薄冰,像林黛玉进贾府,"不敢多说一句话,不敢走错一步路"。

从第一次被抄家起，我放弃了文学创作，不记日记，不保存文字资料。写信只谈生活不谈政治，就是谈生活，也绝不能有"小资产阶级情调"，更不能有可能被抓住的任何"把柄"。我养成了凡信件和别的文字东西看过即扯掉的习惯，而且每到被抄家的"纪念日"，便主动搜查自己的屋子，把所有我认为不必保留的东西统统毁掉。20世纪80年代读巴金的《随想录》，他谈到"文化大革命"初期，为避免某些人断章取义，造谣生事，把心一横，用火烧掉保存几十年的他的大哥给他写的一百几十封信。在这一点上，我似乎比巴老"觉悟"得早一点。

然而，这样做也留给我许多遗憾和痛苦。

我最爱我的母亲。我1964年初调北京工作后，她每周都要给我写一封信。尽管谈的全是生活琐事，但充满了慈母之情。我经常翻阅这些信，就像听她安详地对我说话，舍不得立即撕掉，但一到抄家"纪念日"，我什么都不考虑，几下连信封一起撕掉，只保留了她抄写的毛主席诗词。我母亲已逝世十八年，我经常想念她，如果这些信还在，那有多好。我一想到这些信就感到心痛。

我和女儿发生过一次大冲突。我很爱我的女儿，她也很爱我。"文化大革命"中我去河南的"五七"干校，她到了北大荒农场。除了劳动外，她每晚要学习文化科学知识。这本是好事，但却受到误解和批评。她来信告诉我她的苦闷，我经常在晚上点着马灯给她回信，鼓励她上进。尽管我讲的都是正确的意见，用的也是革命的语汇，但欲加之罪何患无辞，难道不能歪曲成打着"红旗"反红旗？我总叮嘱她不要保存这些信，可是她舍不得撕毁。当她从北大荒回到成都时，我的上百封信她保存得好好的。我说服不了她，只好趁她不在家时把信全部烧掉。以后她发现了，大哭大闹一场。当时"文化大革命"尚未结束，我无法向她说清人世的险恶。

一直到党的十一届三中全会以后，情况才开始变化。全党全国以经济建设为中心，不搞政治运动。强调实事求是，人们的精神获得很大的解放。从那时到现在，我记了十四年的日记，保存了大量的资料和信件。我重新开始创作，以"往事随笔"为总题，写了不少散文和杂文，出版了散文集。由于我有资料，回顾往事有根据，受到文学界一些朋友的肯定。那些战战兢兢的日子已经结束，那种不敢讲真话的环境已有改变。我写出这些变化，以纪念十一届三中全会召开二十周年。

1998年6月20日

草堂杂文（十三则）

按 党的十一届三中全会以后，形势很好，特别是党中央提出振兴中华的号召，对我的震动很大。当时，我在四川人民出版社工作，除了努力多出好书外，我有很多话想说。1981年，因为生病，住进草堂寺疗养院，闲暇期间，我写了一些文章。《我的胖舅舅》《永远不能忘记的四句话》和《带来光和热的人》等文，即往事随笔，均写于此时。此外，还写了一些小杂文，刊于《成都晚报》，距今已有四分之一世纪。其中《挂牌子与说真话》和《有感于齐人妻妾》两篇，被选入曾彦修主编的《全国杂文大系》。这些小杂文多涉及文明行为和社会风气，在社会上也有点影响。《看电影的苦恼》被成都的一两家电影院抄下来贴在门口。还有一家工厂来人找我，说有一女工看了《不要叹息而死》后，打消了自杀的念头。出疗养院以后，又写了几篇，免于另立名目，故包含在内，统谓"草堂杂文"。

2008年1月20日，天空飘着小雪

之一：挂牌子与说真话

看见一家饮食店门前，挂着一个"毕"字的牌子，这使我想起1978年底在北京和作家秦牧的一次谈话。秦牧是广东人，抗日战争时期在四川住过。他很关心四川的情况，不仅了解了这几年的巨大变化，还询问了不少风土人情。他甚至问我：四川的饭馆，饭菜卖完以后，是不是还挂一个牌子，上面写一个"毕"字？答：早就没有这种牌子了。现在挂什么牌子呢？他又问。回答说：一般挂"学习时间"。他感到茫然了。我立即解释：十几年来就这样，饭店只要没有营业，大多是挂一个"学习时间"的牌子。当然，实际情况往往并非如此。只要往店内一看，或是打整清洁，或是摆龙门阵，或是关门大吉，很少看见真正在学习。所以，挂个牌子，一概称为"学习时间"，给人一种说假话的感觉。但也无可奈何。十年动乱期间，所谓政治学习是可以冲击一切的，谁还敢表示异议呢？然而很早以前就有这样的笑话：问哪个单位最重视学习，答××饭店；究其原因，曰：只要不卖饭菜，就在店门口挂个牌子，宣布为"学习时间"。

秦牧听着忍不住笑了。

我一直没有忘记这一次谈话。以后，我注意到由于形势好转，物资充足，饮食店营业的时间长了。东西卖完以后，挂"学习时间"的牌子逐渐减少，挂"毕"字的开始增多。挂什么牌子这类小事，不也反映社会风气的变化么？我不禁为此感到高兴。

1981年6月21日

之二：对"等于是"的异议

我很喜欢自己家乡的语言——四川话，因为它丰富、朴实、幽默。比如，传统川戏《画梅花》和四川方言剧《抓壮丁》等，就以它特有的语言魅力，赢得了很大的荣誉。《画梅花》中不学无术的黄天监冒充斯文，被弄得丑态百出，最后急得放声大哭——却因此得以脱身时，他破涕为笑，对观众说："怪不得读书人把眼泪叫'泪珠'。这东西用得恰到好处，硬是比珍珠还值钱。"这是多么生动的语言啊！

　　我曾在外地工作，先后在北京以及辽宁、河南等省的农村住过，也注意学习当地语言。然而，可能是我偏爱，我仍然最喜欢四川话。十年后我调回四川，一听到家乡话就感到亲切；但出乎意料，到处听到"等于是"的口头禅。开口、闭口说"等于是"的人之多，无法统计。小孩不足怪，大人也如此；学生尚可原谅，教师亦未能例外。我们真像生活在"等于是"的世界上了。

　　外地人问路，回答："等于是往右走。"这究竟往哪儿走呢？问路人茫然不知所云。

　　在医院听见一个人打电话，语气是悲伤的。一开口就说："方厂长，等于是我的妈死了。"究竟是他妈死了，还是他岳母死了，或是养母死了呢？

　　有人介绍保姆的情况，说："等于是她丈夫是司机。"听者吃惊，忙问："究竟谁是司机？"回答说："她丈夫。"在旁的人提醒："丈夫只有一个，万不能等于是丈夫啊！"说者、听者都笑起来。

　　我经常对"等于是"提出异议。有人不以为然，说"这算什么，就像有些人爱说'这个''这个'一样，"等于是"就是"这个"。我说，语言是表达思想感情的工具，首先得讲准确性。"等于是"这三个字有它自身的含义。事物之间，有的可以等于，有的则不能等于。如果不管三七二十一，随便等于过去、等于过来，这既不准确，又不优美。

　　我期望能保持四川话的优点，去掉"等于是"这类不必要的口头禅。

1981年7月20日

之三：谈"挣表现"

近几年来流行一种说法："挣表现"。分析起来，似乎有三种情况：

第一种是乔装打扮，表里不一。例如，有人从不按时上班，突然一下要提前到办公室了。邻居深感奇怪，他却理直气壮地说："要调工资了，难道不挣点表现么？"又如：孩子想入团，但不愿参加学雷锋的活动。母亲骂他："你硬是个瓜娃子，要入团却不挣点表现！"于是，孩子只得拿起扫帚，到学校"挣表现"去了。诸如此类，不胜枚举。什么样的人有什么样的表现，这是本来面目，完全无须去"挣"。表现而要"挣"者，是为达到某种目的而乔装打扮也；只要目的一达到（或达不到），很快就会恢复原状。虚假，无论对大人或小孩，都不光彩。怎么能不以为非，反以为常呢？

第二种是攻击别人进步。有些人看见别人争取入党、入团，努力改正缺点，总觉得不舒服，于是便讽刺说："又去挣表现了！"真心要求进步，真正改正缺点，这是好事情，不能与第一种情况等同看待。为此发出嘲笑或攻击的人，如果不是认识不清，便是以己之心，度人之腹，把世界上所有的人，都看成和自己一样罢了。

第三种则是含有表扬之意。我有一个朋友，星期天爱去钓鱼。为了减轻他夫人的家务劳动，便提前在星期六下班以后洗衣服，做清洁，买东西。他夫人常愉快地对人说，"我老公又在挣表现了。"这里没有虚假的成分，反而使人感到幸福的生活情趣。

看来，诚实与虚假，积极与消极，表里如一或不一，是辨别"挣表现"这个说法是什么含义的标准。"十年动乱"期间，林彪、江青一伙一天到晚讲假话，对社会风气产生了极其恶劣的影响。我认为，不恰当地使用"挣表现"这个说法，如前述两种情况，是与此有关的；尽管说话的人并不一定意识到这一点。目前，整个社会风气不断发生好的变化。与之相适应，语言上也该有某些调整（当然更重要的是事物的本质）。使用"挣表现"这个说法时，慎重一些不更好么？

1981年8月20日

之四：看电影的苦恼

看电影本来是愉快的事，但有时却很苦恼。

首先是在开演后相当长的一段时间，不能得到安宁，总是有不少迟到的人不断从前面走过，以致阻碍视线，让人错过一些重要镜头。如果座位靠近走道，往往会被那些在黑暗中的"探索者"摸到身上来。吃惊之余，还得被迫回答自己坐的是第几排和第几号。

好不容易观众到齐了，四周又出现了新的干扰：主要是不顾别人的大声讲话。一是场内的"谈心者"。女孩子在讲百货公司在卖什么"的确良"，小伙子则说哪家的啤酒不好喝，好像根本不是来看电影的。二是"天才的先知者"。只要电影中的人物一出现，他就说这个是好人，那个是坏人；一碰到紧张的情节，就说这个人没有死，那个人跑脱了，使人看下去索然无味。三是"低劣的评论家"。看《燕归来》时，他说："看他们把原配夫人怎么办？"在《刑场上的婚礼》中陈铁军宣布他们结婚时，他甚至说："怎么结婚都不撒点糖呢？"简直令人不能容忍。此外，还有一些热爱"合唱"的人，影片中的人唱什么，他就跟着唱什么，似乎别人买了票是来听他演唱的。

电影快要结束的时候，不仅需要知道故事的最后结局，有时还有很好的音乐要听。但这时往往有不少匆忙的"先驱者"早站起来走动了，使得多数人无法再看下去。如果这些"先驱者"上班工作时能有这样的劲头，倒是十分令人佩服的。

早有人对这些现象作过批评，可惜收效不大。鲁迅在《两地书》序言中对许广平谈到一次演出，他说："那天的看客，什么也不懂而胡闹的很多，都应该用大批的蚊烟，将它们熏出去的。"上述提到的一些现象，大多要从提高文化教养来解决，但对那些嘲笑革命者的看客，我真想用蚊烟把他熏出影院去。

1981年11月15日

之五："赞"喜鹊姐姐"

国外报刊对我们午睡的习惯时有非议，这当然可以讨论。我的午睡习惯是解放前在教会学校养成的。几十年来，"江山易改，午睡难移"。从实际效果来看，哪怕只休息十几分钟，打个盹，在下午和晚上都感到精力充沛。

但这片刻的安宁却很难得到。

往往躺在床上，刚要入睡，楼上的同志却敲打起东西来。"不要管它吧"，我安慰自己。接着是几个小孩，像雷阵雨似的从楼上跑下来；院子里又有人为省事，不肯上楼，站在下面对着楼上的人喊叫着一些大可不必公之于世的生活琐事。我不禁暗自叹息了："这些人不知要到什么时候才会想到别人？"几经波折，再入睡已很困难。这时，大街上有一家的录音机打开了。于是，我被迫听那些流行歌曲："虽然已经是百花开，路边的野花，你不要采！"

今天中午又是这样。在无可奈何之际，我翻开小外孙丢在床上的《爱唱歌的喜鹊》。这是一本活动画册，描述一只住在树上的喜鹊姐姐，很爱唱歌，大家都喜欢她。有一天她唱得正高兴，忽然下面传来一声："请别唱了！"喜鹊姐姐赶忙跳下去，从猫头鹰、百灵鸟、啄木鸟、松鼠，一直问到猴子，才发现树下的兔妈妈带着六只小兔在睡觉。于是喜鹊姐姐轻轻地说："乖乖地睡吧，兔宝宝，等你们长大一点，我再来教你们唱歌。"多么可爱的喜鹊姐姐啊！

这引起了我一些联想。"十年动乱"造成的恶果之一，是使不少人心里只想到自己，不关心别人，连一些起码的公共道德和文明行为都不知道。这难道不需要补课么？既要补文化科学知识之课，又要补文明礼貌之课。本着这一点，我向那些不懂得在集体生活中应该注意什么的人建议：请读读这本《爱唱歌的喜鹊》吧。

1982年2月28日

之六：有感于齐人妻妾

坚决打击经济罪犯，大快人心！

从报纸刊登的材料来看，这些罪犯的家属大致有三种态度：一是不关心自己丈夫或子女，不了解情况；二是支持或包庇，把丈夫或子女贪污盗窃、投机倒把的行为，看成是有能耐，甚至感到光荣；三是同伙，原广州市电信局局长及其老婆，就是一个例证。

我不禁想起孟子的《齐人有一妻一妾》。

齐人和他的妻、妾住在一起。他每次外出都饱食酒肉而归，并吹嘘和他一起吃喝的都是高贵的人。可是，他妻子从来没有见过达官贵人到家里来，大为怀疑，决心亲自调查一番。一天早起，她悄悄跟在丈夫后面，看他往哪儿走，做什么。她注意到在城里没有一个人与她丈夫交谈。她看到丈夫到城东郊区的坟堆中，向那些祭祀亡者的人乞讨酒食；没有吃饱，又向别的祭祀者乞讨。原来这就是齐人饱食酒肉的办法。妻子回家以后，对齐人的妾说："丈夫是我们终身所仰望的人，没有想到竟是这个样子！"她们鄙视自己的丈夫，并在中庭相对哭泣。

孟子离开我们已经两千多年了，但他描述的齐人一妻一妾，给人留下了深刻的印象。齐人的妻妾，有明确的是非观念，对丈夫乞食、说谎感到羞耻。特别是齐人的妻子，她有头脑，不仅敢于怀疑丈夫的行为，还能跟踪外出，作调查研究。对比之下，那些明知自己的丈夫和子女贪污盗窃，还醉心于非法得来的电视机、录音机的人，难道不感到脸红么？恕我直言：我认为这些人远不如齐人的妻妾。至于同伙犯罪，自然是另一个性质的问题了。

我们的社会有许许多多好的家庭：夫妻之间和父母与子女之间，互相关心帮助，严格要求，共同为实现"四化"而奋斗；如有成员犯罪，或送子归案，或大义灭亲。这是社会主义精神文明的一种表现，远非那两个只是"相对哭泣"的齐人妻妾可比。我们应该向这些社会主义新人学习。

1982年3月18日

之七：不要叹息而死

现在有一种人，无论谈什么，从国家大事、社会生活到本单位的工作，总是叹息不已，说一声："没有希望！"

鲁迅在1919年写过一篇名叫《恨恨而死》的杂感，讽刺那些所谓"怀才不遇"的人，对他们一连提了很多问题，以启发其认识自暴自弃的行为，并说："他们如果细细的想，慢慢的悔了，这便很有些希望。万一越发不平，越发愤怒，那便'爱莫能助。'——于是他们终于恨恨而死了。"

我也学鲁迅的办法，向这些终日叹息的人提一些问题：诸公！您认为"四人帮"横行的时候好，还是粉碎"四人帮"以后的形势好？您认真学习过党的十一届三中全会和六中全会的决议没有？您是否把拨乱反正看得过于简单，以为轻而易举就能把问题全部解决？您到农村去看过吗，那儿有什么巨大变化？您和周围的人，心情是否比过去舒畅，生活是否比过去有所改善？您在学校的子女是否可以不学张铁生交白卷，而敢认真读书了？您是否按时上班、积极工作、为实现"四化"作过努力？您遇到不正之风，是奉行"只栽花、不栽刺"的原则，还是敢于出来斗争？"团结起来，振兴中华"的口号，难道在您心中不能泛起一点涟漪？……

他们如果细细地想，慢慢地悔了，这便很有些希望。天下兴亡，匹夫有责。要认清形势的主流，为之欢欣鼓舞；也要看到发展过程中的曲折，与困难做斗争。有一分热，发一分光。哀莫大于心死。终日叹息，无非是逃避自己的责任并使人泄气而已。这有什么用呢？

我希望他们逐渐振作起来，不要叹息而死。

1982年4月5日

之八：请放轻脚步

在文明礼貌月活动中，我不禁想起了脚步声。

正当集中精力办公或学习的时候，"噔噔噔"的脚步声，使人不得不放下工作或书本来；

大家聚精会神地在听报告或开大会，"噔噔噔"的脚步声响了，与会者回过头去寻找哪儿发出的声音，讲话人也不得不"暂停"；

刚好入睡，"噔噔噔"的脚步声把人吵醒了！

脚步声响起，总是一些穿高跟鞋的姑娘，或是穿硬底皮鞋的小伙子，神气十足地走过来。在公共场所，常常有人用惊奇和遗憾的眼光望着他们，但他们满不在乎，似乎在接受别人的"注目礼"。

也有人为此提出批评。

他们推口说楼板上没有地毯，商店里只有硬底皮鞋，而且鞋底质量不好，一穿就磨损，害得一只鞋钉了五颗钉子。……

难道自己就不可以注意一下么？

不论做什么事，影响别人工作、学习和休息，总是不好的。在可能影响别人的时候，至少可以踮起脚走路，或者放轻脚步嘛！

脚步声也能反映出一个人的文化修养。

1982年2月18日

之九：集体婚礼与集体结婚

一字之差，常常会成笑话。

新年前后，为了移风易俗，不少单位举办了集体婚礼。这本是一件大好事。然而，我却听见不少人把这叫作"集体结婚"。

集体婚礼和集体结婚完全是两回事。集体婚礼只是一种仪式，集体结婚却是一种婚姻制度。千万要注意这两个词儿的差别。老说集体结婚，难道要把我们倒退到原始社会的"群婚制"去么？

没有想到，最近有的报纸和电视节目，也把集体婚礼说成集体结婚。为此，我写了这篇小杂感。

1982年3月11日

之十：乘车有感

我爱在公共汽车上观察。

有几次看见这样的情况：两三个人争着买票，那种热情的友谊，委实令人感动。在你抢我夺之中，常常有一个说："没关系，我可以报销。"这句话似乎比什么命令都有效，其余的人立即"礼让"起来。

乘车买票，这是起码的常识和公德。报销车票，只能因公出差，这也是人所共知的规定。既然不是因公出差，而要报销车票，甚至替他人报销车票，无非是假公济私、慷国家之慨罢了。

有人编了一句顺口溜："一心一意向钱看，联合起来整公家。"给这类人的思想作了概括。

但愿这种风气能逐步改变。

1982年3月28日

之十一：使人尴尬的广告

开展文化活动需要企业支持，企业的某些广告进入文化场所。这已逐渐被人接受。

但有些问题也得注意。

前些日子，去听一个大型的音乐会。演出的目的是为了资助某项教育事业。参加演出的是香港著名歌星，有一定水平。场内四周挂满各种广告牌，因为太多无法细看。但我座位对面的广告牌，字体十分醒目：阴茎倍增×。我之所以用了一个×，不用全名，是我不愿为它做广告。

听音乐是一种艺术享受。面对这个广告牌，我感到很不舒服。我不敢说听众中没有阳痿病患者，更不敢担保没有阴茎短小需要"倍增"的人。但这些患者可以去看医生，或到医疗器械商店去买有关用品。大可不必一边听音乐，一边想倍增。

我期望音乐会尽快开始。只要场内灯灭，我好忘掉这劳什子广告。可惜我忘了这类音乐会的"特色"。演员出场，与观众聊天得占一定时间。稍有掌声就立即感谢"广大观众的厚爱和鼓励"。刚唱几句就得下台与观众握手。随便拉一个小孩来陪唱几句，以示歌手之歌广为流行。诸如此类，难以列举。身旁一位观众说："这类水分可能占音乐会三分之一的时间。"我没有答话，我的注意力不在这里。我只注意到场内灯光时暗时明，追光跟着演员转动。只要一有灯光，

"阴茎倍增×"几个字特别明显。这种干扰一直到终场。

这是多么可悲的艺术享受啊！

也许只是我倒霉——现在时兴讲运气——不该坐在这个什么倍增的广告牌的对面。那些坐得远远的追星族，还在兴高采烈地鼓掌哩。

但这毕竟说服不了自己。

这类音乐会的组织者，你们在寻求资助时，无论拿回扣或不拿回扣，对文化场所的广告，难道不能有一些选择么？

1993年6月8日

之十二：乘电梯所遇

日前到一大机关办事，正遇上班高峰。

近二十人等在电梯门前。两个电梯：一个运行，一个开着门不动。

都以为开着门的电梯是在维修。

"何必在上班高峰时维修。"不少人说。

一位女工作人员在空电梯前站着。

我走过去，发现她手里并无工具，颇感奇怪。忍不住问："维修好了吗？"

"不是维修，是等候外宾。"她回答。

这个回答立即引起议论。在改革开放年代，外宾来访是很平常的事。不论什么时候来，如果电梯在运行，外宾亦可稍候一下。完全没有必要空着电梯恭候外宾，不让本机关和外来的中国人进去。

管理电梯的女同志显然不是决策者，但她不能违背领导的指示。而大家又找不到决策人提意见。

好不容易等另一电梯上了十五层，又从十五层下来，把人运走了一半。我有幸进了电梯。

"我出访过十几个国家，从没有遇到外国人采取这种做法等我们。"一位头发花白的老同志说。

也有人批评："崇洋媚外。"

我抓紧时间办事。大约十几分钟后，乘电梯回到底层。那边的电梯仍然空着在等待。我想，外事活动应该守时，便问："你不是说外宾八点半来吗？"

"还没有到齐！"她回答。

我把听到的批评和自己的意见，心平气和地告诉了她。她没有反对。我只好说："请把这些意见向你们的领导反映一下。"

她微笑着，没有表态。

1997年8月21日

之十三：也谈讲真话

没想到讲真话居然会引起争论。

讲真话，无非是诚实的表现，为人必需的道德。人与人之交，绝大多数都愿意听真话。难道有人愿意听假话？当然不能说没有。安徒生童话《皇帝的新衣》里的皇帝，就是极为典型的爱听假话的人物。

作家、杂文家应该讲真话。

鲁迅是伟大的思想家。他的第一篇小说，通过《狂人日记》提出，翻开历史一查，才从字缝里看出来，满本都写着"吃人"两个字，并大声疾呼："救救孩子！"鲁迅一生讲真话，直到他停止呼吸。正因为这样，鲁迅赢得了广大人民的尊敬和热爱。

巴金和许多作家，也是讲真话的。早在五十年前，巴金就勉励他的下辈："说话要说真话，做人得做好人。"由于历史的曲折和灾难，许多人被迫说违心之言——也就是假话。十年浩劫作了反面教员，擦亮了人们的眼睛。巴金在否定史无前例的那场"文革"时，极力主张讲真话，并对自己作了认真的剖析。

巴金说："我提倡讲真话，并非自我吹嘘在传播真理。正相反，我想说明过去我也讲过假话欺骗读者。我讲的只是自己相信的，我要是发现错误，可以改正。我不坚持错误，骗人骗己。"

读者理解巴金。他们喜欢巴金的作品，同时尊重巴金的人品。

真话不等于真理。这是持不同看法的主要论点。单就这一句话来说，我举双手赞同。如果我没有理解错误：真理是客观事物发展的规律，真话是对事物的认识（或见解）所持的态度。这是两个不同范畴的东西，怎么能画等号呢？

讲真话是针对讲假话而言的，这是两种截然不同的态度。讲真话如果符合客观规律当然最好，如果有错误或有片面性，只要抱着诚恳的态度（即实事求是的态度），完全可以修正错误或克服片面性，最终能接近和逐步认识真理。至于持不老实的态度，讲假话，根本没有接近或认识真理的可能性。这是卖假药，属于打假办公室的任务了。

两面讲到，可能符合实际一些，否则至少带有片面性。

早在1980年通过的《共产党内政治生活的若干准则》中的第五条，明确规定共产党要讲真话。作为党员作家或评论家，会牢记《准则》的规定。

1993年5月3日

"我会为你们说话！"
——怀念任白戈

20世纪50年代初，任白戈同志是中共重庆市委宣传部部长。

我多次听过白戈同志做报告。他讲话声音洪亮，逻辑性强，深入浅出，有文学性，很受欢迎。当时就听说，他在20世纪30年代就是左翼作家，曾逃亡日本，颇带传奇色彩。1955年，我在共青团重庆市委少年儿童部工作，多次请他参加全市的少年儿童活动，他从没推辞，也没架子。

1957年是多事之秋。先学习了一个重要讲话，《讲话》强调了"百花齐放，百家争鸣"的方针，正确处理人民内部矛盾，很鼓舞人。可是当人们的思想刚一活跃，想帮助党整风，最高当局又紧张起来了。在这个过程中，大学生的动向颇受人注意，各方对此的议论也不少。在市委领导下，派了工作组去重庆大学对学生的思想情况做调查。我当时在共青团市委大学部工作，因而也参加了调查组。

工作组调查结束后向市委常委会汇报，指定我为汇报人。初生牛犊不怕虎，我没推辞。会议由当时已任市委书记的白戈同志主持。在会上我以一个班的分类排队情况，说明学生思想情况的主流是好的，绝大多数学生热爱党、拥护社会主义、努力学习，只有个别学生对土改、肃反有点意见。我记得，白戈同志和其他常委都肯定了我们的调查结果。

当我谈到有些学校思想工作简单粗暴的时候，举例说某中等专业学校的一个女生，叫李启源，因喜欢文学受到批判，一气之下跑到附近一个庙子里去了，学校正准备处分她。我们去该校时，与李启源作了谈话，告诉她喜欢文学没有错，但同时要学好专业。李启源明白这个道理后，态度有了转变。

"这算什么问题！"白戈同志插话说，"当年，艾芜为了自食其力和逃避封建婚姻，一个人徒步南行，先到云南，后去缅甸，到处打工，阅历丰富，写了著名的《南行记》，成了大作家。"

我本是思想活跃的人，但若干年来的政治运动和各种鉴定，弄得谨小慎微，一天到晚"夹起尾巴做人"。听白戈同志这一席话，才知道并非所有领导都讲一样的话，还是有人独立思考，并敢于讲出自己的见解。

不久，大鸣大放，接着便大举反右。有人说我们上次在重庆大学的调查思想右倾，我不免胆战心惊。幸好市委未加追究。吃一堑长一智，"尾巴"也"夹"得更紧了。

任白戈（左）在成都观看上海昆剧演出后，会见昆剧演员，右为严永洁

"文革"时，白戈同志在中共中央西南局，我在共青团中央工作。一天，偶然看见一篇文章的注释中，点了白戈同志的名，说他早年拥护"国防文学"的口号等。不用说，他即将面临一场难以逃避的灾难，我为他担心。

"文革"结束前，我从共青团中央调回四川，在四川人民出版社工作。"文革"后不久，白戈同志恢复名誉，从北京回到四川，担任省政协主席。从此，我又与白戈同志有了接触。四川人民出版社在十一届三中全会的指引下，解放思想，带头采取"立足本省，面向全国"的方针，吸引了全国许多作家，出了很多好书。在这方面，白戈同志给了我们很多支持。

当时，大的形势很好，但极左思潮的影响难以一下消除。有些人习惯过去的政治运动，动辄上纲上线。别的不说，就是出版巴老的书，也有某些阻力和困难。例如，指责巴老赞同赵丹的遗言，以及巴老"在具体问题上，文艺不要管得太死"的观点；指责巴老几次谈"小骗子"，揭露了"阴暗面"；指责巴老主张讲真话；等等。我就此请教过白戈同志。

白戈同志讲："巴金是国内外有影响的作家，他的某些见解，有人一时不理解。但巴金送来的书稿，出版社一定要出版。如有人反对，我会出来为你们说话！"

白戈同志这一段话，解除了我的某些顾虑，使我增强了信心和力量。我一生见过不少领导，有的唯上，有的骑墙，有的暧昧，其目的都在保乌纱帽，不敢承担责任。看到白戈同志坚定而平和的态度，我感到他的形象更加高大了。

有一次去胡耀邦同志家，耀邦同志告诉我：白戈同志恢复名誉后，没有给他安排实职，主要原因是希望白戈同志把他一生丰富的经历写下来。当几年官，别人很容易把你忘了，留下一部回忆录比当几年官更有意义。我十分赞同耀邦同志的观点，为促使白戈同志尽早提笔，每年都给他送稿纸。白戈同志也打算尽早开始写，但因

任白戈逝世后李致看望任白戈夫人（右）

他老人家很随和，好说话，省里有大事要听他的意见，请他参加会议的人很多，私人找他帮忙的也不少，他总是有求必应。这样，写作之事就拖了下来。

1982年底，我调省委宣传部后，又得到白戈同志许多指教，特别是在振兴川剧的工作上。1986年夏，我出差西北回来，突然听说白戈同志逝世了。我几乎不敢相信这是真的，赶去白戈同志家，看见灵堂上白戈同志的遗像，才相信了这个消息。我向遗像鞠躬，然后与白戈同志的夫人华逸同志坐在一起。白戈同志，你的《回忆录》还没动笔，怎么就这样匆匆地走了？以后我的工作遇到困难，到哪儿去向你请教？谁出来支持我们？但许多话堵在嗓门，无法说出来。事后得到一张照片，原来我那时正在不断流泪。

这种感情不倾诉出来，我不得安宁。

2003年6月8日

迟献的一朵小花
——怀念杜心源

1949年12月，杜心源同志随解放大军到四川，任中共川西区党委宣传部部长。我1950年去重庆工作，1957年底又调到共青团四川省委。当时已合省，我在团省委学校部工作，有机会接触省委宣传部部长心源同志。

开初，主要是在召开高等学校团委书记会议时，去请心源同志做报告。当时团省委在多子巷，对门就是省委宣传部，没有武警站岗。几步路，就闯进心源同志办公室。心源同志身材高瘦，浓眉大眼，很慈祥，没有官架子。我很愿意接近他。

20世纪60年代初期，由于"左"的思潮的影响，学校政治思想工作相当简单粗暴。是非界限不清，常常抓住小事无限上纲。对某领导有意见可能被认为是"反党"，对生活上有不满可能被认为是"诬蔑'三面红旗'"。不是自己检讨，就是开会批判。学校政治思想沉闷，个别学生自杀。基层同志不敢反映真实情况，学校领导亦不能解决问题。

时任共青团中央第一书记的胡耀邦，深入群众，了解不少情况。他认为作为党的助手，共青团的干部应深入基层深入群众，把真实情况及时反映给各级党的领导，以利及时解决问题。耀邦同志倡导各省、市团委办一个叫《情况反映》的内部刊物，刊名用黑字

杜心源夫妇

印刷，以区别于正式的"红头文件"。团省委也办了这样一个《情况反映》。

当时，学校政治思想工作问题多，团省委学校部反映了不少这方面的问题。心源同志和省委宣传部副部长兼副省长康乃尔同志很重视这些情况。例如，某所大学有一名学生自杀，团省委反映了情况，校长竟不知道。康乃尔说："《红楼梦》里，金钏儿跳井自杀，贾政气得顿脚，说贾府居然发生了这类事件！这个封建家长尚能如此，社会主义的大学校长居然不了解情况。这样行吗？"心源同志拿着我们的《情况反映》，把事件发生及过程讲得清清楚楚，强调要关心学生，思想工作要深入细致，教育和帮助学生健康成长。因此，心源同志多次表扬了团省委学校部。现在回想，在充满"左"的思潮中，心源同志的这种爱护青年学生和实事求是的态度，是很难得的。

1966年闹"文革"，我在共青团中央被"揪"出来。由于我到团中央工作时间短，"罪行"材料不多，个别有用心的人，煽动造反派到四川了解我的"历史罪行"。她亲自和另一男同志到团省委,似乎带了一堆"原子弹"回京。开批判大会时故弄玄虚,把"原子弹"拿在我头上晃来晃去,以势吓人。好在我并不认为自己有罪,心态颇好,吓不倒。她终于气急败坏地抛出一颗"原子弹"!原来据她了解,团省委搞的"黑材料",多数是我出点子、修改和定稿的。四川的"最大的走资派"之一的杜心源对这些"黑材料"极为欣赏,用来推行他的"资本主义路线"。她咬牙切齿地问:"你自己交代,你是不是杜心源的黑爪牙?"我这才知道,我和心源同志还有这层"黑"关系。

在一定条件下,事物往往向它的反方向发展。我并没有在思想上与心源同志"划清界限",反而感到与心源同志很亲近。我被"解放"后,1971年回成都探亲,听说心源同志已"解放",住在商业街五十号,便和四姐李国莹一起去看望他。不巧,冯喆同志的夫人、川剧演员张光茹正在心源同志那儿诉苦——冯喆是著名的电影演员,"文革"中被迫害致死——心源同志充满同情地听她倾诉。我们旁听一个多小时,插不上嘴,只得告辞。从五十号出来,我并无遗憾,心源同志身体健康,仍然保持着老干部老领导的工作作风,我从心底里感到高兴。

1973年秋,我调回四川,在四川人民出版社任革委会副主任。那个时候,"四人帮"在台上,根本谈不上工作,只算是混日子。小平同志出来工作,大家都很高兴,似乎看到了希望和前途。可是不久又搞什么"反击右倾翻案风"。因为离开团中央时,耀邦同志曾告诫我,遇事要独立思考,未弄清楚情况以前,不要吹喇叭抬轿子。加上经过多次反复,许多人都不满江青一伙人,因此我对所谓"批邓",只不过是应付了事。

有一次,忘了为一件什么事,我到书记院去找心源同志。谈完之后,他突然问我:"出版社的运动搞得怎样?群众对'批邓'有什么反应?"

我对心源同志并无顾忌，但长期的政治运动，使人不能不有所警惕。记得北京一同志来看我们，曾担心所住宾馆有窃听器。我向心源同志报告，说机关的群众有两种态度：一种是响应号召，认为邓小平否定毛主席亲自发动的"文革"，如不批深批透，"封资修"就要复辟；另一种是认为小平同志出来工作这一年多，扭转了许多混乱局面，工作成绩显著，群众十分拥护，再"批邓"又得乱下去，后果不堪设想。虽是客观叙述，但重点放在后者，听话听音，心源同志自会明白。

心源同志说："有后一种观点的人不少。"

我也明白心源同志的意思。于是就交流了群众的看法，我们谈了一大堆群众不赞成和消极抵制"批邓"的情况。这次谈话，把我们的心紧紧地连在了一起。

1976年10月，万恶的"四人帮"被粉碎。

一个偶然的机会碰见心源同志，大家都因粉碎"四人帮"感到由衷的高兴。闲聊中，心源同志谈到出版社的一个造反派头头，在"反击右倾翻案风"时，把我们与克实的聚会当作"黑会"上告。为了要与"右倾翻案风"扯在一起，他把我们1974年的聚会改为1975年，从胡克实联系到胡耀邦，又从胡耀邦联系到邓小平。心源同志笑了笑说："你们聚会的这些人，我都认识。老同志见见面，这是很正常的事。我没有理会他的告状。"

欲加之罪，何患无辞？我再一次感到"四人帮"的追随者之卑劣。同时，也感到心源同志一身正气，对我与其他老同志的关怀和保护。

粉碎"四人帮"，使人们爆发了极大的工作热情。出版社的广大职工，在解决"书荒"，为老作家恢复名誉，按时供应教科书以及其他工作上，做出了自己的努力。身为主管文教工作的书记，心源同志非常关心出版工作，每次我送样书去，他都要问长问短。有一次他专门要我去，询问四川为什么没有出版周克芹的长篇小说

《许茂和他的女儿们》。1979年初，中央一个部门准备调我去工作，组织部部长安法孝同志写信给我，说与心源同志研究，心源同志"坚决不同意把你调走"。我四姐与心源同志有接触，对老领导说话比较随便。有一次她开玩笑问心源同志："你为什么老表扬李致？"心源同志听后，慈祥地笑了。他那关心和爱护同志的笑容，以及上述诸多往事，均使我难以忘怀。

心源同志逝世十周年时，他女儿秀文曾希望我写篇短文。当时虽未赶写出来，但在我的记忆中，这些往事总在闪光。现将这些闪光的往事，编织成一朵小花，献给心源同志。

2001年4月12日

培根同志侧记[①]

20世纪50年代,我在共青团重庆市委工作。1957年底调共青团四川省委《红领巾》杂志社任职。离开重庆时,尽管我婉拒,仍有多人至火车站相送。乘火车抵达成都,无一人来接,来到机关宿舍也没人帮忙,颇感冷落。我叫刚满四岁的小女儿站在门口看守行李,自己忙着搬运。不一会儿,一位男同志牵着我女儿的手上楼,他说:"你女儿站在门口哭,我把她牵上来了。"他便是共青团四川省委书记李培根同志,听说我来了,特意来看我,我的心顿觉温暖。

我在团省委工作六年。前三年在红领巾杂志社,后三年调任学校部兼任少年部部长。培根同志没有直接分管这几个部门,我与他的接触不太多。当然,同在一个机关,也有一些了解。

培根同志是老革命,1938年入党,长期从事地下斗争,新中国成立后在共青团系统工作。他一贯作风民主,平易近人,没有架子。大家都叫他"培根同志",没有人叫他"李书记"。工作上有不同意见,可以对他畅所欲言;我在请他签发文件时,就与他有过争论;只要有道理,他都能接受。在团省委常委会上,我曾听他讲,共青团中央第一书记胡耀邦同志的作风很民主,喜欢争论和听

[①] 本文系《李培根诗词续集》代前言。

李培根（左）会见台湾作家琼瑶（中）

取不同意见。有一次，耀邦同志出差到辽宁，随行人员就一个问题与他发生激烈争论。中共辽宁省委有同志很奇怪，怎么能随便与耀邦同志争论呢？培根同志说，耀邦同志喜欢这样，不喜欢只会迎合上级，唯唯诺诺，不敢发表意见的干部。当时，我就感到培根同志在这方面受了耀邦同志的影响。

20世纪50年代后期，反右斗争以后，"三面红旗"对国民经济造成极大的破坏，接着又是反右倾机会主义，以阶级斗争为纲，"年年讲、月月讲、天天讲"。当时的中共四川省委的主要领导，以更"左"的态度来执行上面的指示。在这种大形势下，培根同志不能不照办，但他不整人害人，不添油加醋。反右期间，培根同志在中央党校学习，回来后得知团省委机关共有十六个人被划为右派和反党分子，深感惋惜，叹着气对人说："已经报上去，晚了。"把团省委副书记贺惠君错划为右派分子，是省委"一把手"做出决定并坚持的。后来批判右倾机会主义，正如金成林（共青团四川省委常委）事后所说，培根同志照章办事，"磨磨蹭蹭，火力不足"，团省委没有定一个右倾机会主义分子。总的说来，处理这类问题，培根同志比较通情达理和实事求是。特别是平反冤假错案，他积极认真，赔礼道歉，落实政策。遇到阻力时，还到外地去说服当地党组织的领导人。此系后话。

  我个人就有这种感受。1955年肃清"胡风反革命集团"时，我在重庆受到隔离审查。我态度端正，最后结论也无问题。我到《红领巾》杂志社时，杂志社的前几位主要领导刚被打成反党集团或右派分子，人心涣散。这可能也就是我到来时无人相接的原因吧。刊物半月一期，是硬任务。我把主要精力放在出好每期杂志上，让分管政工的副总编辑负责机关内部工作。就凭这一点，某同志向团省委领导反映，说我对"肃反"有不满情绪。培根同志找我谈话，劝导我消除不满情绪。我除了说明实际情况，还强调说"肃反"结束后，共青团重庆市委把我从少年儿童部部长调任大学部部长，1956年又派我作为中国学生代表团成员，赴捷克首都布拉格参加第四届世界学生代表大会。不管从哪方面来说，我都没有不满情绪。我言之有理有据，培根同志完全相信。1958年，我又作为中国青少年报刊工作者代表团成员访问了苏联。

  在团省委领导下，《红领巾》着重宣传好人好事。1959年，我们采访了少年英雄刘文学的事迹。培根同志为刊物写了《让刘文学永远活在我们心里》。发行一百二十万份，是平常发行量的十七倍，团省委发出文件，号召全省少年儿童"学习刘文学，做毛主席的好孩子"，得到全国各地的响应。胡耀邦同志为刘文学的墓碑题了词。培根同志很高兴，半开玩笑地说："好倒好！就是这一期的《红领巾》，把团省委（包括《四川青年报》）一年分配的纸张，全都用完了！"当时各机关的用纸量是按计划分配的。

  培根同志十分健谈，他学识渊博，记忆力强。有人形容他"上知天文，下知地理"，开玩笑说他是"李半天"，一讲话就讲半天。只要他到北京开会，或出差外地回来，无论中央精神，沿途见闻，名胜古迹，楹联匾对，新鲜事物或古怪传奇，总是讲得津津乐

李培根、戴克宇夫妇

道,听者也很感兴趣。1962年,因外事活动,我和培根同志一起爬峨眉山,前后三天,听他讲了许多趣闻,减少了我爬山的疲劳并提高了游兴。当然,培根同志讲话常有刹不住车的时候。如果上午开团省委常委会开到下午一时还不散会,大家便怂恿我去找培根的夫人戴克宇大姐,戴大姐"体恤民情",立马(这是培根同志常用的词语)到会议室外呼叫:"李培根!你不吃饭,人家要吃饭嘛!"会议立马"胜利"结束,皆大欢喜。

培根同志爱讲话,但十分谨慎。他曾说:"有人说自己犯错误,是讲话多了。这不对!关键是讲话的内容。看你讲的是社会主义,还是资本主义。"培根同志也很幽默。"大跃进"大炼钢铁时,他到农村发现男劳力都被调去炼钢,丰收的稻谷全由妇女收割。他引用群众的话说:现在不是人民公社,是人民"母"社。据说"文革"时,有人以此揭发培根同志攻击"三面红旗",冤哉枉也!

1964年，我调共青团中央工作，去了北京。1966年爆发"文革"。1973年，我调回成都。培根同志先去了涪陵地委，后又到省体委和省委统战部工作。有一次，培根同志去了新加坡，我去听他讲见闻。他详细地讲述了新加坡如何解决老百姓住房问题，给我留下深刻的印象。

培根同志后在省政治协商会议任常务副主席。1988年，我当选省政协六届秘书长，又在培根同志领导下工作。时间不长，我发现了培根同志的诸多优点，如平易近人、学识渊博、健谈、有人情味等，很适宜做统战工作。无论国内国外，各党各派，各行各业，三教九流，培根同志都能与对方找到共同语言，使之兴趣盎然，为之折服。我多次陪同他接待台湾朋友，有与鲁迅论战过的文人胡秋原（已逝世），有写言情小说的女作家琼瑶，只要不搞"台独"，培根同志都热情接待，与其建立友好关系。

川剧是我国优秀传统文化的瑰宝，培根同志十分重视振兴川剧的工作。台湾川剧团来成都演出，他会见了代表团全体成员并与之合影。鉴于全国政协有京剧室、昆曲室，在培根同志的倡导下，省政协成立了川剧室，吸收了省市知名的川剧人参加。那一段时间，每到政协委员活动日，总能听见川剧锣鼓声和演唱声。

机关有同志埋怨政协的会太多，培根同志调侃说："我们机关叫政治协商'会议'，没有哪个机关叫'会议'吧？我们是靠'会议'协商来解决问题的，会议自然多一些。"

在政协工作期间，我向培根同志学到了很多东西。

培根同志一贯顾全大局、廉洁奉公、勤勤恳恳、不计名利、不讲排场、不请客送礼，这是大家公认的。离休以后，他做了很多关心下一代的工作，并把志趣放在写诗填词上。我以前不知道培根同志有此雅兴。十多年前，我得到戴大姐寄给我的培根同志填写的诗词。培根同志八十华诞后，又收到《李培根诗词集》。由于我喜欢阅读，戴大姐不断把培根同志的新作寄给我。其中有四首是写给我的，内容都是鼓励我写作，我很感激。

  转眼就是培根同志的九十华诞，戴大姐拟出版《李培根诗词续集》，希望我为《续集》写篇短文。我感到为难。我从小喜欢"五四"新文学，对古诗词知之甚少，只能说喜欢阅读，不敢妄加评论。我本与金成林谈妥，由他著文，因为《李培根诗词集》是他写的《编辑前言》。不幸他于几天前驾鹤西去，这个"重担"必然落在我的头上。好在金成林写的《编辑前言》谈了很好的见解，我没有其他高见。我只想说，诗言志，培根同志的诗词，是他的心声，反映了他广阔的视野和丰富的情感，更反映了他这位老革命宽广的心怀。

  培根同志开始向百岁进军，期待能不断拜读到他的新作。

2011年7月4日

纯真的友谊
——我与钟恕

钟恕是我的同志和好友,也是我的长姊。

一

20世纪50年代,我在共青团系统几度从事少年儿童工作,经常阅读团中央主办的《中国少年报》和《新少年报》,还为《新少年报》写过给低年级学生阅读的短文。1958年,我在团四川省委主办的《红领巾》杂志社任总编辑,就更关注团中央的两份儿童报纸,学习它们怎样适合少年儿童特点,办好我们的刊物。

团中央不时召开全国少年儿童工作会议,吸收少年儿童报刊负责人参加。会议期间,报刊负责人往往单独开会,交流情况。这样,我就认识了时任《中国少年报》的总编辑钟恕,这以前她曾担任新少年报的总编辑。

钟恕,很文雅,说话细声细气,对人热情,有一种亲和力。她热爱少年儿童和少年儿童工作,自己也写儿童文学。她写了不少儿歌和童话,所写童话《森林之王》被翻译成四种外文出版。我说她是"同志",不是一般所泛指的称谓,而是指热爱少年儿童、少年儿童工作和儿童文学,我们有着共同理念和情感。

二

1958年夏天，团中央组织中国青少年报刊工作者代表团访问苏联。

代表团有十几个人，其中有两位少年报刊代表：一是钟恕，一是我。在访苏期间，除参加代表团统一的活动外，我们两人还有一些单独的活动。主要是采访苏联的《少先队真理报》，该报总编辑介绍的情况，对打开我们的眼界起了不小的作用。我俩还应邀接受苏联莫斯科电视台的采访：钟恕介绍《中国少年报》，我介绍《红领巾》杂志。当期杂志的封面刊登的是赫鲁晓夫访问中国和毛泽东的合影。

这段时期，我和钟恕接触很多，自然成了朋友。

三

钟恕比我大十岁，像大姐姐一样关心我。

我凡到北京，必去看钟恕。除了谈心，她总要请我吃饭。

如果错过吃饭时间，钟恕就让我在她宿舍一人吃。她坐在旁边神情专注地望着我，不时攥菜放在我的碗里，生怕我没有吃好吃饱。我吃好了，她才满意，才高兴，才放心。

这种关爱，只有我母亲和大姐对我有过。

四

1960年下半年，我的工作有了变动，改做大学团的工作。不久，钟恕调离中国少年报社，到中央人民广播电台主持少年儿童节目。1964年，我调到团中央《辅导员》杂志工作，重返少年儿童工作岗位。

因为新单位工作任务重，继又去辽宁参加"四清"，我和钟恕同在北京，接触反而不多。1966年，史无前例的"文革"爆发，我突然在团中央的一次群众大会上看见钟恕。原来钟恕被《中国少年报》的造反派揪回原单位批斗。至于我，早被造反派揪出，被夺权、被批斗、被监督劳动了。

2001年和2002年，钟恕两次在信中提到，"文革"期间，有一次我路过她住处，她正"奉命劳动改造"。"我怕连累你，故意不抬头，假装看不见，你却坦然说，'不要这样，你是好人，你没有问题！'我一听，热泪盈眶，怕你看见，赶快回到屋里。我是被你感动了啊！"

我和钟恕的友谊是经受得住考验的。

五

粉碎"四人帮"以后，我与钟恕恢复联系。

这时，我已回四川工作，钟恕已离休，与她先生的妹妹王跃英一家人住在一起。

以前，我知道钟恕的先生早年去世，后来逐渐知道钟恕的童年很艰辛，父母双亡，由姑妈养大。年轻时读了巴金的小说《家》，开始追求进步，1938年入党。她的先生叫王涵钟，认识恋爱后两年结婚。地下党领导人陈一鸣鼓励他们办一份叫《海沫》的杂志，宣传进步思想，还鼓励钟恕写小说。杂志办好了，影响逐步扩大，国民党上海市党部下令查封。王涵钟和钟恕处境危险，陈一鸣决定他两人撤退去解放区。当时，钟恕怀孕五月，无法同行，只得让王涵钟先走。两人分别时，王涵钟对钟恕说："孩子生下来以后，你千万要来找我啊！"可是，孩子难产，落地就夭折。不久又听到王涵钟在途中生病，以至逝世的消息！钟恕得知这一噩耗，三天三夜不吃不喝，昏昏沉沉地躺在床上。一位领导和朋友天天安慰她，但有一次严肃地对她说："你要挺住！站起来！继承王涵钟的未竟之志！"

钟恕被这位领导和朋友的话惊醒，又重新振作起来。

六

无论我在四川的出版社或在四川省委宣传部工作，凡出差北京，我尽可能抽时间去看望钟恕。我老伴丁秀涓也去看望过她。

1991年夏，我从宣传部领导岗位上退下来，第二年我和老伴去美国探亲。1993年，我老伴生病，我以照顾老伴为主，坚持了十七年，极少去北京。偶尔去北京开会，待一两天即赶回成都。2003年5月4日，我与钟恕通话，她当时已八十五岁半。她开玩笑说，她愿意跪在地上，祈求我活到一百岁；我说我愿意跪在地上，祈求她活到一百二十岁。不然，我到一百岁，她已不在了。仅在同年10月18日，由我姨妹丁梅陪我去看过钟恕一次。

钟恕长期患哮喘病，发病时许多天晚上只能靠着床睡觉，不敢躺下。这次看见她，身体大有好转，哮喘病基本上治愈，令人高兴。我给她留下什么印象，自己不知道。第二年七月，钟恕在信上说："记得你那年来北京看我，我吓了一大跳。你一头白发，走路蹒跚。临走，你拥抱我一下，我说你下次再来呵，你说争取吧！看见你毫无信心的样子，我心痛至极。回到屋里，大哭一场，以为以后再也见不到你了！"

信上还说："不几天，我生平最难得的，像你一样的好友之一的周以漠来找我，说他在一张报纸上看到，你回成都后，比在北京更能发挥作用，活动更多。我听到这个消息，开心得像孩子一样跳起来了。你看，我这不是白哭一场吗？不过，反正老太婆多的是眼泪。""我不迷信，但我希望真有菩萨，好保佑你们全家。"

这十多年，我写了一些往事随笔。凡出书，必寄钟恕一本，她总要写信鼓励。她说："读你的文章，凡你难受处，我也难受；凡你流泪处，我也流泪。"钟恕知道我喜欢"当官不为民做主，不如回家卖红薯"的七品芝麻官，特意买了一个瓷做的芝麻官工艺品送我。1997年，王跃英因心脏病逝世，给钟恕带来很大的痛苦。王跃英是钟恕丈夫的妹妹，钟恕长期和她住在一起。幸好王跃英的儿子程小列，像对亲妈妈那样关爱钟恕。

每到新年，我都会打电话向钟恕问好。有一年元旦，我打电话给她，没几天她来信说："很久很久没有见面了，你好吗？十分十分惦记你和秀涓。前天来电，你对我说'没有什么事，只是想听听你的声音。'我说'对了，我也想听听你的声音。'"她还说程小列想陪她来四川看我。我知道她这个愿望不能实现，彼此能听到声音已经很不错了，至少知道对方还健康。她在2001年给我的贺年卡上问："你和夫人身体好吗？十分想念，但你只字不提，太不像话。"可是这几年，我多次打电话向钟恕问好，她逐渐听不清了，交谈困难，甚至不能接电话了。不过，我知道她会思念我，因为她早就说过："好像一百年没有通信了，别说见面。"

时代变化很大。人与人的交往，不时遇到夹有某些功利成分。我遇到过这类人，以至如今有人突然对我"十分"友好，我免不了要观察一下是否有别的意图。像钟恕和我这种纯真的友谊不多了，我十分珍惜，应该把我们之间的友情记下来。

九十二岁高龄的钟恕，远隔千里的我，祝愿你健康长寿！

2011年6月7日

附 记

我的好友奉孝芬（20世纪80年代曾任四川省电视台副台长）读了该文，曾来信说："读了你《纯真的友谊》非常感动。有的地方都让我热泪盈眶了。比如她几次为了你大哭！多么好的朋友啊！她还健在吗？如果在，我以为你能否找机会去看一看她，她已年届九十，可以说是风烛残年了，看一看如果还能有点交流，那会让你和她都会感到安慰的。如果不见，万一她走了，会是一个很大的遗憾！你以为我说的有点道理吗？纯真质朴的友谊可以一生温暖我们的心，值得一生思念。不过这样的朋友，在当今的社会里是很难再找到了，只有在我们那个时代才会有的！对吗？"

我非常想去看钟恕，但目前我远行确有困难。为此才写了这篇随笔。我一直惦记着钟恕。几次打电话向小列问询，小列总说她健在，只是头脑有时清楚，有时不清楚。新年之际，我又打电话给小列。小列才说钟妈已在2012年1月31日逝世。我问为什么不通知我，他说怕你们悲痛，你们的年纪都大了。对老人，只说钟妈妈进疗养院了。我不能责备小列，但很痛苦，愿钟恕在"疗养院"安宁，知道我一直惦记她。

2013年1月5日

龙人侠先生记忆

由于工作关系，我结交了不少文艺界的朋友，包括作家、诗人、画家、歌唱家以及演员。这些艺术家，大多是我从书报、舞台或银屏先看见他们的作品，继之认识本人的。可是，认识龙人侠先生这位诗人却不是这样，我既未读过他的诗，也不认识这个人。而是先认识他热情、能干的小姨妹以及他那聪明、乖巧的小外甥女；再认识他那健康、朴实的妻子；最后认识他本人，最近才读到他的诗。

龙人侠先生的小姨妹是我原来任总编辑那个出版社的文艺编辑。当时她的丈夫出差在外，她又要下乡参加农村的中心工作。小女儿才一岁多，没人管，只好把在老家的一位堂姐请来照看孩子。这位编辑对我说过，她堂姐的丈夫已去世，堂姐不识几个字，没有子女，是个可怜的孤人。编辑走前孩子正生病，怕堂姐给孩子吃错药、打错针，就把"监护"工作交给了我这个总编。时候一到，我便去提醒她："大姐，该给青青吃药了！"或是："该抱青青打针了！"老大姐不喊我的名字，而跟着她的小外甥女叫我"李伯伯"。她的小外甥女呢，喊的却是"好李伯伯""好好李伯伯""好好好……李伯伯"，直到那"好"字无法再增加为止。小姑娘一边喊一边叫，把她红润的小脸蛋贴过来亲我。

马识途与龙人侠（左）

这样，我和这个家庭结下了深厚的友谊。

龙人侠先生是堂姐的丈夫。在这以后的第八个年头，即1988年，家人认为早已去世了的他，居然从海峡那边飞回大陆来了。龙人侠先生当年为抗击日本侵略者，脱下学生服，穿上军装，1949年随国民党军队到了台湾，到退伍时一直是个兵。我被邀请参加了他们欢迎龙先生的家宴，分享他们夫妻重逢、亲友团聚的欢乐。当我知道龙人侠先生和他妻子分离将近半个世纪，一个未娶、一个未嫁的千古佳话时，我为他们珍贵的爱情而感动。龙人侠先生回大陆时已经七十多岁，可是精神矍铄。从他身上我深深地感到：一个爱国者对国家、对民族的爱和对妻子的爱是那么的一致，坚贞不屈，浓烈胜酒。以后十年，我们虽有多次交往，但我并不知道龙人侠先生是个诗人，而且古诗词写得那么好！

现在龙人侠先生的诗集《净庐余韵》摆在我面前，这是他一生所写诗歌的"仅此部分"，其他的都因战争遗失了。我不在这里谈他诗歌的艺术性、思想性，仅引用并改动他的一首词来安慰这位饱经世纪沧桑的老诗人。

龙人侠先生的《西江月》是1988年回大陆飞行途中写的：

> 离了海洋浩瀚，冲开漠漠云天，此生此世这些年，南北东西已遍。
>
> 目下知音不见，高山流水怎弹？一声孤啸激心弦，划破微尘界线。

我把它改动几句："离了海洋浩瀚，冲开漠漠云天，此生此世这些年，南北东西已遍。目下知音觅见，高山流水续弹，声声呼啸激心弦，划破微尘界线。"

我想：我，广大读者，大陆的众多同胞都会是龙人侠先生的知音；我又想：什么时候龙人侠先生能再回大陆，到时候我与他再叙友情，并向他请教有关古诗词的问题。

2002年8月16日

附　记

上文是十七年前为龙人侠同志的《净庐余韵》诗集写的序。当时，龙人侠同志没回大陆定居，不便公开他的身份。龙人侠同志是四川屏山县人，1915年生，1943年加入中国共产党。1949年经组织安排在台湾工作，曾策反国民党的三架B—25轰炸机飞回大陆。不久，党在台湾的地下组织遭受破坏，龙人侠同志因单线联系得以保存，但无法再与组织联系。龙人侠长期坚持自己的信仰，忠于党、忠于爱情，于1988年回到大陆，1989年恢复组织关系。1996

年，邓小平接见龙人侠，听取了龙人侠对若干重大问题的意见。龙人侠同志于2006年回大陆定居。2010年逝世，享年九十五岁。中华人民共和国国家安全部所发《龙人侠生平》中说："龙人侠同志参加革命几十年，为党做了大量工作，取得较大的成绩。党组织对他的历史功绩给予了充分的肯定和较高的评价。"我与龙人侠多有交往，借此对他表示缅怀和敬意！

2017年12月24日

写在读《战争和人》后
——记王火

王火的《战争和人》于去年由人民文学出版社出齐问世,在文学界和读者中引起了强烈反响。去年9月在北京举行《战争和人》研讨会时,我因在美国未能出席,深以为憾,但蕴藏在心里一些感受,总想一吐为快。

我早在青年时期就喜欢文学,是"五四"时代的新文艺把我引上正路的。现在尽管年过花甲,每当我读到好的文学作品时,仍会激动不已。巴金说:"人为什么需要文学?需要它来扫除我们心灵中的垃圾,需要它给我们带来力量。"我经常从好的文学作品中受到启示,获取营养,得到净化,想做一个好人,为社会做一些有益的事;受到误解和打击时,我也从文学作品中获得勇气和希望。

我读《战争和人》,同样有这些感受。

在拜金主义冲击我们文学事业之际,我们需要高品位的精品。王火说:"我摒弃把作品降低格调,写得肮脏,也反对渲染、玩味中国文化中最陈腐的东西。我愿意作品使人崇高、美丽,体会到人生的价值、得到人生的启迪。"我赞同王火的观点,而且认为他的这种观点已经体现在《战争和人》这部巨著之中。

《战争和人》问世时间不长,却受到了评论界极大的重视。迄今为止,据不完全统计,全国各种报刊已发表评论、专访、报道等

王火（右）和李致

八十多篇次。很多著名的评论家，对它给予很高的评价。萧乾说："作者紧紧抓住了历史的脉搏，生动地再现了昨天，同时，我们也可以借助这面明亮的镜子，检视一下今天。"荒煤说："史诗品格，风采独特。"冯牧说："书有可读性，格调高尚，引人入胜，有生活魅力、艺术魅力和情节魅力。"这些评论，王火是受之无愧的。

我和王火认识的时间不算太长，从他1983年调到成都到今年刚十年。但许多共同的观点，使得我们的思想感情十分接近。他为救一个小孩撞伤头部，严重影响一只眼睛的视力。我也曾因长期眼病，一只眼睛失去视力，只靠一只眼睛学习和工作。我能理解他的艰难和苦处。但王火在这种情况下，坚忍不拔，坚持写完这一百六十万字的巨著，实在令人钦佩。前几年，王火每出一部书就送我一部，但我工作负担过重，没有及时阅读，今年工作有所减轻，我终于接连把《战争和人》认真读完。有时白天忙工作，晚上就读到深夜一两点。我的一只好眼睛，现在又开始出现白内障，读到眼花的时候，休息一会儿又接着读。读到第三卷后半部时，有一位好心的朋友怕我从繁重的工作岗位退下来不习惯,打电话问我有没有"失落感",我说:"现在还没有,但过几天可能有。"他大为奇怪,我赶忙解释:"我正在读一本好书,感到很充实,可惜快读完了,到时很可能有失落感。"读完以后,有几天我的确感到"空虚"。我满腔热情把这本书推荐给我的女儿、两个姐姐读。她们都喜欢这部书。至于我的老伴,她比我先读。对这部书的赞扬,我最先是从她那儿听到的。

《战争和人》能引起读者的兴趣和共鸣,正如许多评论家指出的:它是抗日战争时期的"社会人性的百变图",史诗性的高品位的艺术精品,一百六十万字的巨著,如果没有充实的内容和艺术魅力是抓不住读者的。我套用戏剧界的一句话:如要人迷戏,除非戏迷人。我只读了一遍,不敢提笔写评论文章。但从我的感受来说,我认为《战争和人》将成为我国的文学名著长期流传下去;我们的后代,也将从这部作品中受到启迪和吸取力量。

1993年10月13日

附　记

《战争和人》于1997年获第四届茅盾文学奖,后来又获第二届国家图书奖。

老友高缨[1]

一

我是在1942年春认识高缨的。

当时,我们同在成都航空委员会子弟校读书,校址在五世同堂街。学校的老师和同学大多数是"下江"人,逃难来四川的。学校抗日的气氛很浓。每周星期一全校大会,都安排高年级同学轮流报告时事。我们班(高小第四期)的级任老师叫吕渭渔,经常鼓励同学努力学习,不当"东亚病夫",把日本帝国主义打出中国去。我有次去他的寝室玩,看见他把鲁迅的《阿Q正传》翻译成英文。美术老师穆义清则是进步的中华剧艺社的舞台美术设计。代理音乐老师教我们唱《打回东北去》。音乐老师叫杨霜泉,也教我们唱抗日歌曲,她年轻漂亮,教学生正确发音,引起学生对音乐课的兴趣。

为了丰富学生生活,进一步引起学生对音乐的兴趣,学校举办了音乐比赛。男生独唱,我们班推举石家忠当代表,他得了第二名。得第一名的叫高洪仪,是高小第三班的代表。他的声音圆润,富有感情,形象可爱,唱了一首反映中国人民苦难的歌曲《流浪》。就这一次比赛,高洪仪成了全校的"知名人士",大家都认识了他。

---

[1] 本文为陈朝红著《高缨评传》的序。

这个高洪仪便是日后的作家高缨。

二

高小毕业后大家各自东西，1950年初夏我才与高缨重逢。

那时抗日战争早已胜利，接着又推翻了国民党反动派的统治，成立了新中国。我在青年团重庆市工委突然看见一个同志，很像高洪仪。彼此都从少年长成了青年，变化很大，但那个昂着头唱歌的少年形象，一再从我眼前闪过。我大胆地叫了一声："高洪仪！"

他回过头来，微笑地看着我，似乎显得很意外。

"我是成都航小的，比你高一班。你当年独唱得第一名，对吗？"

果然是他，我们紧握着手，无比高兴。

高缨在团市工委青工部，我在学校部。工作部门不同，见面时

1961年，高缨（右）和李致在四川省人民医院合影

间不多。但从交谈中知道，我俩都出生于1929年12月，我比他大几天。航小毕业后，我留成都，他去重庆。他进了人民教育家陶行知办的育才学校，我上了民主力量较强的华西协合高级中学。我们都投入民主运动，在四十年代中期入了党。这些相似的经历，使我们有了共同语言。

三

歌颂丁佑君，使我和高缨在感情上大大地靠近了。

1950年9月，我从《西南青年》月刊上读到丁佑君的事迹。这个年纪不满十九岁的姑娘，成都市女中的学生，瞒着家庭考上西康革命大学，随解放大军进入西康省。当时匪患猖獗，在征粮的过程中，丁佑君不幸被俘。她面对敌人，忍受严刑拷打和人身侮辱，毫不屈服，最终为革命事业献出生命。我为她高贵的品质流了不少的眼泪。

那时我在青年团沙磁区工委做学校和少年儿童工作。寒假，树人中学的少先队员开展活动，请我去讲故事。我把在报刊上看到的有关丁佑君的材料汇集在一起，加上自己的理解和感受，给孩子们做了一个报告。丁佑君的事迹使孩子们极为感动，他们一边用心听，一边放声大哭，高呼口号。这事一传开，从中学到大学，从沙磁区到其他区，许多团、队组织都邀请我去讲《党和人民的好女儿——丁佑君》。

丁佑君的英雄事迹，深深打动了高缨的心。他的长诗《丁佑君之歌》于1951年春发表在重庆的文学期刊《大众文艺》上。他满腔热情地歌颂丁佑君，在读者中引起很大共鸣。

高缨和我在群众中传播丁佑君的事迹。我做的丁佑君的报告依据的是报刊上的报道，尽管真人真事很感人，但有它的局限性。例如丁佑君被关在敌人的碉楼里，她想些什么，我不能编造。作为文学作品，诗人高缨则可以根据真实情况加以艺术想象。下面这几节诗①便是高缨所写的丁佑君被关在碉楼里的思想感情：

> 我决不屈服啊决不投降，
> 青年团员的心在胸中跳荡，
> 这颗心不会辱没你啊——
> 我的父亲，我的党！

> 碉楼里越黑暗你的光越明，
> 苦难越深你的声音越响亮，
> 我知道怎样去死啊——
> 我的父亲，我的党！

> 红旗下我举手宣过誓，
> 崇高的泪花在我眼里闪着光，
> 从那天起我就属于你啊——
> 我的父亲，我的党！

> 我已经死定了，
> 但我不怕也不悲伤，
> 因为你永远跟我在一起啊——
> 我的父亲，我的党！

我非常喜欢《丁佑君之歌》，特别是这四小节。每讲到丁佑君被敌人关进碉楼时，我就充满激情地朗诵高缨的这几节诗。高缨

---

① 高缨在20世纪60年代重写了《丁佑君之歌》，没有这几小节诗。为尊重历史，仍照原稿实录。

的诗充实了我的报告,并使它更具感情色彩。听众被高缨的诗感动了,对英雄充满崇敬,对敌人更加仇恨。

高缨这首长诗获得了西南文学奖。

四

1953年,由于工作需要,高缨被调到中共重庆市委文艺处工作。不久,他又成为市作家协会的专业作家。高缨每出一本书都要送我,我则是他的忠实读者。

我十分喜欢高缨的短篇小说《达吉和她的父亲》。

说来有趣。一天中午,我随意翻开小说中的一页,一下被达吉在离开她彝族父亲时所讲的那些充满了父女深情的话打动了,流出了眼泪。我是倒着章节把它看完的,然后再从头至尾读了一遍。我一向有雷打不动的午睡习惯,这篇小说竟使我激动得睡不着午觉。

《达吉和她的父亲》受到读者欢迎,后被长春电影制片厂和峨眉电影制片厂合拍成电影。以后听说有人批判小说和电影有资产阶级人性论,作为读者,我不同意。艺术作品必须打动人,为什么怕人流眼泪呢?我曾对高缨说:"不管那一套,我支持你!"这次争论很激烈,还出了一本讨论集。好在周恩来总理在一次讲话中谈到这个问题,肯定了《达吉和她的父亲》,周总理说:"小说和电影我都看了,这是一部好作品。""小说上写到汉族老人找到女儿要回女儿,便说这是'人性论',父女相会哭出来就是'人性论'。""一切都套上'人性论',不好!"周总理是文艺界的知心朋友,总是在关键时刻引导作家往正确方向前进。回想起来,很长一段时期老批人性论。不要人性,难道要兽性?"文革"中某些人就是兽性大发作!这个教训真值得牢记。

我不是评论家。我喜欢以情动人的艺术作品。我认为,以情动人,是高缨作品的重要特色之一。

五

高缨长期坚持深入生活，不断有好作品问世。源于生活，紧跟时代，贴近人民，是高缨众多作品的共同点。

粉碎"四人帮"时，我正在四川人民出版社工作。为配合给作家沙汀、艾芜、马识途等人恢复名誉，四川出版了《四川十人短篇小说选》，其中选有高缨的短篇小说《大河涨水》《小米》《鱼鹰来归》。以后又出版了高缨的长诗《丁佑君》和中篇小说《兰》。能出版高缨的作品，我和文艺编辑室的同事都感到高兴。

我们这一代作家和作者，道路是曲折坎坷的，既有阳光雨露，又有寒风霜雪，好在坚持过来了。粉碎"四人帮"后，高缨陆续出版了几部小说散文和诗集。收到高缨一本一本的新作，作为老友，我心里充满喜悦。我从1945年开始学习写作，1955年闹"胡风问题"时被审查，思想被搞乱，不再提笔。三十多年来，高缨一有机会，总是鼓励我不要丢掉写作，但我仍不敢再触文学这个"雷区"。直到党的十一届三中全会前后，思想解放，才重新提笔。20世纪90年代初，我的第一本散文集《往事》出版后，高缨又著文鼓励。我不会忘记高缨对我的鞭策。

高缨是有成就有影响的作家，今年七十有二，还在峨眉山市深入生活，笔耕不止。评论家陈朝红（曾任《当代文坛》副主编）长期研究四川作家，在省内外报刊上发表过许多研究当代文学的评论文章。这次又写了《高缨评传》。本书经过较长时间的积累和酝酿，资料翔实丰富，对高缨的创作道路、创作方法及风格，都做了认真细致的分析，具有独到的见解，对当代作家的研究颇有裨益。朝红的工作很有价值，并卓有成效。我借此回顾了与高缨的友谊，也对朝红表示敬意。我们需要高缨这样的作家，也需要朝红这样的评论家。时间将会证明这一点。

2001年8月30日

祝福字心

掰起指头一算，我和字心已有三十五年的交情。

1973年，我从共青团中央调到四川人民出版社工作。我和字心一起度过了"文革"的后期，又一起为川版书的崛起共同奋斗。

我初到出版社任"革委会"副主任，分管文艺编辑室和美术编辑室。字心当时在文艺编辑室主管小说组的工作。"革委会"主任江明曾简单地向我介绍：字心是转业干部，为人正直，有业务能力。可是在那十年浩劫的日子，"革命"才是头等大事，一会儿"批林批孔"，一会儿"反击右倾翻案风"，根本不可能抓业务工作。

不久，"最高指示"要抓文艺创作。省委宣传部开会布置，中心是要写"走资派"还在"走"。我内心并不赞成这样的选题，但不能硬顶。我们下到地区，组织工农兵作者创作。本着对"革命"负责的精神，对每一篇作品都认真讨论，不断修改；又认真讨论，再不断修改。字心曾在一篇文章中调侃说我很会走"群众路线"，又能"弯弯绕"和"曲线救国"，说穿了就是"磨洋工"，直到粉碎"四人帮"为止，这类书一本也未能出版。我们两人并没有（也不敢）私下议论，但做起来却很默契。没有字心的配合，这个"洋工"是磨不起来的。也就是说，这个"磨"是我们一起推的，心照不宣。

杨字心1992年摄于昆明

1976年粉碎"四人帮"后，出版社全力投入出版工作。字心是出版社的重要骨干。他思想解放，政治敏感性强。早在为彭德怀"平反"之前，他就支持部队作家丁隆炎，记录和整理了彭德怀警卫参谋景希珍的谈话，即反映彭德怀在庐山会议前后的《在彭总身边》。此书出版后好评如潮，时任党中央秘书长兼中宣部部长的胡耀邦大加称赞，为川版书的崛起打响了重要的一炮。

面对十年浩劫，作家被打倒造成的严重书荒，字心和有关同志积极组织老作家的"近作丛书"以及"现代作家选集"和"当代作家自选集"丛书。这不仅积累了文化，满足了广大读者的需要，而且为一批作家和作品平了反。曾任国家出版局副局长的刘杲说："其作用绝不亚于组织部的'红头文件'。"这几套丛书，多次参加全国或国际书展，在团结新老作家上也起了积极作用，许多作家都乐意把作品交四川出版。

出版社有个书稿"三审制"的程序，即责任编辑初审，编室主任二审，总编辑终审。我是总编辑，当然要参与策划、制定选题和组织书稿的工作，常常忙不过来，只能有选择地终审。我完全信任字心的水平和能力，书稿一到手，字心的二审实际是终审，经他审过的书稿，拿来我就签字，从没出过问题。字心很注意发挥小说组所有编辑的积极性。许多编辑不仅把他看成领导，同时把他作为朋友。一位年轻编辑有些粗心，把作家茅盾写成矛盾，沙汀写为沙丁。沙汀一贯幽默，他说："这位编辑害得我滴水不沾。"字心耐心帮助这位年轻编辑，常让他坐在身边，说这说那。大家私下开玩笑说：字心对这位年轻编辑，就像父亲教儿子一样。

打倒"四人帮"之后，四川出版事业发展较快，提出了"立足本省，面向全国"的方针。这对出版社领导和所有编辑以及出版各个环节都提出了更高的要求。编辑在第一线是龙头，荒废十年的出版能否开创新局面，他们的关系很大，责任很重，必须尽心尽力，要有"甘为他人做嫁妆"的奉献精神。字心正是具有这种精神，与众多作家交朋友，多方面为他们服务。突出的事例是对作家周克芹。字心和责任编辑曹礼尧把周克芹从公社借到出版社创作，发现他在农村负债累累，便利用各种补贴帮助他把借债还清。获首届茅盾文学奖的长篇小说《许茂和他的女儿们》，本是出版社与周克芹事先约定的（当时还没有签合同的制度），中途也有书信来往，解决写作中的困难。但完稿后却被人拦截，给了别的出版社。出版社不少人，包括我在内，对此愤愤不平，字心却说："反正出了个作家，这是好事。"不久，周克芹也为此感到内疚，字心和曹礼尧不计前嫌，在其写作陷入低谷之际，为他出版了《中短篇小说选》。周克芹英年早逝，曹礼尧提出在四川文艺出版社出版《许茂和他的女儿们》的另一个版本，字心还为该书写了一篇声情并茂的前言。这充分反映了字心等人的博大胸怀。

出版工作也会遇到曲折和压力。继《在彭总身边》以后，丁隆炎又写了催人泪下的反映彭总的《最后的年月》一书。可是该书刚发行两三天即被责令停售，当时主管意识形态的最高官员批示要开除作者的党籍。出版社的领导把责任揽在自己身上，保护了作者。在服从组织的前提下，停售《最后的年月》。同时，向耀邦、王任重以及党中央书记处申诉，坚决不同意停售该书。这份申诉书，义正词严地驳斥了对丁隆炎的不实指责。而起草申诉书的人主要是字心。我最近找到这份申诉书,并公之于世。从这封信里,可以看出字心高度的责任感和难得的勇气。

以后,四川人民出版社先后分成九家出版社,字心曾任四川文艺出版社总编辑。他不愧是一位优秀的编辑家,同时又是一位优秀的作家。

从20世纪50年代末,字心就开始文学创作。他发表的小说、散文有三百多万字。

字心的著作能得到读者的喜爱和专家的好评与他作品的特色分不开。什么是他作品的特色?有人说,字心作品的特色是:时代的鼓点,人性的回归。

我赞同这个观点和评价。

任何有价值的文学作品都不能脱离时代,至少应是时代的某种缩影和折射。字心经历了剿匪平叛、高举"三面红旗"、"以阶级斗争为纲"的各种运动,以及"文革"、粉碎"四人帮"、改革开放等重要阶段,这些时代的风云或节点,都从不同的侧面反映在他的作品之中。粉碎"四人帮"以后,字心在他的多篇散文中赞颂周恩来和彭德怀等老一辈革命家的高尚品质,并为在"浩劫"中蒙受冤屈的人鸣不平。农村经济体制改革初期,字心借出差的机会去农村跑了一段时间,他敏锐的感受在其作品中有不同层面、不同角度的反映。当时不少领导成员,把包产到户当成走资本主义道路,明知有利于生产又怕犯错误。字心创作的短篇小说《赴宴》,在调侃中再现了农村基层干部的心路历程。小说写农村一个公社开党委会,会议的起因是一个私自包产到户的生产队,完成了公粮,又吃上了饱饭,发出请柬,邀公社领导去吃"九大碗",共庆丰收。党委成员左推右脱,谁也不去,而谁都有不去的理由。作品行文轻松,人物表现可笑。但轻松和可笑背后,却埋藏着严肃和阵痛:什么是资本主义,什么是社会主义?由来已久的紧箍咒将他们箍死了，箍迷糊了，箍得笑也不是哭也不是了。这篇小说只有短短的五千字，透视的却是一个长久的大问题。表现手法高明，颇有独到之处。

文学，说到底是人学。字心的作品常出现人性回归的火焰。无论呼唤生存的权利或是婚恋的自由，在其独特的叙事和人物的塑造中，往往闪烁着一种牧歌式的凄美，令人不由自主地发出思辨和自审的询问：人生不就是由一段一段的生活铺陈和连接起来的么？组成生活的"生"和"活"究竟应该如何理解、剖析，然后去谋生存之道呢？短篇小说《远山的呼唤》就是这样一篇佳作。饱经忧患的一位文化人读了它写信给字心，说"百感交集，欲哭无泪"。

长篇小说《风流古镇》是字心的力作。在"作者自白"中，字心写道："我写的是我的乡梓我的前辈。月是故乡明，写故乡我心明如月，不抹半点云翳。写前辈我芒刺在背——他们贪婪逞强，纵欲寡廉，不乏精明于是尔虞我诈，也有刚烈乃至你砍我杀，情仇交织，了无终结。在古镇泼洒水墨，勾勒风景，留下的居然是当世风流。"字心由此演化而成的文字，由于在他心底沉淀发酵已久，虽然"蹉跎了众多岁月"，但终于有机会冲决"林林总总的禁忌"，留下这部真正的文学艺术品。无论是曲折的故事情节还是独特的人物性格，均引人入胜。娴熟的四川话也是其显著的特点。它显示了字心的创作功力。

值得一提的，字心称他这部作品没有主题。但有评论家认为："一个山乡古镇，就是一个大世界。字心让这些形形色色的人物上演了一出人生戏剧，叫读者动容、感慨、叹惋，去体味人世间的艰辛、荒唐、苍凉与无奈。"作品没有主题，但有主旨，字心的主旨，隐藏在他的创作倾向里了。细细品味，在《风流古镇》中生发出多少人生的百味，鸣响着多少人性的呼唤……其实即便是在荒唐的岁月里，作恶者挖掘的血泊也掩盖不住真诚和善意的潜流，尤其在几个底层人物如打更匠和张幺嫂身上闪耀着的人性光华，给苍凉的人世抹上了一片温暖的亮色。这不正是他创作的追求么？这位评论家还说，这部作品"绝不会短命……写一本书能有这样的命运，就是作家的福气"。字心在创作中甘苦备尝，想来这应是最大的慰藉。

字心能有众多的优秀作品，来源于他的生活。他出身于一个封建家庭，在学校开始喜欢文艺，学习写作和主办墙报。川南解放不久，字心主动参军。既在连队做过文化教员，又在武工队当过队员和队长，参加过剿匪和平叛的战斗，先后立过二等功和一等功。他在艰苦的凉山待了十五个年头，其间在全国唯一的一个彝族团里工作了五六年。他对大凉山有一种特殊的情愫，对生存在那片大山区的彝族兄弟和老阿妈、小阿妹至今难以割舍，这在他的作品尤其在很多篇散文里，注入的情思热得烫人。这也难怪，因为与大山朝夕相处的十五年，是他人生最美好的年华，他的创作就是在这里起步的，他的第一篇散文和第一篇小说都是记述大凉山上的风霜雨雪。字心20世纪70年代初转业从事文字工作，后又在出版社任编辑、编室副主任和总编辑。他广交朋友，包括三教九流，诚挚真切，能得人心，这也是他重要的生活来源。有了生活的广度和深度，还得有作家的细心观察。字心的作品中许多细节饶有趣味，有益于塑造各种人物。我有准时的习惯，开会什么时候开、什么时候结束，每项议题占多长时间，事先都有所设定。唯有字心参加的会例外：他无论讲作者的经历或讲组稿的过程，娓娓道来，都有许多生动的细节，与会者听得津津有味，我也不忍让他中断，以至于会议时间"失控"。

写作是艰苦的劳动。字心不是专业作家。除由解放军文艺社调他到北京写作三次（近两年），他一般都是在业余时间写作，直到从社长职位上退下来为止。字心在职时工作繁重，他又很敬业，不少业余时间都用于工作了。他的战友任斌武笑话他"出差就是他最佳的创作假"，有时"走在路上，坐在车上，睡在枕上，蹲在厕所都在酝酿人物，构思故事"。有一次，字心突患心脏早搏，医生诊断后立即收治住院，并下病危通知。经过一段时间治疗，一旦早搏现象有所好转，他又以床为桌开始写作了。由于构思成熟，许多散文和短篇小说往往一气呵成，似乎显得很"轻松"。其实，正如戏剧演员所说，这是"台上几分钟，台下十年功"的体现。他不求闻达，不凑热闹，能耐寂寞。三百万字的作品，字心为此付出了多少辛劳啊！

人如其文，文如其人。字心无论是作为编辑家或是作为作家，都有许多共同点：正直诚恳，思想敏锐，敢说真话；独立思考，不唯上，不随波逐流；为人宽厚平和，记情不记仇；做事认真细致，从不马虎。抓住这些环节，可以帮助我们进一步理解字心其人和他的作品。

我为有字心这位挚友而庆幸！

祝福字心！

2010年1月17日完稿

不忘社会责任
——记卢子贵

卢子贵同志和我多年一起在宣传、文艺系统工作，又同是文友，我习惯直呼他为子贵，似乎不这样叫就不亲热。

我不记得认识子贵的准确时间了。

有一次交谈的印象却很鲜明。那是1982年底，当时子贵正要从省委宣传部调到省广播电视厅任副厅长兼四川电视台台长，而我正要从出版社调省委宣传部工作。我一贯喜欢干实际工作，十分羡慕子贵能调到省电视台。我坦率地向子贵表明了我的看法，希望他到电视台干一番事业。

子贵到四川电视台以后的确取得了辉煌的成绩。四川台为中央台提供的新闻采用数，有三年居省市台首位。早在省上提出冲破"盆地意识"之前，四川电视台就到过长江的源头各拉丹冬（为当时国内电视工作者攀登过的国内最高的地方），去过路最远的南极。将我省现当代著名作家巴金、李劼人、沙汀、艾芜、罗淑、罗广斌和杨益言等人的名著改编并拍摄为电视剧。儿童电视剧多次获奖。为振兴川剧做出过贡献。这些业绩，当然是电视台全体同志努力工作的成果，但与子贵的领导密不可分。前两年，子贵被评为全国百佳老电视艺术工作者，则充分证明了这一点。20世纪80年代中期，淫秽录像风行，子贵和我对这些戕害青少年的毒品义愤填膺，

李致和卢子贵（左）

协同有关部门严加打击和取缔，全面抵制这方面的精神污染。

　　随着年龄的增长，我和子贵先后从原部门的领导岗位退下来。我们有幸又一起在四川省文学艺术界联合会工作。子贵长期担任省文联副主席、省电视艺术家协会主席，后又被选为全国电视艺术家协会副主席。经济转型期间，拜金主义难免对文学艺术产生影响。子贵和我以及其他几位主席，常为端正文艺思想大声疾呼。我们反对媚俗，曾和马老（马识途）、王火、吴野等老同志一起，呼吁报刊增加文艺副刊的分量。在这些方面，我们思想上有高度的共鸣。

　　十几年前，子贵和志向相同的文友筹建了四川省散文学会，子贵被推举为会长。学会是我省散文家自己的群众组织，没有向政府要编制和经费。凭着他们的执着和智慧，经常组织散文家深入生活，讨论散文家的作品，从不定期到定期出版季刊《散文潮》，特别是先后出版《当代四川散文大观》四集（约两百多万字），工作十分活跃。学会这样兴盛，引起众多人的瞩目和赞誉。在省文联的全委会上，我多次建议文联所属各协会学习散文学会的经验，充分发挥群众组织的作用，克服"官办"协会的某些弊病。

十几年来，子贵勤于笔耕，写了不少散文、杂文、随笔和评论，字数上百万，出版了《卢子贵散文选》等六七本著作，多次获奖。子贵平常认真读书，又有很多在国内外出差的机会。读万卷书行万里路，使子贵视野宽广、思想深邃，无疑对他的创作起了很好的作用。为了鼓励新人或老友共勉，子贵为众多文友的散文集或写序或作跋。子贵的作品受到读者欢迎，专家早有评论。我想强调的是：子贵有高度的责任感，无论什么题材什么文体，他写作时总记起鲁迅的心态，那就是鲁迅写作时忘不了年轻人掏出带体温的钱买他的书。有些文学家回避社会责任，其实作为社会人，人人都应有社会责任感。十几年前，我的小外孙去吃肥肠粉，吃到第四碗时，老板就坚决不卖给他了，说吃多了对他的肠胃不好。这也是社会责任感。一个卖肥肠粉的老板尚且如此，文艺家能没有社会责任感吗？所谓社会责任感，也就是作家的良心。正是这一点，我尊重子贵，并视他为挚友。

愿这些往事杂谈，有助于读者了解子贵，了解他的书。

2005年5月17日

缅怀沈绍初

以下，是我为绍初（笔名沈重）的书《危楼旧梦》而动笔、却没有写完的前言：

沈重发来《危楼旧梦》全文的电子版，以便我能在电脑上放大字体后阅读。他希望我能写上几句话，作为序，放在这本随笔集的前面。

我与沈重相识近二十年。1995年，我的第一本集子《往事》出版，使资深编审沈重"注意"到我。在一次会议上，沈重希望我送他一本《往事》，我遵命奉送；不久，在另一次会议上，沈重说他喜欢读我的随笔，并开玩笑说他本想写篇读后感，但又怕"玷污"了我的文章，所以不敢写。旁边的几位朋友（我只记得有陈之光）抓住话柄，一定要他写，而且非写不可。沈重"自投罗网"，为我写了《真诚·质朴·幽默》一文。1997年，我的第二本集子《回顾》出版，这次没有任何"威吓"，沈重主动为我写了《白发的芬芳》。

沈重的这两篇文章，给了我很大的鼓励。我从1943年开始学习写作，到1948年底，将近写了近百篇习作。不幸的是这些文章，使我在1955年肃清"胡风反革命集团"的运动中被隔离审查达半年之久。最后的结论，我当然不是什么"集团"的分

李致与沈绍初（左）

子，但我的思想却被搞乱了：生怕我这个"小资产阶级"一定要"顽强地表现自己"，从此再也不敢提笔。"文革"中被抄家关"牛棚"后，更发誓永不写任何作品。重新提笔是在党的十一届三中全会以后，我的思想得到解放。但对自己的作品能否再次得到读者的认可，并无把握。沈重理解我为什么长期停笔。他说："中国的情况有点复杂，作家有时就是不能写，农民有时就是不能种地。不是主观不想，而是客观不允许。"他也相信我："年近古稀而重新提笔，一不为名，二不为利，无所为而为，更重要的是，他为读者提供了许多珍贵的东西。"特别是沈重认为我的文章，"在当代市场般喧闹的文学界也许并不引人注目，更无'轰动效应'，但却默默地起着精神支柱的作用。"这些鼓励，使得我坚持不懈地写下去，我不愿意、也不能辜负沈重的这番好心和期望。

从此我与沈重成为好友。正如他所说："就像在社交场中应酬之后，身心俱疲地走过繁华闹市，在郊外一处清静所在，突然碰到一位阔别多年的老友，坐在水边一块草地上，执手相对，静听他倾谈别后的种种经历和感受。"我们见面不多，电话却不少。我打电话找沈重，沈重的夫人王凤能听出我的声音，她总是亲切地呼喊"老头子"，把沈重叫来。于是，我和沈重的对话便开始了。

沈重是著名的诗人。1999年，他出版了《沈重诗选》，众多的诗人和评论家为此举行了研讨会。我因照顾老伴生病没有参加，但我知道大家发言的要点：公认沈重是"在艺术上早熟又经久不衰的长青诗人"。由于诗人的真诚和深情，"凝重而精致，典雅而素净"，许多诗句让人过目不忘，留在心间。诗人几十年从事写作，遇到难以避免的历史周折。沈重自己在《后记》中说："人生中应该开花的黄金季节，终于不可挽回地错过了。我不知道是我误花期，还是花期误我？"沈重的诗是"这个时代的投影"。正如评论家吴野所说，沈重"40年代的诗里跳荡着激情，燃烧着愤怒。80年代以后的诗作，呈现出来的意境便显得深厚沉稳，精气内敛，平和悠远。今天是昨天的延续，昨天更是印证着未来，深沉的历史沧桑感与鲜活感纠结在一起"，处处浸润着诗人和他的人生感悟。

此时，在我电脑的桌面上，显示的正是沈重的人生感悟——随笔集《危楼旧梦》。

《危楼旧梦》，主要是沈重的往事回忆。有些回忆录，确有一定的史料价值；但总有点八股味，比较枯燥，缺乏吸引力。沈重用随笔形式写回忆，包括用随笔形式写评论，感情真挚，文笔流畅，文字优美。不少语句就是诗句，不少篇章就是散文诗。这种具有诗情的随笔，与沈重的诗人气质，是分不开的。

前言没有写完，为什么？不是我不愿意写，而是我不擅长写文学评论。我曾经为高缨、字心、龙实的书，为李培根的诗集写过前言或代序,但主要是写他们的为人以及与我的交往,并没有评论他们的作品,所以我写完了和绍初的交往,就写不下去了。绍初开初要我写好序,和他的书一并交出版社,我推说让他先交稿我后交序。以后要开印了,我还是写不出"评"绍初散文的"论"。我多次读他的文章,甚至查出沙汀对绍初一篇散文的评价:"重读《四川文学》七月号……沈重那篇,最突出的是作者有相当好的文学修养。"(沙汀日记189页,1962年7月22号)。写不出来怎么办?我对绍初说,你的诗本身很好,不一定要序;书出来以后,我争取写一篇读后感。绍初拿我没有办法,只好不要序了,等我写读后感。绍初多次催促我,说:"革命尚未成功,同志仍须努力!"我只好"耍赖",答:"不成功,则成仁!"绍初除了为我的《往事》和《回顾》写过文章,还为《巴金的内心世界——巴金致李致的200封信》写过评论。我却连一篇前言都没有为他写成,想来实在愧疚。

  这之前,我帮助绍初在天地出版社出版了《沈重诗选》,不过是举手之劳,绍初却写信感谢:"这些东西本来不值得出版,所以搁置五年,虽觉寂寞,也还平静。不过总有一些朋友鼓励我出书,自己也觉得一件心事未了;但出版太难,我也不抱奢望:有机会就出,没有机会就算了。如果不是偶然涉及此事后,得到你如此热情的帮助和关怀,这本书在本世纪内恐怕是很难问世的,下个世纪如何,就更难预料了。这段经历我本想在《后记》中谈得更详细一点,但仔细一想,涉及的问题一时也难于解决,而且也非《后记》所能胜任,只好暂时不说了。现在这个《后记》,我只是和其他朋友一样简单地提了一下你的名字,远远没有表达出我对你的真诚感激之情。由此我想到巴金老人和你的白发,确实是有遗传的。巴老的发丝中有许多是为扶植作家而白的,你的发丝中有许多也是为扶植作家而白的,其中至少有几根是为我这本微不足道的《诗选》而白的,能不使我感动吗?直到昨天,段英还告诉我:"李部长对你那本书的封面很关心。"我听了真不知道该向你说什么好。哪个作家碰到巴老和你这样的作家兼出版家，都是一种幸运。可惜现在这样的作家兼出版家凤毛麟角，大都是出版商和出版官。当然，我也体谅他们的难处。"

2009年我八十岁生日，绍初参加文友们为我贺寿的聚会，并赠诗《一头牛的速写》：

曾经是一头天真的横牛
凭一对血性的犄角
敢向黑夜挑战，绝不回头

浩劫当头，牛性不改
不说假话，宁做闷牛
黑白谁能混淆？心中自有美丑

即便套上枷锁，风骨依旧
实话实说，竟成黑色幽默
一语刺中嗜血的母蚊子咽喉

牛眼里有风有雨有爱有忧
独自走过上海长街的寒秋
谁能分清是雨在淋，是泪在流

终于盼到这一天！重新抖擞
在阳光下耕耘，在草野间奔走
好一头质朴亲切的孺子牛
八十载风雨兼程，往事如酒
白发下覆盖着真诚、幽默和忠厚

浩荡春风里，健步前行着不老的老牛

沈重　敬贺

2008年12月大雪前日

绍初用"牛"作诗，是他知道我小时被称为"五横牛"；我重新提笔后，也用过"司马横牛"为笔名。

2016年，应《四川文学》之约我写了一篇《我与〈四川文学〉的不了情》。其中有一段，我写到沈重，感谢他为我的《往事》和《回顾》写的两篇评论，并表示不会辜负《四川文学》和沈重的期望，说真话，坚持写作。沈重曾经是《四川文学》的资深编审，尽管当时他已在巴金文学院工作。

绍初看见这篇文章以后，打电话给我，说他很感动。还说：他当了很多年的编辑，作者这样感谢他，我是第一个。其实，我对绍初的感激，早在那篇没写完的前言里表示过，只是没有写完，他没有看见。

这些年来，我和绍初见面，多是在作协的一些会议上。会前，我们会电话相约。我几次表示愿意去绍初家看望，老嫂子也在电话里表示欢迎，但绍初因我上楼梯困难，一再婉拒。绍初曾单独来过我家，也和廖全京、李智惠夫妇一起光临过寒舍。

绍初关心我的"小打小闹"。有一篇文章我写自己在"五七"干校的经历，题目叫《我过了劳动关》，绍初认为"文不对题"；后来该文收入文集时，我把题目改为《"五七佬"的劳动和生活》。另有一篇文章叫《纯真的友谊》，记述我和《中国少年报》原总编辑钟恕的友谊，我担心读者会感觉平淡；绍初读后说"很感人"，我才放心。前年，我写当年三下农村的感受，为了简洁明了地说明什么是"实事求是"，我用了农民的语言为题，即《鸡就是鸡，鸭就是鸭》，绍初就这个题目和我讨论。有这样一位好友，经常关注着我的写作，是我的幸福；也使我下笔更加慎重，不敢"乱说乱动"。

绍初的眼睛患白内障，手术的效果不好。我曾陪他去复查，但也无法改变现状。这，大大妨碍了他的阅读和写作，也影响了他的情绪。他在一封信里对我说："你的'小打小闹'没有中断过，是我学习的榜样。……心中也有一些写作打算。总是提不起精神来，奈何！"我曾建议他想好诗句，请老嫂子笔录，他说缺乏心情。

到了老年，绍初有肺气肿。每到冬天，总得住医院治疗。今年，感冒转为肺炎，进了重病监护室。这期间，我每天打电话向老嫂子询问绍初的病情，并几次向省作协领导通报。不幸医治无效，绍初于2018年1月30日离开了人世，他的亲人和朋友们无限悲痛。作为好友，他为我付出很多，我回报得太少，我会永远牢记他的友谊。现在，我含着泪水对绍初说一声：对不起，我没有完成你给我的任务！

2018年4月25日

情系文艺

李致文存·我的人生(上)

文艺界的领导和朋友

——怀念李亚群

李亚群同志是革命家、诗人、文艺界的好领导，人们尊称他亚公。

早年我在共青团四川省委工作时，与亚公接触并不多。1972年，我从干校回北京探亲后，悄悄绕道去上海看望尚未"解放"的巴老。我问巴老过去与党有无接触。巴老说，抗日战争时，在桂林沦陷前，周恩来曾派李亚群询问他是否需要帮助撤退。我这才知道亚公是老革命，当年受周恩来同志直接领导。正因为如此，"文化大革命"一开始，亚公即在四川被打成"三反"分子、周扬"黑线"上的人。

1973年，我调回成都，在四川人民出版社工作。由于我和沙汀、艾芜、马识途几位老人很熟，从他们那儿也得知亚公的一些情况。粉碎"四人帮"以后，在周总理逝世一周年之际，我们出版的诗集《人民的怀念》中收入了亚公怀念总理的诗。以后又出版了《李亚群诗词选》。

由于我在出版社分管文艺编室，以后又调省委宣传部主管文艺工作，接触到我省很多文化人，包括作家、诗人、川剧界人士，听到他们对亚公的许多赞誉，并感受到他们对亚公的深厚感情。很多生动的事例和真诚的情愫，都收入本书的文集中，我不再重复。令

李亚群同志摄于1995年秋

我不能忘记的是，在向亚公遗体告别仪式上，许多人痛哭失声。站在我前面的是作家陈之光，后面是几位川剧演员，他们一直放声痛哭。之光对我说了一句话："他为文艺界受了好多气啊！"真挚的哭声震撼人心，证明亚公活在人们的心里！他对我省文艺界的影响绝不会消失！

亚公之所以受到我省文化人的爱戴，是因为亚公深知文化工作的重要，真诚地关爱文化人，并有渊博的知识和深入细致的工作作风。在文化人面前，亚公不是"官"，而是知心朋友。这既是亚公的人品和综合素质的展示，也是亚公曾在周总理身边工作、学习并继承了总理的人品和工作作风的体现。

20世纪80年代，我在省的宣传工作会上，多次提出我们宣传部的同志、文联和各协会的同志，要学习亚公和马老（马识途）的人品和作风，与文艺工作者广交朋友，了解他们，爱护他们，支持和帮助他们，绝不要高高在上，当文艺"官"。在去年和今年文艺处的老同志聚会时，我又重申了这个观点。

在亚公百年诞辰之际，出版《难以忘却的怀念——李亚群百年诞辰纪念文集》是对亚公的缅怀。缅怀的目的在于继承，希望有更多的文化人了解亚公。亚公活在我们心里，将不断鼓舞我们前进！

感谢文辛同志为文集的出版付出的很多努力。

2007年初夏

廉洁奉公的黄启璪

黄启璪

黄启璪同志原在中共四川省委任秘书长,后调全国妇联任副主席。她一贯勤恳工作,廉洁奉公。

1993年,我老伴正在生病,启璪出差到四川,提了两只乌龟来我家。她说是别人送她的,她拿来慰问生病的丁大姐。

我会杀鸡剖鱼,却从未杀过乌龟,只得去请教食堂的小陈师傅。小陈师傅说:"这很简单,拿支筷子去拨弄乌龟,等乌龟伸出头咬住筷子,一刀把头切掉就行了。"他一边杀乌龟,一边和我聊天。

我告诉小陈师傅这个乌龟的来历。

"黄启璪秘书长就是好!"小陈师傅说,"我接触过许多领导,秘书长在这方面表现最突出!"为了证实他的说法,他又说,"市、地、州委一些同志给秘书长送东西,她首先坚决不要,如果推不掉她就给钱。要是别人悄悄把东西放下,她事后发现,就把东西分送给食堂或幼儿园。"

启璪平易近人、关心人,得到许多人的尊重。送少量土特产表

李致与黄启璪（左）

表心意，谈不上是贿赂，但启璪对此的态度是鲜明和坚决的，因而得到食堂员工和小陈师傅的赞扬。

我又告诉小陈师傅一件事：

秘书长原住在商业街与多子巷之间的部长楼。当时，除书记住的大院，这栋楼的条件是最好的。在去全国妇联工作前，启璪与丈夫李越商定，把她住的部长楼退给公家，李越搬到一般的两室一厅的旧房子居住。以后，李越到全国政协工作时，又把两室一厅的房子退还了。

我知道一些领导同志调离四川后不退房子的事例，但没有讲。

小陈师傅说："我们国家就需要秘书长这种领导干部！"

老百姓心中有杆秤，此话一点不假。

2011年3月31日

缅怀许川

——写在许川逝世二十周年

我和许川同志在一起工作了七年半，从1983—1991年上半年。

一

1983年初，我和许川一起调到中共四川省委宣传部工作。这之前，许川在四川日报社任副社长（实际上是总编辑），我在四川省出版局任副局长兼四川人民出版社总编辑。当时，全省（包括重庆）只有一家出版社。据说，宣传部这一次是调了几位"内行"去担任领导。

许川是省委常委、宣传部部长，管全面工作。我任副部长，主管文艺和新闻出版。开初半年多，另一位常委黄启璪分管文艺工作，以后黄启璪工作变动，文艺工作就由许川直接负责。

许川曾经说过，文艺和理论是宣传部最难管的两项工作。"文革"前的许多政治运动，都是从文艺界开刀，"文革"后也有几次不是运动的"运动"。许多人不愿接触文艺这个"雷区"。有个笑话：亚公（李亚群）在"文革"前主管文艺工作，吃尽苦头；当马老（马识途）接替亚公主管文艺工作时，亚公向马老又鞠躬又作揖，说他找到"替身"了。当我主管文艺工作后，马老也对我说他

李致与许川（左）

找到"替身"了，只是没有对我又鞠躬又作揖。

我大概是初生牛犊不怕虎，居然也就干了。记得我和许川第一次讨论到文艺工作时，达成一个共识：以表扬为主，遇到问题，重在总结经验教训，不搞神经紧张，不"整"人。我和许川长期合作得很好，这是我们之间极其重要的思想基础。

曾经经历两次不是运动的"运动"，文艺界颇有些紧张气氛。许川及时告诉我：省委常委讨论，认为我们省里尚未发现资产阶级自由化的代表人物，认真搞好学习就行了。这对稳定四川文艺界起了很好的作用。后来在一次会上，有同志不指名地批评许川和我，说运动没开始就这样表态，实际是在"包庇"搞"自由化"的人。事隔二十多年，是非自明，不用多说。

那些年，宣传部的确保护了一些作家和艺术家，无一不是得到许川的支持。

二

　　许川是部长，"一把手"，但他从不搞"一把手"说了算。他既有高超的领导艺术，作风又很民主：重大问题，一律由部务会讨论决定；尊重副部长的分工，有关业务放手交副部长处理。如有关厅局负责人向他请示工作，只要涉及文艺或新闻出版的，他一般都请我参与，并先听取我的意见，他再表态。他从不绕开分管部长直接向下面布置工作。

　　有一次，文艺处要任命一名副处长。我建议任命的人选刚满二十九岁。当时还习惯于论资排辈，人事处有些为难。我表示，只要在岗位上能够胜任，就该安排应有的职位。经过多次讨论，许川同志说："李致同志分管文艺工作，我们就尊重他的意见吧！"部务会通过了这项任命。事实证明，这个任命并没有错。

　　正因为如此，宣传部的领导班子很团结，一心扑在工作上。对宣传部分管的各厅局协会，许川一直不用"领导"二字。凡听见说"在宣传部领导下"，他总是说："只能说在省委领导下。宣传部是省委的职能部门，起'联系'的作用。"

　　许川平易近人，没有架子。工作中有问题，他总是心平气和地与大家讨论，我没看见过他发脾气、训斥过任何人。在他的任期内，每到阴历除夕，他都邀我和他一起到宣传部宿舍，每家每户去拜年。春节后第一天上班，他总是约我和他到每一个办公室去走走，问问大家年过得好不好。哪怕时间不长，握握手，寒暄几句，都使同志们感到很亲切。正是这样，多数人都愿意接近他，敞开心扉和他谈话。

　　我曾住在出版局桂花巷宿舍六楼。许川为了与我交换意见，多次登上六楼，累得不断喘气。我的老伴则以香茗或咖啡款待他。

三

省委和省政府在1982年发出振兴川剧的号召。

宣传部作为职能部门坚决执行，做了许多工作。我们都知道老一辈革命家周总理、邓小平、贺龙和陈毅等对川剧的关怀，也懂得如果川剧枯萎了，我们这一代人上愧祖宗，下负子孙。许川曾在一次会议上讲："作为各级党委的宣传部长，如果不看川剧，能不能算合格的宣传部长？答案显然是否定的。"许川是江苏人，长期从事新闻工作，到宣传部以前很少看川剧。从参与领导振兴川剧工作起，他认真看川剧，并动员他的夫人周天相和子女一起去看。他说："慢慢就看出味道了。"他是身体力行的人。

振兴川剧的方针是抢救、继承、改革、发展。在抢救、继承的同时，必须改革、发展。改革没有现成的模式，必须探索。探索可能成功，也可能失败，议论纷纷是必然的现象。魏明伦的川剧《潘金莲》，改革步子迈得很大，引起了激烈的争论。振兴川剧领导小组和文化厅把《潘金莲》调成都演出，有同志反对。许川支持调成都演出，表示"可以争论，但要允许探索"。有人想把"自由化"的帽子扣在剧作家魏明伦的头上，许川是坚决保护魏明伦的。

许川积极参与振兴川剧的活动，我有专文描述。我多次开玩笑地对他说："你这个江苏人，把名字取好了：许川许川，你真是许配给四川了！"

四

我和许川互相信任，建立了深厚的友谊。

1983年至1984年，部务会常开到晚十一时或十一时半。为节约用车，减少对司机同志的麻烦，许川邀我坐他的车，"亲自"把我送到盐道街出版社宿舍后，他再回家。

1991年，李致夫妇（左）与许川夫妇合影。时年，李致、许川均步入花甲

省委曾考虑调动我的工作。1985年，许川告诉我，拟调我到另一个部门去做负责人。我一直喜爱文艺工作，表示不愿因为"进步"而离开宣传部。许川支持了我的想法。

我曾受到诬告。一位外籍华人送陈书舫（川剧表演艺术家）和我各一个条形的液晶屏电子钟。此事被告到有关部门，说我们收了金条。我向许川说明情况，并分析说川剧出国演出有很多困难，是我们求别人，别人绝不会因为求川剧出国演出，用金条来"贿赂"我。如果真有此事，我一定很高兴，这说明川剧在国外很有市场了。许川信任我，要我写四个字：绝无此事！我按许川的意见办了。

1988年，省委组织部拟推举我为省政协第六届秘书长候选人。我仍不愿离开宣传部。许川为此先向省委书记杨汝岱反映，我也直接向汝岱同志表明态度。几经反复，汝岱同志同意我身兼两职。许川和我得知这个消息，十分高兴。我万万没有想到：一贯举止有度的许川，竟高兴得把我抱起来转了一圈。

我大许川半岁。我俩满六十岁那年，我和老伴去许川家，与许川和夫人周天相合影留念。

五

谁知就在1991年，许川竟英年早逝，留给我无尽的思念。如果他健在，他还会做很多有益的事。这是无法弥补的遗憾。

2011年9月27日

不出川也能看到高水平的演出[1]

在贯彻党的十三届四中全会精神，我省正在开展整顿书刊、音像市场，进行"扫黄"的时候，召开全省演出工作会议是必要的。

宣传、文化的各级领导都要重视演出工作，抓好演出质量，不断满足人民群众文化生活的新需求。演出质量的高低，直接影响着人民群众文化素质的高低，客观上起着导向的作用。不是说我们四川比较"封闭"吗？我们搞演出工作的同志，要千方百计地引进好的剧团演出好的剧目，让四川人民不出川、不到北京、上海也能看到高水平的、高质量的演出。同时，不要迎合少数观众的低级趣味，对不健康的演出要进行有力的抵制。去年，全国单列市演出工作会议提议对违反规定的"走穴"演出，要联合抵制，这就很好。我是赞同的。

总的来说：我省演出市场，高档的演出有，群众欢迎，但少了。多数是质量不高的、一般性的演出。其中流行歌舞演出多了。质量低劣的演出，观众不满意时就高声大骂："这么孬的演出还拿来哄票子！"要是老让观众看这类演出，观众的文化素质就会降低。说不定将来观众连古今中外的作家、戏剧家、音乐家、舞蹈家

---

[1] 本文系在全省演出工作会议上的讲话。原载中共四川省委宣传部1989年10月20日《宣传工作》（增刊第八十三期）。

都不知道了，只知道什么"王子"、什么"摇滚歌星"。如果真是这样，还像什么社会主义文化，那将是一场悲剧。从这次清理文化市场的情况来看，书刊、音像市场的问题更严重些。尽管如此，对演出市场存在的问题也不能忽视。

之所以出现上述问题，主要是这几年"二为"的方向淡漠了。头脑想的不是要为人民群众提供好的精神食粮，加强精神文明建设，而是"一切向钱看"的思想在起不好的作用。认真学习四中全会的精神，端正"二为"方向，把社会效益放在首位，对搞好我们的演出工作有极其重要的意义。只有这样，才会对多创作催人上进的剧（节）目，起积极推动的作用。有健康向上、丰富多彩的文艺节目，我们舞台演出才能丰富。但演出工作组织得好，又会促进剧作家多创作好的剧目。这是一个辩证关系。两者要互相合作和促进，而不要互相指责或埋怨。

文艺演出要归口管理，不经文化主管部门同意，自己组建班子演出，我认为是不行的。《四川省营业性演出管理暂行条例》写了要经文化主管部门批准才能演出这一条，我支持你们。各级宣传、文化主管部门不仅要关心文艺演出，还要审看一下演出节目。"文化大革命"期间，横加干涉，限制很多，这条路不要走；这一段时间，借口"搞活"，什么格调低下、夹杂色情的都可以演，同样是不对的。不能走两个极端。各地对外来剧团的演出也要组织审看。彩排时或演第一场时都可以去看，有意见可以商量。那种以"少介入，少干预"为由，反对必要的审看，是不对的。

搞好、搞活演出市场，得靠我们搞演出工作的同志下大力气。要选择好的剧（节）目，这就需要我们关心全省和全国演出的情况，择优邀请。过去往往是"隔口袋买猫"，请来再说，这怎么行？要先派有水平的人去看一看，好的才邀请来。一定要认真做好宣传工作和组织观众的工作。《白蛇传》在日本演出时，半年前就开始宣传，很有成效，以致场场爆满。单是有组织的学生观众就有一万五千人，他们为此发了六千多封信。不要简单登个广告、挂个牌子，采取"你爱来就来，不来拉倒"的态度。现在个体户都不是这样做生意的。在目前情况下，有些好的演出上座率并不高（当然这与宣传工作差有关），有些上座率高的并不完全是上乘之作。但只要内容健康——不违背四项基本原则，不搞格调低下的东西——群众欢迎，就可以组织上演。我并不反对流行歌舞，健康的流行歌舞仍然可以上演。这样就可以以盈补亏。没有利润，不能进一步发展演出事业，也不可能改善职工生活。但不能用"一切向钱看"的思想来支配我们的工作。

希望大家在这次会上，根据小平同志重要讲话精神，冷静地思考过去、思考未来，反对资产阶级自由化，坚持社会效益第一，建立健全演出市场管理法规，做好组织、宣传、服务群众的工作，为我省各级演出市场的健康发展，大显身手，艰苦努力，做出新的成绩。

电影《焦裕禄》审片前后

众所周知,《焦裕禄》是一部优秀的电影。

早在1966年,穆青写的报告文学《焦裕禄》就感动了千千万万的读者,焦裕禄成了广大干部学习的榜样。1990年,峨眉电影制片厂,由王冀邢导演,拍摄了电影《焦裕禄》。

峨眉电影制片厂一年要拍摄十部影片。在送广播电视部电影局审查以前,先得四川省委宣传部初审。我时任宣传部副部长,分管文艺工作,因此初审的任务便落在文艺处和我身上。

审片的任务并不轻松。既不能让坏影片出笼,又不能扼杀好的影片。所以,我们看了电影以后,一般不当场表态,总是回宣传部讨论以后,第二天再签署意见。

焦裕禄的事迹很好,但拍电影的效果如何,尚难预料。出乎意外,影片非常感人。在看片的过程中,我多次掉下热泪,不能自已。影片放完之后,我看见文艺处的几位同志的眼眶都是湿的,大家都同声称赞影片很好。

我问:"今天签署意见吧?"文艺处的同志都赞成。

峨影厂的同志拿来审片意见表。我靠在汽车头上写下:"这是一部很好的影片,值得向广大党员和干部推荐。"难得有这样一部好影片,我建议峨影厂连放几场,以便请省上"四大"班子所有的领导都来看。

447

李致在汽车头上签署意见

峨影厂厂长吴宝文接受这个建议,连续放了几场电影。我和文艺处的同志,积极协助邀请"四大"班子的领导,在他们方便的时间来看。这些领导同志看后,一致肯定这部影片,包括原省委副书记聂荣贵同志。

唯一否定这部影片的是省委书记同志。

书记同志看完以后,表情严肃,没有说一句肯定的话,只提了几点意见,其中最要害的是:影片里群众在大雪中逃荒的一场戏不好,台湾正在收集这方面的材料,不能授人以柄,要删掉。

导演王冀邢听了书记同志的意见,感到茫然,不知如何应答。

平心而论,书记同志是关心文艺工作的:早年他支持成立四川文学院;在几次不是运动的运动中,他没有伤害过文艺界的朋友;他有功于振兴川剧。但我不赞成他对电影《焦裕禄》的意见。他说完意见后离开了放映厅,没有机会讨论。怎么办?好在宣传部只是初审,终审在电影局。我建议峨影厂把所有意见无保留地向电影局汇报,供电影局审定。事后,我把审片情况向宣传部长许川报告,他表示赞同我的意见和处理办法。

我一直关心电影局的审定。不久，传来消息：电影局对《焦裕禄》的评价很高，认为它是一部难得的好电影。我这才完全放心。

鉴于过去四川有些好作品，往往自己不宣传，要北京、上海肯定以后才跟上去。像有同志形容的：墙内开花墙外香。我与许川同志商量，请《四川日报》开个电影《焦裕禄》座谈会，邀文艺界人士发表意见。川报这样做了，在1991年2月11日用大半版篇幅刊登了文艺界人士的意见，效果很好。

对电影《焦裕禄》的好评广为流传，形成"全国争说焦裕禄"之势。中宣部副部长聂大江称它为"精神原子弹"。文化部一位女同志来成都，她说去看《焦裕禄》时，被感动得流了很多眼泪。因为没带手绢，便用围巾擦泪水，以致害了几天眼病。由于中宣部的肯定，专家和群众的赞扬，电影《焦裕禄》共发行五百六十七个拷贝，高居新中国成立后发行量的首位。这证明：时代在呼唤焦裕禄！人民群众在期待焦裕禄！电影完美地再现了焦裕禄！

不久，电影《焦裕禄》获1991年第十四届《大众电影》"百花奖"最佳故事片奖、1991年中国电影金鸡奖最佳故事片奖、1991年广电部1989—1990年优秀故事片奖。

省委宣传部认为应该表彰峨影厂和《焦裕禄》剧组。我们把这个建议向书记同志汇报，他倾听了宣传部的意见，同意表彰峨影厂和《焦裕禄》剧组。2月21日，在省委常委办公室召开了表彰电影《焦裕禄》的大会。厂长吴宝文、导演王冀邢、扮演焦裕禄的演员李雪健和演职人员代表，兴高采烈地欢聚一堂。省委书记在大会上充分肯定了电影《焦裕禄》，并分别和主要演员合影留念。

拍摄电影《焦裕禄》已经十八年了。各种不同时期，都有焦裕禄式的干部出现，我期待再有《焦裕禄》这样催人奋发的好电影出现。

2008年2月17日

一篇杂文的背景

1987年秋,《当代杂文》有一篇以"孟方"为笔名发表的《推诚相信》的短文。全文如下:

《三国演义》八十五回,有这样两段:

章武二年夏六月,东吴陆逊大破蜀兵于猇亭彝陵之地;先主奔回白帝城,赵云引兵据守。……人报冯习、张南、傅彤、程畿、沙摩柯等皆殁于王事,先主伤感不已。又近臣奏称:"黄权引江北之兵,降魏去了。陛下可将彼之家属交有司问罪。"先主曰:"黄权被吴兵隔断在江北岸,欲归无路,不得已而降魏;是朕负权,非权负朕也。何必罪其家属?"仍给禄米以养之。

却说黄权降魏,诸将引见曹丕。……丕大喜,遂拜黄权为镇南将军。权坚辞不受。忽近臣奏曰:"有细作从蜀中来,说蜀主将黄权之家属尽皆诛戮。"权曰:"吾与蜀主,推诚相信,知臣本心,必不肯杀臣之家小也。"

每读到这里,我都很感动。

人际关系,无论过去的君臣之间,或现在的领导与被领导之间,同志之间或朋友之间,相互的信任是十分必要的。彭德怀大将军说过一句话:"同志之间的了解、信任,胜过最高奖赏。"

然而，这何其难得！

我参加工作四十多年，地下工作时期和50年代初期，同志之间的关系是良好的。以后，由于以"阶级斗争为纲"，一个接一个政治运动，每一次都有一个百分之几"蒙难"，人际关系受到很大破坏。无论是谁，只要列为"被审查"对象，所有的人都得站稳立场，划清界限。谁要对这种做法或处理有所怀疑，起码得扣"右倾"的帽子。如果敢于说一两句公道话，不是包庇，就是"集团"的成员。在史无前例的"十年浩劫"的日子里，这些恶例，达到登峰造极的地步。现在想起，真像一场噩梦！

党的十一届三中全会，确立以经济建设为中心，停止政治运动，人际关系有很大改善。这是大环境，具体到某一个地方某一个单位，却有不尽如人意之处。我的一个朋友，工作实干，早在70年代初期即冲破"盆地意识"，做出在国内有影响的事。因为他坚持原则，不免有个别人不满，诬告他在一次外事活动中收礼品不交公。这些类似"近臣"或"细作"的做法，本不奇怪，可悲的是身居高位的领导，不做任何调查，弄清是否真有其事，即批示："教育其退回。"我的朋友对此十分恼火，他说："这个基本信任都没有，今后怎么工作呢？"这位身居高位的领导，根本不知他的批示是怎样刺伤人的心。

大难来的时候，人与人的关系显示得最清楚。刘备大败猇亭，损兵折将，黄权降魏。近臣主张把黄权的家属送有关部门"问罪"，刘备说"是朕负权，非权负朕"，不同意罪其家属，仍给禄米以养之。细作谎称刘备把黄权的家属"属尽皆诛戮"，黄权却说："吾与蜀主，推诚相信，知臣本心，必不肯杀臣之家小也。"这个"推诚相信"，是刘备与黄权关系的核心，它的基础则是彼此的了解，相互知其"本心"。

以书为鉴，我希望人际关系大有改进！

实际情况，"孟方"是我的笔名。文中提到的"一位朋友"是我。1987年我率省川剧院去日本演出，有人诬告我带回六箱礼物不交公。位居高位的"一把手"，不调查是否属实，即批示"教育李致同志退回"。后经组织查明，纯系诬告。在日本演出的时间较长，我是团长，西服带得较多。日本朋友送的文字和图片资料，演员大多扔掉了；我得带回，否则影响不好。至于一些小礼品，回国即分送给与振兴川剧有关的同志，我准备装台拆台用的工作服，加洗的几十张彩色照片，全都付了钱。副书记顾金池对秘书长黄启璪说，难得李致这样清廉。当时，我对这个"批示"很不满，为此写了以上短文。三十年后，马识途老人赠诗给我，其中一句是"一生清贫双手洁"。知我者，马老也！不过，现在想来，我还得感谢"一把手"，他毕竟没有立即给我处分，仅是"教育"我"退回"而已。

2016年9月8日

崇高的"打杂工"
——周巍峙侧记

刚过冬至，气温骤降。穿上羊皮背心写作，十分暖和。这件背心是周巍峙周老送给我的。

周老是著名的音乐家，早在20世纪30年代，就为抗日战争的歌作曲。1951年，唱遍全国的《志愿军战歌》，也是周老作的曲。新中国成立十五周年，大型音乐舞蹈史诗《东方红》，周老是总导演之一。1996年，全国文联第六次代表大会上，周老当选为主席，我才认识他。

那次文代会会前，主席曹禺突然逝世，大家都关心谁来担任文联主席，也有人为争取自己当选而活动。最终提名周老为候选人。记得介绍周老的情况时，除了讲他在艺术上的成就以外，特别强调周老朴实忠厚，能团结各种不同的人。这样的人品，作为文联主席，十分重要。众望所归，周老获高票当选。许多代表，包括我在内，都非常高兴。

一次偶然的机会，我与周老同车。谈到文联的工作，我们都认为文联和各协会是艺术家的群众组织，各种工作和活动都应遵照文联和协会的章程办事，要充分发挥主席团和艺术家的作用，党组不要违反章程或包办一切；文联的主席、党组成员和工作人员，要与艺术家交朋友，不要当"文艺官"；文联不要机关化，要成为艺

李致与周巍峙（左）

家之家；等等。这些共识拉近了我和周老的距离。

这以后，周老多次来成都。

2002年6月，周老专程来成都参加四川省第五次文学艺术家代表大会。

当时，正值振兴川剧二十周年。我把刚出版的拙作《我与川剧》送给周老。第二天早上，周老说，他昨晚先看了《我与川剧》附录中魏明伦写的《我心中的李致》。当天下午，我和川剧研究院杜建华去周老住地看望他，做了较长的交谈。[1]周老认为，振兴戏曲是一个系统工程，并强调了剧本的重要性。他欣赏魏明伦，说魏明伦很有才气，改革开放以来写了十个戏，《四姑娘》写得很好。领导要爱才，有些人看不惯有才气的人。周老对我说："你在保护人才。"周老又说，魏明伦有些事找他，他也很支持。

周老强调领导要尊重艺术规律。他说有些领导对文艺"热心"过度，管得太具体。陈毅陈老总过去说过，有时要有为而治，有时

[1] 详见《李致文存》之《我与川剧》中《周巍峙、李致谈话录》文。

要无为而治。周老举周恩来总理为例：曹禺写《王昭君》，总理要周老去看曹禺，嘱咐周老不要催曹禺，只问曹禺身体怎样。总理说，你不催曹禺，曹禺自己也会说。周老说，关于艺术创作，他讲过三十二个字："文学艺术，质量第一，重在建设，贵在积累，切忌浮躁，更忌浮夸，种豆得豆，种瓜得瓜。"文艺界要有不同声音，一潭死水不好，都是一个声音也不正常，不要搞得过于紧张。精品不是号召出来的，是培养出来的。现在有些地方，搞创作和演出，以获奖为纲，获奖不能成为目的。

关于与作家艺术家的关系，周老说："共产党员必须讲原则，更必须讲感情。战争年代，共产党人与人民生死与共，情同骨肉。如果只有工作关系，没有感情，是打不败敌人的。要与作家艺术家交朋友，朋友关系没有压力。有的同志说真话，即使有错误批评一下就行了。怎么能随意说是反党反社会主义呢？中国知识分子叫'士为知己者死'，应该考虑到这个问题。"

周老的这次谈话，给了我很多启发。

周老和夫人王昆（歌唱家）都非常尊敬巴金老人。在巴老百年华诞时，四川人民出版社出版了《巴金选集》（收藏本）。我请儿子和女婿，代我把这套选集送给周老和王昆。以后，我儿子选编了《巴金祖上诗文汇存》（上、下卷），请周老题签，周老慨然允诺。

2002年12月，周老再次来到成都。12日，我的日记记有："周老为我所敬，乐意去看望他。我去得较早，为了让周老休息，未去打扰，而周老却主动来找我。畅谈约一小时。"14日，我再去宾馆看望周老。送周老一本四川出版的巴金的《讲真话的书》。周老说他刚读了我在上海《文学报》上的文章（即《巴金教我学会理解》），写得"有感情，很动人"。席间谈话，周老还谈到王昆曾在病房为巴老一个人演唱的事。周老特意对我说："王昆的眼光很高，佩服的人不多，她佩服巴老讲真话。"

那是在1998年11月的一天,王昆同志与周老一起去上海华东医院看望巴老。王昆感到任何礼物都无法表达她对巴老的心意,只有为老人唱几首他爱听的歌,才能表达内心的敬仰。那天巴老坐在矮椅上,王昆蹲下来,贴着巴老的耳朵,轻轻地唱起了歌剧《白毛女》选段《北风吹》,还唱了《南泥湾》。王昆对巴老说:"我再用你家乡的四川话,唱你家乡的民歌《槐花几时开》,您看像不像?"巴老听完兴奋地用力吐出两个字:"好!像!"王昆一生中只为两个人开过"专场音乐会"。另一次是20世纪70年代,为一个头部受重伤的战士。两次都是只为一个观众演唱,这是中国文坛的佳话。

2002年12月17日,四川省文联通讯员送来周老为我写的两幅字。一幅是"读李致近作有感 特录清张问陶诗句以颂 敢为常语谈何易 百炼工纯始自然 周巍峙壬午冬"。另一幅是"李致老友雅嘱 两鬓多年作雪 寸心至死如丹 录陆游名诗 周巍峙 壬午冬于锦城"。拿着周老的两幅字,我深知周老鼓励我要这样作文和做人。我打电话向周老表示感谢。

几年前,我曾在《随笔》杂志上,读到一篇关于周老介绍著名戏剧家吴祖光入党和拒绝劝其退党的文章。吴祖光思想进步,很有才华,1957年被错划为右派。1980年由周老介绍入党。1987年在一次不是运动的运动中,当时主管意识形态的最高官员要周老劝这位戏剧家退党,周老拒绝了。周老认为,这位戏剧家在新中国成立前就听周总理的话,是共产党的朋友,敢讲真话,错划为右派后还写了不少好文章,虽有缺点但不反党。周老不后悔当年介绍他入党,也不后悔拒绝去劝他退党。我佩服周老这种是非分明和坚持原则的精神。

2011年4月11日,一位女同志来电话,说周巍峙周老第二天上午来成都,准备下午来看我。我立刻说不敢当,该我去看周老。对方说,原来也是安排我去,但周老执意要来看我。我既高兴又感到不安。

第二天下午三时半，周老准时到，我们极为热烈地拥抱。周老说，这次只准备看马老（马识途）和我的两位朋友，可惜马老不在成都，到北京去了。谈到"文革"时，周老说"文革"从宣传、文化部门开刀，他自然不能幸免于难。他被打成文艺黑线的总头目、法国特务；王昆被打成现行反革命、香港特务；大儿子被打成叛国分子；一家人被隔离审查，以后他和王昆又下放到"五七"干校接受审查批判。好在周恩来总理很关心周老和王昆，说："周巍峙有多大问题？王昆从小参加革命，更没有什么问题。"周老对周总理充满感激之情。

周老非常平易近人。他当过文化部副部长、代部长，但不喜欢别人叫他部长或主席；他喜欢人叫他老周，他说如果表示尊敬，叫周老也行。在周老八十寿辰时，同事和朋友为他出了一本书，名叫《众人说老周》。周老对我说，他接触的人很多，但对朋友他是"有选择的"。

五时，周老一行告别。我把他们送到楼下。周老再一次和我拥抱。上了汽车，周老不断地向我挥手，我目送到汽车转弯，直至看不见。

最近一次看见周老，是今年4月12日，离上次见面刚好一年。前一天，随他来成都的田敏，打电话告诉我周老来到成都，住文翰宾馆。我12日上午十时到达宾馆时，周老正在看电视。

周老热情地接待我。与去年相比，周老的精神稍差一些。室内有一部轮椅，田敏说为减轻周老腿部的负担，用轮椅推周老外出。

我们相互谈了自己的近况。

周老说，他现在活动不多，全国文联的事很少。受中宣部之托，他在审定《民族志》。有些老朋友请他为其著作写序，他乐意执笔。还回顾了他去年去过的几个地方。

我谈到自己继续在写"往事随笔"。

我带了相机，请田敏为我和周老拍照。我说以前几次拍照，效果不理想。周老说他遇闪光老是闭眼。这次合影，照片拍得蛮好。

周老原说留我和他一起吃午饭。交谈一个小时之后，我想到周老毕竟九十七岁了，应让他老人家休息，便起身告辞。周老请田敏拿出一件宁夏出产的羔羊毛背心送我，说这是他去年在银川买的，穿上很暖和，买了几件准备送朋友。这次带了一件送我，让我冬天穿着便于写作。

周老让田敏用轮椅推着他，送我到宾馆大门。

周老曾写过一首自嘲诗："来自贫寒户，混迹文苑中，奔忙六十载，一个打杂工。"望着挥手告别的周老，想起这首诗，我心里充满对周老的尊敬和感激之情。

2012年末

不惑之年的期望

——祝四川省文联成立四十周年

四川省文联成立四十周年,这的确是值得庆贺的大事。四十年来,省文联的工作取得很大的成绩,也有过艰难的曲折。为纪念省文联成立四十周年,聂荣贵同志写了专文,沙汀、艾芜、常苏民同志留下了珍贵的回忆和遗嘱,马识途、李少言和各协会的同志作了总结和展望。这些都有利于在原有的基础上,进一步做好省文联的工作。

党的十四大,为繁荣社会主义文艺,开辟了广阔的前景。我们要坚持"二为"方向、贯彻"双百"方针,警惕右,但主要防"左";进一步解放思想,把文艺的娱乐、审美、认识、教育的功能摆端正;深入生活,努力创作内容健康向上和讴歌改革开放、现代化建设并具有艺术魅力的优秀作品,为人民提供更多更好的精神食粮。面临新的形势,既要大胆探索文艺产品如何走向市场经济的新路子,又不能完全为市场所左右。精神产品不同于物质产品,要把社会效益放在第一位,努力实现社会效益和经济效益的统一。要信赖我们的文艺队伍,尽自己的力量为文艺家提供一个团结、和谐的创作环境。在探索的过程中,要允许犯错误,与人为善地帮助有错误的人改正错误。我省绝大多数文艺家正满怀信心迎接已经来临的新时代。

文联的根本任务在发展文艺生产力，繁荣社会主义文艺创作，简括为"出作品、出人才"。四十年来，省文联之所以取得显著成绩，正是把握了这个任务；反之，凡执行了"阶级斗争为纲"或热衷于内耗，必然受到破坏或干扰。在新的形势下，我们要认真解决文联如何在社会主义市场经济体制下生存和发展的问题，不能故步自封、墨守成规。与此同时，仍然要牢牢把握住文联的根本任务。文联如果不把主要精力放在抓"出作品、出人才"上，等于工厂不抓产品，农村不抓种田，艺术团体不抓演出，制片厂不抓影片，出版社不抓出书，就会失去自己的特点和存在的价值。如果丢掉文联的根本任务，弃文经商，我们就不是文联，而是工商联（我不是轻视工商联，只是文联和工商联具有不同的性质和职责）了。有四十年的正反两方面经验，省文联在抓根本任务上，一定会做得更好。

文联是艺术家自愿结合起来的群众团体，应该是各个门类艺术家之"家"。要竭诚为艺术家服务，不能"机关化"，更不能"衙门化"。文联和各协会的领导，是艺术家选出来的，是艺术家的朋友，而不是"官"。要团结一切可以团结的人。使文联成为党和政府团结艺术家的纽带。团结存，文艺兴；内耗多，文艺衰。省文联要重点抓一些创作、演出和展览，要充分注意各协会涌现出来的优秀作品，并及时组织评论，大力向社会推荐。文联主要靠组织各种活动来工作，所有活动都要精心策划，注重质量，使艺术家乐意到文联来，乐意参加文联组织的活动，乐意与文联一起繁荣社会主义文艺。这是四十年来积累的好经验，今后应该坚持下去。

四十而不惑。省文联今后必将继续在省委、省政府领导下，与我省广大艺术家一起，大踏步地前进！

坚守文学阵地，工作到最后一息[1]
——纪念沙汀、艾芜诞生一百周年

著名作家沙汀、艾芜诞生一百周年，我们在这里举行纪念座谈会，是一件很有意义的事。

我在青年时候就是二老的读者。1947年，我因参加学生运动，被学校变相"开除"。我去重庆在文化生活出版社住过一段时候，阅读了艾芜的《南行记》和沙汀的《淘金记》，受到很多启迪。"文革"后我曾从事出版工作，二老又是我的作者，四川人民出版社先后出版了《沙汀选集》和《艾芜文集》。在省委宣传部工作时，有关文艺工作问题，我常向二老

李致与沙汀（左）、艾芜（中）

---

[1] 本文系在纪念沙汀、艾芜诞生一百周年座谈会上的讲话。

请教。长期交往，二老既是我的长辈，又是我的忘年之交。我对二老有很深的感情。我写过散文《忆沙老》和《忆艾老》，最近翻阅这两篇文章，重温了二老所给我的启示，和我与二老的友情。我不准备在这里重复讲已写过的语言。

面对我省的作家，我感到纪念二老诞生一百周年，我们要学习"二老坚持文学阵地，工作到生命最后一息"的精神。二老诞生在旧中国，无论在政治上或生活上都受了很多磨难。艾老在南行中用颈项吊着墨水瓶写作，沙老为躲避白色恐怖在睢水农村写作十年，令我至今难忘。新中国成立以后，一些政治运动也干扰了二老的写作，特别是史无前例的、摧毁文化的"文化大革命"，把二老投入监狱。但只要他们能提笔，他们一定坚守文学阵地，用笔来歌颂真善美，抨击假丑恶。记得艾老在"文革"中研究《诗经》，沙老在监狱时构思名叫《没有裤腰带的人》的小说——因看守人员怕他们自杀，把裤腰带也搜走了。

什么叫文学？文学的功能是什么？各个时期有不同的解释。我不想在这里探讨理论，但我相信文学是要使人变得更好。我们要学习二老，关心人民群众，特别是关心在底层的劳苦大众，写出他们的心声，把高品位的作品奉献给人民。决不搞低级媚俗的东西，也不会谁出钱就听谁指挥。

我省许多作家受过二老的教育和影响，不会背离文学的正确方向。但面临发表难和出书难的现实，创作积极性也会受影响。社会上的拜金主义和一些思潮，使人浮躁，坐不下来安心创作。我们要学习二老"甘守清贫，甘耐寂寞"的精神，为文学事业工作一辈子。同时，要学习二老，提高文化修养，贴近人民群众，创作出为群众所喜爱的作品。

报刊和出版单位，当然要面向市场经济，但市场经济也要把社会效益放在首位。鲁迅、邹韬奋、巴金办出版社或书店就是榜样。一些报刊和书籍为了赚钱，搞品位低下的东西，热衷各种"明星"

的绯闻，左右群众的情绪。有的甚至宣扬色情暴力，这是犯罪。我注意到《人民日报》和中央电视台的《焦点访谈》，最近对这些不良现象做出批评。这是很可喜的。我们需要从各方面创造有利于发展文学事业的环境。

"有些人活着，他已经死了；有的人死了，他还活着。"这是诗人臧克家纪念鲁迅所写的诗句。沙汀、艾芜二老也是这样的人，他们学习鲁迅精神，吃的是草，挤出的是奶，使我们感到二老永在身边。学习和继承二老"坚守文学阵地，工作到最后一息"的精神，是我们纪念二老诞生一百周年的目的。

2004年12月15日

含着歉意告别

——怀念王永梭

就在这个月21日下午，接到王永梭夫人江润媛的电话，说永梭装上心脏起搏器以后情况良好，很快可以出院，他感谢我对他的关心，说出院后即来看我。我听了很高兴，请江润媛同志转告永梭，出院后先好好休息，千万不要急着看朋友。可是，在22日一早，却接到省曲艺家协会电话，说永梭因大面积脑梗于今晨去世。

两个电话相距不到二十四小时，令人难以置信。

永梭是谐剧的创始人和表演艺术家。我最先看他的演出大约在1948年，一次在重庆大学礼堂，一次在一个空坝。他演出了《卖膏药》《巡官》《小偷》等。不仅形式新，一个人表演，道具简单，十分诙谐，而且内容针对现实，反映了劳动人民的痛苦生活和对黑暗统治的无情讽刺。我从此爱上了谐剧，并认识了永梭同志。

人世沧桑，一过就是三十年。这三十年，永梭遇到许多坎坷，还经历了史无前例的"十年浩劫"。粉碎"四人帮"以后，永梭再次活跃在舞台上，同时教了许多学生，谐剧的影响更加扩大，受到了人民群众的喜爱。1979年我在四川人民出版社工作，与文艺编辑室的同志一起，出版了《王永梭谐剧选》。我从此和永梭有了接触。出版他的书本是我们的责任，但永梭每次见到我都要表示感谢。

我到中共四川省委宣传部工作以后，与永梭的接触就更多了。

不仅看他的表演，读他的新作，同时也建立了友谊。有一次听说出版社又出版了他的谐剧，我感到高兴，他却告诉我出版社要他包销三千册。这位会"卖膏药"的谐剧大师，拿着这三千册实在为难。请人帮忙推销，有的卖出去收不到钱，或卖不出去又收不回书，弄得他十分为难。我给有关同志打了招呼，但并没有解决问题。

有一段时间，我经常在商业后街散步，不时遇见永梭。他告诉我，落实政策后，因安排儿子的工作，自己被"顶替"下来，没有评职称，没有参加工资改革，虽然享受国务院政府特殊津贴，现在工资却很低。我理解他的困难，建议他给有关部门写报告。他写好报告以后到我家里，我们又一起修改——写这类报告我可能比他"内行"。他交了报告，我及时向有关领导反映。有关领导也关心，但据说"难度太大"。主管部门的一位领导表示将"争取作为一个特殊情况来解决"，我一直在等待。

可贵的是永梭为艺术献身的精神。他仍在创作、演出、教学生和写回忆录。因为他的艺术青春常驻，我总觉得他并不老。有一天在商业后街相遇，偶然问到他高寿，他说已满八十。我大吃一惊，敬佩之情油然而起，长时间握着他的手没有松开。

大约在11日，永梭同志打电话给我，说他心脏有病要住医院，我在电话上安慰了他。不久唐思敏来我家，谈到永梭装了起搏器。我一时不能去医院，只好请思敏代我向永梭致意。以后再就是接到师母的电话……

我参加了永梭同志的遗体告别仪式。挂在墙壁上的永梭彩色遗像，充满了活力，好像在表演，又像有话说。然而，这位谐剧大师毕竟和我们永别了。望着遗体，我深为永梭的奉献精神所感动，同时又觉得对不起他，没有帮助他解决问题。

我只有含着歉意向他告别。

1998年5月31日

愿终身做谐剧的"吹鼓手"①

——纪念谐剧诞生六十五周年

我爱好谐剧,是它的忠实观众。

我第一次看谐剧,是20世纪40年代,在重庆大学。王永梭先生的《卖膏药》《变色龙》《小偷》等反映下层社会的剧目,给我留下深刻印象。"卖钱不卖钱,圈子要扯圆。"至今我眼里还闪烁着王永梭先生所创造的各种人物形象。

由于谐剧自身的特点,它一开始就受到群众的喜爱和欢迎。

王永梭创立谐剧,为它奋斗一生,功不可没。

王永梭先生的众多弟子,在半个世纪内继承和发展谐剧,做出很大贡献。在我印象里,有沈伐、包德宾,还有一些我叫不出名字的朋友。观众不会忘记他们。

开这个座谈会的目的,应该是为了继承和发展谐剧。

要继承和发展谐剧,得靠我们自己。胡耀邦有句名言:不怕别人看不起自己,最怕自己看不起自己。这首先得有一批坚守阵地的积极分子。没有这些献身于谐剧的、"死不悔改"的人是不行的。

要有一批像王永梭、包德宾这样的剧作家。谐剧有一个鲜明的特点:贴近现实,取于针砭。既要敢于歌颂美好的事物,像鲁迅歌颂狂人和傻子一样,歌颂当今的正直的、有理想的人物;又要敢于

---

① 本文系在纪念谐剧诞生六十五周年座谈会上的发言。

批判丑恶的现象，这类现象在转型期间是很多的，不用我来列举。谐剧表现的应是人们关心的，要表达出人们的心声。在表现手法上要诙谐，也就是体现四川人的幽默。幽默，是揭露事物内在的东西与它的矛盾。我不喜欢为搞笑而搞笑。

优秀的演员和表演艺术家同样是不可缺少的，再好的本子得靠他们去体现。谐剧是独角戏，演员担负的任务不只是演好一个角色，往往要根据剧情同时表演各种不同的人物，或通过一个角色体现没出场的角色。这个要求很高，高于一般的演员。谐剧演员有更多的阅历、更高的文化、更全面的技巧。特别是掌握"谐"的分寸上要适度，要高品位，不要沦于庸俗。这一点，说起来容易，做起来很难。

剧作家与演员的合作极为重要。合则存，离则败。我非常高兴沈伐与包德宾，在经历一段曲折后又重新合作。副厅长胡继先同志在这方面做了有益的工作。这里，既要有思想的一致，双方又得有合理的经济收益。可以根据过去的经验制定必要的政策和规定。

谐剧除了舞台演出外，要与时俱进，充分运用现代化的媒体。王永梭的音带、沈伐的DVD、涂太忠的音带，我至今爱听爱看。许多优秀节目要录制，搞得好完全可以取得双效益。

要采取必要措施，培养新生力量。作家和演员都不能断代。这是十分迫切需要解决的问题

谐剧是四川特有的剧种，但它的影响不仅在省内。我始终相信：只有地方的才有全国的，只有民族的才有世界的。无论文化、建筑、餐饮和其他方面都如此。没有特色，难于保存，世界也将会十分单调。

高明的领导和媒体必然会重视谐剧，给以各种支持。至于我，愿意终身做一个谐剧的"吹鼓手"，死不改悔

祝这次座谈会成功，祝谐剧得以继承和创新。

今天是艳阳天，愿它预示谐剧的未来！

2004年12月8日

歌《三套集成》 颂"无名英雄"

《民间文学三套集成》是一件有重大意义的工作，它积累和弘扬了民族民间的传统优秀文化，功德无量。《集成》工作量大，历时二十年，民间文学艺术家前赴后继，有始有终。我祝贺和歌颂这个成就。

从四川来讲，感谢几届省委、省政府、宣传部、文化厅、民委、财政厅和省文联的领导对《集成》的重视，特别是经济上的支持。这是公益性的事业，没有钱，不可能搞好《集成》。当然不只是钱，许多领导还给予热情指导。以冯元蔚同志为例：他在大学执教时就以专家身份作为省民间艺术家协会代表参加了全国第四次文代会；《集成》开始时，他时任省委副书记，有关《集成》的工作有求必应；后又任全国民间艺术家协会主席。他为《集成》付出许多心血。

当今，急功近利，金钱至上，人心浮躁，影响一部分文艺工作者。不少人安不下心来从事这种默默无闻的工作。所以，我特别感谢省文联、省民委和全省文联系统（各级地方文联）从事这项工作的同志。你们卓有胆识，不求富贵，心平气和，甘守寂寞，长期奋斗，埋头苦干。在这一批同志中，我印象深的有萧崇素、洪钟、黎本初、侯光等，还有很多同志我叫不出名字，正如元蔚同志所说的无名英雄。我向所有从事这项工作的同志致敬。

我从事出版工作时，我们出版了《格萨尔王传》；在宣传部工作时，理应为文联、民协服务；在省文联，是一家人了，更不敢偷懒。至于主编，盛名难副。我多次提出主编由负责实际工作的专家担任，可惜这个建议未被接受。几年前我因支持《集成》曾获得荣誉奖状，今天大家又写信对我鼓励，实不敢当。当然，能为《集成》当一名啦啦队员，我也感到荣幸和高兴。

完成《三套集成》会载入省文联的史册，今天的会亦将列入省文联大事记。不过，正如大家所说：

任重道远，这不是终点，它将是新的起点。

2005年4月27日

艺术家的社会责任[①]

大家反映，这次全委会开得比较好。钟历国同志刚才做了小结，我不再重复。我在小结后发言，表示会议已画句号，我的发言，姑妄言之，无足轻重。

在上次主席团会上，取得共识：全委会总结和布置工作，要研究文艺形势，也就是研究文艺现状，文艺家的思想动向，肯定成绩，找出问题和解决问题的办法，不要只就事论事。同时，会议时间短，既然已有书面材料，就不再照念，报告人可丢开稿子，谈些情况和问题。厉国同志这样做了，大家反映不错。

为了帮助大家思考文艺现状，会议印发了马识途马老的《文学三问》，马老今年九二高龄，是老革命、老作家，我们省文联的名誉主席。马老谈了他的一喜、一忧、一愁、一惧，提出三问：谁来守望我们的人文终极关怀的文学家园？谁来保卫我们文学的美学边疆？谁来坚持我们在马克思主义光照下的社会主义主流意识？这篇讲话，《四川文艺报》在去年上半年首发，头版头条套红，传至北京，引起重视。新华社摘要发了通稿，《人民日报》记者又为此采访马老，刊登在该报上。《人民日报》（海外版）也两次刊登《文学三问》摘要。

[①] 本文系在四川省文联五届五次全委会上的发言。

联系到我省的文学艺术家和省文联，我的感想颇多。

今天中午，我偶然翻到十三年前为省文联成立四十周年写的一篇短文《不惑之年的期望》。其中谈到："文联的根本任务是发展文艺生产力，繁荣社会主义文艺创作，简括为'出作品，出人才'。"现在，有时提"出精品，出人才"。出精品，谈何容易？没有广大群众认可，没有较长时间的检验，轻言精品，难以成立。无非是电视广告，动辄"驰名全国"的产品，人们却闻所未闻。有了作品，再"千锤百炼，精益求精"，更合乎实际。

要坚持"出作品，出人才"，会受到许多干扰。

新中国成立后，出了许多优秀的文艺家和受群众欢迎的作品。但各种政治运动伤害了许多文艺工作者。阶级斗争为纲，极左思潮发展，最终导致史无前例的"文革"：所有文艺作品均被打成"封、资、修"，全国只有八个"样板戏"。

党的十一届三中全会以后，思想解放，实事求是，创作环境逐步宽松，文艺创作又开始繁荣起来。记得20世纪80年代，省委宣传部看文艺创作或演出，只要不违背宪法，不搞格调低下的东西，都允许存在。当然，这是底线，目标是多出能鼓舞人前进的优秀作品。

改革开放为文艺事业的发展带来新的机遇。我在那篇短文里曾说："面临新的形势，既要大胆探索文艺产品如何走向市场经济的新路子，又不能完全为市场所左右。"原因很明确，精神产品既有商品的属性，又有意识形态的属性。小平同志一贯主张要把社会效益放在首位，努力实现社会效益和经济效益的统一。正是这样，马老为文艺创作中出现的某些低俗化的倾向，感到忧心。很多人有这种忧心，马老讲出了大家想说的话。这些低俗化的倾向，也出现在某些面向市民的大报上。它们实际上在影响市民的价值观和趣味性的取向。

这几天，中央一台在播放电视剧《乔家大院》。剧中的晋商提出的经营方针是"义、信、利"。主人公乔致庸提出谁为他的字号赢得"诚信"就奖励谁，而不单看利润多少。这是很可贵的职业道德，体现了"君子爱财，取之有道"。现在有些人，只追求钱，为了钱做假广告，卖假药卖假酒，坑害人民。可惜没有在报刊上看到这方面的评论，反而看到有些记者问女主角蒋勤勤是否与男主角因演戏"撞出火花"，进而相恋？蒋勤勤回答："有些媒体很无聊。"这个批评实在中肯。

前不久，我为卢子贵同志的散文集作序，赞扬他的社会责任感，其中举了一个旧例：十几年前，我的小外孙去吃肥肠粉，吃到第四碗时，老板就坚决不卖给他了，说吃多了对他肠胃不好。这也是社会责任感。一个卖肥肠粉的老板尚且如此，文艺家能没有社会责任感吗？

有些人回避社会责任感。任何人都不能离开社会生活，人们的文艺创作，只要他公之于众，他就要考虑自己对社会的责任。这也是文艺家应有的良心。当年有人买鲁迅的书，鲁迅接过这位青年拿出带有他体温的钱，深受感动。以后鲁迅提笔写作时，总要想起这件事，深感责任重大，不敢轻易下笔。在这方面，鲁迅是最好的榜样。

文艺的目的是为了使人变得更好。我们是各个门类的艺术家，作为艺术家，既要有一定的艺术成就，更要坚持"二为"方向，努力创作能鼓舞人前进的作品，两者不可缺一。我们需要不断加深理解。不能空讲"二为"方向，空讲"代表先进文化的前进方向"，不联系实际。今天中午，看见一条消息：若干全国著名曲艺家，包括刘兰芳和姜昆等，联合签名不创作和演出媚俗作品。我相信四川的文艺家也有这种良心。

马老的三问：谁来守望我们的人文终极关怀的文学家园？谁来保卫我们文学的美学边疆？谁来坚持我们在马克思主义光照下的社会主义主流意识？这个问题涉及的面很广。作为文艺工作者，我答该全国的文艺家来守望、来保卫、来坚持，我们四川的文艺家更该义不容辞。

以上，也是我读马老《文学三问》的部分感受。

2006年2月28日

外行谈音乐，不中就拉倒[1]

世界充满矛盾：我喜欢唱歌，但不懂音乐。

我不敢班门弄斧，在音乐艺术家面前讲音乐的意义和作用，但可以讲自己的感受。现在时髦讲"情结"，这个"情结"那个"情结"，我可以说说自己的"音乐情结"。

我开始学唱歌，是在小学时期。时值抗日战争，我学会许多抗战歌曲。当时，为前方战士捐寒衣，小学生也卷入这个运动。每天早上，上学的第一件事就是捐寒衣。全班同学站起来合唱："秋风起，秋风凉，民族战士上战场。我们在后方，多做几件棉衣裳，帮助他们打胜仗，打胜仗，打胜仗，收复失地保家乡！"在这歌声的感染下，大家便拿出仅有的一两个铜圆，轮流丢进一个瓦制的攒钱罐。其实，丢进的不只是钱，而是孩子们热爱祖国的赤子之心。解放战争中，我参加学生运动，被学校开除，也曾被国民党宪兵逮捕，但我们向往"山那边呀好地方"，唱着"跌倒算什么，我们骨头硬，爬起来再前进！"和"团结就是力量"，又奋起斗争。抗美援朝，我在青年团工作，在"雄赳赳，气昂昂，跨过鸭绿江"歌声的鼓舞下，动员了很多青年学生参军。"文革"中，我被夺权、关牛棚、进干校劳动改造，每当我一个人在干校广阔的大田或草原上

---

[1] 本文系在四川省音协第五次代表大会上的讲话。

劳动时，我就放声大唱："戴镣长街行，告别众乡亲，砍头不要紧，只要主义真！"当然，我也喜欢抒情歌曲，如《夜半歌声》《可爱的一朵玫瑰花》《洪湖水浪打浪》之类。1992年，我在美国参加一个国际学生旅行团，临别会上，我们几个中国人合唱了《洪湖水浪打浪》，引起了国际朋友的赞誉。至于我个人，爱唱不会唱。每首歌唱一百遍，每一遍都不一样。说得好是善于自由发挥，其实是不识谱不记谱。本想求名师指导，但罗丽珉不愿当我的老师，说怕破坏了我的"独特风格"；李存琏则"月亮下耍刀——明砍"，说我"五音不全"。难怪有人调侃，说我在过去历次政治运动中都是右的，唯有唱歌是"左"的。

讲这些"情结"，我的目的，是为了呼吁在新时期，我们的音乐艺术家，能与时俱进，振奋精神，贴近人民，贴近生活，创作出有时代气息、民族化、大众化，受广大群众欢迎的、能广为流传的歌曲。时代不同了，在构建和谐社会，实现全面小康的总的目标下，我们音乐家是大有可为的。可表达人民群众的愿望，歌颂建设者的热情和成就，反映老百姓丰富愉快的生活以及亲情、爱情和友情，等等。对一些不良和腐败现象也可抨击或讽刺，犹如《古怪歌》在当年所起的作用。

音乐事业既是公益性的，可在各种纪念或庆祝会上的演唱，包括"春熙放歌"，作用很大。也是能进入市场的，如歌手在宾馆或歌厅演唱，供群众休闲娱乐；群众在包间唱卡拉OK自娱。不可能要求每时每刻都唱革命歌曲，可以多元化，但内容要健康，不要庸俗或低俗，更不要受"钱"指挥，喊唱什么就唱什么，不管内容是否健康。协会要帮助文化主管部门，用多种办法，帮助歌手坚持"二为"方向，端正台风，提高音乐水平。我这人，既不保守又保守。说不保守，早年对通俗唱法有争论时，我对邱仲彭说不应反对通俗唱法；说保守，我实在不敢恭维某些歌手的台风。他们，或近于疯狂，乱吼怪叫，或极度哀伤，痛不欲生，我很想为他们准备一副担架，以防不测。美声歌唱家李存琏以及我熟悉的周维民、王存惠、罗丽珉、德西美朵等的台风就很好，值得推广，我注意到，协会已在这方面做了不少的工作。

群众的日常生活很丰富。学校要有校歌。我中学的校歌就很好，有民主自由的学术空气。小学生放学要唱放学歌。早年的《夕歌》是一种放学歌，歌词是："光阴似流水，不一会儿，课毕放学归。我们仔细想一想，今天功课明白未？老师讲的话，可曾有违背？父母盼儿回，我们一路未徘徊。将来治国平天下，全靠吾辈。大家努力呀，同学们，明天再会。"我也记得我小学的《放学歌》："按时工作按时休息，休息好了再来做。这种生活多么快乐，快乐生活岂不多。"生日、结婚要庆祝歌曲，送葬要有哀乐，总不能全用外国的。《祝你生日快乐》这个歌很好，大家都会唱。希望音乐家能创作出与群众生活有密切关系的优秀歌曲，体现自己的民族特色。著名音乐家赵季平创作了《龙凤呈祥》的中国结婚进行曲，免费下载，是一个极好的尝试，值得学习。音乐家要关心少年儿童。儿童歌曲很少，女孩子跳橡皮筋，可唱的也不多。若干年前，我外孙还在幼儿园时，一天早上，他起床就唱："你来到我身边，带来微笑，也带来烦恼。我的心中，早已有个他，啊！他比你先到。"这歌词并不坏，知道"先来后到"，由孩子唱出却使我啼笑皆非。这些愿望，大约在二十年前，我在一次音协会上建议过，现在再重申一次。

外行妄谈音乐，请大家不要见笑。用一句河南话："不中就拉倒！"东北话："拉倒吧！"极有音乐的韵味儿，很好听。

2006年7月7日晨

以充实的内容吸引观众[1]

马老讲得很好,我非常赞同,不再重复。

我是李劼老的读者。20世纪80年代曾主持出版《李劼人选集》。我与李劼老没有直接接触,但我知道巴金对李劼老十分尊重。巴老说:"劼人不仅是一位热血侠肠的好人,他还是绘声绘影的小说家,也可以说是成都的历史家,他的小说岂是成都的风俗志……"1979年,巴老从法国访问回北京,巴老亲自告诉我:法国朋友问他中国有哪些小说家?巴老首先提到的就是李劼人。巴老十分佩服比他年长十三岁的李劼老重写《大波》的决心和毅力,表示愿学习李劼老,做一个"'写到死,改到死'的作家"。巴老十分珍惜他和李劼老的友情,称李劼老为他的良师益友。李劼老逝世时,巴老非常悲痛。1987年巴老回故乡,特意来菱窠,写下令人感动的留言:"1987年10月13日,巴金看望劼人老兄,我来迟了!"

把李劼人故居扩建成李劼人故居博物馆是件好事。我在20世纪50年代去过苏联,以后又去过欧洲的一些国家,他们把自己杰出的作家、艺术家的故居保存得很好,以展示自己民族的优秀文化。我在苏联参观过柴可夫斯基故居,规模比较大,陈列了这位音乐大师的成就和历程。参观完,还请我们点播柴可夫斯基的乐曲,送

---

[1] 本文系在李劼人故居博物馆的讲话。

每个成员一张光碟。当时我们没有密纹唱机，若干年后一放，才知道是《天鹅湖》中"四个小天鹅"那一段舞曲。李劼人故居成立许多年，有它的影响，值得称道。也有过曲折，可以总结经验。关键是要充实内容，以内容吸引观众。要通过展品，让观众知道李劼人和他的作品，让人能买到李劼人的主要著作（可以专印若干册）和纪念品。现在，既有《死水微澜》的电视剧（著名演员张国立和邓婕是该剧的主角），也有川剧《死水微澜》，是否可以播放并卖光盘？"四老"（张秀熟、巴金、沙汀、马识途——艾芜因病没到）来参观菱窠也可设一展室，展示李劼老的友人。（马老插话：巴老的题字可以刻出来。）等等。还可轮换展出李劼老收藏的书画。当然，要做到这些，必须加大投入。党的十七大报告强调要加大公益性文化事业的投入。李劼人故居博物馆是公益性文化事业，不是盈利的文化产业。如果政府不投入，单靠招商引资，其结果就会像"慧园"[①]，成为餐饮和打麻将的地方。我相信区政府会重视这个问题。

在李劼人故居博物馆的工作人员，要热爱自己的工作。有条件的，要成为研究李劼人的专家。对他们的努力，我相信政府、文联和作协、新闻和出版部门，都会支持。

2007年12月11日

[①] 慧园：位于成都百花潭公园内，建于20世纪80年代。其景观和布局多以巴金作品《家》中李家花园及部分建筑为蓝本，辟有陈列室，陈列有巴金的手稿、书籍及照片等。

三件在全国改革开放有影响的事

——纪念改革开放三十周年[①]

在党的十一届三中全会的指引下,改革开放三十年来,四川文艺事业取得很大的成绩。大家讲了很多,不再重复。

我只讲我省三件在全国有影响的事:

第一件:四川出版提出和实践了"立足本省,面向全国"的方针。长期以来,地方出版社受"三化"(即地方化、群众化、通俗化)方针的束缚,只能配合中心工作,出版字大、图多、本薄、价廉的小册子,连本省马老的《清江壮歌》,罗广斌、杨益言的《红岩》等名著都得送北京出版。经历"十年浩劫",全国面临书荒,这个方针完全不能适应形势的需要。四川出版提出的"立足本省,面向全国"的方针,虽曾受到争论和责难,但终于得到肯定。在改革开放二十周年时,这被认为是全国出版改革开放的一个标志。前不久北京的《出版商务周报》采访了我,以两版篇幅刊登我对四川出版的回顾。

第二件:省作协成立了四川文学院(后改名为巴金文学院),在全国也有影响。新中国成立以后,学苏联的办法,各省都有一批专业作家,在当时起到应有的作用。"十年浩劫"中,有的作家被

---

① 本文系在四川省文联纪念改革开放三十周年座谈会上的讲话。

迫害致死或致残，"文革"结束后，有的作家年老体衰，有的写几本书后难以为继。面临这种情况，及时成立四川文学院，为我省业余作家提供了有利条件。马老说得对，作家不是靠谁培养出来的，而是要为他们服务。省委书记杨汝岱赞同这种办法，给了两三个编制和少许经费。马识途和李少言同志在全国人大会上介绍了四川文学院，《光明日报》也作了报道。文学院的作家努力创作，出版了大批作品，获得了各种奖励，其中四位获得茅盾文学奖。我不轻言这些著作都是精品，精品需要专家和群众认可，一定的时间考验；但我不赞同不是精品就是废品的说法。

第三件：振兴川剧的号召和行动，带动了全国戏剧的振兴。"文革"中，各种戏曲均遭扼杀。1978年春，小平同志来四川视察工作，特意看了老艺人演出的川剧折子戏。经新华社发出消息，全国戏曲得以新生。正是在这个基础上，省委、省政府发出"振兴川剧"的号召。振兴川剧第一次晋京演出时，曹禺主持了座谈会，并著文称赞振兴川剧的号召是"空谷足音"，值得各剧种学习。1985年，川剧参加西柏林"地平线艺术节"，继到荷兰、瑞士、联邦德国演出，后又两次去日本演出，盛况空前。前不久，《中国艺术报》记者还就此采访了我。

三十年来，四川文艺事业还存在一些问题。不谈问题，就成了阿Q的"先前阔"。但没有时间了，以后再说。

2008年12月8日

附 记

当时会上只讲只谈了成绩，没有时间讲问题。现在记得至少有两个问题。

一是出版原是一条龙：出版（即出版社）、印刷、发行（即书店），出版社是"龙头"，统归出版局领导。后根据某高级领导的指示，发行（即书店）兼并了出版社，即书店领导出版社。这种变化把经济效益放在首位，降低了书籍在精神文明建设上的作用；同时把书店的一些管理方法用来管理出版社，也引起了不少问题。最近，"两会"决定机构改革，把出版划归党委宣传部领导，非常正确，我完全拥护。

二是由于省上领导人的变化，没有坚持振兴川剧，振兴川剧领导小组形同虚设。目前，川剧在全国的影响已较前降低。

2018年3月28日

千万别做文艺官[1]

我平常讲话较多,有不少见诸文字。没新内容可讲,只简单说几句。

省文联工作的成绩显著,《工作报告》上讲了,代表也讨论和认可了,不用我画蛇添足。能取得这样的成绩,首先是有党的十一届三中全会以后所形成的好的政治环境,党中央制定的文艺方针和省委的直接领导。同时,也是我省全体文艺工作者和各个协会、各级文联辛勤耕耘的结果。在省文联机关,主要归功于驻会的主席和所有工作人员。

我前后担任三届省文联主席,与三届主席团成员、六位党组书记共事,从总体上讲合作很好。实事求是地说,我为省文联做的工作不多,也很不够,特别是后期。尽管如此,我得真心地感谢全省文艺工作者和三届主席团成员、所有党组书记和成员,以及文联机关同志对我的信任和支持。

我很高兴这次代表大会选出了新的领导班子。长江后浪推前浪,我省的文艺事业和文联工作必将有新的跨越。我从事文艺工作这么多年,深知作家和文艺家喜欢能交心的朋友,而不喜欢摆架子的文艺官员。我年届八十,是这次大会代表中年龄最大的,体力和

---

[1] 本文系在四川省文联会上的讲话。

精力大不如以前，这是自然规律，大家早对我多有照顾。开幕式那天，我站着致辞就感到困难，幸好四肢无力中气尚足。我平常很准时，昨天下午开会，虽提前做好准备，但因记错开会时间，迟到了十多分钟，我感到很抱歉。这都是事例。现在，我不担任省文联主席，仍然是中国作家协会会员。我会在作家这个岗位上力所能及地从事写作，关心和支持省文联的工作。

祝这次大会胜利闭幕！

祝所有代表和全省文艺工作者身体健康、创作丰收！

2009年2月27日

人间重晚晴
——我与"晚霞"报刊的情缘

之一:"活"不是花哨和猎奇[①]

每到月初我就有一种期待。

我期待一本杂志。它是"言老人事、表老人志、抒老人情、解老人难"的《晚霞》。一得到它我就感到愉快。一般先看目录,把最感兴趣的篇章读了,然后到晚间再从头到尾通翻一遍。有时从不同的渠道多收得一两本,便尽快送给亲友。

在报刊总量增加很多的情况下,《晚霞》的读者能不断增多,发行量进一步扩大,这是很不容易的。我既是《晚霞》的读者,也是《晚霞》的作者。每当我在《晚霞》发表文章以后,碰见熟人时常听说他读到我的那篇文章。从这一点亲身感受,也证明《晚霞》拥有众多的读者。我为此感到高兴,分享了《晚霞》的喜悦。

《晚霞》为什么会受到欢迎?我认为最主要的原因是贯彻了"言老人事、表老人志、抒老人情、解老人难"的原则,老人的"志"和"情"是多方面的,可以作各种理解,但总应该是健康和向上的,能给人希望和力量。

记得在一次座谈会上,不少老年朋友在充分肯定《晚霞》成绩

[①] 此为贺《晚霞》杂志创办百期撰写。

正在阅读《晚霞》杂志的李致

的前提下,希望办得更"活"一点。我赞成这个意见。怎样才能算"活"?我以为不是指把杂志弄得花哨或猎奇,写些类似格调不高的社会新闻,而是保持自己的特色和品位,进一步在"言老人事、表老人志、抒老人情、解老人难"上下功夫。我相信编辑同志会继续与老年人交朋友,更深入地调查研究,弄清和弄准老年人有些什么事、什么志、什么情、什么难,更有针对性地组织好文章。

1998年5月14日

之二:继续在四句话上下功夫[①]

十年前,我就描绘过这种心情。我说,每月初我有一种期待。

---

① 此为贺《晚霞》杂志创刊二十周年撰写。

我期待一本杂志，它就是《晚霞》。一得到它，我就感到喜悦。不仅自己认真阅读，还要把它推荐给有关的老人或亲友，也愿意把自己写的文章寄给《晚霞》杂志，与老友交流。

十多年来，我几乎参加了《晚霞》杂志每年在成都举行的作者座谈会，谈自己的感受和建议。记得十年前，《晚霞》创办百期之际，我曾说过这样一段话：《晚霞》杂志为什么受到欢迎？我认为最主要的是它贯彻了"言老人事、表老人志、抒老人情、解老人难"的方针（或说是意愿）。

为什么会强调这个问题？这是因为在市场经济的冲击下，社会上不少报刊为了追求经济效益，采取了媚俗的态度，用一些格调低下的东西来迎合某些读者。所以，当讨论如何把《晚霞》杂志办得更"活"一点的时候，我仍期望杂志社进一步贯彻这一既定的方针，并继续在四句话上下功夫，更有针对性地组织好文章。

第二个十年又过去了。在省委组织部、老干局和西南各省的组织部、老干局的领导下，经杂志社众多同志的长期奋斗，《晚霞》杂志不负众望，办得越来越好。加大了版面，增加了刊期，丰富了内容，迎来更多的读者，取得了社会效益和经济效益的双丰收。想说的话很多，但时间有限。干部都"能上能下"，讲话当然可长可短。未尽之言，以后有机会再表。

2008年3月30日

之三：而立之年的《晚霞报》[①]

《晚霞报》创办三十周年，进入而立之年。

1985年，我在中共四川省委宣传部工作，分管新闻和出版处。

---

① 此为贺《晚霞报》创办三十周年庆祝会上代表作者的发言。

当时，我国老年人增多，我和时任部长的许川同志，都意识到老年工作的重要性。《四川日报》原副总编辑伍陵同志退下来以后，申请办《晚霞报》，得到我们的支持。以后，全国两次布置压缩报纸，我和许川明确表示：我们经常强调要重视老年人的工作，不能成为口号；《晚霞报》是全省唯一的老年人的报纸，一定要把《晚霞报》保留下来。

1991年，我年满六十一岁，从宣传部退下来，成为老龄队伍中的一员、《晚霞报》的读者，以后又成为《晚霞报》的作者。

老年人从工作岗位上退下来，既是一个终点，也是一个起点，可以做自己喜欢的事情。从1993年起，我以"往事随笔"为总题，写自己难忘的人生经历。《晚霞报》曾为我刊登过《"往事随笔"总序》。去年，天地出版社出版了我的"往事随笔"三卷本，即《四爸巴金》《铭记在心》和《昔日足迹》，共七十多万字，《晚霞报》又做了详细的介绍。这是对我也是对老年人的支持和鼓励，我很感激。

《晚霞报》约我写文章，我力求照办。2013年重阳节，我为《晚霞报》写了《重阳敬马老》，介绍了百岁老人马识途的乐观精神和"长寿三字诀"，希望人们可以从中汲取有益的营养，马老则说："知我者，致公也。"年末最后一天，辞旧迎新之际，又为副刊《回望》写了《快快活活过好每一天》，从多方面谈了我的一些感悟。听说有的老人把文章复印下来，送给自己的朋友。

《晚霞报》为我们老人传递信息和友情。我常从《晚霞报》报上看见文友写的文章，就此在电话上交换意见。老友陆原写的诗《酬老友李致电话拜年》，我也是从《晚霞报》上读到的。

年龄越大，越喜欢《晚霞报》。我家报纸不少，有些对开大报，版面太多，有时多达五六十版以上，广告和新闻夹在一起，一大沓，老年人翻起来很吃力，有兴趣的内容也不多。《晚霞报》一般四开八版，翻起来轻松，适合老人阅读。

《晚霞报》白手起家，从租房办公到两次买办公楼，到现在发行十万份以上，受到川渝老人的欢迎，实属不易。人说"三十而立"，《晚霞报》已经立起来了。我向为《晚霞报》工作的所有同志，过去的和现在的，表示诚挚的感谢和祝贺！

期待读者和作者给予《晚霞报》更多的支持。

希望主管和有关部门给予《晚霞报》更多的支持。

2015年5月4日

辞旧迎春的祝福

按 近几年来每到年底,《晚霞报》总是约我写一篇辞旧迎新的短文,其盛情难却。但我也有难处,对老年朋友的期望,无非把健康摆在首位,要有精神寄托,勇于接受新鲜事物,正确处理与子女的关系,等等。每年都讲,难免重复。一东同志宽大为怀,每年11月初就向我约稿,让我有时间思考。这几年,我只好从不同的切入点,反复强调,以完成"任务"。

之一:2013年新年的期望

在新的一年里,老年朋友都有自己的期望。

每个人的状况不一样,难以概括所有的期望。有一个期望则相同:把健康放在首位。有健康才可拥有自己的期望,丧失健康则丧失一切。

要做到身体健康,心情开朗最为重要。年老是人生的自然规律,需要坦然面对,不必担心过一年就少一年。从工作岗位上退下来,不要有失落感,起码还有二三十年可以做自己愿意做的事。身体好的,发挥余热,量力做点工作。即使不再工作,锻炼身体,与朋友谈心,游山玩水,养花喂鸟,含饴弄孙,也有意义和趣味,不必把自己关闭在屋里。要自得其乐,不用与人攀比。有人调侃说:

李致（右二）在《晚霞》杂志作家座谈会上

"好好活，慢慢拖，一月还有一千多。不要嫌钱少，就怕'走'得早。"老人或多或少有疾病，要正确对待。马识途老人高龄，十几年前患癌症，割掉一个肾，还有高血压和痛风等病。他在《顺口溜·自叙》中写道：

老汉今年九十八，近瞎渐聋唯未傻。
阎王有请我不去，小鬼来缠我不怕。
人生难得几回搏，栽个筋斗又算啥？
愁云阴霾已散尽，国泰民安乐无涯。

正因为有这种心态，马老至今思路清晰，语言清楚，火花不断，笔耕不止，不久即将百岁大庆。

以上，愿与老年朋友共勉。

2012年12月26日

之二：快快活活过好每一天

快快活活过好每一天，关键是心态要开朗。

刚从工作岗位上退下来，闲居在家，可能不适应。我们已经工作几十年，尽了对社会的责任；以后的日子，做自己喜欢做的事情，是终点也是起点。我的朋友中，有的喜欢读书，有的喜欢绘画，有的喜欢旅游，有的喜欢收藏，有的喜欢打麻将，有的喜欢含饴弄孙，各得其所。我愿意写作，以"往事随笔"为总题，记下那些打动过我的人和事；还喜欢川剧，愿为振兴川剧鼓与呼。

一定要把身体健康放在第一位。有了健康才可能拥有其他，丧失健康则丧失一切。进入老年，身体必然会出现一些问题，发现病痛，不必惊慌失措，认真治疗保养，但精神不能垮。据说，有些癌症患者，是被"吓"死的。马识途老人曾患肾癌，他乐观对待，现已活到百岁。我介绍过马老的"长寿三字诀"，许多老年朋友都说很受启发。我已进入八十五岁，再订一个"五年计划"，争取活到九十岁。

处理好与子女的关系，也很重要。我的子女都在国外，我身居"空巢"，有时不免感到遗憾。但往开处想，他们事业有成，硬把他们拉回身边来照顾自己，我会过意不去，反而成为自己的思想负担。两代人之间总有代沟。我从没打过孩子，与子女关系亲密；可以交心、可以辩论，求同存异、不强加于人。我每天晚上把自己的日记，用电子邮箱发给女儿、儿子、外孙和孙女，第二天早上总会得到女儿和儿子的回复，没有正事就"贫嘴"；需要对某件事作"决策"时，外孙和孙女也会发言。女儿和儿子几乎每天都和我通电话，外孙和孙女不定期通话。有朋友说，他们和子女住在同一个城市，也不一定每天说得上几句话。我知足矣！

广交朋友，有助心态开朗。离休以后，原来因为工作关系接触的人，不再来往，这很自然，我没有感到失落。我有各种朋友：

年长如亦师亦友的百岁马识途，年幼如活泼可爱的少先队员熊语时；新中国成立前一起参加学生运动的战友，新中国成立后不同时期一起工作的同事，有不少至今保持着联系；近几年还交了一批与我女儿同龄的文友。不同的朋友有不同的话题，我可以学到不同的东西。尊重别人，别人会尊重你；关心帮助别人，别人会关心帮助你；向别人交心，别人也会向你交心。这是我的交友之道。

老年人要勇于接受新鲜事物。在马老的启发和女儿、外孙的帮助下，1998年我学会使用电脑。不仅便于我写作，而且使我眼界大开。每天早上，我先读邮件、再看新闻，有时还"百度一下"查询资料。不少朋友担心用电脑影响视力，我的感觉恰好相反：在电脑上写作和阅读，可以把字体放得很大，比看书报清楚多了。当然要控制时间，长时间坐在电脑旁，对眼睛和身体都不好。老年人初学电脑很困难，不是智商低，而是记忆力差、反应慢。我不会拼音和五笔字型，使用汉王笔，一个字一个字地"写"入电脑，至今有"脑"龄十五年。与时俱进，今年我儿子帮助我用苹果的iPad和朋友互通"微信"。外孙教我用微软的Surface，Skype视频我一岁多的重外孙女，看她玩耍，听她叫我"祖祖"，不过她看见我家"狗狗"时，显然更加激动。

淡泊名利，知足常乐。只要衣食无忧，家人平安，就可以满足了。我喜欢林黛玉《葬花词》中的"质本洁来还洁去"。名利皆身外之物，与人攀比，只会自寻烦恼。每天我都能找到令自己高兴的事情："神舟"飞船上天，"嫦娥玉兔"登月，我感到自豪；对比一些战乱的国家，我庆幸国泰民安；马识途和周巍峙两位百岁老人健康永存，我为他们祝福；众多川剧人出版人对我亲切，我感到温暖；与新交的文友探讨写作，有助于我了解年轻一代；读者来信谈感想，我觉得自己的生活更有意义；读一本好书或看一部好电视剧，我更想做一个好人；等等。

"生活是一面镜子，你对着它哭它就哭，你对着它笑它就笑。"让我们对着镜子笑吧！无论今后剩下多少岁月、多少日子，保持心态开朗，快快活活地过好每一天。

2013年12月17日

之三：健康是老人最大的财富

2016年到了，向老年朋友送出我的祝福。

冥思苦想，还是一句老话：健康第一！对老年朋友来说，这是最重要、最关键的话，也可以说是老生常谈。健康，是老人最大的财富。有了健康，才可能拥有其他，丧失健康则失去一切。

有些老年朋友身体比较健康，因此容易麻痹大意，问题常出在这里：如过度运动引起身体不适，各种因素造成摔跤骨折。进入老年，要服老。我的腿不好，已经拄了十多年的手杖，避免摔跤。我的感悟是，老年人的心态要保持永远年轻，但在体力上不要任意去超越自己，不要再唱"跌倒算什么，我们骨头硬"，要唱"马儿啊，你慢些走，让我把这迷人的景色看个够"。我一生三次失去自由，深知健康和自由一样，只有失去它时，才知道它的可贵。

有些老年朋友一旦发现有病，容易有思想负担，甚至悲观失望。其实人到老年，身体各部位逐渐老化，总有这样那样、或多或少的病痛，这是自然规律。我有一位朋友，身体一向比较健康，一次查出老年病，由于没有思想准备，接受不了，差点患了抑郁症。现在患癌症的人不少，其中有些人是被吓死的。老年人要正确对待疾病，不怕疾病，敢于与疾病做斗争。马识途老人得过肾癌，他说"阎王有请我不去"，现已健康活到一百零一岁，是我们的榜样！另一位朋友，八年期间得过两次癌症，一次乳腺癌一次卵巢癌，动过两次大手术，做过多次化疗，她在癌症面前毫不示弱，认真治疗，还经常关心他人。

如何保持健康，大家各有不同的感悟和措施。其中的共同点是：心情开朗，淡泊名利，做自己乐意做的事，快快活活地过好每一天；有病认真治疗，按时服药；生活有规律，坚持午休，适当运动，管得住嘴，杜绝抽烟、酗酒、长时间打麻将等不好的生活习惯；处理好与子女的关系，关心他人，勇于接受新事物；等等。

以上，愿与老年朋友共勉。

之四：辞旧迎新话马老

今年的最后一天，2016年12月31号（农历丙申年十一月初三），恰好是马识途老人的生日，他满一百零二岁，步入一百零三岁。

马老是我的老师，又是我的挚友。我们交往七十年。近几年来，我每十天半月去看望他一次。我们坐得很近，是真正的"促膝"谈心。马老思路敏捷、语言清楚，有不少真知灼见，我受益良多。

马老早年因心脏不适，安装了起搏器。2001年，因患肾癌割掉了一个肾。在这种情况下，他能跨越百岁实属不易。迄今为止，马老除了视力和听力有所减退外，总体上健康。马老总结自己有五得：吃得，睡得，走得，写得和（承）受得。

吃得：我和马老多次一起吃饭，他的食量比我大。马老从不挑食，除了遵医嘱因痛风不能吃海鲜和豆类外其他菜肴他都吃。主食米饭、面食（面条、抄手、饺子）、窝头等。天天喝牛奶，还喜欢吃点甜食和东坡肘子。马老的女儿万梅很注意为马老变换花样，使马老保持好胃口。

睡得：马老每晚一般能睡七八小时，长期坚持午休。马老睡眠很香，我有亲身感受。一次在北京开会，我和马老同住一室。我先向马老表示歉意，说自己打呼噜，会影响他睡觉。马老说，不怕，我也打呼噜。那几夜，我不时听到马老洪亮的呼噜声，自愧不如。

走得：马老比我能走，我在十多年前就用手杖了。有时我们一同外出参观，我坐轮椅，马老步行。今年，马老两度腿脚不太好，走路困难。目前有所恢复，每天散步，一次又能走一百多步了。

写得：马老与巴金老人一样，认为不工作生活就没意义。《马识途文集》已出十二卷十三册，现正在续编，将增加六七卷。马老说，他每天上午写两三个小时，他的子女说他下午往往还写一两个小时。马老似乎是四川第一个用电脑写文章的作家，如今因为看不清楚汉字输入选择，他又开始手写了。我看过马老的文稿，每页三百字，字迹清楚，每个字都不出格。马老还坚持用毛笔书写以隶书为主的单条和对联，最近他为作家字心的新作《我在我思》，题写了书名。

受得：指承受得住各种压力。马老在从事地下工作时"九死一生"；后曾多次受打压，"文革"中最先被抛出来，以后又因讲真话受到一些少数人的攻击。马老宁折不弯，真是"历经斧斤不老松"。对待疾病，马老是"阎王有请我不去，小鬼来缠我不怕。"

我刚进入八十八岁，比马老小十五岁。不过，我也经常提醒马老要"悠着点"，不要太劳累。2001年医生叮嘱马老要"悠着点"，马老手书"悠着点"贴在墙上。我每次去看望马老，时间不超过一小时，以免他疲劳。

健康是老年人最大的财富。我愿意重复介绍马老的"长寿三字诀"：不言老，要服老。多达观，少烦恼。勤用脑，多思考。勿孤僻，有知交。能知足，品自高。常吃素，七分饱。戒烟癖，酒饮少。多运动，散步好。知天命，乐逍遥。此之谓，寿之道。

最近一次谈到长寿，马老说："我稀里糊涂忙了一百零二年，进入一百零三岁。一百一十二岁的周有光说恐怕'上帝'打瞌睡，把他忘了。可能'上帝'没有醒，也把我忘了。"马老又说："我说过多次，要长寿，就要快乐、达观。不要把得失放不下，心里没有负担就长寿了。千方百计找医生、吃补药、找偏方，不一定长寿。不把岁数当回事，反而长寿。想长寿而不得，不特意刻求反而长寿。"马老要我通过《晚霞报》转告老年朋友，期望大家尽可能做到快乐、达观。

作家王火也是马老的挚友。他为马老进入一百零三岁写了一副对联。上联是"寿高期颐赤胆忠诚老革命"，下联是"光耀文坛铁肩道义名作家"。王火兄说他曾看到过一篇《成功的十条要诀》，内容是"努力，坚忍，克制，诚恳，正直，谦逊，智慧，勇敢，进取，利人"。王火兄说，这十条，马老完全具备。王火兄还对我说："你写过一篇《历经斧斤不老松》的文章谈马识途，与'历经斧斤不老松'一句相呼应，马老又是'开放红花万年青'。"

马老另一位挚友章玉钧，几年前就说唯"马首是瞻"。

我们都愿意向马老学习。

我们衷心为马老祝福，并祝马老生日快乐！

2016年12月22日

之五：我的心里话

2017年底，我满八十八岁，步入八十九岁，可谓"望九翁了"。

身体健康，是老年人首要的问题。性格开朗，是我能"望九"的重要因素。大约十五年前，华西和省五医院会诊，把我定为高危病人。我没有背包袱，认真服药，生活有规律，基本上能管住嘴——也有个别时候经受不住"诱惑"。目前，"三高"、缺血等症状，控制在正常指标范围内。我性情平和，大小事情，能坦然处之；情绪稳定，上床很快就能入睡。人是高等动物，心态和情绪对健康的影响很大，忧虑和激动，会伤害身体，不能忽视。

精神有寄托，不无所事事。老年人的身体、喜爱、经历和处境不相同，各有自己的寄托。我的寄托在写作。我一生经历几个时期，有不少难忘的人和事，我大约写了百万字长短不一的文章，以此回顾我的一生，倾诉情感，分析和解剖自己。写作使我收获快乐，还交了不少文友。

千万不封闭自己。关心国内外大事，乐于看见国家的发展和成就。我起床较早，每天先看电视的《朝闻天下》，再上网看有关新闻。就及时来说，报纸已经"落后"了。广交朋友也很有必要。前若干年，老朋友有各种聚会，随着年龄增长，外出不便，聚会大为减少，但可以用电话和微信保持联系。我和王火、沈绍初、杨字心等友好经常通话。王火兄是名作家，又曾是名记者，我们通话常有标题，如"想念电话""通报电话"或"咨询电话"，先说标题再讲内容，颇为有趣。我记下不少朋友的生日，一年一度电话祝贺，也很愉快。偶有聚会，友人说见一次少一次。我说，想开一点，见一次不是多一次吗？老朋友不常见面，可以和邻居交往，我在《晚霞报》上发表过《邻居熊燕》和《难舍近邻》两文，不再重复。只要身体允许，有人陪同，不妨外出旅游。最近，我和儿子去了重庆，看见祖国的变化和成就，圆了我的高铁梦。

努力接受新鲜事物。我在1998年学会使用电脑，先用以写文章，后学会发邮件、查资料、视频、调看电影和电视剧。继后，又学会发微信，比打电话发邮件更方便。魏明伦、徐葇等好友，均在我微信的"朋友圈"内。最近，打算学习网上购物，原来住金杏苑，靠一位热心的邻居帮我网购，以后准备自力更生了。老年人学电脑，玩手机，用iPad（苹果平板电脑），确有困难，主要是忘性大。我是在关怀和"责难"中学会的。我的外孙帮我安装，教我使用，随时"救命"；但对我转身就忘，常感到"愤怒"。关键在于坚持，不怕"责难"，不怕失败，熟能生巧，逐渐就会了。

马识途老人是我学习的榜样。马老明年满一百零四岁，进入一百零四高寿。马老既是我的老师，又是挚友。我不时去看望马老，他头脑清晰，语言清楚，正在为出版《马识途文集》做有关工作。马老多次对我说，一个人不工作，活着没有意义。今年我问马老向老年朋友说什么，他说："老人莫叹桑榆晚，应喜晚霞犹满天。"

朋友鼓励我学习马老，向百岁进军。我说到了九十再订计划，否则不现实。好在我有积极向上的心态，会快快乐乐地过好每一天。

新年即到，我用自己的感受，向老年朋友拜年了！

2017年末

附　记

《晚霞报》编辑何一东曾就每年约我撰写辞旧迎新的短文发表文章写道："最近几年，每到岁末辞旧迎新之际，因四川省文联名誉主席、巴金文学院顾问李致德高望重，长期阅读、关心《晚霞报》之故，我总会请李致老给广大读者写一篇文章，送上新年祝福！为人谦和的李老，不会如有的所谓名人那样端架子，拒人于千里之外。而总是抽空完成'任务'。且每次写好文章后，不论长短，反复推敲。即便改动一二个字，也要亲自打电话说明，令我非常感动……'智慧是宝石，如果以谦虚镶边，就会更加灿烂夺目'；'为人第一谦虚好，学问茫茫无尽期'。李致老为人为文，诚如斯言也！"

国家兴，杂文兴[1]

只说几句开场白，以便有更多同志讲话。

有同志概括新中国成立以来的杂文史，用了两句话："国家兴，杂文兴；国家乱，杂文亡。"这是很有道理的。张黎群同志来参加我们的会。20世纪60年代，他在四川写了一些有影响的杂文，"十年浩劫"之际，首先被"抛"出来。在座不少同志也有相同遭遇。粉碎"四人帮"以后，在全国范围内杂文又有所复兴，不仅作者队伍扩大，而且硕果累累。今天我们四川这批杂文作者相聚在一起，将成立四川杂文学会。这是党的十一届三中全会以来所形成的大好形势的产物，是"国家兴，杂文兴"的表现。

学会章程（草稿）提出，以党的十三大精神为指导，继承和发扬鲁迅精神，为把我国建设为富强、民主、文明的社会主义现代化国家而奋斗。这是我们共同的愿望。鲁迅先生是我国新文化的旗手。以鲁迅为杰出代表的革命杂文先驱，把杂文当成投枪和匕首，在反帝、反封建的斗争中，立下了不可磨灭的功勋。我们现在所处的时代，与鲁迅先生所处的时代大不相同了，但绝不是说，我们的时代不需要杂文，也不是说杂文的战斗性可以消失了。在社会主义初级阶段，美与丑、先进与落后、光明与黑暗的斗争是不可避免

---

[1] 本文系在四川省杂文学会成立大会上的讲话。

的。我们既要热情歌颂、扶植、保护一切有利于社会主义事业的新生事物，同时要揭露、批评、抨击一切有害于社会主义事业的腐朽东西。歌颂与暴露，有它的辩证关系：批评不好的，是为了建设好的；赞美好的，是为了消除不好的。不应该把两者完全对立起来。

杂文既是战斗性很强的武器，我们杂文作家对自己要有更高的要求。鲁迅早就说过："根本的问题是作者可是一个'革命人'。"可能有些人对"革命人"一类名词不感兴趣了，但我今天提到它仍感到十分亲切，并认为这是至关重要的问题。要做"革命人"，必须学习马克思主义，用马克思主义的立场观点观察分析事物。轻视学习马克思主义是不对的，早在几十年前，鲁迅就纠正他只相信进化论的偏颇。作家要敢于面对现实，坚持真理，讲真话，不要害怕某些神经过敏或心里有鬼的人去"对号入座"。我们大多数人在"十年浩劫"中，既经受了很多痛苦的折磨，又悟出了许多过去根本不敢想的东西。岂能因心有余悸而置身事外，写些不痛不痒或无病呻吟的文章！何况时代已经变了。我们省委根据中央精神，从实际出发分析文艺界的情况，认为主流是好的，充分相信这支队伍，不跟风，不搞"左"的东西，为作家提供了良好的创作环境，这是大家公认的。退一步讲，即使局部出现点什么问题，也没有什么了不起。谁要想再干"一言致人死命"的蠢事，到头来将证明那不过搬起石头砸自己的脚。

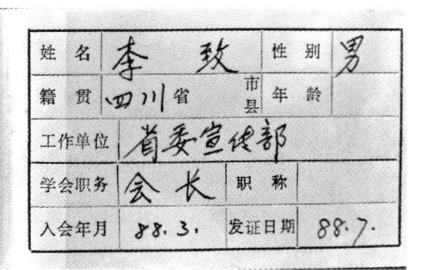

李致的杂文学会会员证

近几年来，我省杂文创作取得相当大的发展。老杂文家如卢杨村等同志的杂文受到杂文界的公认和好评，新写杂文的如叶延滨等同志发表了有分量的作品。报刊编辑也做了大量的工作。今天，我们作为一批"志愿军"结合在这里。学会的主要任务是"组织和发展杂文创作、研究队伍，繁荣杂文创作，提高杂文研究和教学水平"。我们希望学会成立后切实开展工作，不要开过会就了事，徒具形式。学会将选一些同志担任有关职务，为大家服务，这是必要的。巴金同志说，作家要靠自己的作品与自己的读者见面，而不是靠开会、坐主席台、签名题字来生活。正是这样，我们不会把主要精力放在各种选举事务上。

杂文界的一些老前辈和战友来参加我们的会，这是对我们的支持和鼓励。我们表示欢迎和感谢。

1988年3月3日

从崔桦的《人在网中》说起

今天我们三家——省杂文学会、省文联创作理论研究室、武侯祠博物馆一起在这里举办崔桦的杂文集《人在网中》作品研讨会。到会的人都是杂文界、评论界和新闻出版界有影响的同志，也是崔桦的好朋友。我没有对各位冠以"著名"二字，因为真正著名的人并不需要戴这顶帽子，不知名的戴上这顶桂冠人家还是不知道。会议由我和子贵联合主持：我因有病人要照顾，打个开场锣鼓；子贵坚持到底，唱压台戏。当然主要是请大家发表高见，希望通过讨论《人在网中》这本杂文集，对我省杂文事业的发展有所促进。

我常称崔桦为老兄，其实他比我的年龄小。新中国成立时是工人，没有进正规大学。以后自学成才，读完大学中文系课程。由工人到干部、到记者、到领导、到作家，既写小说，又写杂文。粉碎"四人帮"以后，他的小说集《紫红的蔷薇》由四川人民出版社出版，是我把第一本样书送到他手上的。这是我的荣幸，也是我们友情的体现。

《人在网中》收集了崔桦近年来所写的杂文和随笔共73篇（包括附录和后记）。去年四季度书店开始发行。不久，我就在报纸上发现《人在网中》被列入畅销书之列。在"当前而今眼目下"（女人的乳房、大腿、隐私、情杀、裸尸等充满一些书籍报纸时），杂文被列入畅销书，是很不容易的。这与崔桦注意了《杂文要吸引青年》（附录一）分不开。至今为止，有关报刊发表了八篇评论文章，给《人在网中》很高的评价。正因为如此，我们今天专门举行这本书的作品研讨会。

有关杂文的会议开过不少，我也说过一些意见。从内容上讲，杂文一定要贴近生活，与人民群众同呼吸共命运，敢于讲真话，针砭时弊，且具有它特有的讽刺和幽默的功能。好的评论有的也是好的杂文，但杂文绝不等于一般评论。杂文是用自己的特色来执行"为人民服务、为社会主义服务"的"二为"方向的。改革开放给我们带来丰硕的成果和美好的前景，有利于改革开放的我们要歌颂，妨碍改革开放的我们要抨击——当然，抨击绝不是板起面孔训人。现在仍有一些人怕杂文，或是误解，或是心中有冷病。我希望这些同志学习朱镕基总理对《焦点访谈》积极支持的态度。至于杂文作者，则需要努力实现思想性和艺术性的统一。杂文一定要姓"文"，有思想深度又有幽默感，题材也要多样化。先不说百读不厌，起码要吸引读者看了还愿再看。崔桦的《人在网中》，正好在这些方面取得突出的成果，值得我学习。

我是出版战线的老兵。《人在网中》的封面、内文设计、纸张、印刷，均属上乘。崔桦，人是漂漂亮亮的，书也是漂漂亮亮的，头像漫画也有趣，显示了崔桦的气质。有镜架，看不见眼睛。眼睛到哪儿去了？这是智力测验。我说到他夫人温琼如心里去了。因为温琼如对崔桦写作和出版《人在网中》，是很支持的，"军功章"理应有她的一半。

开场锣鼓就打到这儿，现在请专家唱戏。

1999年1月23日

徒具虚名非我所愿

——一封辞职信

杂文学会各位会长并全体文友：

省杂文学会是热爱杂文的朋友所组成的"志愿军"。十几年来，坚持正确方向，积极开展活动，多次被社科联评为先进学会。这是全体文友努力的成果。

我是杂文爱好者。学会成立当时，我正在宣传部分工联系文艺工作。鉴于当时文艺界的情况与杂文容易惹麻烦，所以文友推我做会长，我答应下来。原因很简单，即我说过的，如有麻烦我先承担。

现在文艺有一个比较宽松的环境，文友们坚持正确的文艺方针，我的担心已无必要。加以我家有病人，自己的身体不太好，实在无力担任会长的实际工作。徒具虚名非我所愿，比我有能力任会长的文友不在少数。因此我决心辞去会长职务，请予批准。

今后我仍愿以作者身份与文友们一起，为繁荣我省杂文创作，尽自己的力量。

即颂

秋安！

李致

2000年8月15日

附 记：

此信发出后，我辞职的请求一直没有被接受。直到2007年，我推荐时任省文联党组书记黄启国为学会会长，才同意我辞职。

2018年7月26日

| 附 |

清晰的记忆

◎ 邵建华[1]

杂文学会走过了二十年的漫漫行程。许许多多的人和事从记忆深处浮上脑海。其中，马识途同志、李致同志的身影，恰像特写镜头似的定格在眼前。随着一声"杂文家是文艺战线上的战士，永远应该用战士的心志和姿态投入创作"的呼唤，我不禁热血沸腾起来。

记得1987年一个秋风瑟瑟的日子，我为争取尽快成立省杂文学会而四处奔走。经学友引荐，我专程拜访了省委一位负责文化教育工作的副书记。当他听完我的来意后，习惯性地作出指示：成立省杂文学会嘛，不要急躁。既然全国杂文学会尚未成立，既然西南地区还没有一个省级杂文学会，我们何必要赶在前头呢？杂文嘛，惹是生非，容易闯祸。我看还是等到全国都成立了杂文学会，我们再乘个末班车，也不迟嘛！你说是不是？

副书记边说边拍着我的肩头，似乎表示"关切"。我却为他的高论惊诧，为他甘居下游以求"自保"而不屑。官做大了，"心态"与"视野"却如此狭隘，不禁引人唏嘘。这难道不是"盆地意识"作怪么？抑或是有更深沉的"顾忌"存焉？

第二天，我又拜访了省社联的一位负责同志。他的回答就比那位副书记巧妙得多！他说：成立省杂文学会，好哇！不过你们应先争取被批准成立。然后，我们再接纳你们为"团体会员"，好不好？

---

[1] 邵建华：原西南民族学院副教授。四川省杂文学会发起人，历任学会副会长兼秘书长。

好不好？我能说不好吗？这明明是顺水推舟的托词，说了等于没说。就在我一筹莫展之际，学会筹备组有同志给我传来一个好消息：省作协主席马识途同志同意承担省杂文学会名誉会长的职务，并要我到省宣传部去请李致同志（时任省委宣传部主管文艺工作的副部长）担任学会会长，然后将正式申请报告递交省作协审批就可以了。

此时此刻，我真按捺不住心头的激动，赶紧遵嘱——照办。

在宣传部李致同志的办公室，当他听完我的来意后，不觉笑了。他说：你们推举马老做学会名誉会长，这是众望所归，非他莫属。至于我呢，因工作太忙，不能为学会干什么实事，挂虚名做啥？

我赶紧回答：学会的具体工作，有秘书组努力去干，请你放心，现在是请你答应"挂帅"就好。

李致同志思索片刻，坦诚直言：我知道你们的难处所在。写杂文嘛，要针砭时弊，难免有人"对号入座"，麻烦和是非在所难免。不过杂文作者的动机和用心是好的，忧国忧民，是社会责任感的表现。好嘛，我答应为你们担当力所能及的责任，为发展四川省的杂文创作与研究事业做出努力。

听听，真叫"明知山有虎，偏向虎山行"，这确是良知和正义的表现。

果然，省作协的正式批文很快下达了。

在省杂文学会的成立大会上，我由衷地说了一句肺腑之言：首先，我要感谢名誉会长马识途同志和会长李致同志，他们"铁肩担道义"，为学会的成立扛起了大旗，四川省的杂文创作及其研究才有望迅速发展，从散兵游勇变成团队力量！

这段清晰的记忆，我将永志不忘。

实话实说

——《当代四川散文大观》序

　　四川散文学会是我省散文家自己的群众组织。它成立十多年来，没有伸手向政府要编制和经费，凭着散文家的执着，学会组织者之智慧，活跃在我省的文艺战线，引起众多人的瞩目和赞誉。

　　创作的泉源是生活。除了个人的经历和积累，学会经常组织会员，或深入到艰苦的生产基地，或云游于蜀地的名川大山，散文家从群众中和大自然中汲取营养，歌颂真善美，抨击假丑恶，写出许多优秀作品。这样，必然得到社会、企业或地方的支持，真乃聪明之举。

　　什么是散文和如何写好散文，是学会和散文家面临的重大课题。坚持"为人民服务、为社会主义服务"的方向，是大家共同的心愿。至于写什么和如何写，三百多位会员有不同的年龄和经历，有不同的感受和表述方法，不需要整齐划一。学会除举办作品探讨会外，在《当代四川散文大观》第三集中，发动了一百多名作者，在自己的文章前谈自己的散文观，体现了"百花齐放，百家争鸣"的方针。鲁迅说过，"比较是最好的鉴别方法"。我们从这各式各样的散文和散文观中受到启迪，提高自己的写作水平。

　　出人出作品是学会的主要目的。十多年来，我省散文成果收获颇丰。厚厚的《当代四川散文大观》已出版三集，第四集即将付梓。它说明我省的散文作家，笔耕不辍，笔下生花。老百姓常说："牛皮不是吹的，汽车不是推的。"果然如此。

既然每集《当代四川散文大观》都有百名以上作者，作品必然参差不齐。君不见，我国乒乓球能称冠世界，基础在于众多的群众参加。目前报刊散文阵地减少，我们不断呼吁增加，尚未见效。三年出一本《当代四川散文大观》，让我省散文作家有个阵地，相互学习，增强信心，若干年后必会出现更多的大手笔。学会的功德无量。

我不会写序。会长卢子贵"下令"以后，我像个小学生，一早想起考试将至，晚上又觉欠债未还，忐忑不安，拖了半年以上。几次决心打退堂鼓，都被子贵兄耐心规劝，难以脱手。东想西想，说点感受，并无新意，实话实说而已。

2002年7月21日

老骥伏枥　坚持到底[1]

有关四川散文学会的评价，刚才我们的巨才文友讲了，我在以前的多次会上，一次一次地提到了，所以今天就不重复。我今天非常高兴，参加这么一个隆重的颁奖会和首发式。子贵同志说过，马老、马识途在他身体允许的情况下，我每一次都跟随马老来参加我们的年会。大家都知道，马老今年已经满了九十九，进入一百岁了。今天早晨，我特别为这个会跟马老通了一次电话，马老非常高兴，他虽然不能出席今天的会，他一定要我代表他向大家表示祝贺！十二期《四川文学》，据主编高虹说，在青年作家创作会上引起了一点小小的轰动，为什么引起这个轰动呢？就是上面有马识途老人新写的文章，有王火——茅盾文学奖获奖者作家新写的文章，也有一篇我的小文章。我不说这三篇文章有好大的作用，写得怎么样，关键是马老一百岁了，这是他新写的。王火九十岁了，也是他新写的。我八十五岁了，当然我也是新写的。我说这个问题的意思在哪里呢？我不知道今天在座的，我的年龄是不是最大，没有调查研究。跟在座的文友相比，如果以马老的年龄来计算，每个人还有好多年，来日方长。刚才，开四同志讲得很好，天大地大不如散文天地大，千好万好祝大家把散文写好。

---

[1] 本文系在首届四川散文奖颁奖仪式上2013年12月的讲话。